BASTEI
LÜBBE

Jim Schutze

Sex, Lügen und Mord

Ins Deutsche übertragen
von Bettina Albrod

TRUE CRIME
Der wahre Kriminalfall

BASTEI LÜBBE

BASTEI-LÜBBE-TASCHENBUCH
Band 13 887

Erste Auflage: Juli 1997

Deutsche Lizenzausgabe 1997 by
Bastei-Verlag Gustav H. Lübbe GmbH & Co.,
Bergisch Gladbach
Originaltitel: By Two and Two
Lektorat: Iris Schmidt/Anke Schäfer
Titelbild: Bastei-Verlag/Anne von Sarosdy
Umschlaggestaltung: Quadro Grafik, Bensberg
Satz: KCS GmbH, Buchholz/Hamburg
Druck und Verarbeitung: Brodard & Taupin,
La Flèche, Frankreich
Printed in France
ISBN 3-404-13887-2

Der Preis dieses Bandes versteht sich einschließlich der
gesetzlichen Mehrwertsteuer.

Für Amy,
meine literaturbegeisterte Nichte

DANKSAGUNG

Meine geliebte Frau Mariana hat zugehört, was ich zu erzählen hatte, als ich aus Alabama zurückkam. Und sie meinte, so, wie es sich ergeben habe, sei es eine viel bessere Geschichte. Bob Mecoy und Avon Books stimmten zu. Das hat mich, ehrlich gesagt, gefreut. Meine unerschrockene, begabte und einfühlsame Lektorin Janet Wilkens Manus machte das Buch erst möglich (das gelingt ihr immer). Meine strengen, aber gerechten Verleger – Tom Colgan, Liza Dawson und Doris Cooper – haben es und mich in Form gebracht.

Nach alldem schien es eine Kleinigkeit, die Geschichte einfach nur noch aufzuschreiben. Und es hat Spaß gemacht.

Für die Sünde, die ihr gemeinsam begangen habt, muß jeder alleine bezahlen.

Rudyard Kipling, ›Tomlinson‹

EINS

Die Morgensonne ging auf über dem großen Ziegelhaus am Boulder Circle 2700 in Huntsville, Alabama, und seine Bewohner erwachten zu einem geschäftigen Tag voller Verheißungen erfreulicher Ereignisse. Trey war schon frühmorgens in Jacks Zimmer gekommen, um ihm zu sagen, daß er nun doch nicht mit ihnen nach Santa Fe kommen würde. Er hatte sich entschlossen, direkt mit ein paar Freunden an die Strände Floridas aufzubrechen. Jack legte sich wieder schlafen, und als er und Betty erwachten, war Trey schon lange unterwegs, um sein bestandenes Examen im Land der Sonne und des Surfens zu feiern.

Jack Wilson bot dieser Freitag morgen, 22. Mai 1992, die Gelegenheit, die Zeit in seiner Praxis zu verbringen und das zu tun, was er am liebsten tat, nämlich Patienten zu behandeln und mit seinen Leuten zusammenzuarbeiten, aber mit einer Ausnahme von der gewohnten Routine. Normalerweise schickte er seine Angestellten freitags schon nachmittags nach Hause und hielt eine augenärztliche Sprechstunde, die oft bis in den späten Abend dauerte. Er hatte den Termin auf den Freitagnachmittag gelegt, damit seine Patienten erholt in das Wochenende gehen konnten und nicht bei der Arbeit fehlten. Aber an diesem Wochenende wurde keine Sprechstunde abgehalten. Er würde seine Leute wie gewöhnlich nach Hause schicken und sich dann selber auf den Heimweg machen, um zu sehen, ob Betty bei den Vorbereitungen für ihre Abreise nach Santa Fe am Sonnabend morgen noch Hilfe brauchte. Da am Montag Memorial Day war, würde die Praxis bis zum folgenden Dienstag geschlossen bleiben.

Betty hatte noch einige Besorgungen vor sich, aber die wichtigen Dinge wie Fahrkarten und Buchung waren schon erledigt. Was noch übrigblieb, waren leichtere Pflichten, die Spaß machten – neue Tennisschuhe kaufen und vielleicht noch ein paar Sachen zum Anziehen. Sie mußte das Geld von der Wahlkampfparty vom Vorabend noch zur Bank bringen.

Trey hatte sehr verständnisvoll und wohlwollend reagiert, als sie ihn für die Reise nach Santa Fe ausgeladen hatte. Ihm war in seiner Zeit in einem Haus mit ihnen sicherlich nicht entgangen, daß es in ihrer Beziehung Höhen und Tiefen gab.

Während Betty zu ihren Besorgungen aufbrach, dachte sie darüber nach. Es war so eine befremdliche Entwicklung – ihre Beziehung. Es hatte Zeiten in Bettys Leben gegeben – als sie noch ein sehr junges Mädchen war –, da war sie davon ausgegangen, daß Ehe, Häuslichkeit, Familienleben, Elternschaft nichts für sie waren. In den Momenten, in denen sich der Schatten ihres Vaters über ihr Erinnerungsvermögen legte, fühlte sie sich verstört und einsam, schrecklich hungrig. Sie hatte das Gefühl, als würde sie glücklich sein, wenn sie nur einen intensiven Moment mit irgendeinem Mann erleben könnte, der gerade greifbar war, um dann alles in einem anständigen Besäufnis hinunterzuspülen. Dann wieder, wenn sie an die Stärke und die tröstende Zärtlichkeit ihrer Mutter dachte, sehnte sie sich nach einem sicheren, beständigen Nest für sich selbst.

Dann kam Jack – der komische, seltsame kleine Jack, der zierliche, zerbrechliche Junge hinter den dicken Brillengläsern, blaß von langen Nachmittagen, die er drinnen vor dem Fernseher saß oder seinen Tagträumen nachhing, lesend, in Gesellschaft von Cracker-Schachteln und der verrückten alten Wirta, die den Leuten erzählte, sein Künstlername sei Dean Stockwell. Die ganze Zeit über bewahrte der kleine Jack die Worte seines toten Stiefvaters Bill Wilson in seinem Gedächtnis auf: Strebe zum Licht. Sobald er auf seinen eigenen Beinen vor die Tür gehen konnte, nach Einschätzung der meisten Leute immer noch ein Junge, hatte er genau das getan, was sein Stiefvater ihm geraten hatte, und zwar mit Härte und Zähigkeit. Sanft und bemerkenswert einsichtig, hatte er kaum Ahnung davon, wie man höflich auftritt.

Wie waren sie bloß jemals zusammengekommen, fragte sie sich. Wie kam es, daß sie während ihrer Alkohol- und Drogenprobleme zusammengeblieben waren, ihrer Affären, seines Morbus Crohn, während ihrer massiven emotionalen Unsicherheiten? Diese schreckliche Szene im Schlafzimmer. Aber wer wäre sonst mit einem von ihnen zusammengeblieben? In einer Welt, die die Hölle sein konnte, war ihre Ehe letztendlich vielleicht doch im Himmel geschlossen worden.

Jack kam zum Mittagessen nach Hause. Er half Betty, das Essen auf den Küchentisch zu stellen.

Als sie saßen, sagte sie: »Nur wir beide, weißt du das?«

Jack antwortete: »Nur wir beide, was?«

Sie nickte, dann stand sie mit ihrem Teller auf und wandte sich scheu beiseite.

Betty ging zum Einkaufszentrum und kaufte ein Paar neue Tennisschuhe. Ihr fielen noch ein paar Sachen ein, die sie brauchte, und sie fuhr zu einer kleinen Boutique. Außerdem mußte sie noch zur Apotheke. Sie beeilte sich, bis 17 Uhr fertig zu sein. Das Treffen der Anonymen Alkoholiker. Wie immer, wenn sie sich etwas gegenüber sah, das eine schwierige persönliche Erfahrung werden konnte, wurde sie besonders besorgt, was das Trinken betraf. Vielleicht würde sie heute abend an mehreren Treffen teilnehmen.

Jack blieb noch stundenlang in der Praxis, unfähig, sie zu verlassen. Seine Praxis nahm zweihundertfünfzig Quadratmeter im Erdgeschoß des Whitesport Center ein, einem dreistöckigen Ziegelbau hinter hohen weißen Säulen. Das Gebäude lag nicht weit vom Crestwood-Krankenhaus entfernt und bot hauptsächlich Ärzten Raum, von denen viele schon in die Wochenendferien gegangen waren. Während Jack im Halbdunkel von Abteilung zu Abteilung schlenderte, schritt er das Deck seines Schiffes ab, um sicherzugehen, daß für das lange Wochenende alles vorbereitet war.

Einige Minuten vor fünf machte Betty sich auf den Rückweg von ihren Besorgungen. Sie würde es zu ihrem Treffen gerade noch schaffen.

Irgendwann zwischen sechzehn und siebzehn Uhr trat David Williamson, ein kleiner, untersetzter Mann mit schlechtem Haarschnitt, aus der Bar des Ramada Inn, wo James White wohnte. Williamson wirkte in seinem ausgebeulten Anzug und den schweren Schuhen wie ein Polizist in Zivil, aber tatsächlich verdiente er seinen Lebensunterhalt damit, Sportfotos zu verkaufen. Er war in der Bar gewesen, um ein paar Alabama-Auburn-Football-Fotos zu ergattern.

James White befand sich in der Halle, betrunken und zitternd vor Spannung. Er meinte, Williamson wiederzuerkennen, obwohl er ihn noch nie in seinem Leben gesehen hatte. Er sprang auf ihn zu, brachte sein rotes, verzerrtes Gesicht bis auf Zentimeter an Williamsons heran und tippte mit dem Finger an seine Brust.

»Hallo, Kamerad«, sagte Williamson, »kennen wir uns?«

James murmelte etwas, aber Williamson konnte ihn erst nicht verstehen. Als Williamson zurückwich, folgte James ihm, was Williamson ärgerlich werden ließ.

»Hören Sie zu«, sagte Williamson, »bleiben Sie mir vom

Leib, oder ich gehe raus zu meinem Wagen und hole meine Pistole.«

Die Erwähnung der Waffe schien die Verwirrung zu lösen. James hörte auf, ihn zu verfolgen und mit dem Finger nach ihm zu zielen. Williamson zog sich zurück und wandte sich zum Ausgang. Er entschied sich, die Pistole auf jeden Fall zu holen. Gerade als er sich abwandte, um zu seinem Auto zu gehen, murmelte James die einzigen Worte, die Williamson verstehen konnte.

»Ich lasse die Hexe dafür bezahlen, was sie mir angetan hat«, murmelte er. »Ich werde ihr zeigen, was es heißt, einsam zu sein.«

Um siebzehn Uhr merkte Betty, daß sie die hellblaue Banktasche, in der sie die Schecks von der Party aufbewahrte, vergessen hatte. Sie raste nach Hause, um sie zu holen.

James war schon dort.

Er war durch den Wald hinter dem Haus gekommen. Drei Jungen aus der Nachbarschaft übten Golfschläge im Hof neben dem Haus der Wilsons. Weil sie ihn sehen würden, konnte James nicht zur Vordertür gehen, obwohl er sie unverschlossen vorgefunden hätte. Statt dessen war er in die Garage gegangen und hatte es an der Tür dort versucht. Auch sie war nicht abgeschlossen. Schnell stieg er in den oberen Flur des Hauses.

In seinen ersten Aussagen gegenüber der Polizei beharrte James White darauf, daß er nicht genau wußte, warum er in das Haus gegangen war. Er war wütend, sagte er und meinte, vielleicht habe er hineingewollt, um ›ein bißchen zu randalieren‹. Zu sehen, ob es etwas zu holen gab, und vielleicht, um das Haus zu verwüsten, etwas zu zerstören. Er erzählte der Polizei hinterher, er habe ein paar Tage lang ununterbrochen getrunken. Zu dem Zeitpunkt, als er das Wilson-Haus betrat, war er sehr betrunken und hatte außerdem Lithium, Darvocet und Coffeintabletten eingenommen.

Er hatte keine Pistole, trug aber ein Messer bei sich. Es könnte oder könnte auch nicht das Sharpe-Schnappmesser mit dem braunen Griff gewesen sein, das er immer bei sich trug. Außerdem hatte er eine Skimaske mitgebracht.

Die Stufen führten zum Ende eines breiten Flurs, der parallel zur Vorderseite des Hauses verlief. Als James um die Ecke bog und den Flur entlangging, waren die ersten beiden Türen, an denen er vorbeikam, Jacks Schlafzimmer links und genau gegenüber Bettys. James trat in Jacks Zimmer, sah sich mit verschwommenem Blick um, sank dann auf Jacks Bett und warf die Skimaske beiseite. Er stand wieder auf und ging zum Fenster am Ende von Jacks Zimmer, das auf den seitlichen Hof führte. Ein billiger Anrufbeantworter und ein Batterieladegerät standen auf einem Tisch, keines von beiden angeschlossen.

James erstarrte.

Unten ging die Eingangstür auf.

Huntsville liegt ganz am Ende der Appalachen, oberhalb einer weiten, fruchtbaren Ebene. Geschichte und örtliche Wirtschaft sind durch militärische Forschung, Hochfinanz und ein bedeutendes medizinisches Zentrum bestimmt – die Art Dinge, die Leute aus den gesamten Vereinigten Staaten herführen, ja, aus der ganzen Welt. Es ist eine jener Südstaatenstädte, die die Südstaatler selbst als ›Yankee‹ bezeichnen.

Die Laubwälder in den Bergen bieten im Herbst ein phantastisches Farbenspiel. Im Frühsommer verleihen die weißen Blüten der Magnolien den Wäldern eine lässige Eleganz. Es ist ein Hauptanziehungspunkt, wenn man in einer Kleinstadt in Alabama aufgewachsen ist und schwarz ist oder schwul oder ein armer Weißer und man sich nach einem Ort sehnt, wo man sein kann, was man will.

Das war Betty Wilsons Geschichte. Sie war vor Jahren hierher gekommen, um Gadsden in Alabama zu entfliehen, wo sie aufgewachsen war. Jetzt war sie mehr oder weniger das, wovon sie als Mädchen geträumt hatte. Reich. Berühmt.

Sie war eine attraktive Frau mittleren Alters – klein, schlank, mit lebendigen blauen Augen, zarten Gesichtszügen und schwarzen Haaren, die an der einen Schläfe mit Weiß durchsetzt waren. Ehe sie einen Arzt heiratete, war sie Krankenschwester gewesen, sie hatte in einem der ersten kommerziellen Gesundheitszentren von Huntsville gearbeitet. Sie hatte nie die Lust an Training und Fitneß verloren. Selbst in ihren schlimmsten Jahren mit Alkohol und Kokain war sie immer schlank, modisch und sehr hübsch gewesen. Sie legte sich unter das Messer von Schönheitschirurgen für kleinere Gesichtskorrekturen und größere Eingriffe.

Später, als es ihr besserging und sie sich mit ihren Gefühlen für ihre Zwillingsschwester auseinandergesetzt hatte, wurde ihr klar, daß wahrscheinlich keine der schmerzhaften Operationen, denen sie sich unterworfen hatte, um schöner zu werden, nötig gewesen wäre. Aber Betty hatte ihr Leben im Rückblick immer schon besser verstanden als im jeweiligen Moment. Wenn es stattfand, war immer alles ungestüm, hungrig, wild, seltsam wundervoll, schrecklich. Es wurde nie Ernst.

Sie war am 14. Juli 1945 als Betty Woods in East-Gadsden, früher Hoke's Bluff, einem Teil der Stadt Gadsden am Coosa-Fluß im Nordosten Alabamas geboren worden. In den vierziger und fünfziger Jahren hatte Gadsden einen üblen Ruf gehabt. Während des Krieges hatte es dort ein Waffen- und Chemiezentrum gegeben. Von 1930 bis zum

Ende des Krieges hatte sich die Einwohnerzahl auf sechsundfünfzigtausend verdoppelt. Nach dem Krieg gab es eine schnelle Hinwendung zu den Geschäften der Friedenszeit, gestützt durch ein umfangreiches Programm der Bundesregierung, um den Coosa für kommerzielle Nutzung vorzubereiten, aber das Ende des Krieges und die Rückkehr der Soldaten waren mehr, als die örtliche Wirtschaft verkraften konnte. In den späten Vierzigern und frühen Fünfzigern kam es zu umfangreichen Entlassungen in den Stahlwerken und Gummiplantagen in Gadsden, und viele Familien durchlitten die härtesten Zeiten seit der großen Depression.

Einige Leute sagten später, als sie sich zurückzuerinnern versuchten, die Familie Woods sei arm gewesen. Aber das entsprach nicht der Wahrheit. Oscar und Nell Woods verfügten nur über sehr bescheidene Mittel, aber sie waren nie arm. Als andere Familien ihre Häuser verloren, zog Oscar Woods mit seiner Familie aus den Wohnblocks der Kriegszeit im sogenannten Goodyear Village aus und kaufte ein sauberes kleines Ziegelhaus in der Hoke Street am östlichsten Ende der Stadt in einer Gegend, wo nur eine Generation früher eine Blockhaussiedlung gewesen war.

Oscar Woods war Polizist der Stadt Gadsden. Es ist vielleicht schwierig für Leute, die damals nicht dort gelebt haben, vielleicht sogar für die Leute im Gadsden von heute, sich vorzustellen, was es bedeutete, in den Jahren nach dem Krieg Polizeibeamter in einer Kleinstadt in Alabama zu sein. Es war Hinterland – der Teil von Alabama, wo in den sechziger Jahren Bürger, bewaffnet mit Gewehren und Äxten, die Freiheitsbusse angreifen würden. Leute, die heute in Gadsden den Ton angeben, insbesondere im Polizeirevier, erlauben sich gelegentlich ein kleines Schaudern, wenn sie darüber sprechen, wie es damals war. Niemand wünscht sich die Zeiten zurück. Ein Polizist verdiente ein Taschengeld, keineswegs genug, um eine Familie zu ernähren und ein angenehmes Leben zu führen. Sie entschädigten sich dafür durch Korruption. Das Gebiet von Gadsden ist wie ein Großteil des Südens nach der Aufhebung der Prohibition trocken geblieben. Viele Polizisten wurden von Schiebern bezahlt. Die meisten der Schmuggler waren Feuerwehrleute.

Der Rassenkonflikt war ein beißendes, quälendes Krebsgeschwür in der Stadt. Niemand war stärker davon besessen als Oscar Woods – ein großer, dunkler, gutaussehender Mann, der auf einem Moped angefangen und sich bis zum Detective hochgearbeitet hatte. Jeder nannte ihn Wormy.

Eines Nachmittags nahm Wormy Woods einen Neuling mit auf Patrouille in den afro-amerikanischen Teil der Stadt. Er sah einen schwarzen Mann mittleren Alters, der auf dem Gehweg entlangging. Er sagte zu dem Neuling: »Ich kenne diesen einen Nigger dort nicht, was bedeutet, daß ich aus dem Auto raus und mich vorstellen muß, was ich hasse.«

Er stieg mit einem freundlichen Lächeln aus dem Auto, ging zu dem Mann und schlug ihn mit der Faust, so hart er konnte, nieder. Der Mann ging zu Boden, eine Hand an der blutenden Nase, und starrte schweigend zu Officer Wormy hoch, der, die Hände in den Hüften, sein Jackett öffnete, um ihm die bedrohliche schwarze Mündung seiner Dienstwaffe zu zeigen. Als er wieder im Auto saß, sagte Oscar Woods zu dem Neuling: »So gehe ich mit Niggern um.«

Wormy nahm Geld von den Schiebern und benutzte es dazu, sich überall in der Stadt Geliebte zu halten. Er arbeitete für die Union Busters. Man nahm allgemein an, daß er wußte, was einer Reihe von Leuten, Schwarzen und Weißen, zugestoßen war, die aus Gadsden verschwunden waren. Aus heutiger Sicht ist das wirklich Furchterregende, daß alle Leute, die Gadsden von damals kennen, sich darin einig sind, daß Wormy Woods für damals gar kein Einzelfall war. Eines der Dinge, die die Bürgerrechtsbewegung und der Aufstand von 1960 erreicht haben, war es, jeden, Schwarz und Weiß, von den Wormy Woods dieser Welt zu befreien.

Wenn Wormy Woods tagsüber seine Runde machte, trank er. Er trank mit seinen Frauen. Er trank in den illegalen Kneipen, die er schützen half. Er trank in den Brennereien, wo ein Teil des Stoffes hergestellt wurde, und in den Lagerhäusern, wo der Rest davon versteckt wurde. Er trank im Polizeiwagen. Er trank in seinem eigenen Pickup. Wenn er abends nach Hause kam, war sein Zustand irgendwo zwischen sturzbetrunken und besinnungslos.

Mr. Pruetts Tochter, eine Nachbarin, erinnerte sich, wie er an einem regnerischen Abend in seinem Pickup vor dem kleinen Ziegelhaus vorfuhr. Er stieß die Autotür auf, saß reglos da, um dann langsam aus der Tür und mit dem Gesicht in den Matsch zu rollen, wo er ein paar Stunden lang liegenblieb, während der Regen auf seinen Rücken trommelte. Die Nachbarn, die ihn in dieser Verfassung sahen, schüttelten den Kopf und beteten für die Familie im Inneren des kleinen Hauses.

Manche Nacht kam er wütend nach Hause. Vor Gericht erinnerte sich Peggy, Bettys Zwillingsschwester, an einen Zwischenfall aus ihrer frühesten Kindheit – ihr Vater, der mitten in der Nacht über den Betten der Zwillinge steht und sie weckt, indem er ihnen mit der Polizeilampe in die Augen leuchtet. Er ließ sie Ben-Gay-Salbe essen. Das war alles, woran sie sich erinnern konnte.

Von Kindheit an war Peggy immer die Friedensstifterin und die Ausgleichende. Sie zog Betty mit sich ins Badezimmer und schloß die Tür. Die beiden kleinen Mädchen flüsterten stundenlang miteinander, wenn Peggy Betty zu überreden versuchte, alles zu tun, was nötig war, um ihren Vater bei Laune zu halten.

Gelegentlich schluchzte er im Suff über das, was er den Leuten angetan hatte. Als Betty acht Jahre alt war, kroch sie auf seinen Schuh und umfaßte seine Knie, während sie ihr Gesicht in seine Hosenbeine drückte.

»Bitte, Daddy, bitte«, rief sie, »Jesus kann dir helfen. Du bist krank. Du kannst dich Jesus zuwenden, und er wird dir helfen, mit dem Trinken aufzuhören.«

Er schüttelte heftig den Kopf, und Tränen strömten ihm über die Wangen. »Nein, nein! Es ist zu spät! Es ist zu spät für mich!«

Jahrzehnte später erinnerten sich Männer ihrer Generation immer noch mit einer gewissen Bewunderung an Nell Woods, Bettys Mutter. In ihrer Jugend war sie eine so schöne Frau gewesen, daß die Männer stehenblieben und den Atem anhielten. Sie zog sich gut an. Sie arbeitete lange und schwer in einer Fabrik, die Kleiderbügel für eine chemische Reinigung herstellte. Im Winter wurde die Fabrik kaum geheizt, und in den langen, heißen Sommern gab es keine Klimaanlage. Nell Woods arbeitete in Jeans und kurzärmeliger Bluse, das Haar mit einem bunten Tuch hochgebunden. Aber jeden Abend, ehe sie sich auf den langen Heimweg machte, ging sie zu ihrem Schrank und zog die saubere Bluse, den Rock und die Pumps an, in denen sie morgens zur Arbeit gekommen war. Betty fragte sie einmal, warum sie sich nur für den Weg zur und von der Arbeit umzöge, und sie antwortete: »Ich habe meinen Stolz.«

Nells andere Töchter, GeDelle und Martha, waren acht und zehn Jahre älter als die Zwillinge und mehr oder weniger unabhängig, als die beiden eingeschult wurden. Das meiste von dem, was Nell verdiente, wurde für die kleinen Mädchen ausgegeben. Jeden Freitagabend lief sie mit ihnen eine Meile zum nächsten Kino. Alle drei lachten und scherzten den ganzen Weg über. Jedes Mädchen durfte sich fürs Kino einen Schokoriegel kaufen und ein Getränk. Einen Sonnabend im Monat nahm sie sie auf einen längeren Spaziergang zu einem Bekleidungsgeschäft in der Stadt mit, wo jeder Zwilling sich etwas aussuchen durfte.

Sonntagnachmittags sagte sie: »Holt den Ziegel«, und die Mädchen quietschten vor Freude, rannten zum Schrank und holten den speziellen Stein, mit dem sie Pecan- und Walnüsse knackten. Den Rest des Nachmittags verbrachten sie in der Küche, wo sie Berge von Karamelbonbons kochten.

Nell Woods beklagte sich nie – sie sagte nie etwas, das darauf hindeutete, daß ihr Leben nicht normal und erfreulich ablief. Sie hatte eine Art, das Leben zu meistern, angesichts der sich moderne Therapeuten abwenden würden. Aber tatsächlich eröffnete sie den kleinen Zwillingen die Aussicht auf das, was sein könnte. Die dunklen, erschreckenden Zeiten, wenn ihr Vater betrunken und wütend nach Hause kam, waren nicht die einzige Realität. Es gab auch die Momente voll Wärme und Trost, die sie mit ihrer Mutter erlebten.

Peggy war von den beiden diejenige, die sich eindeutig für die Welt ihrer Mutter entschied. Betty war da komplizierter. Sie balancierte auf einem Drahtseil zwischen der Welt, die ihre Mutter repräsentierte, und der, die entstand, wenn ihr Vater nach Hause kam.

Sie waren Geschwister, nicht identische Wesen. Sie waren beide hübsche kleine Mädchen, aber Peggy war diejenige, die von dem guten Aussehen ihrer Eltern jeweils das Beste geerbt hatte. Sie war eine Schönheit. Als sie ein Teenager war, war ihr Körper gleichzeitig schlank und verheißungsvoll gerundet. Ihre Stimme war klar und weich; ihre Mutter hatte ihr beigebracht, in dem gefälligen, sanften Dialekt der oberen Mittelklasse zu sprechen.

Sie war gesellig und wußte sich zu benehmen, und sie verlor nie die Kontrolle über sich.

Später erinnerten sich die Männer, die als Jungen mit ihr zusammen zur Schule gegangen waren, immer zuerst an ihre Augen – große, mandelförmige blaue Augen, die im einen Moment demütig gesenkt waren und dann wieder scharf und forschend auf einen gerichtet waren. Peggy, darin waren sich alle einig, ließ einem das Herz stillstehen.

In Gadsden waren die gesellschaftlichen Grenzen fest gesteckt und richteten sich allein nach Geld, das die Woods nicht hatten. Aber Peggys gutes Aussehen und ihre Manieren öffneten ihr die Türen zu der prestigebewußten Clique der High School-Schüler. Ihr wurde beinahe jede Ehrung zuteil, die die Gadsden High School für Schönheit zu vergeben hatte, und es gab viele davon, alles Gelegenheiten für Bilder in der Lokalzeitung. Als Heranwachsende gewöhnte Peggy sich den theatralischen, exaltierten Tonfall einer Südstaatlerin an, die schon häufig im Rampenlicht gestanden hat.

Das war die Eintrittskarte für die Zulassung zu einer High School-Verbindung, der sonst nur Mädchen aus reicher Familie angehörten. Wie immer, wenn Peggy zu einem neuen Kreis Zugang fand, sagte sie als erstes: »Ich weiß, daß ihr wahrscheinlich noch keine Zeit hattet, darüber nachzudenken, aber wir müssen sicherstellen, daß meine Zwillingsschwester Betty auch eingeladen wird.« Und sie wurde.

Doch wenn Peggy die Sonne war, war Betty der Mond. Scheu, unbeholfen, ein Bücherwurm – nach Ansicht der meisten in Gadsden ein bißchen seltsam – wäre Betty vielleicht lieber alleine geblieben, aber davon wollte Peggy nichts wissen. Peggy war in dem sorgenbeladenen kleinen Ziegelhaus in der Hoke Street, wo Detective Woods abends wütete, der Held der Familie. Ihre Zwillingsschwester Betty hatte Anteil an jeder Ehre, die auf Peggys perfekte, elfenbeinerne Schultern fiel, ob sie wollte oder nicht.

Betty war diejenige, die gegenüber Jungen etwas aktiver war. Sie hatte einen diabolischen Zug an sich, der sie dazu brachte, Dinge zu tun, an die Peggy nicht einmal im Traum dachte – Schule schwänzen, spät mit betrunkenen Jungen in Autos nach Hause kommen, den Lehrern Sand in die Augen streuen, Eltern und anderen Autoritäten trotzen.

Nach der High School lief das Leben der Zwillinge eine Zeitlang parallel. Beide heirateten nach dem Abschluß, ohne zu studieren. Beide bekamen sofort ein Kind. Jede blieb nur ein paar Jahre verheiratet. Betty verließ ihren Partner – ein guter Ehemann und guter Vater für ihre drei kleinen Jungs –, weil er ihr vorschreiben wollte, was sie tun sollte, wie sie sich schminken sollte, wie sie auftreten sollte, und sie entdeckte, daß sie es nicht ertragen konnte, wenn ein Mann ihr Leben beherrschen wollte. Sie zog nach Huntsville. Ihr Mann willigte ein, sich so lange um die Jungen zu kümmern, bis sie sich eingerichtet hatte, was nie geschah.

Peggy verließ ihren Mann, weil sie von seinem Verhalten enttäuscht war. Sie ließ ihn für Wayne Lowe sitzen, den attraktiven jungen Chorleiter der Calvary-Baptistenkirche gegenüber der Hoke Street im Goodyear Village, wo Peggy als Kind gewohnt hatte. Wayne war ebenfalls verheiratet und mußte sich scheiden lassen, um Peggy heiraten zu können. Er kümmerte sich um ihre kleine Tochter und den kleinen Sohn und wurde ihnen ein echter Vater, den sie noch Dad nannten, als sie schon erwachsen waren.

Bald zogen Wayne und Peggy in eine abgelegene Holzsiedlung am Logan Martin-See, fünf Meilen vor der Stadt

Talladega und kaum dreißig Meilen von Gadsden entfernt.

Wayne unterrichtete und wurde in einer nahegelegenen Schule des Bezirks Vincent Chordirektor; abends und am Wochenende arbeitete er als Vertreter für Haushaltswaren. Peggy ging wieder zur Uni und schloß ihr Lehramtsstudium ab. Sie unterrichtete wie Wayne an der Grundschule in Vincent und übernahm oft noch Gelegenheitsarbeiten. Sie waren immer gut gekleidet und fuhren schöne Autos, aber sie lebten nie über ihre Verhältnisse. Durch eisernes Sparen und viel Eigenarbeit konnten sie ein hübsches neues Haus hoch auf einem Hügel über dem See bauen. 1991 war das Haus fast fertig. Angie, die älteste Tochter, war dreiundzwanzig Jahre alt, verheiratet und hatte selbst schon ein Baby. Blake, einundzwanzig, beendete gerade das College, und Stephanie, die dreizehn war und das gemeinsame Kind von Wayne und Peggy, würde in ein bis zwei Jahren genauso eine Schönheit sein wie ihre Mutter als Teenager.

So wie Peggy in dem kleinen Ziegelhaus in der Hoke Street schon der Held der Familie gewesen war, fühlte sie sich auch jetzt berufen, sich um andere Familien zu kümmern, die vom Pech verfolgt waren. In verschiedenen Fällen nahm sie sich unverheirateter Teenager-Mütter an, brachte sie dazu, ihr unglückliches Heim zu verlassen und bei ihr, ihrem Mann und ihren eigenen Kindern zu leben, so lange, bis ihre Probleme gelöst warten. Eine junge Frau blieb über ein Jahr.

Sie entdeckte eine obdachlose Familie, die in einer Schuttgrube lebte, im Auto schlief und sich von Abfall ernährte. Die Kinder waren allesamt ungepflegt, die Haut von Insekten zerstochen und zerkratzt. Also nahm sie sie mit nach Hause, badete und fütterte sie, und dann fanden Wayne und sie Unterkunft und Arbeit für sie.

Die anderen Familienmitglieder hatten nie Einwände dagegen, selbst dann nicht, wenn Peggy verschiedenen

Hausierern und Bettlern aus dem spärlichen Familieneinkommen Geld lieh. Peggy Lowe kämpfte gegen die Dunkelheit, indem sie sich nicht davor scheute, sich ihr zu stellen. Wenn jeder Mensch einen Fehler haben muß, war ihrer noch von gutem Willen bestimmt.

Von dem Moment an, als Betty Gadsden verließ und nach Huntsville ging, entfernten sich ihr und Peggys Lebensweg weit voneinander. Obwohl sie einander so nahegestanden hatten, war es für Betty dennoch eine Erleichterung, sich von ihrer Schwester zu lösen. In gewisser Weise hatte Peggys unbarmherzige Fürsorge Betty davon abgehalten, das zu tun, was sie wollte, nämlich, eine gute Zeit zu verbringen. Sie hatte zwei oder drei Jobs gleichzeitig, gab aber das meiste von dem, was sie verdiente, für Kleidung und Autos aus. Sie schaffte es nie, ihre drei Söhne aus Gadsden zu sich zu holen, aber ihr Vater war ein guter Mann, und sie sahen sich häufig. Betty Woods, die allein im Huntsville der siebziger Jahre ein Single-Apartment bewohnte, genoß die prickelnde Erfahrung, den Leuten, insbesondere den Männern, aufzufallen.

Sie trank viel. Sie machte sich mit Kokain zum Narren. Sie führte ein, wie sie meinte, aufregendes, rasantes Leben. Wenn es ihr zuviel wurde, zog sie sich mit einem Stapel Bücher in ihre Wohnung zurück oder fuhr nach Gadsden, um ihre Söhne zu besuchen.

Anfang der Siebziger ging in Huntsville das Gerücht um, daß eine neue, große Privatklinik unterhalb von Garth Mountain gebaut werden sollte. Die Errichtung eines neuen Krankenhauses war ein wichtiger Schritt für Huntsville auf dem Weg zu einem der größten regionalen Medizinzentren. Junge Ärzte aus allen Teilen des Landes kamen hierher, teils, um in bestehenden Praxen zu arbeiten, teils, um selber eine Praxis zu gründen.

Eine Frau, deren Mann einer der Hauptinvestoren der neuen Klinik war, besuchte den Fitneß-Club, wo Betty nachts arbeitete. Eines Abends sagte sie zu Betty: »Sie sind zu hübsch und nett, um Ihr Leben mit dieser Art von Arbeit zu verbringen. Warum gehen Sie nicht zu dem neuen Krankenhaus und bewerben sich um etwas mit mehr Anspruch? Berufen Sie sich auf mich.«

Innerhalb von drei Jahren hatte Betty den größten Teil der Krankenschwesterausbildung an der Universität von Alabama absolviert und – was noch wichtiger war – dabei eine neue Wahrheit des Lebens entdeckt – daß auch sie gebraucht wurde, daß auch sie ein Zünglein an der Waage war im Kampf auf Leben und Tod, daß auch sie für ihre Rolle verehrt und bewundert wurde. Auch sie konnte ein Held sein.

Es war eine glückliche, wenn auch bewegte Zeit für Betty. Sie wurde zu einer Dialyseexpertin, nach der in der Klinik große Nachfrage herrschte. Sie arbeitete viel und genoß ihre Arbeit sehr. Außerhalb der Arbeit spielte sie viel. Ihr Leben bestand aus Sichgehenlassen als auch aus Aufopferung – beides intensiv und mit völliger Hingabe.

Eines Tages im Jahre 1976 verabreichte ein nervöser junger Augenarzt einer älteren Patientin während einer Operation ein gebräuchliches Medikament, eine berechtigte Vorgehensweise, aber in diesem Fall löste es bei der Patientin Nierenversagen aus. Die Operation mußte unterbrochen werden, und die Patientin wurde in ein anderes Zimmer gebracht, wo Schwester Betty Woods sofort mit einer Notfall-Dialyse begann.

Betty war so in ihre Arbeit vertieft, daß sie den Augenarzt bei seinem Eintreten zunächst gar nicht beachtete. Er war ein kleiner Mann, dreiunddreißig Jahre alt, mit schimmernden schwarzen Haaren, großen braunen Augen und einer langen, gerade Nase. Selbst in seinem Kummer um den Zustand der Patientin lag etwas Koboldartiges und

Mutwilliges in seiner Art, durch den Raum zu huschen, den Kopf zu halten, zu seufzen und zu stöhnen: »O Gott, wird sie es schaffen? Wie sieht es aus? Kommen Sie voran? O Gott, wie schrecklich, ich hatte keine Ahnung. Ich habe das Zeug schon millionenmal benutzt, sie ist so eine liebe Dame, ich habe ihr gesagt, daß es ganz einfach würde, und nun so was, mein Gott, wie steht es?«

»Lassen Sie mich alleine, Doktor«, sagte Betty.

Er hatte eine komische Stimme, sprach mit einer fast schon weiblichen Tonlage: »Ja, sicher, es tut mir leid, bitte, tun Sie, was nötig ist. Ich habe es schon millionenmal benutzt, es hat nie Probleme gegeben, ich kann es nicht fassen. Sie ist so eine liebe Frau, ich habe sie so gerne. Sie ist eine meiner Lieblingspatienten.«

Er tanzte um sie herum.

»Doktor, hören Sie bitte damit auf.«

»Ja, natürlich. Wie geht es ihr?«

»Es geht ihr gut. Sie erholt sich. Es wird ihr bald bessergehen, es sei denn, Sie stören mich weiter, denn dann könnte ich mich dazu entschließen, dieses verdammte Ding abzuschalten.«

Er blieb abrupt stehen und sah ihr intensiv in die Augen. Er führte einen eleganten Finger an seine lange Nase. »Sehen Sie diese Nase, Schwester? Wenn Sie das tun, sauge ich mit einem Atemzug die ganze Luft aus diesem Zimmer.«

»Doktor, gehen Sie raus hier.«

Jack Wilson verließ den Raum. Sie beobachtete ihn von hinten, während er ging.

Da geht der niedlichste Typ, den ich je in meinem Leben gesehen habe, dachte sie.

Der Weg, den Jack Wilson bis zu seiner Stellung als Arzt mit einer vielversprechenden Praxis in Huntsville, Alabama, zurückgelegt hatte, war lang, beschwerlich und seltsam gewesen – ein Beispiel für die amerikanische Lebensart und ein Beweis dafür, daß man nie vorhersehen kann, wie die Dinge einmal enden werden. Er hatte seinen Vater nie gekannt, und niemand hatte je versucht, ihm dessen Namen zu nennen oder ihn zu beschreiben. Ein paar engen Freunden in Huntsville erzählte er, daß es praktisch jeder hätte sein können und daß seine wirkliche Mutter wahrscheinlich eine Hure gewesen war.

Seine Verwandten haben unterschiedliche Erinnerungen an seine Eltern. Sie sagen, Carolyn English, seine Mutter, sei Ende des zweiten Weltkrieges eine junge, attraktive, alleinstehende Frau gewesen, die als Geliebte eines verheirateten Mannes endete, statt selbst einen Ehemann zu haben. Sie arbeitete hart als Kellnerin und hatte uneheliche Kinder, die sie nicht versorgen konnte. Sie führte kein respektables Leben, aber sie war auch keine Hure.

Wirta pflegte zu Jack zu sagen, seine Mutter sei eine Hure. Das war, als Jack zehn war und herausgefunden hatte, daß nicht Wirta, sondern Carolyn seine wirkliche Mutter war.

Wirta Wilson hatte die Angewohnheit, Kissen unter ihr Kleid zu stopfen und durch Villa Park zu spazieren, einen kleinen Vorort westlich von Chicago, und den Leuten zu erzählen, sie sei schwanger. Dann verschwand sie für ein paar Tage, sagte, sie ginge ins Krankenhaus nach Chicago, und dann kehrte sie mit einem weiteren Baby zurück in ihren kleinen Bungalow, das sie auf illegale Weise von jemandem adoptiert hatte, der nicht selbst dafür sorgen konnte.

Jack war das jüngste von Carolyn Englishs Kindern. Wirta hatte auch seine beiden älteren Schwestern adoptiert sowie jüngere Zwillinge von einer anderen Frau.

Wirta verhielt sich den Kindern gegenüber so kühl und gleichgültig, daß es schwierig war zu verstehen, warum es ihr so wichtig gewesen war, sie zu bekommen.

Carolyn kam so oft wie möglich zu Besuch. Sie war hübsch und gefühlvoll, ganz anders als Wirta. Ihre Beziehung zu den Kindern wurde nie erklärt – ein Teil des Abkommens mit Wirta. Aber es war immer viel trauriger, als es hätte sein sollen, wenn sie wieder verschwand; trauriger als die Trennung von einer bloßen Freundin der Familie. Als Jack zehn war und schon hervorragend Klavier spielen konnte, saß Carolyn einmal mit ihm auf der Klavierbank, lachte und schmuste mit ihm, während er spielte und sie beide ›Bye, Bye, Blackbird‹ sangen.

Der kleine Junge hob sein Gesicht zu Carolyn empor, lächelte unter Tränen und fragte mit weicher Stimme: »Bist du meine richtige Mutter?«

Sie warf einen hilflosen Blick über die Schulter zu Wirta, die grimmig in der Küchentür stand und die Szene beobachtete, die Hände in die Hüften gestemmt. Carolyn wandte sich ihm wieder zu und antwortete ihm ruhig: »Ja, Jack. Ich bin deine richtige Mutter. Aber Wirta hat dir ein Zuhause gegeben und ich nicht.«

Wirta war nicht bereit, es dabei zu belassen. Sobald Carolyn gegangen war, stürzte sie sich auf ihn. »Sie ist eine Hure. Sie arbeitet in den Straßen von Los Angeles. Die Hälfte aller Bastarde in Kalifornien sind deine Brüder und Schwestern.«

Die große Liebe in Jacks Kindheit galt Bill Wilson – ein warmherziger, intelligenter und gebildeter Mann, der das begabte, komische, niedliche kleine Kerlchen anbetete und ihn immer Jacky-Boy nannte. Bill Wilson hatte viele Berufe ausgeübt, unter anderem war er Journalist und Herausgeber gewesen, aber in seinen späteren Jahren hatte er es schwer gehabt. Den Großteil der Zeit, die Jack heranwuchs, arbeitete Bill als Koch. Er kam müde nach

Hause, seine Füße waren geschwollen, und der Rücken schmerzte. Aber er schickte den kleinen Jungen nie weg. Am Ende eines langen, arbeitsreichen Tages brachte der Junge Bill Wilson den Funken des Lebens zurück. Das Lachen des kleinen Jack, seine Streiche und Witze, sein schönes Klavierspiel, die ulkigen Geschichten, die er über seine Erlebnisse erzählte, größtenteils erfunden – das war es, was Bill Wilsons Herz höher schlagen ließ.

Das galt auch umgekehrt. Jack dachte sich Geschichten aus, weil er so wenig erlebte. Er ging gern zur Schule, er war klein für sein Alter und wirkte auf andere Kinder so seltsam mit den großen Augen, die hinter dicken Brillengläsern schwammen. Daher hatte er nur wenige Spielkameraden. Er war Gegenstand von Witzen und Zielscheibe für Streiche. Jeden Tag kam er direkt nach der Schule nach Hause. Wirta war meist nicht da; sie verbrachte die Nachmittage im Kino, wo sie ganz allein dieselben Filme wieder und wieder ansah. Jack sah nachmittags fern, las, spielte einsame Spiele und träumte in den Tag hinein. Wenn er am frühen Abend besonders einsam und müde war, rollte Jack sich unter Wirtas großem Bett zusammen und las dort. Irgendwann in diesem Brei aus Fernsehen, Tagträumen und dem stundenlangen Blättern in billigen Nachschlagewerken, die Bill aus einem Kaufhaus mitgebracht hatte, ergriff die magische Zusammensetzung, durch die eine erwachsene Persönlichkeit geprägt wird, Besitz von Kopf und Seele des kleinen Jungen.

»Janey«, flüsterte er seiner älteren Schwester zu, »wenn ich erwachsen bin, will ich diese Welt als einen besseren Ort zurücklassen.«

Wenn Bill spätabends nach Hause kam, war Jack in Hochform. Er sprang auf und begann, die komischen Rituale abzuspulen, die er sich den ganzen Tag über ausgedacht und geübt hatte, und dann stimmte er in Bills liebevolles Lachen ein. Sie waren ein Paar.

Irgendwann sprachen die Lehrer mit Wirta und erklärten ihr, Jack sei mehr als nur schlau, auf gewissen Gebieten sei er nahezu ein Wunderkind. Das weckte bei Wirta neues Interesse für das Kind. Sie nahm seine Hand und ging mit ihm zu einem Radiosender in einer Vorstadt Chicagos, um mit ihm an einem Quiz teilzunehmen. Die Verantwortlichen wählten ihn sofort für die Sendung aus. Er war witzig und begriff schnell, konnte alle Fragen beantworten und gewann einen jungen Hund.

Bill baute eine Hundehütte für den Hund, der Jacks engster und liebster Gefährte wurde. Nach der Schule lief er zu ihm nach Hause und behielt ihn jeden freien Moment bei sich. Als das Tier zwei Jahre später überfahren wurde, weinte er tagelang. Als Bill abends nach Hause kam, nahm er ihn in die Arme und flüsterte wieder und wieder: »Der einzige Ausweg, Jacky-Boy, ist es, die Sonne zu suchen. Du mußt aufstehen und wieder nach der Sonne suchen.«

Wirta erzählte ihren Freunden und Bekannten inzwischen, daß Jack für einen Kinofilm unter Vertrag genommen worden sei und viel Geld verdienen würde. Als sie später nach Los Angeles umzogen, ließ Wirta die Leute glauben, sie gingen nach Kalifornien, weil Jack bei einem großen Studio unter Vertrag genommen worden sei und sein Künstlername von jetzt an Dean Stockwell laute.

Jack hätte Wirta sicher amüsant gefunden, wenn sie nicht auch etwas Gefährliches an sich gehabt hätte. Jack lernte schon früh, einen großen Bogen um sie zu machen und ihre Exzentrizitäten hinzunehmen. Wenn sie sagte, daß er Dean Stockwell sei, war er Dean Stockwell.

Aus irgendeinem Grund hörte sie früh damit auf, Jack zu schlagen, vielleicht wegen des Ärgers, den sie dann mit Bill bekommen hätte; aber sie fuhr fort, die hilflosen Zwillinge zu schlagen, die jünger als Jack waren.

Dann dachte sie sich einen noch sadistischeren Plan aus. Jack beschützte die Zwillinge, trat stets für sie ein und erklärte ihnen, wie sie Ärger aus dem Weg gehen konnten. In ihren Augen war er der Held der Familie. Warum sollte dann er nicht das Schlagen übernehmen? Zu der Zeit waren seine großen Geschwister schon aus dem Haus.

Jack nahm die verängstigten Kinder, einen Jungen und ein Mädchen, mit ins Bad und knallte mit Wirtas Lederpeitsche, bis sie vor Angst zitterten. Er schlug die Tür zu, stieß laute Drohungen aus, und dann beugte er sich hinunter und flüsterte ihnen ins Ohr: »Immer, wenn ich mit der Peitsche knalle, müßt ihr schreien.«

Wirta, die nicht besonders klug war, kam nie dahinter. Sobald Jack ihnen ein Zeichen gab, schrien die Zwillinge laut auf. Diese Scharade spielten sie viele Male.

Bill wußte davon und hieß es gut. Er erklärte Jack, daß Wirta gelitten hatte, daß sie viele Möglichkeiten gehabt hatte, aber das Leben eine große Enttäuschung für sie gewesen sei. Er sagte, sie sei eine gute Frau, die Jack und seinen Geschwistern ein Heim geschaffen habe.

Als Jack fünfzehn war, starb Bill an Krebs. Wochenlang war der Junge vor Schmerz und Trauer wie gelähmt und aus Angst davor, wie das Leben ohne Bill Wilson sein würde. Er ging zur Schule, weil sie Erleichterung versprach, aber die übrige Zeit lag er in seinem Zimmer in zerwühlten Laken und schluchzte lautlos in sich hinein, während Wirta weg war, um Kinofilme anzuschauen.

Dann, eines Abends, kam er aus seinem Zimmer und sagte zu Wirta: »Ich suche mir einen Job, damit ich dir helfen kann.«

Zwei Tage später kam er mit guten Nachrichten nach Hause. Er hatte mit Charme und Witz einen Nachmittagsjob bei einer Speditionsfirma bekommen, wo er die Bücher führen und die Akten ordnen helfen sollte. Seine Arbeitgeber waren bald von ihm eingenommen und begannen, seine Zuständigkeit zu erweitern und ihm Gehaltserhöhungen und kleine Bonusse zukommen zu lassen.

Ein paar Wochen später kam er mit einer ganzen Menge Geld zu Wirta. Während sie am Küchentisch saß, um es zu zählen, sagte er: »Ich muß mir eine Sozialversicherungsnummer besorgen. Laut Geburtsurkunde lautet mein Name Jack English. Nur du hast mich immer Jack Wilson genannt. Das ist nicht mein gesetzlicher Name. Ich muß meinen Namen in Wilson ändern lassen.«

Mißtrauisch sah sie auf.

»Warum?«

»Bill war der einzige Vater, den ich je hatte. Der beste Vater, den man nur haben kann. Und du hast mir ein gutes Heim gegeben.«

Jack Wilson wurde zwei Jahre eher als üblich im nahegelegenen Occidental College angenommen, wo er die Gewohnheit des unermüdlichen Studierens annahm. Er arbeitete in seinem Buchführungsjob, er unterstützte weiterhin Wirta und die Zwillinge, und er studierte. Er studierte mit einer Besessenheit, die ihn für alles andere im Leben blind machte, selbst für seine eigenen Bedürfnisse. Seine Kleidung paßte nie zusammen, war zerknittert und abgetragen und wirkte für einen jungen College-Studenten absurd kindlich. Er ging davon aus, daß er für junge Frauen unsichtbar war, und so war es auch.

Nichts war wichtig, mit Ausnahme des Studiums. Betty erzählte er später, er habe studiert, um jemand zu sein. Weil er Geld verdienen wollte. Weil er anerkannt werden wollte. Er studierte, weil er fasziniert war von dem, was in den Büchern stand, und dem, was seine Lehrer ihm erzählten. Insbesondere faszinierte ihn die Funktionsweise des Auges und alle Fehler und Krankheiten, die zu einer Sichtverschlechterung führten, wie es bei ihm der Fall war. Er war fasziniert von dem Gedanken, daß schlechtes Sehen nicht Schicksal war, sondern – vielleicht sogar von ihm selbst – kuriert werden konnte.

Aber der Hauptgrund für seinen Eifer war, daß ihm das

Studium als Weg zum Licht erschien. Es war der Weg, der aus seinem dunklen, verdrießlichen Leben, allein mit einer Enzyklopädie, dem Fernseher und den endlosen Tagträumen, herausführte.

Nachdem er seine Kurse beendet, seine Pflichten im Job erledigt und zu Hause nachgesehen hatte, ob Wirta oder die Zwillinge etwas brauchten, ging er geradewegs zur Mary Norton Clapp-Bibliothek am Occidental, wo er bis in die frühen Morgenstunden arbeitete. Jack hatte während seiner einsamen Kindheit mit einem meist abwesenden Vater und einer nachlässigen Mutter nicht viel von den normalen Dingen des Alltags mitbekommen, beispielsweise davon, wie man anständig auf einem Stuhl sitzt. Er turnte auf seinem Stuhl im Lesesaal herum, saß im Lotussitz, hockte auf den Fußballen und stützte die Ellenbogen auf den Tisch oder lümmelte sich seitwärts in den Stuhl, das Buch vor dem Gesicht, zappelnd wie ein Affe, aber immer auf das Buch konzentriert, das er gerade in Händen hielt.

Seine Ernährungsgewohnheiten waren furchtbar. Er stopfte sich Schokoriegel in den Mund, trank Cola und aß Kartoffelchips, wann immer er hungrig genug war, daß es ihm auffiel. Damals und später, als er an der University of Tennessee Medical School in Memphis eingeschrieben war, litt er an Morbus Crohn.

Benannt nach Burrill B. Crohn, dem amerikanischen Gastroenterologen, der diese Krankheit entdeckt hat, ist Crohn eine Erkrankung des Ileum, also des dritten Abschnitts des Dünndarms. Die Ursache ist unbekannt. Es gibt Hinweise darauf, daß sie verstärkt bei Personen in gehobenen Positionen auftritt, aber das ist ein Streit darüber, was zuerst da war, das Huhn oder das Ei.

Die Symptome von Crohn sind Fieber, Durchfall, Krämpfe und Bauchschmerzen sowie Gewichtsverlust, und an alledem hatte Jack mal mehr, mal weniger seit seiner Kindheit gelitten. Aber während der Collegezeit wurde der Crohn schlimmer. Die Krankheit befällt die Betroffenen meist in Intervallen. Die einzig bekannte Therapie in schlimmen Fällen ist die operative Entfernung der erkrankten Dünndarmregionen.

Die Krankheit wird gemeinhin mit Streß in Verbindung gebracht, aber in Jacks Fall ebbte sie ab, als er Assistenzarzt wurde, normalerweise eine Zeit großer Belastung für junge Ärzte. In Jacks Fall traf natürlich das Gegenteil zu. Für ihn bedeutete die Zeit als Assistenzarzt einen unfaßbaren Segen. Abgesehen von einer Kleinigkeit: Der kleine Jack Wilson, das komische Kind, das nie einen Freund hatte, der nach der Schule nach Hause rennen mußte, um nicht von den anderen Kindern gehänselt zu werden, strich durch die Halle des Charity Hospitals in New Orleans und schrak zusammen, wann immer ihn jemand als ›Doktor‹ ansprach. Es war ein unerreichbar ferner Tagtraum, den er durch schiere Willenskraft wahr gemacht hatte. Er fühlte sich wie ein Zauberer.

Aber dann war da noch die andere Sache, der Traum, auf den er nie einzugehen gewagt hatte.

Als er noch an der Universität von Tennessee studierte, hatte er eines Abends an einem Treffen mit Kommilitonen von der Memphis-State-Universität teilgenommen. Auf dieser kleinen Party machte er unbeabsichtigt eine Bemerkung, die ein Mädchen am anderen Ende des Raumes zum Lachen brachte. Schnell sah er auf, aber dann gleich wieder weg. Sie war eine von ›denen‹ – den attraktiven Leuten, den Normalen.

Aber sie trat zu ihm und sprach ihn an. Und wieder brachte er sie zum Lachen. Sie unterhielt sich weiter mit ihm, obwohl er nicht genau wußte, warum. Da sagte sie: »Weißt du, Jack, wenn du die Brille abnimmst, hast du umwerfend schöne Augen.«

Da lud er sie ein.

Sie hieß Julia Kelly und war Junior an der Memphis State. Sie stammte aus New Albany, Mississippi, und hatte einen weichen, hübschen Akzent. Sie sah wirklich sehr gut aus – klein und zierlich wie eine Tänzerin, mit feingeschnittenen Zügen, großen braunen Augen und einer üppigen dunklen Haarpracht.

Als Jack am Charity Hospital seine Assistenzzeit begann, war Julia seine Frau, und sie erwarteten ihr erstes Kind. Sie unterrichtete, sie waren hoffnungslos arm, und Jack Wilson schwebte förmlich zwei Fuß über der Erdoberfläche. Das behielt er für die nächsten zehn Jahre bei, während seiner Facharztausbildung als Augenarzt in Birmingham und auch noch die ersten Jahre in Huntsville, wo er 1968 eine Praxis gründete.

In den letzten Jahren seiner Facharztausbildung kam der Crohn zurück – diesmal mit großer Heftigkeit. Er mußte etwas dagegen unternehmen, oder er würde zusammenbrechen. Widerstrebend stimmte er einer Operation zu, bei der der betroffene Teil des Dünndarms entfernt und der Rest mit der Öffnung des Dickdarms vernäht wurde. Sobald er konnte, stürzte er sich wieder in die Arbeit, dem Balsam, der alle seine Wunden heilte.

Als Julia ihn, nachdem sie zwei Söhne und einen Adoptivsohn hatten, 1976 verließ, war er genauso schockiert und erschüttert wie in den dunklen Tagen der Kindheit, als Bill Wilson starb. Er fuhr fort, wie ein Besessener zu arbeiten, um jede Nacht in eine verlassene, unaufgeräumte Wohnung zurückzukehren, wo das einzige Möbel eine Matratze auf dem beigefarbenen Teppichboden im Wohnzimmer war.

Bevor seine Ehe scheiterte, hatte Jack nie gewußt, wie man ein normales Leben führt. Er kannte die engen kleinen Häuser, in denen er mit Wirta gewohnt hatte, die Zwillinge, und dann die Freuden der Medizin, die Erfüllung seines Traumes. Aber er wußte nicht – weil er es nie erlebt hatte –, was es bedeutete, ein mehr oder weniger normales Leben zu führen mit gesunden Beziehungen, der Ausgewogenheit von Beruf und Freizeit und genügend Zeit für Zweisamkeit.

Als er in der billigen Wohnung mit den Staubflocken auf der Matratze saß und alles ehrlich überdachte, fing er an, unglaubliche Dinge an sich selbst zu verstehen. Er war nur als Mediziner erfolgreich. In anderen Teilen seines Lebens war er ein Versager. Seinen Jungen war er ein schlechter Vater gewesen, nie zu Hause, müde und gereizt, wenn er sie sah. Zwischen Arbeit und den regelmäßigen Anfällen von Crohn hatte er es versäumt, Julia die kleinsten Zeichen von Kameradschaft zu vermitteln, von Sexualität ganz zu schweigen.

Langsam zog er Bilanz – die Dämonen der Kindheit, der Erfolg im Beruf, das Versagen als Ehemann und Vater. Er war kein Typ für Selbstmitleid. Er wollte sein Leben untersuchen und tat das in einer unbeteiligten, intellektuellen Art. Er nahm Julia nichts übel. Er einigte sich mit ihr, weigerte sich aber zwei Jahre lang, in eine Scheidung einzuwilligen – bis er Betty traf. Doch die ganze Zeit über blieben Jack und Julia Freunde.

Als er an jenem Tag aus dem Dialyse-Raum, wo Betty seine Patientin wiederbelebte, durch die Halle ging, hatte er ein sehr schönes Gefühl. Er mochte diese Schwester. Sehr. Sie war nicht süßlich und ehrerbietig so wie viele andere. Sie war tüchtig und stark. Und sah sehr gut aus. Ob sie alleinstehend war? Das erste Mal, seit er und Julia sich getrennt hatten, dachte Dr. Wilson ernsthaft daran, sich mit jemandem zu verabreden.

Einen Tag vor dem Mord rief ein Bekannter Janine Russell an. Ihr Freund Bunky war irgendwo unterwegs, vielleicht mit James und James' Bruder. Sie wußte es nicht genau. Es war eine wilde, betrunkene Woche gewesen. Nachdem Janines Mann vor fünf Jahren bei einem Unfall ums Leben gekommen war, war Janine eine lange Zeit trocken gewesen, aber in der letzten Zeit hatten Bunky, James und sie viel zusammen getrunken. Das letzte Mal, daß sie die drei gesehen hatte, saßen sie bei verschlossener Tür in James' Wohnwagen. Sie hatte durchs Fenster gespäht. Alle drei hatten bewußtlos mit dem Gesicht auf dem Boden gelegen. Janines Haus lag auf dem Hügel über dem Wohnwagenplatz.

Ihr Bekannter sagte, daß er den Wagen seiner Tochter fünfundzwanzig Meilen weit nach Alabaster bringen müsse, einer kleinen Gemeinde im Süden von Birmingham, damit er repariert werden könne. Er hatte kürzlich eine Beinoperation gehabt und konnte selbst nicht weit fahren.

Janine sah mit Mitte Dreißig aus wie Mitte Fünfzig. Sie war klein, untersetzt, hatte eine pockennarbige Haut und langes, strähniges blondes Haar. Das Leben mit Babys in einem unordentlichen kleinen Haus war nicht leicht. Sie war zu einem Ausflug immer bereit.

Auf dem Weg nach Alabaster im Wagen ihres Bekannten sprach sie davon, wie wild James die ganze Woche gewesen war. Er stieß Drohungen aus, wenn er betrunken und high war, aber diese Woche war es besonders schlimm gewesen. Er hörte nicht auf, hatte beinahe Schaum vor dem Mund, tobte über eine Frau, eine Lehrerin an der Vincent-Grundschule, die eine reiche Zwillingsschwester in Huntsville hatte. Er rannte in seinem Wagen herum, war nach Huntsville gefahren und wieder zurück. Heute morgen hatte er Janine von einem Motel in Huntsville aus angerufen und über die Zwillingsschwester geschimpft, die eine wohlhabende Arzt-Frau war. Anscheinend hatte diese Frau James bei irgendeiner Arbeit, die er für sie erledigen sollte, als Nichtsnutz hingestellt. Janine verstand nicht genau, wovon er eigentlich sprach.

Anfang der Woche hatte James bei Cheryl, seiner Ex-Frau, angerufen, die ihn immer noch als besten Freund ansah und in einem Wohnwagen nahe seinem wohnte. Cheryl hatte Janine davon berichtet. James hatte Cheryl erzählt, er führe nach Huntsville, um die Hauptrolle in einem Pornofilm zu spielen.

Aber heute morgen hatte er Dinge zu Janine gesagt, die so klangen, als wolle er jemanden dort töten, eine reiche Person oder so. Er war wütend, gefährlich wütend.

Janines Freund, der James kannte, sagte, wenn James verrückt sei und wirklich so rede, als wolle er jemanden umbringen, dann solle Janine mit jemandem sprechen, um sich zu schützen.

Sie traute keinem. Wenn James das herausbekam, würde er sie töten. Der Bekannte sagte, er kenne einen Mann in Alabaster, der bei der freiwilligen Feuerwehr sei. Vielleicht konnten sie mit ihm reden, während das Auto repariert wurde.

Als sie in die Stadt kamen, suchten sie den Feuerwehrmann auf, der sie zum Büro eines befreundeten Polizisten brachte. Janine erzählte ihm zögernd ihre verwirrte Geschichte. Sie erzählte ihm von James, seiner Trinkerei und dem Unsinn, den er über die Lehrerin in Vincent gesagt hatte, daß er mit ihr geschlafen hätte und daß sie ihn liebte und ihren Mann für ihn verlassen würde, aber daß sie eine Zwillingsschwester in Huntsville habe und man von ihr erwarte, ihn für eine Arbeit zu bezahlen. James war wütend über etwas, das in Huntsville passiert war, und wollte sich rächen. Janine konnte sich nicht an den Namen der Lehrerin erinnern.

Der Beamte machte sich ein paar Notizen. Nachdem Janine gegangen war, tätigte er ein paar Anrufe, auch beim Madison County Sheriff in Huntsville. Es war nicht die Art Information, der man in einer überarbeiteten Polizeidienststelle viel Aufmerksamkeit schenkt: Der betrunkene

Partner einer notorischen Schlampe einer kleinen Stadt in Alabama hatte gesagt, daß er nach Huntsville gehen und jemanden verletzen wolle, eine Verwandte einer namenlosen Lehrerin in Vincent, möglicherweise die Frau eines Arztes, aber es war nicht klar, wer das war oder warum der Kerl das sagte oder ob er es wirklich gesagt hatte oder ob er, wenn er das gesagt hatte, es auch ernst meinte.

Hatte der Beamte versucht, mit dem Betreffenden selber zu sprechen?

Nein. Zu weit weg. Zu beschäftigt.

Das Sheriff-Büro von Madison County gab die Information an das Polizeirevier in Huntsville weiter. Dort wurde die Sache vergessen und ging in wichtigeren Angelegenheiten unter.

An dem Tag vor dem Mord, dem Tag, bevor James das Haus betrat, während Janine Russell ihre unbeholfene, wenig überzeugende Geschichte einem Beamten erzählte, der hundert Meilen weit weg war, schlich sich James in Huntsville an Betty und ihren Sohn heran. Er versteckte sich im Wald vor dem Haus am Boulder Circle, folgte ihnen beim Einkauf, trank maßlos, nahm Unmengen von Tabletten, und die ganze Zeit über irrten seine Augen hin und her, und die schmalen Lippen stammelten hinter einem ungepflegten Bart die Gebete eines Mörders. Nur James kann sagen, ob er an jenem Tag wußte, was er tat.

James White lebte in einem kleinen, verrosteten Wohnwagen, der auf einem Hang auf dem Hügelkamm über der kleinen Stadt Vincent thronte. In der Nachbarschaft stand ein unbewohntes Blockhaus, das Dach in der Mitte eingestürzt, die Fenster zerschossen und der Hof so dicht mit zerbrochenen Bierflaschen übersät, daß es glitzerte.

James und seine Freunde trafen sich auf der Veranda des Häuschens zum Trinken, wo alte Holzstühle und die Rückbank eines Autos standen. Zu der Jahreszeit, wo die Blätter von den Bäumen fallen, konnten sie dort oben sitzen und durch die Äste zum Dach der Baptistenkirche sehen.

Es handelte sich um eine saubere Ziegelkirche mit Säulenvordach, die inmitten eines gepflegten Rasens stand. Manche Sonntagvormittage, wenn die gutsituierten Bürger der Stadt sich dort unten auf dem Parkplatz versammelten, mit neuen Autos und eleganten Kleidern, saßen James und seine Gang schon auf der Veranda, wo sie wie Krähen krächzten und schrien.

James Dennison White war mehr oder weniger der Anführer einer kleinen Gruppe von Leuten, die in den Wäldern auf den Hügeln in Wohnwagen oder heruntergekommenen Häusern hausten.

James verkörperte einen Typus, der seine Tradition in langer Linie bis in die Zeit der alten Südstaaten zurückverfolgen kann, literarisch durch Twain und Faulkner verewigt. Jeder, der irgendwo in der Nähe einer kleinen Südstaatenstadt aufwuchs, hätte James White auf eine Meile Entfernung erkannt. Er war eine schmutzige, erbärmliche, stinkende, speichelleckerische, weiße Kanalratte von der Art, für die anheimelnde Bezeichnungen des neunzehnten Jahrhunderts wie Geck oder Gauner noch immer besonders treffend waren.

Jedes Leben hat seine Logik, und wenn man James an seinem Alltag maß, dann hatte er ein erfolgreiches Jahr gehabt, auch wenn der Start rauh gewesen war. Ein schwarzes Kapitel in seiner Trunksucht hatte ihm Scherereien mit den Behörden eingebracht. James war gezwungen zuzugeben, daß er seine älteste Tochter sexuell mißbraucht hatte, das Kind einer seiner Ex-Frauen. Das Geständnis war Teil einer Übereinkunft, die James erlaubte, seine Zeit zwischen Gefängnis und einer Psychiatrie zu teilen. James, der beide Orte schon kannte, zog die Psychiatrie vor, wenn er eine Wahl hatte.

Noch im Gefängnis wurde James vor seiner Verlegung in die Klinik in einen Fall von Sodomie verwickelt. In der Nervenklinik wurde er später als schizophren eingestuft. Die Ärzte gaben an, er höre Stimmen und könne nicht zwischen Wahrheit und Lüge unterscheiden – so ziemlich dasselbe, was sie gesagt hatten, als er vor über zwanzig Jahren aus der Armee entlassen wurde, weil er einen Offizier erstochen hatte. In James' Freundeskreis galt es eher als eine besondere Gabe, wenn man Stimmen hörte, denn als Makel, und ob man jemanden als verrückt bezeichnete, war schlicht eine Frage des Überlebens.

Falls er verrückt war, fuhr er jedenfalls gut damit. Anfang des Jahres hatte er sechzehntausend Dollar wegen einer Knieverletzung in einem Arbeitscamp eingesackt. Weitere einundzwanzigtausend Dollar hatte er im Oktober wegen einer Verletzung am Knöchel erhalten. Es war einfach gewesen. Einmal die Woche hatte er sein Bein in einen Gipsverband gewickelt, sich den Staub abgeklopft, war zu der unglücklichen Firma gefahren, die ihn eingestellt hatte, und war dort herumgehumpelt. Das nächste, was seine Freunde erfuhren, war, daß James Dollarnoten zählte.

James White wußte, wie man mit den Dingen umzugehen hatte.

Er nahm bei einer Bank nahe Childersburgh zwei Kredite auf, einen für einen Pickup und den anderen für einen Wohnwagen – ein kaum glaublicher Vorgang, wenn man in Betracht zog, daß James als Inbegriff für den am wenigsten kreditwürdigen Bürger gelten konnte. Er hatte natürlich nie auch nur die geringste Absicht gehabt, einen der Kredite zurückzuzahlen.

James kaufte von einem Teil seines Einkommens einen ›rosa Eisring‹ – ein billiges Schmuckstück mit einem Halbedelstein – für die Tochter, die er mißbraucht hatte.

Ansonsten konnte James sich jederzeit eine Handvoll

seiner Kumpane schnappen und mit ihnen über Land ziehen und eine alte Dame in einem Kurzwarenladen beschwatzen, sich ihren Parkplatz für vier- oder fünftausend Dollar asphaltieren zu lassen. Natürlich brauchte er immer eine ordentliche Anzahlung für Material.

In kleinem Rahmen handelte er mit Drogen.

Als James Peggy Lowe kennenlernte, verfügte er ungefähr über fünfundsiebzigtausend bis hunderttausend Dollar Jahreseinkommen. Er gab alles so schnell wie möglich für Alkohol und Drogen aus. Wozu sonst war das Leben eines Vagabunden auch gut?

Peggy und Wayne Lowe, beide Lehrer, die noch allerlei Jobs nebenbei ausübten, reichten mit ihren Gehältern bei weitem nicht an das heran, was James White in einem Jahr durch Gaunerei durch die Finger floß. Er und seine Freunde saßen auf der zerbrochenen Veranda des heruntergekommenen Hauses, das halbwegs zu seinem Wohnwagen gehörte, und tranken. Sie sahen durch die Baumwipfel zu ihren Füßen dorthin, wo sich die Mittelklasse in ihrer Sonntagskleidung zum Gottesdienst in der Baptistenkirche von Vincent traf, und sie kicherten. Es war das tiefe, schnaufende Kichern von der Art, das nur Generationen von Klassenunterschieden, Alkohol und minderer Gene hervorbringen kann – das leise Grollen unterschwelliger Böswilligkeit.

ZWEI

Der Beginn der Bekanntschaft von Jack und Betty war geprägt von Höhen und Tiefen. Betty betrachtete Jack als amüsante neue Beschäftigung, aber nicht mehr. Gleichzeitig unternahm Jack den einzigen Versuch seines Lebens, als Macho aufzutreten. Betty bezeichnete das später als seine ›Cowboy-Periode‹.

In der ganzen Zeit, in der sie verrückt nacheinander waren und sich wieder trennten, Verabredungen vergaßen und nächtliche Versöhnungen feierten, begann sich eine besondere Chemie zwischen ihnen zu entwickeln. Betty trank in Gesellschaft eine Menge, aber nicht von dem starken Zeug, das sie sich für ihre Ehe aufhob. Jack arbeitete noch immer wie besessen in seiner Praxis, aber er fing auch an, auf seine Mitarbeiterinnen zu hören, die damals seine einzigen echten Freunde waren, wenn sie ihm sagten, er müsse am Wochenende und nachts der Praxis fernbleiben.

Jack und Betty hatten Spaß miteinander, sie gingen aus, besuchten Shows und Tanzveranstaltungen, machten Ausflüge und gingen zu Partys. Jacks Praxis war unter seiner unermüdlichen Pflege wunderbar gediehen. Er war bei den Patienten und anderen Ärzten bekannt. In Huntsville wurde er zu einer Persönlichkeit des öffentlichen Lebens.

Betty zeigte noch immer die Tendenz, sich abrupt von gesellschaftlichen Kontakten zurückzuziehen, sich von ihrem sozialen Außenseitertum einholen zu lassen und von dem Gefühl, sie sei anders und gehöre nicht richtig dazu. Dieser Zug sorgte dafür, daß ihre Beziehungen zu Männern über kurz oder lang endeten.

Aber das waren die Momente, wo Jack insistierte. Als er

früh am Sonntagmorgen mit Betty in ihrer Wohnung sprach, war er in der Lage, ihr Dinge zu sagen, in ihr Dinge zu sehen, die andere nicht sahen. Natürlich war sie anders, anders als andere. Vielleicht war das zu wenig, um darauf eine Ehe aufzubauen – ein gemeinsames Leben als Exzentriker. Aber Tatsache war, daß Jack Betty wichtige Dinge über sie sagen konnte. Dinge, die wahr klangen. Er war derjenige, der ihr riet, ihre Mutter, die in der kleinen Stadt Boaz nördlich von Gadsden wohnte, zu bitten, ihr Kinderbilder von sich und Peggy zu zeigen.

Sie saß im Haus ihrer Mutter auf dem Sofa und betrachtete beglückt die verblichenen alten Farbfotos. »Mutter, ich war niedlich, ich war niedlich wie ein Küken.«

»Niedlicher, Betty. Das wart ihr beide.«

Jack wußte über die Dunkelheit Bescheid. Einiges wußte er, weil es Bill ihn gelehrt hatte. Einiges hatte er selber gelernt. Dunkelheit ist ein Ort, hatte er gesagt, kein Puzzle. Du kannst es nicht lösen. Du mußt einen anderen Weg nehmen. Aus dem Käfig raus zum Licht.

Es gab auch Dinge, die Betty in Jack sehen konnte. Sein Versagen als Vater, das ihn immer noch sehr beschäftigte, mußte gegen das aufgewogen werden, was er erlebt hatte – der kleine Junge ohne Freunde, der jetzt in Huntsville ein berühmter Mann war und von seinen Patienten verehrt wurde.

Von dem Moment an, als er sein Schild anbrachte, hatte Jack Wilson immer eine ungewöhnliche Einstellung zu seiner Praxis gehabt. Seine eigenen Erfahrungen mit der Armut machten es ihm unmöglich, jemanden, der nicht zahlen konnte, nicht zu behandeln, und in den Jahren, als Krankenversicherungen noch neu waren, gab es viele Leute mit kranken Augen, die sich einen Besuch beim Augenarzt nicht leisten konnten. Jack liebte es zu praktizieren, und er liebte seine Patienten. Sie beteten ihn an und waren in gewisser Weise seine Familie. Oft sagte er zu Betty:

»Ich hoffe, die Patienten finden es nie heraus, aber ich würde sie sogar dafür bezahlen, sie behandeln zu dürfen.«

Er bemühte sich sehr um arme Patienten. Er bat die Stadt, an der Bushaltestelle vor seiner Praxis ein Wartehäuschen aufzustellen, so daß Patienten, die bei schlechtem Wetter zu ihm kamen, nicht im Regen warten mußten.

Einmal fragte ihn ein Kollege, warum er ›diese Leute‹ auch noch ermutige, sich vor seiner Praxis zu sammeln, und Jack schockierte ihn mit der Antwort: »Ich glaube, eine Menge von denen, die Sie ›diese Leute‹ nennen, sind meine Halbschwestern und Halbbrüder.«

Betty dachte über Rassismus ebenso wie Jack: Er war ein Gift in der alten Kultur des Südens – eine Sache, die sie, wann immer sie davon hörte, an ihren Vater erinnerte, wenn er betrunken war, über schwarze Leute herzog, wobei der Alkohol ihm von den zusammengekniffenen Lippen sprühte und auf die Möbel tropfte. Sie haßte Rassismus, und Jack dachte ebenso.

Du kannst nicht perfekt sein, sagte sie zu Jack. Du mußt alles so gut machen, wie du kannst. Du bist ein fähiger Arzt und ein guter Mann.

Jack hatte sein Honorar nie erhöht, weil auch keiner der anderen Augenärzte sein Honorar erhöht hatte, und damals war eine ärztliche Behandlung sehr vom Preis abhängig. Das letzte, was Jack Wilson wollte, war, seine Patienten durch die Honorare davon abzuhalten, zu ihm zur Behandlung zu kommen.

Die staatliche Krankenversicherung änderte das. Von einem Tag auf den anderen konnte jeder bezahlen, zumindest für bestimmte Behandlungen. Nicht nur das, die Regierung fragte sogar jedes Jahr bei den Ärzten in Huntsville an, wie hoch ihre ›gewöhnlichen Honorare‹ seien und ob sie überhaupt steigen würden. Neue Honorare wurden von der Regierung jedes Jahr entsprechend der Inflationsrate festgelegt.

Beim Kaffee in der Krankenhauskantine kamen die Ärzte überein, daß es in ihrem eigenen Interesse war, die Honorare gemeinsam zu erhöhen. Den Patienten tat das nicht weh. Sie zahlten nichts. Der einzige Weg, wie einer von ihnen mehr Geld verdienen konnte, war der, daß sie alle höhere Honorare nahmen, so daß die örtliche Teuerungsrate anstieg.

Noch mehr steckte dahinter. Die neue Versicherung zahlte nur für bestimmte Behandlungen. Ein Doktor der Psychologie war benachteiligt, weil er nur eine Therapieform anwandte. Da hatten Augenärzte und Krankenhausärzte es besser. Sie konnten ihre Praxen mit Geräten füllen und unterschiedliche Therapien anwenden, die Medicare und Medicaid bezahlten.

Am Anfang stand die weitgehend unverfängliche Methode des ›Anpassens‹. Wenn die arme alte Mrs. Wright für Behandlung A nicht zahlen konnte und der Staat auch nicht zahlte, dann konnte der Arzt Behandlung B anordnen, die vom Staat bezahlt wurde.

In den folgenden Jahren, als Jack Wilson begann, eine Million Dollar im Jahr mit seiner Praxis zu verdienen, wurden die Methoden, Medicare und Medicaid zu melken, raffinierter. Clevere Angestellte übernahmen die Computer, von denen Jack so wenig verstand, und ordneten den Abrechnungsprozeß um, so daß dem staatlichen Versicherungsprogramm so viel wie möglich abgepreßt wurde.

Betty hatte schon früh das Geschäft des staatlich getragenen Gesundheitsdienstes durchschaut. Sie begeisterte sich dafür, ihren Weg zum Geldtopf durch das Dickicht der Regelungen zu suchen.

Ihr Feld, die Dialyse, war besonders kostenintensiv, und als Dialysen auf die Liste der Behandlungen gesetzt wurden, die Medicare und Medicaid finanzierten, floß eine Menge Geld zwischen Staat und privaten Konten hin und her. Betty war sehr gut darin, dafür zu sorgen, daß der Strom zugunsten des Krankenhauses floß.

Tatsächlich war sie so gut, daß eine neugegründete Privatgesellschaft sie fragte, ob sie nicht beim Krankenhaus aufhören und nach Atlanta in die Verwaltung kommen wolle, um dabei zu helfen, Dialyse-Kliniken überall im Süden einzurichten.

Zu dem Zeitpunkt war sich Betty ihrer Gefühle für Jack schon sicher und wollte seine Absichten kennenlernen.

Er drängte sie, den Job anzunehmen. Sie war enttäuscht. Tatsächlich war Jacks Antwort nicht das, was sie hatte hören wollen. Hieß das, daß seine Gefühle für sie weniger ernst waren als ihre für ihn?

Nein, sagte er, wir erhalten unsere Beziehungen auch auf weite Entfernung aufrecht. Er erklärte ihr, er werde nach Atlanta kommen und ihr Geld geben, damit sie ihn in Huntsville besuchen könne. Sie würden telefonieren. Sie brauche das, sagte er. Sie brauche es, Erfolge zu erringen und in ihrem Gebiet anerkannt zu werden. Erst dann sei sie bereit, die Belastung einer Ehe zu ertragen.

Was Jack sagte, machte in gewisser Weise Sinn. Er schien ihr direkt in die Seele blicken zu können. Aber Jack war auch clever. Er schien die Dinge zu verstehen, aber er versuchte auch, sie so zu lenken, wie er es wollte.

Es gab Züge an Jack, die sie irritierten und sogar abstießen. Sie warteten eines Tages in einer Bäckerei, als Jack sich plötzlich auf den Boden setzte. Sie versuchte, ihn nicht anzustarren, während er mit gespreizten Beinen auf dem Boden saß und sich zuerst die Stiefel auszog, dann die Socken. Als er anfing, irgend etwas zwischen seinen Zehen herauszupflücken, zischte sie ihm zu:

»Jack! Jack! Was, in Gottes Namen, tust du da?«

»Ich habe irgendein Zeug zwischen den Zehen, das stört mich schon den ganzen Tag.«

Sie wandte sich an die Frau hinter ihr und sagte: »Er ist Arzt.«

Aber selbst auf dem Gipfel seiner Exzentrizität konnte Jack sehr anrührend sein.

Ihre sexuelle Beziehung war an einem interessanten Punkt angelangt – ein Stadium, das Betty mit einem anderen Mann noch nie erlebt hatte. Jack war, wie sie zu Anfang ihrer Beziehung entdeckt hatte, in puncto Sex scheu und fast kindlich. Er liebte es, mit ihr zu schlafen, wenn es einmal soweit war, aber es war immer Betty, die die Initiative ergreifen mußte.

Es war eine Aufgabe, die sie, wie sie merkte, sehr genoß. Sie stellte ihm eine Falle, wenn er sich Sonntag morgens auf seine eigenwillige Weise anzog, indem er nackt vor dem Badezimmerspiegel stand und eine halbe Stunde damit verbrachte, seine Baseballkappe aufzusetzen, ehe er hastig den Rest der Sachen für den Tag überstreifte. Wenn sie nicht darauf achtete, nahm er sich die Kleidung oft von einem Haufen schmutziger Wäsche.

Sie schlüpfte, nur mit einem Bademantel bekleidet, den sie offenließ, hinter ihn. Sie schlang die Arme um ihn und schmiegte sich an seinen Rücken.

»Betty, bitte«, kicherte er, »ich versuche, mich anzuziehen.«

»Du setzt eine Baseballkappe auf. Das ist kein Anziehen.«

»Nun, ich muß mit etwas anfangen. Betty, bitte.«

Er versuchte, sich freizumachen, aber sie drängte ihn in die Dusche und stemmte die Arme an die Wand vor ihm. Er sah sie finster an, dann duckte er sich unter ihrem Arm durch und rannte ins Wohnzimmer, nackt bis auf die Baseballkappe. Sie rannte hinter ihm her.

Kichernd sprang er vom Sofa auf den Boden und über einen Stuhl, um ihr zu entkommen, aber sie verfolgte ihn, packte ihn bei den Schultern, warf ihn aufs Sofa und liebte ihn. Wenn sie die Wohnung verließen, dämmerte es bereits, und sie beeilten sich, zu ihrem Lieblingsrestaurant zu kommen.

Betty wußte, daß er in bezug auf den Job in Atlanta recht hatte. Sie suchte nach Herausforderungen. Jack hatte ihr schon sehr dabei geholfen, aus dem Schatten ihrer Schwester hervorzutreten – einem Schatten, den sie nur selbst spürte.

Aber Jack hatte auch Geheimnisse. Er hielt sich zurück. Ihre Beziehung war aufregend, aber das war sie auch mit Julia gewesen. Sie war ein vollkommen unerwarteter Glücksfall, etwas, wofür er nie gearbeitet hatte, was er sich allenfalls sehr gewünscht hatte. Betty vermutete anhand von Jacks Äußerungen, daß er sich als Kind vor Dunkelheit und Enttäuschung geschützt hatte, indem er sich eingeredet hatte, daß er keine Beziehungen brauchte.

Sie nahm die neue Stelle an, und man war von ihr begeistert. Sie war äußerst erfolgreich in ihren Bemühungen um eine Vollfinanzierung der neuen Dialyse-Kliniken durch den Staat. Jack kam sie fast jede Woche besuchen. Jeden Morgen rief er sie an.

Sie wartete begierig auf seine Anrufe, selbst wenn sie nachts gelegentlich andere Männer besuchten, was Jack wußte und irritierenderweise billigte. Doch meistens war sie an anderen Männern nicht interessiert. Sie wollte Jack. Irgendwie. Sie wußte noch nicht genau, zu welchen Bedingungen. Die meisten Tage endeten einsam in ihrem Apartment – nur Betty und die Flasche Alkohol, von der sie sich einredete, daß sie ihr beim Einschlafen helfen würde.

Sie war beruflich erfolgreich und zog in größere und verschwenderisch ausgestattete Büros. Sie hatte eine Bar im Büro, die bestens ausgestattet war, tagsüber aber nie angerührt wurde. Sie reiste viel, oft mit dem Flugzeug der Gesellschaft.

Eines Tages sagte ein junger Assistent: »Betty, in diesem Kleid sehen Sie wirklich wundervoll aus.«

Als er gegangen war, trat sie vor einen verzierten Spiegel an der Rückwand ihres Büros und betrachtete sich sehr genau. Dann lachte sie laut heraus.

Die Leute kriechen mir in den Arsch! dachte sie.

Jacks Anruf kam Anfang 1978, als Betty gerade zu einer weiteren Beförderung vorgesehen war. Seine Stimme war seltsam ernst, ohne seinen üblichen verschmitzten Witz.

»Ich kann es mit dem Crohn nicht mehr schaffen, Betty.«

»Was willst du machen, Jack?«

»Mich operieren lassen, denke ich.«

Betty hob stumm die Hand an den Mund und biß sich in den Finger. Die Operation. Jack und sie hatten nie richtig darüber gesprochen.

Wenn Jack endlich zugab, daß der Crohn die Oberhand über ihn gewonnen hatte, hieß das, daß er bereit war, eine Ileostomie durchführen zu lassen – die Entfernung des Großteils seines Dünndarms und die Eröffnung eines Stoma, einer künstlichen Öffnung in seinem Bauch. Für den Rest seines Lebens würde er einen Beutel tragen müssen, der seine Ausscheidungen auffing. Er sprach weiter.

»Ich habe darüber nachgedacht, und mit der Operation und allem wird das Hin- und Herreisen zwischen hier und Atlanta zuviel.«

»Und?«

»Deshalb denke ich, du solltest nach Hause kommen, und wir heiraten.«

Sie saß lange Zeit auf der Bettkante, nachdem sie aufgelegt hatte. Was für ein Antrag, dachte sie, meine Güte, kann Jack ein Arschloch sein.

Dieses Wochenende flog sie nach Huntsville, und sie redeten. Das Gute an Jack war, trotz seiner emotionalen

Dürre in vielen Dingen, daß er immer direkt und offen über schwierige Themen reden konnte.

»Ich werde eine Belastung sein. Es wird nicht leicht sein, mit mir zu leben.«

»Ja«, sagte sie, »ich weiß. Du wirst es nicht sein. Es ist gut, daß ich Krankenschwester bin.«

Sie kündigte, gab ihre Wohnung auf und zog zu Jack in seine Wohnung in Huntsville. Sie war sehr aufgeregt wegen ihrer Entscheidung. Dann gab es eine neue Komplikation.

»Ich habe an meiner Einkommensteuererklärung gearbeitet, und ich kann fünf- bis sechshundert Dollar sparen, wenn wir die Hochzeit sieben Monate aufschieben bis zum Januar.«

Betty zuckte die Schultern und redete weiter davon, wieviel Arbeit es sein würde, Jacks Wohnung sauberzumachen. Sie stopfte Bündel alter Zeitungen in Müllsäcke, entfernte Flecken aus dem Teppich, hängte Bilder an die Wände und rief den Vermieter an, damit neue Vorhänge an die Fenster kamen. Je mehr sie arbeitete, desto wütender wurde sie. Jack hatte schon gesagt, daß er mehrere hunderttausend Dollar im Jahr verdiente. Sie hatte gekündigt, ihre Karriere aufgegeben, war trotz der Schwierigkeiten, die vor ihnen lagen, zu ihm zurückgekehrt. Er wußte, daß sie sich fragte, ob er sie so liebte wie sie ihn, und jetzt wollte er die Hochzeit für über sechs Monate verschieben, um ein paar hundert Dollar zu sparen!

Aber gerade, als sie explodieren wollte, stand Jack vor ihr und legte ihr die Hände auf die Schultern und sah ihr mit diesen großen braunen Augen scharf ins Gesicht. »Verzeih«, sagte er, »ich weiß nicht, was mit mir los ist. Ich bin dumm in solchen Dingen. Laß uns sofort heiraten. In Ordnung?«

Sie sah ihn mit Tränen in den Augen an. »In Ordnung.«

»Hey«, sagte er, und das vertraute Zwinkern war das

erste Mal, seit er ihr von der Operation erzählt hatte, wieder in seinen Augen. »Was sind schon sechshundert Dollar unter Freunden?«

Am Abend vor ihrer Hochzeit saßen sie auf dem Balkon. Jack war lange Zeit still und sah zu den Sternen über den Garth Mountains auf. Betty beobachtete ihn. Eine Flasche Alkohol stand auf dem Tisch. Wegen des Crohn trank er nichts. Sie bediente sich reichlich.

»Jack«, sagte sie, »ich bin nicht gerade Miß Geistig Gesund 1978. Ich habe immer noch eine Menge Probleme. Dinge, die mich sehr beschäftigen. Ich denke, ich bin das, was du bedürftig nennen würdest.«

»Ja«, antwortete er ruhig, »das bist du.«

»Ich weiß nicht, ob du es schaffst, mich emotional zu unterstützen.«

»Nein«, sagte er, »ich denke nicht, daß ich das kann.«

Am nächsten Tag heirateten sie. Die einzigen Gäste und Zeugen waren Bettys ältere Schwester GeDelle Cagle und ihr Mann Euel, die in Huntsville lebten.

Am folgenden Sonntagmorgen hörte Betty Jack im Badezimmer und ging zu ihm. Er stand im Bademantel vor der Toilette. Er sah blaß und mitgenommen aus. Sie versuchte, von hinten die Arme um ihn zu schlingen, aber er stieß sie weg.

»Betty, wir sind jetzt verheiratet. Verheiratete machen nicht die ganze Zeit so weiter.«

Es schwang kein Humor in seiner Stimme mit, kein Zwinkern lag in seinen Augen. Jack war krank und litt ziemliche Schmerzen.

Im Märchen wäre das Ende eine langsame Annäherung mit Hingabe, Liebe und Unterstützung gewesen, während der jeder die Schwächen des anderen kennengelernt und akzeptiert hätte und gelernt hätte, die Stärken zu sehen und zu fördern. Vielleicht geschah das, endlich, kurz vor dem Mord. Vielleicht nicht. Wie auch immer, ihre Ehe war nicht wie im Märchen. Sie bestand aus all dem Guten und Schlechten, den Widerwärtigkeiten und den Freuden des wirklichen Lebens.

Die Operation war für beide viel schlimmer, als sie sich vorgestellt hatten, obwohl Betty Krankenschwester war und jahrelang inkontinente Patienten versorgt hatte, sie in den Arm genommen hatte, um ihre Schmerzen zu lindern und ihnen zu helfen, die Erniedrigung und die Angst vor der Krankheit zu überwinden. Ihre Berufserfahrung reichte nicht aus.

Jack konnte Sex nicht mehr ertragen, zum einen, weil die Ileostomie ihm noch schmerzlicher seine Unzulänglichkeiten bewußt gemacht hatte, zum anderen, weil die Medikamente und Tabletten, die er einnehmen mußte, ihn impotent machten.

Betty konnte sich nicht vorstellen, ohne Sex zu leben. Sex war immer der Bereich ihres Lebens gewesen, aus dem sie ihre Selbstbestätigung gezogen hatte. Betty war eine komplizierte und oft schwierige Persönlichkeit. Wenn sie trank, redete sie sich ein, daß Jack nicht wirklich impotent sei, sondern nur so tat, um sich von ihr fernhalten zu können.

Solche Gedanken hatte sie nie, wenn sie nüchtern war. Aber das Trinken hatte zugenommen. Sie wohnten schon in dem großen Haus am Boulder Circle und waren ein reiches und angesehenes Paar in Huntsville. Der schüchterne kleine Jack Wilson war in der allgemeinen Anerkennung und dem Respekt, die seine Stellung ihm einbrachten, aufgeblüht. Sein verschmitzter Witz machte ihn zu einem gerngesehenen Gast auf Partys. Sein Ruf als großzügiger und humorvoller Mann war in der Stadt legendär. Moderatoren von Radio-Talk-Shows riefen ihn in der Praxis an, um mit ihm über dies und das zu plaudern. Die Wilsons standen gesellschaftlich ganz oben.

Es war kein Leben, das Betty leichtfiel. Bei ihrem ersten

Wohltätigkeitsempfang war sie schon um halb zehn Uhr morgens angetrunken und hatte Angst vor den anderen Frauen, die sie als ›reiche Hexen‹ bezeichnete. An ihren schlimmsten Tagen machten ihre gesellschaftlichen Hemmungen sie trotzig und unfreundlich. Sie fluchte, um die Leute zu schockieren. Wenn jemand sagte: »Wir schätzen Ihren Mann sehr«, konnte Betty antworten: »Er ist ein Arschloch.«

Oft litt sie an alkoholbedingten Gedächtnisausfällen. Erst nach fünf Jahren, als Betty den Anonymen Alkoholikern beigetreten war und mit dem Trinken aufgehört hatte, brachte Jack es fertig, ihr von den Blackouts zu erzählen. Sie war um drei Uhr morgens ins Schlafzimmer gestürmt, hatte ihm die Bettdecke weggerissen und ihn beschimpft: »Du schrecklicher, impotenter Scheißbeutel! Du hast mein Leben ruiniert! Ich hasse dich, ich hasse dich!«

Am nächsten Tag erinnerte Betty sich an nichts. Obwohl Jack Arzt war, merkte er nicht, daß der Alkoholismus die Ursache für solche Szenen war, und Betty merkte es auch nicht. Jack wunderte sich, daß sie am nächsten Tag kühl und gefaßt sein konnte, als sei nichts geschehen. In Bettys Bewußtsein war auch nichts geschehen. Jack verbarg seine Wunden gut, aber es gab Zeiten, wo ihn der Schmerz überwältigte. Wenn das der Fall war, verlor er die Fassung. Es passierte ganz plötzlich: Er war im einen Moment gelöst, humorvoll und überlegen, und im nächsten weinte er und hatte Selbstmordgedanken.

Eines Tages begann Jack, wie ein kleiner Junge in der Küche im Beisein von Shirley Green, ihrer neuen Haushälterin, zu schluchzen. Er fragte Betty: »Warum bringe ich mich nicht einfach um, Betty? Würde dich das glücklich machen?«

Aber die Rolle des verlorenen kleinen Jungen hatte auf Betty keine besänftigende Wirkung. Wenn Jack weinte, sah Betty Wormy Woods in dem ordentlichen Wohnzimmer in der Hoke Street über sich aufragen, betrunken und schluchzend, rührselig vor Reue. Der Anblick machte sie wütend.

»Jack, ich gehe hoch und hole die Pistole, die du mir gegeben hast, wenn du willst. Du kannst losgehen und es sofort erledigen.«

Betty war in diesem Punkt zu sehr in sich gefangen, um Augen für Jacks Schmerz zu haben. Sie erlebte kurze sexuelle Abenteuer mit Männern, die sie auf Partys kennenlernte. Immer unter Alkohol. Manchmal legte sie es darauf an, daß Jack davon erfuhr, und bei diesen Gelegenheiten zog er sich tief in seine Verteidigungshaltung zurück, die er als kleiner Junge gelernt hatte.

»Es ist nur Sex, Betty«, sagte er in seinem herablassendsten Tonfall.

»Das stimmt, Jack, du hast recht, es ist nur Sex.«

Im Kreis der reichen Arztgattinnen, die Betty in der Gesellschaft von Huntsville kennenlernte, fand Betty rasch diejenigen heraus, die tagsüber tranken, die, die Kokain nahmen und es sich gutgehen ließen. Sie wurden ihre Zechkumpaninnen. Alle klagten sie über die viele Zeit, die ihre Männer arbeiteten, und sie bestärkten einander in der Meinung, daß Medizin eine Art Geliebte war, mit der sie sie betrogen. Sie stritten sich, und manchmal arteten ihre Auseinandersetzungen – meist über Drogen und Sexualpartner – zu handfesten Streitigkeiten aus.

Betty wurde immer eifersüchtiger auf die Zeit, die Jack in der Praxis und in der Klinik verbrachte. Jack vergrub sich immer mehr in seiner Praxis. Spätnachts und frühmorgens kam und ging er, schlampig in den abgelegten Sachen seiner erwachsenen Söhne, in denen er wie ein Penner aussah, der Schutz vor der Kälte suchte.

Betty versuchte, eine Beschäftigung zu finden – eine kleine Kette von teuren Boutiquen. Das Geschäft erlaubte ihr, oft nach New York zu reisen, wo sie sehr gerne war. Aber Alkohol und ihre Verfassung waren ein Hindernis, so daß die Läden nie richtig aufblühten.

Im Hochsommer 1986 erreichten sie den absoluten Tiefpunkt. Keiner von beiden glaubte, daß es so weitergehen konnte. Keiner von ihnen konnte den anderen verlassen.

Einer von Bettys Söhnen aus erster Ehe, Dink, hatte sein Baby Alan an einem heißen Nachmittag bei ihr gelassen. Sie mußte ein paar Besorgungen machen. Jack und sie hatten vereinbart, daß sie ihren BMW zur Reparatur bringen würde, und Jack würde sie dort treffen und nach Hause fahren. Aber er kam nicht. Das Baby quengelte, und sie konnte mit ihm nicht im Ausstellungsraum bleiben, was bedeutete, daß sie sich bei der Hitze draußen mit ihm auf eine Bank setzen mußte. Sie hatte einen schrecklichen Kater.

Als das Auto repariert war, setzte sie das Baby in seinen Kindersitz und fuhr direkt zu Jacks Praxis. Zwei von Jacks Angestellten, ein Buchhalter und eine Technikerin, kehrten gerade von einem verspäteten Mittagessen zurück. Die Technikerin sah Betty auf den Parkplatz fahren. Sie nahm den neuen Buchhalter bei der Hand und sagte: »Kommen Sie, ich will Ihnen Betty, Dr. Wilsons Frau, vorstellen.«

Aber noch ehe sie den Mund aufmachen konnte, brüllte Betty sie an: »Wo ist der gottverdammte Jack Wilson?«

Die Technikerin sagte: »Ich weiß es nicht, Betty. Ich komme gerade erst zurück, aber ich weiß, daß er noch im Krankenhaus war, als ich ging, weil es eine Komplikation bei einer Operation gab.«

»Nun, wenn der kleine Hurensohn zurückkommt, sagen Sie ihm, daß ich hier war, und geben Sie ihm das von mir.«

Sie streckte den Arm aus dem Fenster und hob ihn

einige Male mit ausgestrecktem Mittelfinger auf und ab. Dann startete sie den Wagen und raste davon.

Jack, der gerade ein Stück entfernt parkte, wurde Zeuge der ganzen Szene. Als Betty weg war, stieg er aus dem Wagen, ging in die Praxis, setzte sich an seinen Schreibtisch und blickte lange Zeit auf seine gefalteten Hände hinab. Die Technikerin beobachtete ihn durch die offene Tür. Er ging nicht ans Telefon und stand auch nicht auf.

An diesem Abend kam Jack früh nach Hause. Betty war mit Shirley Green in der Küche. Jack hielt wie jeden Abend mitten in der Eingangstür inne, um die Schuhe auszuziehen. Er nahm die Uhr ab und holte seine Brieftasche aus der Hosentasche. Beide legte er oben auf die Schuhe. Das war ein Ritual, das sich jedesmal wiederholte, sobald er nach Hause kam. Ehe Jack sich nicht bis auf Wäsche und Socken ausgezogen hatte, fühlte er sich nicht wohl.

Er ging in die Küche und sagte: »Betty, ich möchte, daß du dir einen großen Drink eingießt.«

»Was?«

»Gieß dir einen großen Drink ein, und komm mit mir mit. Wir müssen miteinander reden.«

Er führte sie zu dem Glastisch am Swimmingpool hinter dem Haus, der olympische Ausmaße hatte. Die sommerliche Dämmerung war warm, aber nicht mehr drückend, ähnlich wie an dem Abend vor ihrer Hochzeit, als sie in Jacks Wohnung auf dem Balkon gesessen und über ihre Zukunft gesprochen hatten.

Sie nippte an ihrem Drink und sah ihn über den Tisch hinweg an, um in seinem Gesicht zu lesen. Er sah sehr entschieden aus, aber nicht wütend. Wenn überhaupt, lag Bedauern im Schwung seiner Mundwinkel und im Ausdruck seiner Augen.

»Du willst dich scheiden lassen«, sagte sie.

»Nein.«

Sie war überrascht.

»Was dann?«

»Ich will, daß du etwas weißt, Betty. Es macht uns beiden zuviel Kummer, mir, wenn ich es dir nicht sage, und dir, wenn du es nicht weißt.«

»Was, Jack?«

»Ich liebe meine Praxis, Betty. Ich liebe sie. Ich liebe meine Patienten. Wenn du mich vor die Wahl stellst, werde ich mich für meine Praxis und meine Patienten entscheiden. Sie bedeuten alles für mich, Betty. So bin ich.

Ich liebe dich, Betty. Ich liebe dich mehr und tiefer, als ich je jemanden in meinem Leben geliebt habe. Aber wenn du mich vor die Wahl stellst, werde ich die Praxis wählen und ohne dich weitermachen.«

Sie hatte noch nie erlebt, daß er so mit ihr sprach. Sie starrte ihn an, dann wandte sie den Blick ab zu den Lichtreflexen, die auf der glatten Oberfläche des Swimmingpools tanzten.

»Ich verstehe«, sagte sie.

Einen Monat später kam sie zu ihm.

»Jack, ich will mit dem Trinken aufhören.«

Er ergriff ihre Hände. »Ich will alles tun, um dir dabei zu helfen.«

»O Jack«, sie fing an zu weinen, dann zu schluchzen. Er nahm sie in die Arme und hielt sie sanft an sich gedrückt.

»Jack, schickst du mich in eine Klinik? Irgendwohin außerhalb der Stadt?«

Sie ging zuerst in eine Klinik in Birmingham, wo sie eine Entziehungskur machte. Dort sagten ihr die Berater, daß sie sich von zwei Dingen freimachen müßte: erstens von der Vorstellung, daß sie ihr Problem oder ihre Erholung vor irgend jemandem in Huntsville geheimhalten müßte, zweitens, daß irgend jemand in Huntsville das wichtig finden würde. Das erste, was sie tat, als sie wieder zu Hause war, war, den Anonymen Alkoholikern beizutreten.

Die ersten Treffen fielen ihr schwer. Betty trat in einem

Nerzmantel ans Podium und erzählte lange Geschichten davon, wie schwer es gewesen sei, im Schatten einer viel schöneren Zwillingsschwester aufzuwachsen. Manche Zuhörer schüttelten skeptisch die Köpfe und meinten: »Das hört sich für mich nicht so schlimm an.«

Sie ging lang und breit auf die sexuelle Zurückweisung durch Jack ein, aber andere sagten: »Hey, gönn dem Knaben eine Pause, er hatte eine Operation, sagst du!«

Sie weinte, und sie kamen zum Podium hoch und umarmten sie.

»Du denkst vielleicht, daß du große Probleme damit hast, vom Alkohol loszukommen«, sagte ein Mann, »aber dein größeres Problem ist es, über den Mist wegzukommen.«

Zum Glück schaffte Betty es. Sie fing nicht wieder an zu trinken. Als sie sich dran gewöhnt hatte, die Welt mit nüchternen Augen zu betrachten, entdeckte sie, welchen Unterschied das machte. Sie stand wirklich nicht im Mittelpunkt der Aufmerksamkeit. Andere planten ihren Tagesablauf nicht um sie herum. Allmählich brachten ihre Kameraden von den A. A. sie zu der Ansicht, daß sie selbst für ihr Leben verantwortlich war. Die A. A. bildeten eine Welt voller guter Absichten, wo man sich anstrengte, einander aus der Hölle heraus und wieder zum Wunder des richtigen Lebens zu bringen.

Als sie bereits acht Monate lang trocken war, saß sie auf einer Bank im Vorraum der Halle, wo die A. A.-Treffen abgehalten wurden, und wartete darauf, daß es anfing. Sie dachte an nichts Besonderes. Und plötzlich erlebte sie einen Moment großer Klarheit.

Jack hat nichts getan, um mich zu verletzen, dachte sie. *Meine Schwester hat nichts getan, um mich zu verletzen. Mein Vater, seine arme Seele möge in Frieden ruhen, hat sich das Leben selbst zur Hölle gemacht. Aber er hat nicht versucht, mein Leben traurig zu machen.*

Selbst jetzt, wo sie das Trinken überwunden hatte, blieb Sex ein großes Problem für sie. Jack konnte nicht einmal darüber reden, geschweige denn es tun. Betty kam einfach nicht ohne aus. Obwohl sie sich gut erholte, fühlte sie sich innerlich noch immer ziemlich schwach. Sie fand sich mit einer neuen Versuchung konfrontiert. Einige der Männer bei den Anonymen Alkoholikern waren extrem anziehend. Der Ablauf bei den Treffen brachte es mit sich, daß Verstellung weggelassen wurde. Das zeigte die Verletzlichkeiten und eröffnete ein ganz neues Vertrauen und neue Intimität.

Betty fühlte sich besonders von einem Mann namens Errol Fitzpatrick angezogen – einem großen, selbstbewußten, eleganten Mann, der Direktor des Risikomanagements von Huntsville war, was bedeutete, daß er darauf achten mußte, daß alle Behörden in Huntsville, inklusive Polizei und Feuerwehr, ausreichenden Versicherungsschutz hatten. Zu seinen Pflichten gehörte es, jeder Abteilung zu sagen, was sich ändern mußte, damit der Versicherungsschutz gewährleistet blieb. Das war eine sehr verantwortungsvolle Tätigkeit, die gelegentlich politische Interessenkonflikte mit sich brachte und die eine sehr beherrschte Persönlichkeit erforderte. Als Errol Fitzpatrick sein Trinken erst einmal unter Kontrolle hatte, war er der perfekte Mann für den Job. Er war verheiratet, hatte zwei kleine Kinder und galt als der aufsteigende Stern sowohl in Huntsville als auch im städtischen Management.

Daß er Afro-Amerikaner war, spielte für Betty weiter keine Rolle. Sie hatte vor Errol schon andere schwarze Liebhaber gehabt. Sie fühlte sich zu Errol hingezogen, wie sie einer Freundin erzählte, »weil man mit ihm Sex haben kann – und du mußt nicht so tun, als wäre es mehr«.

Jack bemühte sich, das Ganze zu ignorieren, was Betty sehr irritierte. Sie fing an, Errol tagsüber nach Hause einzuladen, wenn Jack in der Praxis war. Da hatten Betty und Jack schon getrennte Schlafzimmer – seins ein schachtelförmiger Raum im zweiten Stockwerk in der Ecke des Hauses. Bettys persönliche Räume bestanden aus drei Bereichen – einem Schlafzimmer, einem begehbaren Schrank, der so groß war wie die meisten Schlafzimmer, und einem enormen Badezimmer, das aussah wie das Bühnenbild zu einem Nachtclub in einem Musical aus den dreißiger Jahren. Errol und sie nutzten den gesamten Raum weidlich aus, während Shirley Green unten ärgerlich mit den Staubsauger hantierte.

Es gab sogar gesellschaftliche Anlässe, bei denen es für Betty ganz selbstverständlich war, Errol nach Hause einzuladen, obwohl Jack anwesend war. Errol war nicht der Typ, der mit irgend etwas hausieren ging – in Wahrheit war er eher der Typ, der Indiskretionen verabscheute –, aber er kam und unterhielt sich prächtig mit Jack. Shirley Green beobachtete das Ganze von der Küchentür aus und kochte vor Zorn.

Jacks Weigerung, nicht mal zu versuchen, mit Betty Sex zu haben, machte sie rasend. Seine unausgesprochene Billigung ihrer Affären tröstete sie nicht. Sie wollte, daß es ihm etwas ausmachte, daß er wütend wurde und um sie kämpfte. Sie trank nicht mehr, aber ihre Frustration über den fehlenden Sex steigerte sich stetig.

Betty wurde weiterhin von ihren Problemen mit Jack und Sex verfolgt, und gemäß den A. A.-Regeln diskutierte sie ihre Probleme offen mit den anderen Mitgliedern.

Eines Abends stellte Betty Jack in seinem Schlafzimmer zur Rede. Er saß auf der Bettkante und las eine medizinische Zeitschrift, aber als Betty hereinkam, stand er auf und legte sie beiseite.

»Jack«, flüsterte sie. Sie streckte die Hand aus und berührte seinen Arm. Er wandte das Gesicht ab und trat einen Schritt zurück.

»Was ist?«

»Jack ...«

Ihr stiegen Tränen in die Augen.

»Betty, ich glaube nicht ... Was ist los? Was ist passiert?«

Sie zog ihre Hand weg und ließ es zu, daß er noch ein paar Schritte zurückwich.

»Was ist mit uns, Jack? Was ist mit uns? Das ist alles, was ich wissen will.«

Jack sah sie durch seine großen Brillengläser hindurch an, den Kopf zurückgeworfen. Er zuckte die Achseln. Sein Ton war kühl und ironisch.

»Wir sind erwachsen, Betty.«

Sie sah ihn mit zitternden Lippen an.

»Betty«, sagte er, »ich brauche meinen Schlaf. Es tut mir leid, aber ich muß ins Bett gehen. Ich habe morgen eine Operation.«

Sie wimmerte und verließ den Raum. Als sie an die Tür ihres eigenen Schlafzimmers kam, brüllte sie: »Jack, verdammt, du kleines Arschloch!« Dann knallte sie die Tür hinter sich zu.

Am nächsten Tag war Betty gereizt, nervös und abgelenkt. Mary Ann Lau, die damals ihr Schützling bei den A. A. war, erinnerte sich, daß Betty an diesem Tag aus dem Gleichgewicht war. Wie immer, wenn sie in diesem Zustand war, drosch Betty Phrasen und hörte nicht zu, was andere zu ihr sagten.

Beim Essen sagte sie: »Er ist ein zu klein geratener, winziger Scheißbeutel. Das Haus stinkt, weil er nicht darauf achtet.«

Mary Ann, eine attraktive Blondine Anfang Vierzig, war aus ihrer Heimat Iowa nach Huntsville gekommen, um Assistentin des Direktors des Humana-Krankenhauses zu werden. Bald darauf war sie den A. A. beigetreten. Sie trug ihr Haar in einem makellosen Knoten und legte besonderen Wert auf Kleidung und Manieren. Ihre Alkoholprobleme hatten sie zutiefst erniedrigt. Ohne Alkohol war sie in Gesellschaft sehr selbstbewußt.

Wie immer, wenn Betty Schimpfworte benutzte, stöhnte Mary Ann auf. »Ich hoffe, Betty, daß du Jack solche Dinge nicht ins Gesicht sagst.«

Betty starrte ins Leere. »Ich hatte einen Traum«, sagte sie. »Ich habe geträumt, Jack käme auf einer Klippe von der Straße ab und stürzte ins Meer.«

»Wie schrecklich«, sagte Mary Ann.

»Ja, ich denke, ich muß einfach nur Geduld haben.«

»Betty, was ist mit dir los?«

»Los? He, ich bin trocken, mir geht es bestens. Warum denkst du, Mary Ann, daß etwas nicht stimmt?«

»Warum hast du mit allen Männern hier Affären?«

»Hast du das nicht?«

»Warum läßt du dich nicht einfach scheiden?«

»Ha! Und meinen Lebensstandard aufgeben? Was für eine tolle Idee.«

Mary Ann schaute sich rasch um, um zu sehen, ob das jemand gehört hatte. Errötend sagte sie: »Betty, im Ernst.«

Die Anonymen Alkoholiker kümmern sich um die Moral ihrer Mitglieder insgesamt, so daß das Privatleben jedes einzelnen alle betrifft. Was anderswo Klatsch gewesen wäre, konnte in dieser Situation eine wichtige Information sein, da die Mitglieder einander mit Habichtaugen bewachten, ob es Anzeichen dafür gab, daß einer von ihnen rückfällig werden könnte.

Eines Abends, nach einem Treffen, als sich alle anderen beim Kaffee versammelt hatten, ehe sie nach Hause gehen wollten, traf Betty sehr offensichtlich eine Verabredung mit Errol Fitzpatrick. Als sie später auf dem Parkplatz gerade in ihren BMW steigen wollte, kam eine andere Frau aus der Gruppe auf sie zu.

»Betty, es tut mir leid, aber das betrifft nicht nur mich, sondern alle sehen das so. Viele von uns denken, daß die

Art, wie du mit den Männern in unserer Gruppe umgehst, destruktiv ist.«

»Stimmt das?« fragte Betty. Sie wandte sich vom Auto ab und trat zu der Frau. »Du denkst dabei nicht speziell an Errol, oder?«

»Nun, ich denke, daß du es magst, wenn alle wissen, was los ist.«

»Stimmt. Nun, ich weiß deine Besorgnis zu schätzen.«

»Ich mache mir Sorgen wegen deiner Nüchternheit.«

»Liebes, du kannst dir nicht bitte über etwas anderes Sorgen machen?«

»Wovon sprichst du, Betty?«

»Ich rede von dir und Errol und einem Motelzimmer nach dem letzten Gruppentreffen. Ich nehme an, er hat dich hinterher nicht zurückgerufen, nicht?«

Die Frau sah sie aus kalten Augen an. »Du bist eine sehr verletzende Person, Betty Wilson. Ich glaube nicht, daß du dich erholst.«

»Entschuldige mich«, sagte Betty und wandte ihr den Rücken zu. »Gerade jetzt bist du das einzige, wovon ich mich erholen muß.«

Die andere Zuflucht in Bettys Leben war das Training. Sie pflegte eine nahezu fanatische Begeisterung für Jazztanz. Zum einen dachte sie, daß sie die körperlichen Übungen brauchte, um ihre vielen kosmetischen Operationen in Form zu halten, zum anderen lastete ernstes Training sie aus und verringerte die Versuchung des Rückfalls.

Mary Ann Lau stand Betty näher als die meisten anderen Frauen der Gruppe. Mary Ann glaubte, daß eines der Dinge, die alkoholabhängige Frauen am ehesten unter Kontrolle bringen mußten, ihre Beziehung zu Männern sei. Sie war traurig, als Betty ihr erzählte, sie habe sich auf einem Klassentreffen wieder mit einem ehemaligen Freund von der High School zusammengetan, und daß die Verbindung heiß war. Der neue Liebhaber wohnte in einer anderen Stadt, und Betty sagte, sie fahre täglich hin und her, wobei sie Jack erzählte, daß sie Einkäufe für ihren kleinen Laden in Huntsville mache, der zu der Zeit in den letzten Zügen lag.

Eines Tages bat Betty Mary Ann, sie zum Flughafen zu bringen. Am Bordstein stieg Betty aus, um dem Träger ihr Gepäck im Kofferraum von Mary Anns Wagen zu zeigen. Dann kam sie zurück zum Auto, ging zur Fahrerseite und gab Mary Ann ein Zeichen, die Scheibe hinunterzukurbeln.

»Liebes, kannst du mir einen Gefallen tun? Dieser Ausflug ist ein bißchen kurzfristig.«

»Was meinst du?«

»Nun, es ist eine Inspiration.« Sie lächelte und rollte mit den Augen.

»Soll das heißen, daß Jack nicht weiß, daß du wegfährst?«

»Genau darauf bezieht sich der Gefallen.«

»Was, Betty?«

»Ich brauche dich, damit du Jack anrufst und ihm erzählst, ich hätte mich in letzter Minute dazu entschieden, nach Birmingham zu reisen, um dort mit Peggy Einkäufe zu machen.«

»Betty ...«

»Es ist ihm egal ...«

»Er wird mir nicht glauben ...«

»Es ist ihm egal. Tu es einfach, ja?«

Betty schickte sich an, ihrem Gepäck in die Abfertigungshalle zu folgen. Mary Ann schloß schnell den Wagen ab und eilte hinter ihr her. Sie erwischte sie am Ärmel.

»Nein, Betty.«

»Mary Ann, was ist los?«

»Ich will das nicht tun. Ich werde Jack nicht an deiner Stelle belügen.«

Betty zuckte die Achseln. »Gut. Vielen Dank.« Wieder wollte sie hineingehen, aber Mary Ann hielt sie zurück.

»Betty, du hattest kein Recht, das von mir zu verlangen. Es ist falsch. Und es ist schlecht. Du kennst mich. Du weißt, was ich durchgemacht habe. Ich nehme an, du kannst so sein, aber ich kann es nicht. Das ist ... es ist verwerflich, moralisch verwerflich, und zerstörerisch. Du verletzt die Leute, Betty, du verletzt Jack ...«

»Was geht das dich denn an?«

Betty sprach laut, und Köpfe drehten sich nach ihnen um.

Mary Ann sah sich um.

»Betty«, sagte sie ruhig. »Es ist nur ... Ich kann es nicht mehr aushalten, deine Freundin zu sein. Es tut mir leid. Das ist schwer für mich. Du hattest kein Recht ... Du hättest mich nicht fragen dürfen. Es tut mir sogar leid, daß ich dich hierhergebracht habe.«

Betty zuckte die Achseln. »O. K., Miss Tugend. Geh du deinen Weg, ich gehe meinen.«

»Es tut mir leid, Betty.«

Betty wandte sich ab und nickte in Richtung der langen Reihe von Abfertigungsschaltern. »Mir nicht«, sagte sie.

Betty und Jack schafften es, in diesen bitteren Jahren zusammenzubleiben, und was ihnen sehr dabei half, waren ihre Enkel. Betty paßte jeden Tag auf Dinks Kinder, Alan und Casey, auf, und egal, welche Härten sie ihr abverlangten, sie liebte jede Minute davon, freute sich jeden Tag auf ihr Kommen und war jeden Abend traurig, wenn ihre Eltern sie wieder abholten.

Für sie bedeutete die Zeit mit ihren Enkeln eine zweite Chance, eine Entschädigung für das, was sie bei ihren eigenen Kindern versäumt hatte.

Jack kam nach Hause, um sie zu sehen, selbst wenn das bedeutete, daß er danach in die Praxis oder das Krankenhaus zurückfahren und bis spät in die Nacht dableiben mußte. Er ließ ihnen die gleiche Art spielerischer Aufmerksamkeit zuteil werden, die er selber von Bill Wilson nach dessen langem Arbeitstag als Schnellkoch erfahren hatte. Indem er das tat, schien etwas tief in Jacks Herzen zurechtgerückt zu werden.

Wenn Jack nach Hause kam, lief immer dasselbe Ritual ab. Betty sagte den Enkeln: »Pop kommt!«

Die Kinder rannten schreiend durchs Haus direkt in die Küche, wo sie sich unter dem Tisch versteckten, einander umklammerten und kicherten und lachten.

Jack zog sich an der Tür die Schuhe aus, legte Uhr und Brieftasche ab und legte sie darauf, und dann kam er auf Zehenspitzen langsam in die Küche.

»Betty«, fragte er, »wo sind Al und Casey?«

»Oh, ich glaube, sie hatten das Warten satt und sind alleine nach Hause gegangen.«

»Oh, gut, dann wird es ihnen nichts ausmachen ... wenn ich mich mal bücke ... und gucke ... ob sie HIER UNTEN sind!«

Wenn sie unter dem Tisch hervorflitzten, nahm Jack sie bei den kleinen Händchen und hüpfte mit ihnen zur Treppe und die Stufen hoch zu seinem ›Abenteuer-Schrank‹, der bis zum Bersten mit Helmen, Hüten aus dem neunzehnten Jahrhundert, Zinnschwertern, Samtkappen, falschen Bärten und billigen Perücken gefüllt war. Er gab den Kindern Hüte, hängte ihnen Tücher um, setzte ihnen Perücken auf, gab ihnen ein Schwert, und dann stiegen sie alle in die Halle hinunter, liefen durchs Haus und in den Hof, wobei Jack mit seiner dünnen hohen Stimme sang: »Laßt uns aufbrechen zu Abenteuern, Abenteuern, Abenteuern!«

Wenn sie müde wurden, brachte er sie dorthin, wo er selber oft die einsamen Tage seiner Kindheit verbracht hatte. Er kroch mit ihnen unter Bettys großes Bett und las ihnen dort Geschichten vor, bis ihre Eltern kamen.

Anfang 1991 bat Jack Betty zu einem ernsthaften Gespräch. Diesmal trank keiner von ihnen. Betty war seit mehr als fünf Jahren trocken.

»Betty, das fällt mir alles sehr schwer. Sehr schwer. Aber ich liebe dich, Betty, und ich will dich nicht verlieren. Ich glaube, daß ich dich verliere. Es sind Dinge geschehen, die ... Ich weiß, ich verhalte mich so, als wenn es mir nichts ausmachte, als wenn ich damit umgehen könnte, aber ...«

»Was, Jack?«

Zum ersten Mal erzählte er ihr von den Blackouts, als sie ihn nachts geweckt, als kleinen Scheißbeutel beschimpft und wegen seiner Impotenz geklagt hatte.

»Jack«, sagte sie und schüttelte unter Tränen den Kopf, »wußtest du, daß ich einen Blackout hatte?«

»Ja, jetzt weiß ich es. Damals nicht. Ich wußte nichts von solchen Dingen.«

»Das ist keine Entschuldigung, Jack, aber ...« Sie schob die Hand über den Tisch und ergriff seine.

Dann erzählte Jack ihr etwas, was ihr angst machte. Mit großer Mühe, sagte Jack, habe er sich dazu durchgerungen, es noch mal zu versuchen.

»Was versuchen?« fragte sie.

»Sex.«

»Sex?«

»Ja, Sex.«

»Gut, Jack, das ist wunderbar ... aber wie?«

Er hatte die Forschungen an einem noch recht neuen Apparat verfolgt, der erst 1987 auf dem Markt zugelassen worden war und eine künstliche Erektion ohne operativen Eingriff erzeugte. Er bestand aus einer weichen Silikonhülle wie ein Kondom, an dem eine Plastikröhre befestigt wurde. Angeschlossen an eine kleine Pumpe, erzeugte die Vorrichtung ein Vakuum rund um den Penis, das den Penis so lange aufrechthielt, wie die Pumpe lief.

Es war ein paar Jahre her, seit Betty Jack zuletzt nackt

gesehen hatte. Damals hatte Jacks Schlampigkeit sich auch auf die Handhabung seines Exkrementenbeutels erstreckt. Als sie bei einer Gelegenheit über die Bescherung sprechen wollte, die sein Beutel im Bett angerichtet hatte, war er darüber hinweggegangen, was sie in Wut versetzte. Sie rannte nach unten. Als sie an Shirley Green vorbeikam, sagte sie: »Rühren Sie den Raum nicht an! Wenn es ihm nichts ausmacht, daß er voller Scheiße ist, dann kümmert es mich auch nicht.«

Kaum war sie aus dem Haus, war Shirley Green nach oben gegangen und bezog das Bett frisch.

Aber bei dieser Gelegenheit, wo Jack so verletzlich war und dabei so großherzig gewillt, es noch einmal zu versuchen, mußte sie sich dazu zwingen, ihre Gefühle wegen des Beutels zu unterdrücken. Sie mußte tun, was sie konnte, um ihm bei dem Experiment zu helfen.

Und es war ein Experiment. Sie gingen zu Bettys Bett, wo Jack sich entkleidete und sich dann das Gerät anlegte. Betty zog sich aus und wartete auf ihn. Er warf den summenden kleinen Motor der Pumpe an, und das Gerät erzeugte mehr oder weniger prompt den gewünschten Effekt. In besseren Zeiten hätten sie vielleicht miteinander gelacht, aber in dieser Situation stand zuviel auf dem Spiel. Jahre voller Schmerz und Verletzungen waren vergangen, und in diesem einen furchtbar wichtigen Moment versuchten sie, die Kluft zu überbrücken. Sie waren zwei Erwachsene und so verloren und verletzlich wie Teenager.

Sie begannen, miteinander zu schlafen, und das Ganze ließ sich gut an. Betty legte ihre Hand auf Jack und hob ihn ein wenig hoch und zur Seite, wie sie es in der fernen Vergangenheit ihrer frühesten sexuellen Beziehung gemacht hatte. Aber die Bewegung war die Ursache dafür, daß die Röhre der Vakuum-Apparatur gegen den Exkrementenbeutel stieß. Der Beutel löste sich gerade in dem Moment aus seiner Befestigung, als ein Klumpen Exkremente in den Beutel glitt. Er fiel auf Betty, traf sie an Mund und Augen und verschmutzte das Bett.

Jack war ganz in den Akt versunken und bekam nichts mit. Sie legte ihm beide Hände auf die Brust und stieß ihn weg.

»Geh weg, Jack! Geh weg! Siehst du nicht, was passiert ist?«

Er rollte sich plötzlich beiseite und verwickelte sich in Röhre und Beutel.

»O mein Gott, Betty! Es tut mir leid. Es tut mir so leid!«

Sie erhob sich, rollte aus dem Bett, stand auf, schüttelte sich und schrie: »Oh, wie ekelhaft!«

Jack stand vor ihr, den Vakuum-Schild noch aufgerichtet. Er war verschmiert und vollgespritzt. »Betty ...« Er griff nach ihr.

»Nein! Nein! Faß mich nicht an! Du bist mit Scheiße bedeckt, Jack! Sieh dich doch an! O Gott, ich auch. Sieh dir das an. Geh weg! Faß mich nicht an!«

Jack rief: »Betty! Bitte, Betty!«

Sie rannte zum Bad und stellte die Dusche dampfend heiß.

Mit der sich überschlagenden Stimme eines wütenden Kindes rief Jack hinter ihr her: »Ich will dich nie ... nie ... wieder ... anfassen, Betty!«

Shirley Green stand auf der Plattform auf halber Höhe der Treppe und hörte die Schreie.

An diesem Abend blieb Jack so lange in der Praxis, bis auch der letzte seiner Angestellten gegangen war, dann fuhr er zum Krankenhaus, wo er nichts Besonderes zu tun hatte. Es war schon spät, als Betty ihn fand, eine kleine, zierliche Gestalt, die über einem Tisch in der Kantine hing. Seine Brillengläser glommen im fluoreszierenden Licht der Lampe grün wie die Augen einer Fliege. Er war allein und beugte sich über einen medizinischen Bericht. Sie setzte sich ihm gegenüber.

»Oh, hallo«, sagte er sanft, »ist etwas nicht in Ordnung?«

»Nein. Ich wollte nur sehen, wie es dir geht.«

Er nickte kaum wahrnehmbar, sah sie kurz an, dann wandte er sich wieder seinem Buch zu. »Ich bin gleich fertig, um nach Hause zu kommen.«

»Gut«, sagte sie, »ich habe etwas Schönes zum Abendbrot gemacht.«

»Oh, das ist nett.«

Er klappte das Buch zu und sah sie fragend an.

Sie sagte: »Ich hätte Lust, daß wir nach Santa Fe fahren.«

»Was ist in Santa Fe?«

»Ach, Jack, du weißt aber auch gar nichts. Ich habe darüber gelesen. Es liegt in der Wüste von New Mexico und besteht ganz aus Adobe-Architektur. Es soll sehr künstlerisch und spirituell sein. Ich dachte, wir könnten dorthin fahren, nur wir zwei, und ein romantisches Zwischenspiel haben.«

Er sah sie an. »Ein romantisches Zwischenspiel?«

»Ja.«

Sie griff über den Tisch und nahm seine Hand. Sie lachten beide und weinten dabei.

»Was tun wir zwischen jetzt und dem Zwischenspiel?« fragte er.

Sie seufzte und zuckte die Achseln. »Ich denke, ich werde mich endlich darum kümmern, daß diese schreckliche Küche umgebaut wird.«

Die Stadt Vincent in Alabama war ein Abbild der Vergangenheit – ein hübsches kleines Dorf, in der Umarmung der Autobahn 231, wo sie gen Norden zum Logan Martin Lake bei Gadsden führt. Wie die meisten Kleinstädte in Amerika hatte Vincent schon lange keine eigenständige

Wirtschaft mehr. Bis 1991 war es eine der weiter entfernten Vorstädte von Birmingham geworden – eine Gemeinde von Pendlern, denen es nichts ausmachte, länger als eine Stunde zu fahren, um den Unbequemlichkeiten des Stadtlebens zu entgehen.

An der alten Hauptstraße der Stadt standen noch zwei Geschäftshäuser. Die meiste Geschäftstätigkeit hatte sich weiter nach unten in Richtung der Autobahn verlagert. Die Leute, die Vincent ihr Zuhause nannten und ihre Kinder in die dortigen Schulen schickten, lebten entweder auf alten Bauernhöfen in der Nachbarschaft oder in neuentstandenen Siedlungen.

Im August 1991 konnte James White eine kleine Arbeit für Melanie Little übernehmen, die seine Tochter Kelly Renee unterrichtete. Die Vincent-Grundschule lag in einem einstöckigen Ziegelhaus etwas abseits der Straße. Es war ein bescheidenes Gebäude, immer ein Raum in einem Flügel. Wenn einem Lehrer etwas in seinem oder ihrem Raum nicht gefiel, konnte er es während der Sommermonate reparieren oder selber bauen oder jemanden holen, der das für ihn machte. Die Chancen, daß die Gemeinde für Handwerkskosten zahlen würde, waren gering.

Wie immer war James' Verwicklung in die Sache zweischneidig. Die Lehrerin seiner Tochter brauchte ein paar Regale, und in diesem Fall hatte der Direktor, Calvin Smith, zugestimmt, das Material zu besorgen, wenn Melanie Little ein Elternteil überreden konnte, die Arbeit zu machen. James wollte die Arbeit offenbar freiwillig und umsonst übernehmen. Er brauchte eine Beschäftigung, und als er damit fertig war, seine Probleme und dieses persönliche Problem zu schildern, hatte Melanie Little das Gefühl, daß sie etwas tun mußte, um ihm zu helfen.

Etwas weiter den Flur hinunter war Peggy Lowe gerade damit beschäftigt, ihren Raum für die erste Klasse zur Einschulung vorzubereiten. Ihr Mann arbeitete in seinem Raum. Wayne und Peggy nahmen jeden Tag ihre hübsche Teenager-Tochter Stephanie mit zur Schule, damit sie ihnen half. Mittags traf sich die Familie zum Mittagessen in Peggys Klassenzimmer.

Als James damit fertig war, Melanie Little alle Regale zu bauen, die sie brauchte, hing er weiter in der Schule herum. Melanie Little schickte ihn zu Peggy Lowe, weil sie dachte, daß Peggy vielleicht auch Hilfe bei ihrem Klassenzimmer brauchte.

Er erschien in der Tür in unterwürfiger Haltung, die Augen niedergeschlagen, zerdrückte die Baseballmütze in seinen Händen und stotterte nervös, wobei er Peggy als ›Mizrus‹ titulierte – einer höflichen Südstaaten-Anrede, die die Klassenunterschiede betonte. Er sprach schnell und abgehackt, und seine schrecklich braunen Zähne schimmerten durch den Bart.

»Mizrus Little sagte, sie brauchten vielleicht Hilfe bei einigen Regalen, und ich bin mit meiner Arbeit für sie fertig, aber ich würde gerne noch mehr machen, und ich verstehe mich auf Regale sehr gut, wenn Sie vielleicht mal schauen wollen, wie ich es in Mizrus Littles Klassenzimmer gemacht habe, wo ich gerade fertig bin, aber sie braucht keine mehr, deshalb habe ich mich gefragt, ob ich hier irgend etwas machen könnte.«

Wayne war skeptisch, aber Peggy willigte ein, sich die Regale in Melanies Zimmer anzusehen. Wayne kehrte in sein eigenes Zimmer zurück. In dem Moment, als Peggy mit James den Flur entlangging, begann er, seine Netze auszulegen.

»Sie sind der Vater von Kelly Renee, Mr. White?«

»Ja, Mizrus Lowe, sicher, die liebe Kleine, sie bedeutet mir alles, sie, ihre Schwester, ihr Bruder, und deshalb ... deshalb ...«

Seine Stimme erstarb.

Sie blieb stehen und sah ihn an. Er stand vor ihr, die Mütze in der Hand und Tränen in den Augen. Peggy mochte seine Tochter, die von Mrs. Little unterrichtet wurde, ausgesprochen gerne, denn sie war hübsch und sehr gescheit.

»Deshalb macht es mir so viel aus, daß ich diese Kinder nicht unterstützen kann, Mizrus Lowe.«

Sie gab ihm den Auftrag, Regale in ihrem Raum zu bauen.

Jede Sekunde, die er sich im Raum aufhielt, spulte er ohne Unterlaß die Litanei seines Elends herunter: »Als ich das letzte Mal geheiratet habe, habe ich gedacht, alle meine Probleme wären gelöst, besonders, da ich trocken und von den Drogen los war, und ich habe Cheryl getroffen, und sie hatte eigene Kinder, und sie und ich haben ein Kind, und meine vorherige Frau hatte Mühe, einen Job zu finden, also habe ich meine Kinder zu mir geholt, so daß ich auf sie aufpassen konnte.«

»Nun, das war gut von Ihnen, Mr. White«, sagte sie.

Er lächelte süßlich und freute sich über ihre Zustimmung. Stephanie, die aus einiger Entfernung zusah, zog eine Grimasse und wandte sich ab, als James' Lächeln seine Zähne freilegte.

»Ich habe versucht, wiedergutzumachen, was ich ihnen früher angetan habe, denn ich weiß, daß ich schlecht war, und ich wollte mich bessern. Meine Eltern waren nicht einmal verheiratet. Tatsächlich habe ich meinen Vater nie gekannt. Ich habe gedacht, der Mann, der mit meiner Mutter zusammenlebte, als ich klein war, wäre mein Daddy, und ich trug seinen Namen, bis ich fünfzehn war, aber dann sagte er, daß er mit meiner Geburt nichts zu tun habe, und meine Mutter sagte, das sei wahr, und so nahm ich ihren Namen White an.«

Er humpelte und schlurfte durch den Raum, schleppte Bretter und zersägte sie mit einer kreischenden Handsäge zwischen zwei Stühlen, die Knie gebeugt, das Gesicht immer hinter seinem Bart verborgen, die schmalen Augen hinter dem Schirm der Mütze versteckt.

»Mit siebzehn bin ich zur Armee gegangen. Sie haben mich nach Vietnam geschickt. Eine Zeitlang war ich drüben in Deutschland. Ein deutsches Mädchen dort hat mich Cookie genannt, aus Hochmut, und so hat mich dann jeder genannt.«

Er grinste breit, und Stephanie sah weg.

»Ich habe ein Mädchen aus Lawrenceville, Georgia, geheiratet, als ich raus war, aber dann habe ich sie mit sieben oder acht Kerlen in einem Wohnwagen erwischt.«

»Stephanie«, sagte Peggy, »warum gehst du nicht und schaust, ob dein Vater Hilfe braucht?«

»Eines von den Dingen, die mir wirklich an die Nieren gehen«, sagte er, »ist, daß eine meiner Ex-Frauen mit einem Kerl zusammen ist, der ein Kinderschänder ist. Was halten Sie von so jemandem?« Er schwieg und beobachtete sie genau.

»Oh, das ist schrecklich«, sagte sie.

Er wandte sich wieder seiner Arbeit zu. Zwischen Hammerschlägen und mit den Nägeln zwischen den schmalen Lippen erzählte er ihr, wie seine zweite Frau ihm durch ihre Hurerei das Herz gebrochen habe. »Natürlich hatte ich damals ein paar Drogen- und Alkoholprobleme, so daß ich ihr nicht alle Schuld geben kann. Sie hatte es mit mir auch schwer, nehme ich an.«

Traurigerweise war auch seine dritte Frau treulos gewesen. Aber die, die wirklich sein Herz gebrochen und ihn vollständig gegen Frauen eingenommen hatte – die jede Hoffnung auf Liebe zunichte gemacht hatte –, war seine vierte Frau, die ihn wegen seines besten Freundes verlassen hatte.

Alle Geschichten von James White waren mit Hinweisen auf seine desolate Finanzlage durchsetzt und die Härten, die das für seine Kinder bedeutete.

Schließlich gab es keine Regale mehr in Peggys Raum zu bauen. Sie und Melanie Little hatten James White erklärt, daß sie es sich nicht leisten könnten, ihn bar zu bezahlen, aber sie hatten zu Hause Mahlzeiten gekocht und für ihn mit in die Schule genommen, damit er sie den Kindern mit nach Hause nehmen konnte.

James war natürlich auf mehr aus als auf Essen. Peggy ging zu Calvin Smith und überredete ihn, James für den Bau einer Tribüne anzuheuern, die die Schule für den Chor brauchte. Smith stimmte zu, White zu engagieren und ihn zu bezahlen.

Wenn James aber abends mit seinem Kumpel Alvin zusammen trank, mit Janine Russell und ihrem Freund Bunky und den anderen vom Wohnwagenrevier, begann er, wüste Beschimpfungen gegen Peggy Lowe auszustoßen, was für eine gutaussehende Hexe sie sei, wie er sie um den kleinen Finger gewickelt habe, wie sie ihn wollte, einen richtigen Mann, der ihr Sex geben konnte, nicht diesen Weichling von Ehemann. Sie lachten, und James lachte auch, aber sie alle wußten, daß irgendwo unter der Oberfläche dieses bösartigen Gekichers eine Geschichte lag, die James sich ausdachte und bald für wahr halten würde. Dann würde es gefährlich werden zu lachen.

Als es keine Arbeit mehr in der Schule gab und das Schuljahr wieder begonnen hatte, setzte James scharfe Waffen gegen Peggy Lowe ein. Er schickte seinen Sohn Vincent, der an der Grundschule war, bei ihr vorbei. Der kleine Junge übergab ihr eine handschriftliche Notiz. Eines von James' Kindern sei kürzlich im Krankenhaus gewesen, so die Notiz, und James habe Mühe, für das Kind zu zahlen. Er sei so depressiv gewesen, daß er einen Selbstmordversuch unternommen habe. Ob zum Guten oder zum Schlechten, sein Freund Alvin habe ihn im letzten Moment davon abgehalten. Hatten vielleicht Mizrus Lowe und ihr feiner Ehemann Wayne irgendeine Arbeit für ihn an ihrem wunderschönen neuen Haus am Logan Martin Lake?

Die Entscheidung fiel Wayne nicht schwer. Seine religiöse Überzeugung und seine Stellung als Musikdirektor an der Baptistenkirche von Vincent hätten vielleicht von ihm verlangt, einem Wrack wie James White eine helfende Hand entgegenzustrecken. Aber Wayne Lowe war auch ein erfahrener Mann. Wenn es nach ihm gegangen wäre, hätte er James White sofort weggeschickt.

Aber in Peggy weckten James' Gestottere und sein selbstmitleidiges Geschwätz andere Erinnerungen. James überredete Peggy, ihn für eine Arbeit an ihrem Haus am See zu engagieren. Wayne war dagegen, aber es war noch eine Menge zu tun, und Wayne alleine konnte es nicht schaffen. James White hatte an der Schule gute Arbeit geleistet, sagte Peggy, und er schien gewillt, zu guten Bedingungen an dem Haus arbeiten zu wollen.

James dachte, er hätte den Job seines Lebens gefunden. Er überredete Peggy und Wayne, ihn für verschiedene Arbeiten anzuheuern, jeden Job zu einem anderen Preis. Ehe er eine der Arbeiten richtig angefangen hatte, kam er dann und wollte Bargeld haben.

An einem frischen Herbstabend waren Peggy und Stephanie in der Küche, wo sie sich über dampfenden Töpfen angeregt unterhielten und die Neuigkeiten des Tages austauschten, als es an der Tür klingelte. Die Vorderseite des Hauses blickte auf die Bäume zum See hinunter. Die Türglocke war an der Rückseite, wo eine lange, kurvige, staubige Auffahrt zur Hintertür führte, die gleich neben der Garage lag. Peggy öffnete die Tür und sah sich James White und seiner älteren Tochter Tara Maria gegenüber.

Er gab an, er wäre gekommen, um einen der Räume

noch mal nachzumessen, ehe er das Material kaufte. Peggy sagte ihm, er solle tun, was er tun müsse. Stephanie rief Tara sofort zum Herd herüber, damit sie kostete, was da kochte. Stephanie sprach mit Tara über die Mittelschule, die beide Mädchen besuchten, und Tara antwortete erst vorsichtig, dann immer offener.

Peggy fiel auf, daß James im Flur stand und mit dem Kopf eine Bewegung zu ihr hin machte. Sie ging raus, um mit ihm zu sprechen.

»Was ist, Mr. White?«

»Ich frage mich, Mizrus Lowe, ob es Ihnen etwas ausmacht, kurz mit mir rauszugehen. Ich will Ihnen etwas erzählen.«

Der Wind blies kalt und scharf über die hölzerne Terrasse vor dem Haus hoch über dem See. Peggy schauderte und rieb sich die nackten Arme.

»Worum geht es, Mr. White?«

Er zog eine zerknitterte und schmutzige Abrechnung aus der Tasche. »Ich bin mit den Zahlungen im Rückstand, Madam, und sie haben mir den Strom abgestellt.«

»Wir haben Ihnen Geld gegeben, Mr. White. Wir haben Sie im voraus für eine Menge Arbeit bezahlt, die Sie noch nicht erledigt haben.«

»Ich weiß, Mizrus Lowe, und ich fühle mich ... Ich bin in letzter Zeit so bedrückt, ich hätte fast wieder zu trinken angefangen. Ich bin davon weg, aber jetzt ... Sie haben den Strom abgeschaltet, und Mann, es ist schon kalt draußen, und ich fühle mich so schlecht, weil ich jetzt die Kinder bei mir habe, und sie frieren sich nachts im Wohnwagen zu Tode.«

Peggy warf einen Blick ins Haus. Die Fenster an der Vorderseite des Hauses zeigten den Wohnraum und dahinter im Eßzimmer den Tresen, der die Küche abteilte. Hinter dem Tresen stand ihre schöne Tochter, lachte und tat, was sie konnte, um Tara sich wohl fühlen zu lassen.

»Wieviel brauchen Sie?«

»Damit der Strom wieder eingeschaltet wird, hundertfünfzig Dollar.«

Das war eine beträchtliche Summe – genug, um ein tiefes Loch in die Kasse der Familie Lowe zu reißen.

»Kommen Sie rein«, sagte sie, »ich gebe Ihnen einen Scheck.«

Das war für James natürlich nur ein Klacks – kaum das Geld für den Umtrunk eines Abends. Aber wichtig war, was das bedeutete – seinen ersten ernsthaften Biß aus dem Apfel. Er hatte ihr Wohlwollen.

In den folgenden Monaten erhöhte James allmählich den Einsatz. Er brachte Peggy dazu, Wayne zu überreden, ihm noch mehr Arbeit rund ums Haus zu geben. Er beschwatzte sogar Waynes Mutter, sich für mehrere tausend Dollar eine neue Auffahrt machen zu lassen.

In einer Nacht, als James mit seinen Freunden trank, wurde die Angeberei mit seiner Macht über Peggy wilder. James deutete jeden Akt der Freundlichkeit ihm gegenüber als Beweis für seine Macht. Je mehr Geld er aus Peggy Lowe herauspreßte, desto wilder ließ er sich über sie aus. Peggy war mit Mitte Vierzig eine sehr attraktive Frau. Unausweichlich entwickelten sich James' Angebereien auf einen Tag hin, wo er noch ganz andere Sachen als Geld von Peggy Lowe bekommen würde.

Mittlerweile rief er sie fast täglich an, manchmal mehrmals am Tag, und klagte über seine Leiden, seinen Geldmangel und erfand Entschuldigungen, warum er die Arbeit nicht machte, für die die Lowes ihn bezahlt hatten. Peggy Lowe ging durchs Haus, wischte Staub und machte die Betten, während sie das schnurlose Telefon zwischen Wange und Schulter geklemmt hielt, und sprach oft eine halbe Stunde lang kein Wort, während James über seine Probleme redete.

Einmal rief er sie an und sagte, seine Geldsorgen wären

so groß, daß er an Selbstmord dächte. Sie appellierte an seine innere Stärke und Entschlossenheit. Das nächste Mal rief er an, während seine Kinder im Hintergrund lärmten, und erzählte Peggy, daß er, wenn die Dinge sich nicht besserten, wieder zum Trinker werden würde. Es lag echte Sorge in ihrer Stimme, als sie ihn drängte, das doch nicht zu tun.

Gewonnen.

DREI

Von jetzt an kam die Drohung, wieder zum Trinker zu werden, immer häufiger und nachdrücklicher. Peggy, mißtrauisch geworden durch sein Verhalten und seine Reden, befürchtete, daß James bereits rückfällig geworden war. Leider besaß sie einfach nicht mehr genügend Geld, um James endgültig loszuwerden. Die unaufhörlichen Anrufe waren zu einer großen emotionalen Belastung für sie geworden. Aber selbst dann war Peggy Lowe nicht in der Lage, einfach zu sagen: »Mr. White, hören Sie auf, mich anzurufen.«

Und so erwiderte Peggy Woods Lowe irgendwann in der zweiten Maiwoche 1992 James Dennison White, als er sogar mit Selbstmord drohte: »Mr. White, ich kann Ihnen kein Geld mehr geben, und ich weiß nicht, was ich wegen Ihrer Trinkerei machen soll, aber meine Schwester Betty, die in Huntsville lebt, ist eine trockene Alkoholikerin, vielleicht kann sie Ihnen helfen. Sie ist mit einem Arzt verheiratet und hat gerade viele Umbauten an ihrem Haus. Die Küche wird umgebaut. Vielleicht kann Betty Sie an die Anonymen Alkoholiker vermitteln, und sie und ihr Mann können Ihnen vielleicht Arbeit geben.«

»Sie ist Ihre Schwester?«

»Sie und ich sind Zwillinge.«

Als James an diesem Abend seine Freunde traf, stotterte er mehr als sonst, trank mehr, falls das überhaupt noch möglich war, und redete noch wirrer.

Als die Sonne versank, war die ganze Truppe vor dem verfallenen Haus am Wohnwagen auf dem Hügel betrunken und stand unter Drogen. Es gab eine Menge Spekulationen darüber, ob James denn mit Mizrus Lowe schon im Bett gewesen war und ob sie ihn so unterstützt hatte, wie er es gewohnt war. Allmählich kam heraus, daß James schon von Mrs. Lowe gefeuert worden war, ehe es überhaupt zu einem näheren Kontakt gekommen war, was entzücktes Johlen bei allen, außer bei James, auslöste. Das Gelächter wurde noch schriller, als James verkündete, Mizrus Lowe habe eine Zwillingsschwester, die noch reicher sei als sie, und daß er nach Huntsville fahren werde, um für sie zu arbeiten. »Scheiße, James, wenn das nicht hinhaut, stellt sich vielleicht heraus, daß sie Drillinge sind.«

James war als erster betrunken.

»Es gibt keine Hexe, die J. W. zum Narren hält«, murmelte er wieder und wieder, während er langsam in die Bewußtlosigkeit hinüberglitt.

In den folgenden Tagen fragte James Peggy unaufhörlich, wann er nach Huntsville gehen könne, um für ihre Schwester zu arbeiten. Peggy rief Betty an und sagte, daß sie versuche, einem Handwerker aus der Stadt zu helfen, der Arbeit brauche, um seine Kinder zu ernähren und zu kleiden. Betty willigte ein, James, den sie noch nie gesehen hatte, zu engagieren. Er sollte einen Teil der Arbeiten an der Küche übernehmen. Sie hatte schon einen guten Schreiner, aber es war nicht das erste Mal, daß Betty Arbeiten in ihrem Haus aufteilte, um jemandem in Not zu helfen.

Bobby Brooks, der Schreiner, war in Huntsville sehr gefragt und hatte genügend andere Aufträge, die erledigt werden mußten. Er sagte, ihm sei es recht, wenn Betty einen Teil der Arbeit an einen anderen vergebe.

Das Abkommen, soweit es Betty betraf, beinhaltete, daß der kleine Mann mit den Alkoholproblemen, den Peggy ihr geschickt hatte, mit ihr die Anonymen Alkoholiker besuchte. Bettys Gefühl sagte ihr jedoch, daß es kein gutes Zeichen sei, daß er nicht schon Mitglied war. Aber sie entschied sich, mit ihrem Urteil zurückhaltend zu sein und dem Mann eine Chance zu geben; nur Kontakt zu den Anonymen Alkoholikern sollte er aufnehmen.

Im Rahmen der Verhandlungen darüber, welche Arbeiten James in Huntsville übernehmen sollte, wurde er mit einer Mappe zu Bettys Haus geschickt. Von dem Moment an begannen seine hektischen Fahrten von Vincent nach Huntsville und zurück mit seinem Pickup, in dem er die achtzig Meilen betrunken, high und mit Selbstgesprächen beschäftigt zurücklegte.

Er tat dies, obwohl Betty noch keinen festen Zeitpunkt für den Beginn seiner Arbeit festgelegt hatte, doch er wußte selbst nicht genau, warum er diese Fahrten unternahm. Seine Freunde sagten später, er sei eben so gewesen, insbesondere, weil seine Phantasien über Peggy Lowe jetzt zurückkehrten. Er fuhr durch die Nacht, ein paar Packungen Budweiser neben sich auf dem Autositz, einen Joint im Mund und Händevoll Coffeintabletten schluckend, um wach zu bleiben, und dabei schimpfte und brabbelte er ohne Unterlaß. Er mied die Autobahn, um einer Verkehrskontrolle zu entgehen. Er stammelte und stotterte vor sich hin und träumte von Gott weiß was.

James besuchte auch das Haus, klopfte aber nicht an. Er hätte nachts draußen vor dem Haus parken können, um es sich anzusehen. Er hätte seinen Wagen auch etwas weiter den Hügel hinunter stehenlassen und dann zu Fuß durch den Wald gehen können, um das Haus von der Rückseite zu erreichen.

Von dort aus hatte er aus dem richtigen Winkel einen guten Blick über das Pool-Deck in die Fenster des Hauptflures, der im zweiten Stock lag. Drinnen hatte er Jack und Betty bei der Einnahme hastiger Mahlzeiten und dem Versuch beobachten können, für ein langes Wochenende in Santa Fe fertig zu werden.

Bettys Sohn Trey, ein College-Student, der zu Hause wohnte, bereitete sich auf sein Abschlußexamen vor. Er und Jack kamen gut miteinander aus. Trey verfügte über all die Qualitäten, die Jack an einem jüngeren Mann bewunderte. Er war fleißig und ernst, ohne langweilig zu sein. Er sah gut aus und wurde gesellschaftlich akzeptiert. Wenn der Druck von Schule und Job allzugroß wurde, schnappte er sich die Baseballkappe aus seinem Schrank und verschwand zu einem wütenden Kräftemessen mit Bällen der automatischen Ballwurfmaschine.

Er nahm keine Drogen und lernte in der Schule. Er war ein Trost und keine Enttäuschung.

Offensichtlich konnte keiner der Leute im Haus – Jack, Betty und Trey – sich vorstellen, daß James Dennison White sie vom Wald aus beobachtete, die Finger in bedeutungslosen Gesten verschlungen, die Lippen hinter dem schütteren Bart in Bewegung und die Augen unter der Baseballkappe ruhelos von einer Seite zur anderen huschend. Aber James konnte sich alles vorstellen, was er wollte. Er fing an, Stimmen zu hören.

Am Wochenende des 16. und 17. Mai hatte die regionale Gruppe der Anonymen Alkoholiker ihr jährliches Treffen im Lake Guntersville Statepark, einem sechstausend Hektar großen Gelände auf einem Berg hoch über einem künstlichen See, auf halbem Wege zwischen Gadsden und Huntsville. Im Zentrum des Parks stand eine große Lodge aus dem Jahre 1974.

Betty hatte eigentlich gehofft, daß Peggy mitkommen würde, um während des Treffens mit ihr in der Lodge zu wohnen. Die Anonymen Alkoholiker waren zum Mittelpunkt von Bettys gesellschaftlichem Leben geworden, und sie genoß es, wenn ihre schöne Zwillingsschwester kam und alle ihre Freunde von den A. A. kennenlernte.

Aber Stephanie litt unter einer Reihe von mysteriösen Krankheiten, die vielleicht mit der Pubertät zusammenhingen. Einmal war sie sogar in der Schule ohnmächtig geworden. Peggy rief Betty an und sagte ihr, daß sie dieses Wochenende bei ihrer Tochter zu Hause bleiben würde.

Inmitten all dieser Ereignisse behelligte James Peggy mit einem weiteren langen Märchen über seine Kümmernisse.

»Ich war sicher, an diesem Wochenende meine Kinder zu treffen; aber Cheryl hat gesagt, jemand hätte mich beim Trinken gesehen, und so darf ich dieses Wochenende meine Kinder nicht sehen. Ich bin so … Mizrus Lowe, ich schaffe es nicht. Ich bin alleine hier, es ist niemand da, der mich aufhalten kann, ich habe eine Pistole, ich glaube, ich sollte mir wirklich eine Kugel in den Kopf schießen, und dann bin ich fertig mit allem. Entschuldigen Sie, daß ich Sie belästigt habe. Ich wollte mich nur verabschieden.«

»Mr. White«, sagte sie, »bitte, reden Sie nicht so. Ich kann jetzt nicht … Wir können es uns nicht leisten, Sie ganztags zu beschäftigen, Mr. White. Hören Sie, meine Schwester besucht an diesem Wochenende ein A. A.-Treffen in der Guntersville State Lodge. Ich bin sicher, wenn Sie dorthin gehen, wird sie Ihnen helfen können, und es könnte Ihnen guttun, gerade jetzt mit den A. A.-Leuten zusammenzusein.«

»Nun, ich habe aber kein Geld für Benzin.«

»Vielleicht hilft sie Ihnen.«

»O. K. Wie komme ich dahin?«

Peggy rief Betty an und erzählte ihr, was los war.

»Hilfst du ihm?«

Betty schwieg eine Weile, dann seufzte sie. »Du weißt, daß ich das tue. Sag ihm, er soll kommen. Dann kann ich ihn mit den Leuten von A. A. zusammenbringen und sehen, wie er sich bei den Treffen anstellt, bevor ich ihn in mein Haus hole.«

Betty hatte für sich und Peggy von Freitag an ein Zimmer reserviert. Als Peggy absagte, beschloß Betty, erst am

Sonnabend morgen hinzufahren. Als sie ankam, war sie erbost, als sie erfuhr, daß die Betreiber der Lodge erwarteten, daß sie auch für die Nacht bezahlte, die sie nicht dort verbracht hatte, weil die Reservierung über ihre Kreditkarte gelaufen war.

War die Lodge am Freitag ausgebucht gewesen? Gab es nicht noch viele freie Zimmer, seit das Treffen begonnen hatte?

Nein, sagte der Angestellte, die Lodge sei für das gesamte Wochenende ausgebucht. Sie hätten Freitagabend schon Leute wegschicken müssen, die sonst das Zimmer gemietet hätten. Aber Betty gefiel der Gedanke nicht, für ein Zimmer zu zahlen, das sie gar nicht benutzt hatte. Sie verlangte den Geschäftsführer der Lodge zu sprechen. Der erschien und war höflich, aber entschieden. Mrs. Wilson mußte auch die Freitagnacht bezahlen, obwohl sie das Zimmer nicht genutzt hatte. Betty machte eine Szene, die laut genug war, daß einige ihrer A. A.-Bekannten sich unbehaglich fühlten.

»Nun komm, Betty«, sagte einer von ihnen, »du kannst es dir doch leisten.«

»Darum geht es nicht«, sagte sie aufgeregt, »darum geht es nicht.«

Am Ende mußte sie doch für den Freitag bezahlen. Sie zitterte noch immer vor Wut, als sie in ihr Zimmer ging und auszupacken begann. Peggy rief sie dort an und sagte ihr, daß Mr. White am Vormittag dort eintreffen werde. Sie erklärte noch einmal, daß er schlecht aussehe und sich nicht wohl fühle. Sie erwähnte auch, daß er kein Geld habe und extrem gehemmt sei.

»Nun, Peggy, ich kann ihm hier kein Zimmer besorgen.«

»Wo soll er wohnen?«

»Guntersville ist voller Motels. Er kann irgendwo wohnen und dann nur für die Treffen herkommen.«

»Er hat kein Geld.«

»O Scheiße, er will also Geld haben. O. K., dann sag ihm, er soll zu mir kommen, und ich gebe ihm so viel, daß er bleiben kann.«

»Ich fürchte, er wird auf der Suche nach dir nicht an allen Leute in der Lodge vorbeigehen, Betty. Er ist sehr gehemmt.«

»Peggy, was, zur Hölle, erwartest du denn, daß ich tue, auf der Straße stehen und auf das Arschloch warten?«

»Es tut mir leid, Betty.«

Betty nahm sich zusammen. »Nein, mir tut es leid. Ist schon gut. Das ist typisch für solche Vögel. Sag ihm, ich lasse etwas Geld für ihn in meinem Wagen. Es ist der große BMW. Er ist leicht zu finden. Ich parke ihn draußen.«

»Wo im Auto?«

»Im Auto, Peggy, auf dem Sitz. Es liegt noch ein Bibliotheksbuch auf dem Rücksitz, da lege ich es rein. Er kann sich das Geld holen, dann ein Zimmer nehmen und mich von dort anrufen.«

James tauchte spät am Sonnabend vormittag in Guntersville auf, als die Veranstaltungen des Wochenendes schon im Gang waren, und er erschien betrunken.

Ein Weg führte einen steilen Abhang hinunter von der Lodge aus dreieinhalb Meilen durch einen Wald zum Haupttor des Parks an der zweispurigen Hauptstraße. An dem Tor stand ein kleines hölzernes Wachhaus. Jede Nacht saß ein Wachmann darin, dessen Aufgabe es war, den Leuten mitzuteilen, daß sie den Park nach Schließung nicht mehr betreten dürften, es sei denn, sie konnten mit Hilfe ihres Schlüssels nachweisen, daß sie Gäste der Lodge waren.

An diesem Sonnabend hielt Keith Tucker Wache, ein muskulöser Mann Anfang Zwanzig.

Es war fast 22 Uhr, als James, begleitet vom Getöse eines ungedämpften Motors, vorfuhr.

»Ich habe es Ihnen doch gesagt«, argumentierte James, »ich soll Mizrus Betty Wilson dort oben in dem Hotel oder was das ist treffen.«

»Und ich habe Ihnen gesagt, Sir, daß der Park für Nicht-Gäste geschlossen ist.«

»Aber ich muß sie verständigen. Ich bin über hundert Meilen gefahren, um hier hochzukommen, ich habe kein Geld mehr, und ich weiß nicht, wo ich bleiben soll.«

»Sie können nicht hinein, Sir.«

»Können Sie nicht dort anrufen?«

»Nein, Sir, ich habe kein Telefon hier.«

»Ja, Mann, gottverdammt, was soll ich dann tun? Das ist Scheiße, Mann. Das ist Scheiße.«

James stand vor dem Auto und hüpfte im Dreck herum wie Rumpelstilzchen. Keith Tucker entschied sich, etwas hilfsbereiter zu sein.

»Es gibt eine Tankstelle bei einem Kurzwarenladen rechts die Straße nach Guntersville hoch, dort haben sie eine Telefonzelle. Vielleicht können Sie von dort aus in der Lodge anrufen. Ich gebe Ihnen die Nummer.«

Als James die Telefonzelle gefunden hatte, rief er einige Male bei Betty an, aber sie war zu einem Treffen am Pool gegangen. Dann rief James Peggy in Vincent an.

»Mr. White, wo sind Sie?«

»Ich bin in einer Telefonzelle, Mizrus Lowe. Ich bin gerade angekommen, aber sie lassen mich nicht in die Lodge rein.«

»Nun, warum sind Sie jetzt erst dort? Sie wurden doch heute morgen dort erwartet?«

Er erzählte ihr, was passiert war. Peggy seufzte und willigte ein, in der Lodge anzurufen und Betty ausrufen zu lassen, falls sie nicht auf ihrem Zimmer war, sie von Mr. Whites Lage zu unterrichten und zu sehen, was zu tun war. Sie wies ihn an, zum Wächterhäuschen zurückzufahren und dort zu warten.

Als sie in der Rezeption anrief, konnte sich der Angestellte sehr gut an Betty Wilson erinnern – diejenige, die so viel Aufsehen erregt hatte, weil sie für Freitagnacht mitbezahlen sollte. Zwei Wachmänner erhielten den Auftrag, überall Mrs. Betty Wilson auszurufen.

Sie fanden sie nicht, aber einer in der Menge hörte, daß sie nach Betty Wilson fragten. Er ging zum Pool, wo er sie gerade gesehen hatte, und sagte ihr, sie werde ausgerufen und sollte an die Rezeption kommen.

Ein untersetzter junger Mann mit einem pockennarbigen Gesicht und kleinen, eng beieinander stehenden Augen, Wachmann Robert Hawkins, tat gemeinhin gerne, was man von ihm verlangte, vorausgesetzt, es mußte nicht schnell erledigt sein.

Der Nachtportier erzählte Betty, daß ein Mr. White am Tor auf sie warte, um irgendein Päckchen von ihr abzuholen.

»Er soll etwas aus meinem Wagen bekommen«, sagte sie, »ich muß es mitnehmen.«

»O nein«, sagte der Portier, »wir wollen nicht, daß Sie nachts da runter gehen. Ich bin sicher, Mr. Hawkins ist bereit, das für Sie zu erledigen.«

Robert Hawkins starrte den Portier einen Moment lang mit leerem Gesichtsausdruck an, dann lächelte er plötzlich und sagte: »Oh, natürlich, ich übernehme das.«

»Auf dem Rücksitz meines Autos liegt ein Bibliotheksbuch«, sagte Betty. »Ich gehe mit Ihnen.«

»Madam, ich muß meinen Wagen holen, es ist ein ganzes Stück bis zum Tor. Ich treffe Sie dann bei Ihrem Wagen.«

Als Hawkins mit seinem Pickup neben dem BMW hielt, übergab Betty ihm das Buch und sagte: »Gut, geben Sie ihm das, und wünschen Sie ihm viel Spaß. Und sagen Sie ihm, daß ich das Buch wiederhaben will.«

Robert Hawkins fuhr die steile, gewundene Straße zum

Wachhäuschen hinunter und reichte den schmalen Band durch das Tor an James weiter. Das Buch mit dem Titel *Die schlafende Schönheit und der Feuervogel* war eines von denen, die Jack unter dem Bett den Kindern vorgelesen hatte.

James ging zu seinem Auto zurück, öffnete das Bibliotheksbuch und fand in der Lasche für die Bibliothekskarte zwei zerknitterte Hundert-Dollar-Scheine. Einen Moment saß er schweigend da und starrte das Geld an, dann startete er den Wagen und fuhr zurück zu der Tankstelle, wo er sich einen Kasten Budweiser und eine neue Packung Coffeintabletten kaufte. Statt sich ein Zimmer zu suchen, fuhr James einen großen Bogen auf die Schnellstraße 431 und nahm Kurs auf den Boulder Circle für einen weiteren Streifzug im Mondlicht.

Vielleicht dachte James an Peggy Lowes Zwillingsschwester und den Job, den sie ihm besorgen wollte, als er in einem Nebel von Erschöpfung, Bier, Rauschgift und Coffein dahinfuhr. Vielleicht dachte er auch an Peggy. Was immer auch in ihm vorging bei diesen Ausflügen nach Huntsville, seine Gedanken beschrieben stets Kreise. Vielleicht trank er auch nur und fuhr dabei. Aber eines war klar: Das Leben in dem großen schönen Haus am Boulder Circle, wo Peggys Zwillingsschwester lebte, übte eine magische Anziehungskraft auf ihn aus.

Am Sonntag rief Betty Peggy an.

»Wo ist der Mann, den du mir geschickt hast?«

»Mr. White? Ist er denn nicht gekommen?«

»Doch, er ist gekommen. Lange genug, um mir zweihundert Dollar abzunehmen.«

»Und an den Treffen hat er nicht teilgenommen?«

»Ach, verdammt noch mal, Peggy …«

Betty unterbrach sich und schluckte hinunter, was sie am liebsten gesagt hätte, als sie sich an den Sinn ihrer Schwester für Anstand erinnerte.

»Sieh mal, Peggy, dieser Mann ist nichts anderes als ein Trunkenbold, und er benutzt dich und jedermann sonst, um zu kriegen, was er kriegen kann.«

»Ich weiß, daß er schlecht ist«, sagte Peggy, »aber seine Tochter ist in der Klasse meiner Freundin, und ich wollte helfen ...«

Betty wurde wütend. »O nein, Peggy, erzähl mir nicht, wie du diesem Hurensohn helfen wolltest! Er ist ein Säufer, und er will gar nicht, daß du ihm hilfst! Du hilfst seiner Familie nicht, wenn du ihm Geld gibst. Du verletzt sie. Er ist wie Daddy! Er ist ein wertloses Stück Scheiße!«

»Betty, ich mag es nicht, wenn du so redest.«

»Warte nur, bis ich diesen kleinen Hurensohn in die Finger bekomme! Ich will meine zweihundert Dollar zurück oder eine sehr gute Entschuldigung hören! Gib mir seine Telefonnummer.«

»Betty, vielleicht sollte ich lieber mit ihm sprechen ...«

»Ich will seine Telefonnummer, verdammt noch mal, Peggy! Dieser widerliche kleine Schleimer wird mir mein Geld zurückgeben!«

»Oh, um Gottes willen, Betty. Du redest so ...«

»Tut mir leid, Peggy, ich bin nur so wütend.«

»Ist schon gut. Hier die Nummer.«

Peggy gab ihr die Telefonnummer. »Betty, ich denke, wenn ich ...«

»Peggy, ich will das jetzt nicht mit dir diskutieren. Ich kann über solche Dinge einfach nicht mit dir reden. Das weißt du. Wir beide wissen das. Wir sollten es gar nicht erst versuchen. Bis bald, Liebes. Ich rufe dich Ende der Woche noch mal an.«

Betty begann sofort mit dem, was eine lange Reihe von Anrufen in James' Wohnwagen werden sollte. Jedesmal ging entweder ein Kind ans Telefon oder ein Mann mit belegter Stimme, der behauptete, er sei nicht James, und Mr. White sei zur Zeit nicht zu Hause. Jedesmal saß Betty da, den Hörer ans Ohr gepreßt, lauschte auf das Freizeichen, nachdem der Sprecher aufgelegt hatte, und dachte über den Schuft am anderen Ende nach. Sie stellte ihn sich vor, wie er besinnungslos in schmutziger Kleidung auf dem Boden des Wohnwagens lag, während nackte Kinder auf der Suche nach Essen über ihn wegkletterten. Sie dachte darüber nach, wieviel Geld er Peggy und Wayne wohl schon abgeluchst hatte. Sie dachte an ihren Vater. Sie knallte den Hörer auf die Gabel. Ihr Ärger wurde ruhig und beständig. Sie wußte genau, wer dieser kleine Mann war. Sie wußte genau, was sie ihm sagen würde.

Im Haus der Lowes am Martin Lake ging es in dieser Woche geschäftig zu. Peggy hatte einer Person in Nöten ihre Einladung ausgesprochen. Diesmal hatte Peggy eine Kollegin und ihre Tochter für ein paar Wochen zu Gast.

Linda Vascocu war eine alleinerziehende Mutter – eine von der attraktiven, tüchtigen Sorte, die in Vincent an der Grundschule als auch am Gymnasium unterrichtete und ihr eigenes kleines Geschäft hatte. Sie baute sich und ihrer Tochter ein Haus. Der Tag der Fertigstellung zögerte sich hinaus, und sie hatte ihr altes Haus schon verkauft. Sie mußte ausziehen, als die Talladega-Viehwagenrennen gerade begannen – ein Großereignis in dieser Region –, und im gesamten Umkreis war kein einziges Motelzimmer mehr frei.

Peggy hatte sie gedrängt, bei ihnen zu wohnen. Linda antwortete, sie könne nicht sagen, wann die Baufirma ihr Haus fertigstellen werde. Wie üblich hatte Peggy gesagt, daß das keine Rolle spiele. Ihre Familie war daran gewöhnt, denen, die es brauchten, eine Zuflucht zu bieten. Linda willigte ein, und sie und ihre Tochter zogen für einen, wie sich herausstellte, längeren Zeitraum ein.

Linda half, soviel sie konnte, beim Kochen und im Haushalt und machte sogar bei einem großen Hausputz von Garage und Keller mit. Die Dinge, die man noch gebrauchen konnte, wurden auf einen Haufen gelegt und in der Garage verstaut. Kürzlich hatte Peggy, als James sie mal wieder um Geld angegangen war, gesagt, er könne sich die Dinge aus der Garage nehmen und sie verkaufen.

Am Dienstag wurde Stephanie wieder in der Schule krank. Peggy mußte ihre Klasse in der Grundschule alleine lassen, Stephanie in der Mittelschule abholen und mit ihr zum Arzt gehen. Die Ärztin war sich noch nicht sicher, woran Stephanie litt. Sie meinte, es könne eine Infektion sein oder einfach eine Begleiterscheinung des Erwachsenwerdens. Sie verschrieb ihr ein Antibiotikum. Da der Schultag sowieso fast um war, nahm Peggy Stephanie mit nach Hause.

Einmal zu Hause, ging es Stephanie viel besser. Ihre Mutter regte an, da sie nun eine wundersame Heilung erlebt habe, könne sie ihr und Linda ja beim Saubermachen helfen. Stephanie stimmte zu und nahm eine Dose mit Scheuerpulver, mit der sie ins Badezimmer ging und zu putzen begann.

Peggy war in der Küche, als Stephanie sie rief und sagte, sie habe etwas von dem Putzmittel eingeatmet, und jetzt sei ihr nicht gut. Peggy seufzte und antwortete: »Geh raus auf die Terrasse und schnapp etwas frische Luft.« Peggy hörte, wie sich die Terrassentür öffnete und dann wieder ins Schloß fiel.

Es klingelte an der Tür, und Linda Vascocu ging, um zu öffnen. Wenig später kam sie mit seltsamem Gesichtsausdruck zurück.

»Da ist ein Mr. White draußen, der behauptet, du habest gesagt, er könne die Sachen aus der Garage haben.«

»Die Sachen aus der Garage?«

»Die wir aussortiert haben.«

»Ach ja.« Ein mütterlicher Instinkt riet ihr, nach Stephanie zu sehen.

»Ich muß mit ihm sprechen«, sagte sie, »aber jetzt kann

ich nicht. Könntest du ihm sagen, er soll gehen und sie sich einfach nehmen?«

»Sicher.«

Peggy ging zur Glastür, um nach Stephanie zu sehen, und schrie auf vor Schreck. Stephanie lag bewußtlos auf der Terrasse. Peggy riß die Tür auf und rannte zu ihr. Sie hob ihren Kopf an, und Stephanies Lider begannen zu zucken.

»Ich fühle mich wirklich nicht gut«, flüsterte sie.

Peggy brachte Stephanie ins Haus zurück, legte sie aufs Sofa und eilte ans Telefon. Die Schwester holte die Ärztin sofort an den Apparat. Die Ärztin hörte sich grimmig Peggys Bericht an, stellte ein paar knappe Fragen und sagte dann: »In Ordnung, Peggy, ich fürchte, das ist recht ernst. Es ist eine allergische Reaktion auf das Zeug, da bin ich sicher, aber eine ernste Reaktion.

Rufen Sie den Rettungswagen, sagen Sie ihnen, daß es dringend ist, und sagen Sie auch, daß Sie Stephanie ins Auto setzen und ihnen entgegenfahren. Fahren Sie sofort los.

Sie können mich vom Krankenwagen aus anrufen, dann veranlasse ich alles Weitere.«

Linda half Peggy, Stephanie ins Auto zu bringen, und Peggy brauste los, daß die Kieselsteine auf die Auffahrt spritzten. Linda wandte sich um, um ins Haus zurückzugehen. James verbeugte sich aus der Garage linkisch in ihre Richtung.

Während der ganzen Fahrt zum Krankenhaus mußte Peggy ihre Angst niederkämpfen, daß ihre Tochter sterben könnte. Sie betete zu Gott, daß er sie verschonen möge. Das Rettungsteam begann schon auf dem Weg in die Klinik, Stephanie zu versorgen; ihre Ärztin wartete im Krankenhaus und übernahm die Behandlung. Am Abend war

Stephanie soweit, daß sie nach Hause gehen durfte. Peggy, die sich die ganze Zeit über gesorgt und gequält hatte, war völlig erschöpft.

Sie rief ihre erwachsenen Kinder, einen Sohn und eine Tochter, an und bat sie zu kommen. Der nächste Tag war Mittwoch, der 20. Mai 1992. Peggy rief Betty an diesem Morgen schon sehr früh an.

»Bitte, Betty, komm her. Ich brauche dich hier.«

Betty hatte eigentlich andere Pläne für diesen Tag, aber sie stellte sie um, warf ein paar Kleidungsstücke in eine Tasche, stieg in ihren BMW und fuhr die achtzig Meilen bis zu Peggys Haus.

Vielleicht fuhren sie und James auf der Straße aneinander vorbei. Er hatte das Gebiet von Talladega/Vincent verlassen und raste in seinem Pickup wieder nordwärts in Richtung Huntsville, während er immer betrunkener wurde, bereit, nach Arbeit zu fragen.

Als Betty schon ein paar Stunden bei Peggy war, klingelte das Telefon. Stephanie nahm den Anruf entgegen. Sie sagte zu ihrer Mutter: »Er ist jemand, der aus Huntsville anruft. Er sagt, sein Name sei J. W.«

Betty spitzte die Ohren.

Peggy übernahm den Telefonhörer.

»Mr. White«, sagte Peggy, »was in aller Welt tun Sie in Huntsville?«

»Ich bin hochgekommen, um die Arbeit für Ihre Schwester zu machen. Ich habe sie angerufen, aber man hat mir gesagt, sie sei nicht da.«

»Nein, Mr. White, das ist sie auch nicht. Sie ist hier bei mir. Aber ich glaube nicht, daß sie irgendeine Arbeit für Sie hat. Sie hat sich sehr über Sie geärgert.«

»Über mich?«

Betty hielt es nicht mehr aus.

»Gib mir den Hörer, Peggy, gib mir den verdammten Hörer.«

»Mr. White, sie möchte mit Ihnen sprechen. Hier ist sie.«

Betty rang um Fassung. »Ist da Mr. Carpenter?«

»Hier spricht James White, Madam. Ich bin hier nach Huntsville gekommen, um die Arbeit zu erledigen, von der Ihre Schwester sagte, daß Sie sie gemacht haben wollen, aber Ihr Mädchen oder so sagte mir, daß Sie nicht in der Stadt seien. Ich bin extra den ganzen Weg hierher gefahren.«

»Wo sind meine zweihundert Dollar?« fragte Betty.

»Madam?«

»Hören Sie mit dem Madam auf. Ich habe Ihnen eine einfache Frage gestellt. Sie sind nach Guntersville gekommen und haben zweihundert Dollar von mir bekommen …«

»Nun, Sie haben sie mir gegeben …«

»Ich habe sie Ihnen nicht gegeben, damit Sie saufen gehen. Ich habe sie Ihnen in der Annahme gegeben …«

»Nun, ich bin hier, bereit, meine Arbeit zu tun. Aber wenn Sie nie Arbeit hatten oder Ihre Meinung geändert haben, nun, dann gut …«

»Ich hatte Arbeit. Ich hatte Arbeit für Sie. Meine Schwester hat Ihnen eine Skizze gegeben, wie Sie mein Haus finden können, oder?«

»Ja, Madam.«

»Ich habe einen Notizzettel geschrieben, der innen an meiner Tür klebt, für den Fall, daß Sie kommen und die Arbeit machen wollen, wenn ich nicht da bin. Ich denke, er ist noch dort. Ich hatte also Arbeit für Sie. Aber das Geld, das ich Ihnen in Guntersville gegeben habe, das ich Ihnen in der Annahme … Wissen Sie, was eine Annahme ist?«

»Ja, Madam, ich weiß, was eine Annahme ist.«

»Ich habe es Ihnen in der Annahme gegeben, daß Sie in ein Motel gehen und dann kommen und an den Treffen der Anonymen Alkoholiker teilnehmen …«

»Ich habe keinen Schnaps gekauft, Madam.«

»Na gut. Dann, denke ich, können Sie mir das Geld ja jetzt zurückgeben. Sie können es in meinem Haus hinterlegen.«

»Nun, das kann ich nicht.«

»Nein, das können Sie nicht, nicht wahr? Weil es schon weg ist, Mr. Carpenter?«

»Ja, Madam, ich hatte Auslagen, um hierherzukommen und Ihre Arbeit zu machen ...«

»Aber Sie werden keinerlei Arbeit für mich machen, Sie verlogener Hurenbock. Und Sie werden auch keine Arbeit für meine Schwester mehr übernehmen. Sie werden sie nie wieder anrufen, und Sie werden mir die zweihundert Dollar zurückgeben, sonst gehe ich zur Polizei.«

James stand in einer Telefonzelle im Einkaufszentrum am Fuße des Hügels, unterhalb von Bettys Nachbarhaus. Seine Zähne arbeiteten hinter dem Bart, er schüttelte den Kopf, und seine Augen huschten hin und her. Er stotterte, leckte sich die Lippen und atmete stoßweise.

»Ich glaube, Sie verstehen nicht, Madam, Ihre Schwester kann Ihnen erzählen, daß ich viele Probleme hatte, meine Frau hat mich für meinen besten Freund verlassen, ich hatte Geldprobleme, und sie hat mir dabei geholfen ...«

»Nein, nein, Mr. Carpenter, Sie haben keine Probleme, Sie sind ein Problem. Sie sind *das* Problem. Ich verstehe genau. Ich verstehe ganz genau, wie Sie sind. Sie sind ein wertloses Stück Scheiße, ein Trinker, ein Nassauer und ein Betrüger. Ich sage Ihnen jetzt ganz genau, was Sie zu tun haben. Sie werden mir dieses verdammte Geld wiedergeben, und Sie werden sich verdammt noch mal von mir und meiner Schwester fernhalten, oder ich werde Ihren verlogenen weißen Arsch ins Gefängnis bringen.«

Sie knallte den Hörer auf die Gabel.

James legte auf.

Betty blieb über Nacht in Talladega. Am nächsten Tag ging es Stephanie viel besser. Betty und Linda Vascocu fuhren nach Vincent, um Eiskrem und ein Video zu besorgen. Betty kehrte am Donnerstag, dem 21. Mai 1992, nach Huntsville zurück, um die letzten Vorbereitungen für ihr Wochenende mit Jack in Santa Fe zu treffen.

Während Betty Richtung Huntsville fuhr, fuhr Janine Russel mit Ihrem Bekannten im Auto seiner Tochter nach Alabaster, um es reparieren zu lassen. Sie erzählte ihm, wie aggressiv James White die ganze Woche über gewesen war, daß er von Mord gesprochen habe und daß sie mit der Polizei sprechen müsse.

Als Betty am Nachmittag auf die Straße zum 2700 Boulder Circle einbog, war James ganz in der Nähe und beobachtete sie.

VIER

Er muß in den Wäldern gewesen sein. Er kann nicht am Boulder Circle geparkt haben, da wäre er den Nachbarn aufgefallen, die dann vielleicht die Polizei gerufen hätten. Er kann auch nicht weiter den Berg hinunter geparkt haben, weil er Betty oder ihr Auto nicht erkannt hätte, als sie kam. Also muß er in den Wäldern sein.

Bettys Sohn Trey war den ganzen Morgen zu Hause gewesen und hatte gearbeitet. Er hatte am Nachmittag kurz in Jacks Praxis ausgeholfen, dann mußte er jedoch gehen und die Abschlußprüfung für dieses Semester ablegen.

Als Betty das erste Mal gefragt hatte, ob ihr Sohn zu ihnen ziehen und für Jack arbeiten dürfe, während er das College beendete, hatte Jack begeistert zugestimmt. Es war für ihn eine große Enttäuschung, daß seine beiden Söhne das College vorzeitig abgebrochen hatten. Trey und Jack hatten sich in der gemeinsamen Zeit eng aneinander angeschlossen. Trey, groß, attraktiv, das sandfarbene Haar über einer hohen Stirn zurückgekämmt, war ernster und besonnener als die meisten jungen Männer seines Alters. Er und Jack konnten miteinander reden.

Als Betty eintraf, fragte Trey, ob sie mit ihm zum Mittagessen gehen könne. Sie aßen oft mit Jack zusammen, entweder zu Hause oder im Krankenhaus, aber Jack hatte schon angerufen und Bescheid gesagt, daß er heute nicht zu Mittag essen wolle. Betty hatte noch eine knifflige Angelegenheit zu erledigen. Trey hatte sich so verhalten, als gehe er davon aus, daß auch er zu dem Ausflug nach Santa Fe eingeladen sei. Sie mußte ihm beibringen, daß er nicht eingeplant war. Sie und Jack mußten in einer neuen Umgebung miteinander alleine sein, weit weg von den

Gewohnheiten und Verpflichtungen ihres Alltags. Vielleicht bot das Mittagessen eine Gelegenheit, Trey das zu erklären.

Betty sagte, sie sei in Eile, müsse noch ein paar letzte Besorgungen erledigen, aber wenn Trey bereit sei, ihr in seinem eigenen Auto zu folgen, könnten sie vielleicht im Einkaufszentrum zusammen essen.

James schaffte es, durch die Bäume zurück in seinen Pickup zu laufen und ihnen zu folgen, als Betty und Trey den Garthway Mountain hinunter zum Parkway City-Einkaufszentrum fuhren.

Betty und Trey gingen in einen Musikladen im Einkaufszentrum, wo Trey sich ein paar CDs kaufte. Betty hielt kurz an einem Damenbekleidungsgeschäft und kaufte ein Kleid. Dann überquerten die beiden den großen Parkplatz des Einkaufszentrums und aßen zusammen bei MacDonalds.

James war sehr müde. Er hatte nicht geschlafen, sondern war die vergangene Nacht durchgefahren, hatte getrunken, Marihuana geraucht und Tabletten geschluckt.

Er mußte etwas Schlaf bekommen. Das nächste Motel, gleich die Straße runter hinter dem Memorial-Zentrum, war ein älteres Ramada Inn. Das Motel wurde gerade aufwendig restauriert und beherbergte eines der bekanntesten Restaurants der Stadt.

James wählte das Motel aus, weil es das nächste war, nachdem er genug davon hatte, Betty und ihren Sohn zu verfolgen. Er traf um 12 Uhr 47 dort ein und zahlt 32.35 Dollar in bar für ein Zimmer.

John Self, der Nachtportier, musterte James White kurz und bat ihn dann um seinen Führerschein. James händigte ihn, ohne zu zögern, aus und sah gleichgültig zu, wie Self ihn fotokopierte und das Blatt an James' Anmeldung heftete. Dann ging James auf sein Zimmer.

Er döste. Er trank. Er machte ein paar Telefonate, einige

davon bei Betty. Dort antwortete ein Anrufbeantworter, aber James sprach keine Nachricht auf Band. Einmal hatte er vielleicht etwas zu der Haushälterin gesagt, aber da war seine Sprache schon so undeutlich und verschwommen, daß sie wahrscheinlich auflegte.

Die Wahlkampfveranstaltung für Tim Morgan, an der Betty und Jack an diesem Abend teilnahmen, war erfolgreich. Sie kannten die richtige Sorte Leute – Leute mit Geld, die liberale Neigungen hatten –, um ein hübsches Polster für die Morgan-Kampagne zusammenzubekommen.

Als dic Gesellschaft in Unterhaltung vertieft war, ergriff Betty Morgan am Arm, führte ihn beiseite und stieß in Ruhe mit ihm an. Morgan hatte eine kurze, bemerkenswert bescheidene Rede gehalten, und schon bald wuchs der Stapel Schecks auf dem Mahagonitisch nahe der Tür an.

Als die Party vorbei war, wurden die Schecks gezählt und in eine blaue Banktasche gepackt, die Betty mit nach Hause nahm. Es war ihre Aufgabe, am nächsten Morgen das Geld auf das Morgan-Konto bei der Bank einzuzahlen und die Quittung in die Zentrale zu bringen.

Früh an diesem Morgen schlüpfte Trey in Jacks Zimmer und sagte ihm, daß er nicht mit ihnen nach Santa Fe fahren würde. Er wollte sich statt dessen ein paar Freunden anschließen, die einen Ausflug an den Strand von Florida planten.

Jack und Betty frühstückten gemeinsam und machten sich dann jeder auf seinen eigenen Weg – Jack in seine Praxis und Betty zu einem hektischen Tag voller Besorgungen.

Zum Mittagessen trafen sie sich zu Hause wieder. Jack erzählte Betty, daß er noch einmal in die Praxis zurückgehen müsse, um ein paar Dinge zu Ende zu bringen. Da Betty annahm, daß er bis zum späten Abend dort bleiben würde, ging sie noch einmal los.

Um 17 Uhr fiel Betty ein, daß sie das Geld aus der Tim Morgan-Kampagne nicht zur Bank gebracht hatte. Es war Freitag, und der Autoschalter der Bank hatte noch geöffnet. Sie eilte zurück zum Boulder Circle, um die blaue Banktasche zu holen.

Als sie die Eingangstür öffnete, befand James sich oben in Jacks Zimmer. Er konnte sich später nicht mehr daran erinnern, was er in dem Moment gefühlt hatte, weil er sich in einem Rausch aus Alkohol und Drogen befand. Vielleicht empfand er Angst und Vorfreude. Die meisten Einbrecher behaupten, daß sie es aufregend finden, zusammen mit dem Besitzer im Haus zu sein – es verleiht ihnen das fast sexuelle Stimulans von Macht und Spannung, noch intensiver durch den zusätzlichen Adrenalinstoß.

Aber so schnell, wie sie gekommen war, war Betty auch schon wieder weg. Er ging zum Vorderfenster und sah sie mit der blauen Banktasche zum Auto gehen, dann verschwand sie schnell den Hügel hinunter außer Sicht.

Um 17 Uhr 15 tätigte Jack, der, wie Betty angenommen hatte, noch in der Praxis war, einen Anruf, diesmal bei Pam Hide. Sie war draußen gewesen und hatte den Rasen gemäht. Ihre kurzen roten Locken klebten an ihrer Stirn, und ihr Atem ging noch schnell, als sie den Hörer abnahm.

Gelegentlich führte ihr Mann Elektroarbeiten in Jacks Praxis aus. Er hatte den Sockel eines alten Zahnarztstuhls repariert, ihn aber noch nicht zurückgegeben, weil Jack sich noch nicht entschieden hatte, ob er ihn zurückhaben wollte.

»Ich habe mich entschieden, diesen Zahnarztstuhlsockel nach Brasilien zu schicken«, sagte er am Telefon. Er schenkte gebrauchte Ausstattungsstücke oft einer Gesellschaft, die in Brasilien Missionsarbeit leistete.

»Gut«, sagte sie, »ich werde es ihm ausrichten.«

»Er kann ihn hierher bringen und in der Praxis lassen.«

»Gut, das wird er am Montag machen wollen, wenn er frei hat. Wird jemand da sein?«

»Ich sage Ihnen etwas, Pam, nebenan ist eine Praxis, von der ich weiß, daß sie am Montag besetzt ist. Ich werde den Schlüssel dort lassen.«

Seiner Gewohnheit entsprechend machte Jack sich während des Telefonats eine Notiz: ›Hide. 17 Uhr 15. 22. Mai.‹ Der Rest davon war nur für ihn verständlich. Er legte auf. Die Notiz stopfte er lose in die Hosentasche. Dann machte er sich auf den Heimweg.

James ging nach unten und sah sich um. Er zog ein paar Schubladen auf, fand aber nichts, das ihn interessierte. Er stieg die Treppe wieder hoch und ging zurück in Jacks Zimmer.

Er öffnete eine Schranktür, und ein Haufen seltsamer Kleidungsstücke fiel ihm vor die Füße. Es war Jack Wilsons ›Abenteuer-Schrank‹, voller Helme, Hüte, Perücken und Schwerter.

James trat wild nach den Helmen und Perücken, um sie aus dem Weg zu bekommen.

Das Telefon neben Jacks Bett klingelte. Der Anrufbeantworter schaltete sich nicht ein. Das Telefon klingelte und klingelte.

»Halt's Maul«, murmelte James, erst für sich und dann noch einmal lauter zum Telefon hin. Als es weiter klingelte, beugte er sich darüber und schnitt mit einem scharfen Gegenstand, vielleicht der Klinge des Messers, die Schnur des Telefons durch. Das Telefon fuhr in den anderen Räumen fort zu klingeln.

Er stolperte zu einem Gewehrschrank mit Glastüren. Die Tür ließ sich leicht öffnen. Darin befand sich eine einzige Waffe – ein Revolver Kaliber 38 in einer hölzernen Pistolenschachtel. Jack hatte sie als Schutz für Betty gekauft. Daneben lag eine Schachtel Munition – spezielle 38er Patronen mit abgeflachter Spitze für das Zielscheibenschießen, die wegen des hübschen runden Loches, das sie im Papier hinterlassen, Holzschnitzer genannt werden. James ergriff die Waffe und steckte sich ein paar Patronen in die Tasche.

Er erstarrte

Die Haustür öffnete sich erneut.

Jack kam herein, schloß die Tür, ging durch das Haus zur Kellertreppe und stieg in Treys Zimmer hinunter. Dort stand neben der Schranktür einer von Treys Baseballschlägern – ein 34 Inch langer Aluminiumschläger mit brauner Griffummantelung und der roten Aufschrift EASTON. Er trug den Schläger die Treppe hoch und kehrte in den vorderen Flur zurück, wo Betty ein paar Tim Morgan-Plakate vor der Tür zurückgelassen hatte.

James befand sich zu diesem Zeitpunkt entweder noch in Jacks Zimmer oder war vielleicht an die Tür gekommen, um zu hören, was unten vorging. Vielleicht hatte er auch das Zimmer verlassen und war auf dem dicken Perserteppich zur Treppe geschlichen.

Jack ging in den Vordergarten, wobei er ein Plakat und den Baseballschläger trug. Die Jungen, die im Nachbargarten gespielt hatten, hielten einen Moment inne und beobachteten ihren Nachbarn bei einer seiner typischen unbeholfenen Übungen; er versuchte, ein Kampagneplakat aus Holz und Pappe in den harten Boden seines Vorgartens zu rammen, und zwar mit einem Baseballschläger statt mit dem üblichen Werkzeug, einem Hammer.

Jack gelang es, das Plakat lose im Boden des Gartens zu

verankern, aber es stand schief. Zufrieden mit seinem Werk, stand er auf und trat ein paar Schritte zurück, um es zu bewundern. Die Jungen wandten ihre Aufmerksamkeit von ihm ab, trennten sich und machten sich auf den Heimweg. Jack ging wieder hinein, den Baseballschläger in der Hand.

Er muß ihn auf den Boden gelegt oder an die Wand gelehnt haben. Er streifte seine Schuhe ab und schob sie mit den Zehen auf dem Boden zusammen. Dann nahm er seine Brieftasche heraus und legte sie oben auf die Schuhe. Er nahm die Uhr ab und legte sie oben auf die Brieftasche.

Er hörte ein Geräusch.

In diesem Moment muß Jack Wilson den Schläger ergriffen haben. Er stieg barfuß mit dem Schläger in der Hand die Treppe hinauf.

Entweder befand James sich noch in Jacks Zimmer, oder er war dorthin zurückgekehrt, als er merkte, daß Jack hochkam.

Jack ging die Treppe hoch und ums Geländer herum. Er lief den Perserteppich entlang und wandte sich zu Bettys Zimmer. Er muß es betreten haben, ehe er wieder kehrtmachte.

Als er herauskam, stand ihm James gegenüber.

Entsprechend der Aussage, die James später machte, rief Jack etwas oder bewegte sich auf James zu. Er tat irgend etwas, entweder mit Worten oder körperlich, was den dicken Nebel aus Alkohol und Drogen in James' Gehirn durchbrach und dort als Herausforderung ankam.

James griff nach dem Baseballschläger, hob ihn hoch und schmetterte ihn, so fest er konnte, auf Jacks Schädel. Der metallene Schläger landete auf Jacks Kopf, durchtrennte sechs Schichten Kopfhaut und traf den Knochen, spaltete den Schädel wie eine Eierschale an einer präzisen Linie entlang, von der aus feine Haarrisse sich auf beiden

Seiten ausbreiteten. Ein wenig Blut floß aus der eigentlichen Wunde, und dann begannen Sekunden später die Venen der Kopfhaut kräftig zu pumpen, und ein dicker Blutstrom bedeckte Jacks Gesicht wie eine Maske.

Jack stand noch aufrecht, war aber benommen. Er versuchte, sich zu sammeln und James ins Gesicht zu schlagen, aber James, der schon ausgewichen war, hob den Schläger erneut, der in einem weiten Bogen durch die Luft zischte. Er traf Jacks geballte Faust, seine sensible Arzthand und zerbrach die Knochen wie Kleinholz.

Wieder hob James den Schläger.

Jack hob schützend den rechten Arm hoch, von dem die zerschmetterte Hand lose herunterbaumelte. Er hielt den Unterarm vor sein Gesicht, um der Bedrohung zu begegnen. James schlug brutal zu. Die Kraft des Schlages brach den Knochen an der Innenseite des Unterarmes, die James zugewandt war, und trieb gezackte Knochenstücke durch die Haut. Der Arm fiel taub herab.

Wieder sauste der Schläger hinunter und traf Jacks Stirn, wobei er den Schädel in einer weiteren langen Linie von vorne nach hinten brach.

Wieder hob James den Schläger.

Jack hob den anderen Arm, um sich zu schützen.

James schlug zu und zerstörte den linken Unterarm.

Jack stand immer noch, sah James an, und beide Arme hingen lose an den Seiten herab.

James schwang den Schläger erneut, wobei er Jack das Schlüsselbein brach.

Jack sank mit flehendem Gesicht vor James auf die Knie. Zu diesem Punkt war das Gehirn schon in einem Ausmaß angeschwollen, daß Jack möglicherweise das Bewußtsein verlor. James hob den Schläger und ließ ihn mit einem schnellen Schlag hinuntersausen. Der Schlag traf die Mitte des Schädels, und diesmal schoß eine Blutfontäne hervor.

Jetzt fiel Jacks Kopf mit jedem neuen Schlag zurück, sank vor, schwankte und rollte. James hob den Schläger und schmetterte ihn erneut oben rechts auf Jacks Kopf. Der Blutstrom, der hervortrat, besudelte den Schläger und James' Hände.

James hob den Schläger und traf die linke Seite von Jacks Kopf. Das ließ Jacks rechten Augapfel halb aus der Höhle treten, kaum noch vom Augenmuskel gehalten.

James hob den Schläger und knallte ihn auf die rechte obere Kopfseite. Der linke Augapfel trat hervor.

James hob den Schläger und schmetterte ihn zweimal genau auf den Kopf.

Er hob ihn noch einmal und ließ ihn noch einmal auf den Schädel niedergehen.

Ohne eine Unterbrechung hob James den Schläger und schlug erneut zu.

Jack lag auf den Knien vor James, die gebrochenen Arme baumelten an seinen Seiten herab, er war schwarz von Blut und wankte vor und zurück. James änderte seine Position und bezog seitlich Stellung. Er schwang den Schläger in einem großen Bogen und traf Jack an der Schulter. Der Schlag hob Jack hoch und schleuderte ihn seitwärts, wo er auf der Hüfte liegenblieb.

James fiel über dem Körper auf die Knie. Jacks Herz schlug noch. James umklammerte Jacks Kehle, die glitschig war von Blut. Er drückte mit beiden Händen zu, bis er hörte, wie ein kleiner Knochen brach. Dann holte er sein Messer hervor, klappte es auf und stach die Klinge ein paar Zentimeter unterhalb der rechten Brustwarze tief in Jacks Brust. Er zog das Messer heraus und stach es noch einmal in den oberen Bauchraum, wobei er das Messer bewegte und durch Magen und Bauchspeicheldrüse zwei Hauptschlagadern traf.

Dann hörte James auf.

Jack war nicht tot.

Aber James war fertig.

Er ließ von Jack ab.

Mit jedem schwächer werdenden Herzschlag sickerte Blut aus den Stichwunden.

James flüchtete durch Erdgeschoß und Garagentür durch den Hintergarten in den Wald, starke Spuren hinterlassend. Er fuhr in seinem Pickup zurück nach Vincent, wo er seinen Bruder besuchte. Zu irgendeinem Zeitpunkt in den folgenden vierundzwanzig Stunden wurden James' Kleider, die von Jacks Blut getränkt waren, vergraben, verbrannt oder auf andere Weise vernichtet.

Ein paar Jahre zuvor war das Morddezernat der Polizei von Huntsville wegen der Raumnot in den zweiten Stock eines alternden Ziegelbaus an der Holmes Avenue verbannt worden, ein paar Blocks vom Rest der Behörde entfernt. Ein kleines Schild davor kündete davon, daß die KRIMINALPOLIZEI Mieter des Gebäudes sei. In den spärlich beleuchteten Räumen stapelten sich Karteikästen. Die Wände zierten kaum Bilder, waren jedoch an einigen Stellen von einem bunten Muster schäbiger Tapete bedeckt. Manche Türen waren mit Sicherheitsschlössern und Türspionen ausgestattet, aber kräftige Männer mit Gewehren unter dem Arm kamen gelegentlich vorbei und benutzten Aktenkästen, um die Türen zum Lüften aufzuhalten. Das Schild draußen und der Anblick der Büros mit geöffneten Türen war so wenig formell und wirkte so nachlässig, daß der ganze Ort weniger nach einer Polizeibehörde aussah als vielmehr nach der Kulisse eines Films aus den vierziger Jahren.

Mickey Lee Brantleys ganzes Leben war verbissenes Vorwärtskommen auf dem Weg gewesen, der geradewegs hierher geführt hatte. 1972 verließ er die High School und ging zur Marine, diente zwei Vier-Jahres-Zyklen, kam nach Hause nach Alabama und begann, für die Polizei von Huntsville zu arbeiten. Er war klein, hatte eine rötliche Gesichtsfarbe und wirkte mit den kurzen Locken und den schmalen, harten Augen etwas derb. Obwohl er seit vierzehn Jahren nichts mehr mit der Marine zu tun hatte, wirkte er noch immer wie ein Sergeant, der sich während eines Urlaubs einen schmalen Schnurrbart hatte stehenlassen. Er war ein Mann, der tiefe Gefühle dafür hatte, wie die Welt sein sollte – in seiner Freizeit ein Verfechter christlicher Werte, verheiratet mit einer hübschen Frau mit langen, roten Locken und Vater zweier kleiner Kinder. Wie viele Polizeibeamte fühlte er eine starke Berufung. Er war zäh wie Leder und hatte schon alles gesehen, aber er war kein Zyniker. Er war in diese schäbigen Büros in der Holmes Avenue gekommen, weil er den richtigen Dingen zu ihrem Recht verhelfen wollte. Koste es, was es wolle.

Er arbeitete in der Nachmittagsschicht. Draußen war es schon dunkel. Er saß an einem schäbigen Metalltisch und sah einen kleinen Stapel Papiere durch, als der Anruf kam. Es war 22 Uhr 06 am 22. Mai 1991. Der Anruf kam auf Code 1077 – ein Todesfall. Der erste Anruf auf 911 war um 21 Uhr 30 eingegangen. Die Adresse lautete 2700 Boulder Circle. Schon auf dem Weg die knarrende Treppe hinunter zu seinem Auto begannen seine Gedanken zu arbeiten. Boulder Circle. Das war ein reicher Stadtteil.

Um 22 Uhr 23 traf er am Tatort ein. Nachbarn im Schlafanzug starrten aus beleuchteten Türen. Blaulicht blinkte durch die Nacht vor einem großen Ziegelhaus am Ende der Straße. Alle Lichter im Haus waren eingeschaltet.

Blitzlicht flackerte an einem Fenster oben – Fotografen bei der Arbeit – und verriet Brantley, wo sich die Leiche befand. Vor dem Haus war mit gelbem Band abgesperrt. Ein Polizist hielt an der offenen Eingangstür Wache. Ein Rettungswagen stand in der Auffahrt. Die Sanitäter lehnten an der Wand des Wagens und warteten auf die Leiche.

In der nächsten Tür lag eine Frau mittleren Alters in den Armen von Nachbarn und schluchzte unkontrolliert.

Im Vorgarten stand in schiefem Winkel ein Werbeplakat für Tim Morgan im Gras.

Ehe der gegenwärtige Bezirksanwalt ihn gefeuert hatte, war Morgan einer seiner Assistenten gewesen, mit denen die Höheren der Polizeiabteilung gerne zusammengearbeitet hatten. Smart, angenehm im Umgang, ein Südstaatengentlemen mit wohldosierter Jovialität, war er mit neunundzwanzig ein Mann, der sich im Gerichtssaal von Madison County auskannte. Ein Pragmatiker. Unter einem graumelierten Bart trug er ein schmales Lächeln zur Schau, und er hatte humorvolle braune Augen. Viele Leute hielten Tim Morgan für einen guten Mann, der wußte, wo es langging. Allerdings nicht gerade Mickey Brantleys Geschmack.

Der gegenwärtige Bezirksanwalt, Mo Brooks, war auch nicht gerade nach Mickeys Geschmack, kam ihm aber näher. In vielerlei Hinsicht trat er für alte Traditionen ein. Er war Republikaner, Mormone, Duke-Absolvent mit zwei Doktortiteln in Ökonomie und Mathematik – ein bebrillter Erbsenzähler, der selten lächelte und nichts im Leben eines Kriminalbeamten als Spiel betrachtete. Er war besessen davon, das Verbrechen auszumerzen, was Mickey gefiel. Er war mit dem Versprechen in sein Büro gekommen, mit Kriminellen keinen Bekenntnis-Handel zu treiben. Das mißfiel bei Gericht – man sagte, er würde nur das System mit Bittstellern überladen. Brooks war Anfang des Jahres vom Gouverneur ernannt worden, um die Stelle zu besetzen, die unerwartet durch den Weggang eines Mannes an den Kongreß frei geworden war. Sobald Brooks sein Amt angetreten hatte, reichten einige der leitenden Assistenten ihren Abschied ein. Tim Morgan war geblieben, bis Brooks ihn hinauswarf und Morgan ankündigte, er werde Mo

Brooks im November entthronen. Die Wetten bei Gericht standen eindeutig gegen Mo Brooks.

Als er das schiefe Tim Morgan-Plakat am Tatort sah, gingen Mickey Brantleys Überlegungen einen Schritt weiter. Reiche Gegend. Toter Mann. Pro Morgan.

Brantley stieg vorsichtig aus dem Wagen, als wolle er nicht die Aufmerksamkeit der Reporter auf sich lenken. Er ging langsam zu dem Polizisten an der Absperrung. Ein kaum wahrnehmbares Nicken.

»Können Sie mir bitte sagen, was mich da drinnen erwartet?« sagte Brantley.

Der Bericht des Sergeant war kurz und umfassend. Toter Mann im Obergeschoß, schlimm zugerichtet, erstochen, offensichtlich eine faule Sache. Kein gewaltsames Eindringen. Wenig Unordnung. Fernseher und Videogerät unberührt, Schmuck nicht angerührt, kein Hinweis auf normalen Raubüberfall. Telefonkabel durchtrennt, was ein Zeichen ist, daß der Täter im Haus gewartet hat. Niemand sonst im Haus. Toter Mann der Eigentümer. Anruf kam von seiner Frau. Sie ist die, die nebenan weint. Weiß nichts, kam nach Hause, fand die Leiche, lief nach nebenan, rief 911. Auf den ersten Blick nichts auf dem Grundstück. Haus und Grundstück versiegelt, Kriminalinspektor Glenn Nunnally schon drin.

Brantley ging an den Polizisten an der Tür vorbei und trat in den Flur. Glenn Nunnally, ein kleiner, schwerfälliger, sanfter Mann Mitte Dreißig, nickte ihm grüßend zu.

»Mick, wie geht's?«

»Danke, Glenn. Und Ihnen?«

»Gut.«

»Was soll das?« fragte er und wies mit dem Kopf auf ein paar Schuhe zu seinen Füßen. Eine Brieftasche und eine Armbanduhr lagen obenauf.

»Weiß ich noch nicht«, antwortete Nunnally.

»Wo gehe ich am besten hin?«

»Gehen Sie die Treppe dahinten hoch.«

»Die Leiche ist noch hier?«

»Ja, Sir.«

Brantley stieg die Treppe hoch. Nunnally folgte ihm, um für Fragen zur Verfügung zu stehen. Brantley beugte sich über die Leiche. Er brauchte nur ein paar Sekunden, um zu erkennen, was das Interessante daran war.

»Ich denke, ich sollte mit der Frau sprechen«, meinte er.

»Ja«, sagte Nunnally.

Brantley verließ das Haus wieder, ging durch den Garten und kroch unter der gelben Absperrung hindurch. Ein Fernsehreporter trat auf ihn zu, aber Brantley schüttelte den Kopf, hob die Hand und warf dem Reporter einen Blick zu, der ihn und sein Team innehalten ließ.

Ein Mann und eine Frau trösteten die Dame, die immer noch weinte und schluchzte. Der Mann trat auf Brantley zu.

»Mein Name ist Don Seija. Sie hat von uns aus angerufen.«

Brantley nickte und wandte sich an die weinende Frau.

»Ich bin Mickey Brantley, Kriminalpolizei von Huntsville. Wenn es möglich ist, würde ich Ihnen gerne ein paar Fragen stellen, Madam.«

Es fiel ihr schwer, ihr Schluchzen so lange zu unterdrücken, daß sie antworten konnte.

Brantley nickte fragend in Richtung von Seijas Haus, und die Frau des Eigentümers bat ihn herein.

Brantley sagte zu der weinenden Frau: »Warum kommen Sie nicht herein und setzen sich zu mir, um mir bei ein paar Dingen zu helfen.« Er trat ein und ging zum Sofa.

Sie setzte sich ihm gegenüber in einen Sessel des formell eingerichteten Wohnzimmers. Brantley machte sich ein paar Notizen auf einem kleinen Block. Sie sagte, ihr Name sei Betty Wilson. Der Mann im Flur war ihr Ehemann, ein Arzt namens Jack Wilson.

»Officer«, keuchte sie und beugte sich vor, »lebt er noch?«

»Ob er noch lebt, Madam?«

»Tut er's?«

Brantley lächelte irritiert, fast eine Grimasse. »Nun, nein, Madam, es tut mir leid. Das tut er nicht.«

Sie brach erneut in Schluchzen aus. Die Seijas eilten zu ihr, um sie zu trösten.

»Madam, wann haben Sie ihn gefunden?«

Sie wischte sich die Augen und sah auf. »Ich ... ich habe ihn gefunden, kurz bevor ich anrief. Ich kam nach Hause. Es war nach neun, denke ich. Vielleicht schon halb zehn.«

»Haben Sie ihn bewegt oder berührt?«

»Nein.«

»Lebte er noch, als Sie ihn fanden?«

»Ich weiß es nicht. Möglicherweise.«

»Halten Sie das Haus normalerweise verschlossen?«

»Nein, gewöhnlich nicht; wir kommen und gehen ständig.«

»Aus welchem Zimmer ist er gekommen?«

»Es war der Eingang zu meinem Zimmer.«

»Ihr Zimmer?«

»Mein Schlafzimmer.«

»Das ist nicht auch sein Schlafzimmer?«

»Nein. Seins ist auf dem Flur gegenüber.«

»Wo sind Sie vorher gewesen?«

»Wo ich vorher gewesen bin?«

»Wo sind Sie gewesen?«

»Ich habe um zwanzig Uhr an einem Treffen teilgenommen.«

»Was für ein Treffen, Madam?«

»Ein Treffen der Anonymen Alkoholiker.«

Sie sagte, daß das A. A.-Treffen um 20 Uhr angefangen habe. Vorher sei sie mit einer Bekannten essen gegangen. Davor hatte sie ein zweites A. A.-Treffen besucht. Davor war sie in der Tim-Morgan-Zentrale gewesen. Davor hatte sie noch ein A. A.-Treffen besucht.

»Wer lebt sonst noch im Haus?«

»Mein Sohn Trey.«

»Wo ist er?«

»Ich weiß nicht. Er ist weggefahren.«

»Weggefahren?«

»Ja.«

»Wann?«

»Heute früh.«

»Wohin?«

»An den Strand. Mit Freunden. Ich glaube ... ich habe, glaube ich, eine Telefonnummer, wo sie in Tallahassee wohnen. Ich werde ihn anrufen.«

»Ja. Ich muß mit ihm sprechen.«

»Sie?«

»Mrs. Wilson, haben Sie und der Doktor noch weitere Kinder?«

Sie gab die Namen der weiteren Kinder an und wo sie erreicht werden konnten. Er bat sie um die Namen der Haushälterin, Handwerker und aller anderen Leute, die sich im Haus auskannten, und sie gab sie ihm. In ihrer ersten Liste erwähnte sie James White nicht, nannte aber seinen Namen mit ein paar weiteren, die sie vergessen hatte, in einer späteren Unterhaltung. Sie erklärte, daß Mr. White ein Schreiner sei, den ihre Schwester ihr empfohlen habe, die in Vincent, achtzig Meilen südlich, wohne.

Am Sonnabend erfuhr Mickey Brantley, daß der Sheriff in Huntsville einen Tag vor dem Mord erfahren hatte, daß eine reiche Person, möglicherweise ein Arzt oder die Frau eines Arztes, ermordet werden sollte, so die Angabe eines Dorfsheriffs in Süd-Alabama. Es gab nur vage Informationen über das Opfer durch den Hinweis, daß eine Zwillingsschwester beteiligt sei, die mit dem Aggressor irgendwie in Kontakt stehe. Brantley, der mit seinem Assistenten Harry Renfroe zusammenarbeitete, verfolgte die Information zurück bis nach Shelby County, wo ein Beamter mit Janine Russell gesprochen hatte. Shelby erklärte auf Anfrage, man habe Name und Telefonnummer von Janine Russell, aber keine Ahnung, wer die Morddrohungen ausgestoßen habe.

Brantley erklärte, daß es tatsächlich zu einem Mord gekommen sei und daß es unerläßlich sei, den Mann, der die Drohungen ausgestoßen habe, zu finden und zu befragen. In dieser Hinsicht war die Auskunft aus Shelby nur nebensächlich.

Der Mord trug keinerlei Anzeichen eines Raubüberfalls. Es sah ganz nach einem Verbrechen aus Leidenschaft aus. Brantley und Renfroe widmeten einen Großteil ihrer Zeit der Befragung von Familienangehörigen und Bekannten, die ein Motiv und die Gelegenheit gehabt haben könnten, den Arzt zu töten.

Zeitungen, Radiosender und Fernsehen zeigten großes Interesse. Es handelte sich um genau die Art Mordgeschichte, die die Leute fesselte – ein reicher Arzt, auf seine Weise eine Mediengröße, der bei Talk-Shows und Radiointerviews einen trockenen Humor bewiesen hatte, brutal ermordet in einem Stadtviertel, das als sichere Festung der Privilegierten galt.

Sobald das erste Fernsehteam eintraf und das Tim Morgan-Plakat im Garten entdeckte, bekam die Geschichte auch eine politische Seite. Das Mordopfer war Anhänger des Mannes, der den Bezirksanwalt im Amt herausforderte. Was bedeutete das? Was ging da vor?

Eine Woche vor dem Mord hatte James in einer kleinen Grillstube in einer Kleinstadt nahe Vincent gearbeitet. In der Woche vor dem Mord war er wegen Alkohol- und Drogenkonsums nicht zur Arbeit erschienen, aber am Sonntag morgen, achtundvierzig Stunden nach dem Mord, war James wieder nüchtern und dachte darüber nach, es eine Weile zu bleiben. Er brauchte Geld.

Er rief das Restaurant an und bettelte um eine letzte Chance.

»Ich hatte viel Ärger mit meiner Ex-Frau über das Sorgerecht für die Kinder, aber die Sache ist erledigt, und ich wünsche von Herzen, daß ich noch einmal kommen und für Sie arbeiten kann.«

Man willigte ein, es noch einmal mit ihm zu versuchen. Er war gerade bei der Arbeit, als Beamte des Polizeibüros von Shelby hereinkamen und ihn verhafteten. Janine hatte ihnen gesagt, wo sie ihn finden konnten.

In den ersten Verhören teilten die Polizisten James mit, daß Janine Russell ihn verraten habe, daß die Polizei Bescheid wisse und daß sie Beweise für das hätten, was er getan habe. Als er das hörte, wurde er wütend darüber, daß ihn erneut eine Frau verraten hatte.

Innerhalb der nächsten vierundzwanzig Stunden in Haft leugnete James bei der Befragung den Mord an Jack Wilson, gab aber zu, daß er Peggy Lowe kannte, die Zwillingsschwester von Dr. Wilsons Frau. Möglicherweise gab er auch zu, im Haus der Wilsons gewesen zu sein, aber wenn ja, dann lieferte er schnell eine Begründung dafür. Je mehr er sprach, desto verdächtiger wurde er.

Mickey Brantley und Harry Renfroe arbeiteten weiterhin hart an ihrer Theorie, daß ein Familienmitglied oder ein Bekannter mit der Sache zu tun hatten. Es waren Vermutungen, aber sie ergaben Sinn, wie die Beamten aus langer Erfahrung wußten. Die Umstände paßten nicht zu einem Raubüberfall. Selbst ein panischer Junkie hätte etwas mitgenommen, statt all die Wertsachen dazulassen, die leichte Beute gewesen wären.

Was sie am Sonntag, 24. Mai, erfuhren, machte sie noch mißtrauischer.

Harry Renfroe Junior, ein attraktiver, schwarzhaariger Angeber mit einem schurkischen Lächeln, war weltlicher als Mickey Brantley. Mit Mitte Vierzig blickte er auf fünfundzwanzig Jahre Dienst zurück, die letzten zwölf im Morddezernat. War Brantley ein ideologischer Gefolgsmann der Mo Brooks-Schule, so tendierte Renfroe eher zum Pragmatismus eines Tim Morgan. Aber sie kamen gut miteinander aus und kannten ihr Metier. Sie waren sich einig, dem ersten Interview mit der Witwe ein weiteres in den Räumen des CID an der Holmes Avenue folgen zu lassen.

Am Sonntag, drei Tage nach dem Mord, hatte Betty Wilson ihre Fassung zurückgewonnen. Wenn überhaupt etwas, so schwang im Laufe der Befragung höchstens ein stählerner Ton in ihrer Stimme mit. Nachdem Renfroe sie gefragt hatte, ob irgendein Familienmitglied einen Grund gehabt haben könne, ihren Mann zu ermorden, wollte er wissen, ob sie je eine außereheliche Beziehung gehabt habe. Sie antwortete ruhig, das sei der Fall gewesen. Er fragte, mit wem. Sie sagte, da gebe es einige.

Brantley und Renfroe wollten, daß sie jeden Mann angab, mit dem sie während ihrer Ehe geschlafen hatte. Sie nannte bereitwillig die Namen. Sie errötete nicht und weinte nicht, als sie nach mehr Informationen drängten. Sie sprach von ihren Affären wie von Abstechern in den Supermarkt.

»Hatte Ihr Mann auch Affären?« fragten sie.

»Nein, ich glaube nicht. Ich bin nicht sicher.«

Wo hatte sie die Männer kennengelernt, fragten sie.

Die meisten auf A. A.-Treffen, antwortete Betty.

Seit wann hatte sie mit Trinken aufgehört?

Seit fast sechs Jahren.

Nahm sie Drogen?

Früher, aber seit sechs Jahren nicht mehr.

Warum hatte sie weiterhin Affären gehabt, auch als sie mit dem Trinken aufgehört hatte?

»Mein Mann war impotent.«

Zum Abschluß der Befragung sagte Harry Renfroe: »Mrs. Wilson, wenn Sie sich noch an weitere Namen von Männern erinnern, mit denen Sie geschlafen haben, oder an sonst etwas, rufen Sie mich bitte an.«

In der Holmes Avenue wuchs die Überzeugung, daß familiäre Gründe für den Mord ausschlaggebend waren. Alle Zeichen deuteten darauf hin.

Jack Wilsons Mörder war ein Verrückter. Er war zu Brei geschlagen, erwürgt und erstochen worden. Es war die Art Leiche, in der Mordspezialisten etwas Grauenerregendes erkennen – etwas, worüber die zivilisierte Gesellschaft nichts wissen will.

Die Lust am Töten.

Der Mord an Jack Wilson war ein ekstatischer Mord gewesen. Diese Art von Mord hat nicht immer eine persönliche Komponente. Es kann passieren, daß irgendein Jugendlicher in schwarzem Leder und mit Tätowierungen auf der Stirn ohne Grund ausrastet. Aber viel häufiger haben die Gefühle und Leidenschaften bei dieser Art von Verbrechen irgendeine Verbindung zum Leben in diesem Haus. In der Art, wie Jack Wilson getötet worden war, lagen Haß und Sex.

Seine Frau war eiskalt. Eine reiche, knallharte Hexe mit einem Sextick. Sie sah zwei Kriminalbeamten in die Augen und erzählte ihnen von all den Männern, mit denen sie Verkehr gehabt hatte, und als sie fragten, warum, sagte sie, ihr Mann sei impotent gewesen, als würde sie berichten, was sie dem armen Kerl zum Frühstück servierte. Sexuell war sie entschieden exzentrisch.

Die enge Verbindung zwischen Jack und Betty Wilson und Tim Morgan konnte bedeuten, daß der Fall vielleicht auch politische Hintergründe hatte. Politische Motive konnten einerseits für die Polizei Vorteile bedeuten, da sie den Fall auf ein hohes Niveau brachten, oder ihn verkomplizierten.

Abgesehen davon ließen die Begleitumstände des Falls – kein erzwungener Zutritt, kein Diebstahl, die Wildheit des Angriffs – für die Kriminalpolizei von Huntsville den Schluß zu, daß Betty Wilson darin verwickelt war.

Bis Dienstag, den 24. Mai, hatten Brantley und Renfroe ein paar mehr Puzzleteile zusammengetragen. Laut Angaben des Sheriffs von Shelby County hatte der Mann, der im Gefängnis saß, ein James Dennison White, angegeben, daß er mit Betty Wilsons Zwillingsschwester zu tun habe. Inzwischen wußten Brantley und Renfroe, daß Betty Wilson eine Zwillingsschwester mit Namen Peggy Lowe in Talladega bei Vincent hatte.

Der Mann in Vincent hatte zugegeben, daß er Ausflüge zu Betty Wilsons Haus in Huntsville unternommen und daß er oft mit Peggy Lowe telefoniert hatte. Betty Wilson hatte der Polizei mitgeteilt, daß einer der Männer, der noch Zugang zum Haus gehabt habe, ein Schreiner aus Vincent gewesen sei. Er war am Vortag des Mordes in der Stadt gewesen. Sie sagte, sie habe ihn gefeuert, ehe er überhaupt das Haus betreten habe.

Es zeichnete sich schon ab, daß der Mann im Gefängnis von Shelby eine lange Kriminalgeschichte aufzuweisen hatte. Die Polizisten dort sagten, er habe das Aussehen, die Sprache und das Auftreten des Abschaums. Er paßte zu gut, um ignoriert zu werden.

Dienstag nachmittag war Mickey Brantley in Shelby County, eingeschlossen in ein Verhörzimmer mit James White.

Nichts von dem, was White in Shelby County ausgesagt hatte, war mitgeschnitten worden, und Notizen gab es auch keine. Alles, was er bisher gesagt hatte, war konfus und verworren gewesen, vernebelt durch Alkohol und Drogen. Es war nötig, alles ordentlich aufzuschreiben, in der richtigen Reihenfolge und Form.

Brantley eröffnete das Gespräch, indem er sagte, er wisse, in was für einer schlechten Situation White sich befinde, und er sei nicht ohne Sympathie für White.

»Ich hatte kürzlich viel Ärger«, sagte White. »Ich hatte familiäre Probleme, bei meiner Frau angefangen, und dann hatten wir Streit wegen der Kinder. Und jetzt verbreitet Janine Russell Lügengeschichten über mich. Das Ende vom Lied ist, daß die Frauen an meinem Elend schuld sind.«

»Ich weiß wohl, daß Frauen einem Mann ernsthafte Schwierigkeiten machen können, James«, ging Brantley auf ihn ein. »Aber Sie müssen mir die ganze Geschichte erzählen. Woher kennen Sie Peggy Lowe und woher Betty Wilson?«

Drei Tage Nüchternheit hatten James so weit gebracht, daß der Nebel von Alkohol und Drogen sich lichtete. Er nuschelte und stotterte, als er mit Brantley sprach, aber er registrierte genau, was Brantley ihm zu sagen hatte. Seine Konzentration kehrte langsam zurück.

James fühlte sich zu Hause. Er war sein Leben lang ein Gefangener gewesen. Das einzige Gesetz, das er anerkannt hatte, war das Gesetz des Gefängnisses, der Anstalten, der Armee und der Armeegefängnisse. In dieser Welt – seiner Welt – wußte er, wo es langging.

Brantley erklärte, daß James die Todesstrafe zu erwarten habe. Oder lebenslänglich. James brauchte Brantley nicht, um sich davon ein Bild zu machen. Er begann sofort damit, die Aussichten auf einen Handel zu sondieren.

»Ich könnte ein paar Dinge wissen. Oder auch nicht. Aber auch ich habe Familie. Ich bin kein Hund oder so. Ich habe Kinder, an die ich denken muß. Vielleicht kann ich bei ein paar Dingen helfen, aber man muß für mich sorgen, verstehen Sie. Ich weiß nicht, ob ich Ihnen vertrauen kann.«

James sagte, er könnte nur dann mit Brantley sprechen, wenn der bereit sei, seinen Kassettenrecorder auszuschalten. Später, wenn sie zu irgendeiner Einigung gekommen seien, könne er ihn wieder anschalten.

Brantley war einverstanden.

James sagte, er könne erst dann sprechen, wenn Brantley sich keine Notizen mache. Brantley erwiderte, ein paar Notizen müsse er sich machen, aber er würde nicht Wort für Wort mitschreiben, sondern sich nur Stichworte machen, um sich besser zu erinnern, bis sie zu einer Einigung kämen.

James war einverstanden.

Jetzt kamen sie ins Geschäft.

Diese Art Geschäft war James' Geschäft. Es war seine wahre Bestimmung, mit Autoritäten handelseinig zu werden, die ihn bei irgend etwas erwischt hatten. Es war das eine Gebiet, in dem James Dennison White wirklich Erfahrung für sich beanspruchen konnte.

Wenn es ein Prinzip gab, dann das, daß die Autoritäten nie an James selber Interesse hatten. James war nur James.

Doch James wurde in dem Moment für die Autoritäten interessant, sobald er ihnen Persönlichkeiten bot, die interessanter und wichtiger waren als er selbst. Der Trick bestand darin, genau zuzuhören, wonach gesucht wurde.

Das waren die Dinge, auf die James sich stets verstanden hatte. Wenn er in dem ausgeleierten Autositz auf der Veranda des verlassenen Hauses bei seinem Wohnwagen saß und mit seinen Kumpanen zusammen soff, wußte er, daß die Leute unten auf dem Parkplatz der Baptistenkirche auf ihn herabsahen. Aber er sah auch auf sie herab.

Er verdiente mehr Geld als die meisten von ihnen. Er

war freier. Wilder. Und sie waren so leicht zu betrügen, diese Stadtleute. Er brauchte sie nur gegeneinander auszuspielen.

James war bereit, klein anzufangen und sich langsam nach oben zu arbeiten, aber Brantley war ungeduldig. Schon bald wollte er James' Vertrauen. Er arbeitete auf ein Geständnis hin, indem er James erzählte, eine Frau habe ihn am Tag vor dem Mord in Huntsville gesehen.

Der genaue Ablauf des ersten Verhörs von James White durch Mickey Brantley kann nicht genau wiedergegeben werden, weil James erst fünf Tage nach dem Gespräch ein volles, mitgeschnittenes Geständnis ablegte. Davor scheint der Recorder immer wieder in Schlüsselmomenten ausgeschaltet worden zu sein.

Mickey Brantley schaltete das Band nicht unbedingt aus, um den Leuten vorzuenthalten, was James genau in den langen, komplizierten Unterhaltungen preisgab. James selber bestand darauf, daß der Recorder an bestimmten Stellen ausgeschaltet wurde, während er seine Gedanken sortierte und versuchte, sich über Brantley klarzuwerden. Damit James weiterredete, mußte Brantley ihm bis zu einem gewissen Grad nachgeben.

Tatsächlich wäre es, bedenkt man den Ausgang des Prozesses, ungerecht, Brantley vorzuwerfen, er sei der dominierende Teil in der Befragung gewesen. Genausogut könnte man das Ganze als die Beziehung zwischen einem ehrenhaften Polizeioffizier mit guten Absichten, der nicht Sherlock Holmes war, und einem sehr cleveren, extrem verschlagenen, manipulativen kleinen Psychopathen bezeichnen, der den Ton angab.

Laut Brantleys kurzen Notizen – von einigen behauptete er später vor Gericht, er habe sie verloren – fing James damit an, daß er einzelne Angaben machte über das, was er als Mord-Auftrag bezeichnete: Die Zwillingsschwestern hätten ihn angeheuert, damit er Jack Wilson töte.

Es war nicht plausibel, daß er Brantley gegenüber weiterhin behauptete, er habe mit dem Mord an Jack Wilson nichts zu tun, dabei aber einen stetigen Strom immer neuer Einzelheiten preisgab. Da es weder Bandaufzeichnungen noch detaillierte Mitschriften gibt, wird niemand je erfahren, was genau zwischen den beiden Männern während dieser ersten Schlüsseltage des Verhörs vorging, als sie einander taxierten und zu einem Abkommen zu kommen versuchten.

Irgendwann in dem Gespräch, lange bevor der Kassettenrecorder zum Einsatz kam, wurde James klar, daß die Polizei sich sehr für diese Hexe Betty Wilson und ihre Zwillingsschwester Mizrus Peggy Lowe interessierte.

Wenn er sie irgendwie in die Sache mit hineinziehen wollte, war die logische Folge, daß seine Geschichte glaubhaft klingen mußte. Wie hatte er Betty Wilson kennengelernt? Was waren seine Motive? Was waren ihre Motive? Wie sollte ein Wrack wie James White je das Vertrauen einer reichen Dame wie Betty Wilson errungen haben? Wann und wo hatten sie sich getroffen, und hatten sie je so Hand in Hand zusammengearbeitet, daß man Betty Wilson nach dem Recht von Alabama als Komplizin und Mittäterin betrachten konnte?

Den Notizen zufolge, die Mickey Brantley bei Gericht und in seiner Aussage vorlegte, lautete James' Geschichte in den ersten Tagen seiner Befragung so: James White erzählte, er habe eine Affäre mit Peggy Lowe gehabt. Er sagte, sie hätten nie wirklichen Verkehr gehabt, aber es hätte Gelegenheiten sowohl bei ihr zu Hause als auch in der Schule gegeben, bei denen sie ein paar heimlichen Küssen nicht hätte widerstehen können.

Kaum möglich, daß Brantley James' braune Zahnstümpfe und seinen ungepflegten Bart sah, ohne bei dem Gedanken an auch nur einen einzigen Kuß von ihm zu schaudern. Aber die Geschichte war noch im Anfangsstadium. Es war Zeit genug, sie zurechtzubiegen. Auch kannte Mickey Brantley Peggy Lowe nicht. Sie konnte alles sein. Er hatte in seinem Leben schon viel erlebt.

James sagte, er sei am Freitag morgen in Huntsville gewesen, um den Job zu erledigen. Dort hätte er einen Anfall von Gewissensbissen gehabt und wäre frühmorgens nach Vincent zurückgefahren und hätte auf dem Weg Alkohol und Drogen zu sich genommen. Als er high war, sei seine Entschlußkraft zurückgekehrt, er hätte kehrtgemacht und wäre nach Huntsville zurückgefahren.

Irgendwann zwischen 14 und 15 Uhr hätte er Betty Wilson für genaue Anweisungen im Parkway City-Einkaufszentrum getroffen. Dann sei er zum Haus der Wilsons gegangen. Erst sagte er, er könne sich nicht daran erinnern, daß er Dr. Wilson getötet habe und daß er gedacht habe, er sei noch am Leben, als er das Haus verließ. Er sei zu Fuß durch den Wald geflohen und zurück zum Einkaufszentrum gegangen, wo sein Truck parkte. Er sei sofort nach Vincent zurückgefahren und dann mit seinem Bruder und einem Freund, den sein Bruder aus der Schule kannte, zusammengewesen. Er gab an, er habe Jeans und eine Art T-Shirt getragen.

Als das erste Gespräch im Gefängnis von Shelby County beendet war, erhielt Brantley die Erlaubnis, White der Jurisdiktion von Huntsville zu unterstellen und ihn aus dem Gefängnis zu holen.

Er fuhr White vom Gefängnis nach Vincent, wo sie den heruntergekommenen Wohnwagen neben dem verrotteten Haus auf dem Hügelkamm über Peggy Lowes Kirche besichtigten. Zusammen durchsuchten sie Whites Kleidung nach den Sachen, die er in der Mordnacht getragen hatte.

Am ersten Tag ihrer Bekanntschaft und kaum drei Tage nach dem Mord waren Mickey Brantley und James White ein Team.

Sie konnten nichts von den Sachen finden, die er angeblich getragen hatte, außer ein Paar Schuhe, die Brantley ins Auto legte. James führte Brantley über die kaputte Veranda, hob ein Dielenbrett an und nickte. Brantley griff hinein und holte einen harten Gegenstand hervor, der in einen Lumpen gewickelt war und den er sofort als Waffe erkannte.

»Das ist die Waffe, die sie mir für den Mord gegeben hat«, sagte James.

Betty Wilson, Peggy Lowe und ihre Familie und Freunde besuchten am Dienstag morgen einen Gedenkgottesdienst für Jack Wilson. Die Brutalität seines Todes und das Unerwartete seines Ablebens machten die Leute sprachlos. Selbst der flache Trost, den Menschen bei den meisten Beerdigungen empfinden, tat an diesem Tag nicht seine Wirkung. Da waren nur Verstörtheit und tiefempfundener Schmerz.

Nach dem Gottesdienst trat ein Mann mittleren Alters auf Betty zu und fragte: »Mrs. Wilson, erinnern Sie sich an mich? Ich bin Ross Melvin.«

Betty hatte schon früh ein Beruhigungsmittel genommen und war ein bißchen benommen, aber es gelang ihr, sich an Ross Melvin zu erinnern – der Buchhalter für Jacks Praxis und für ihre Privatangelegenheiten. Jack und sie hatten einmal mit ihm zu Mittag gegessen.

»Natürlich, Ross. Vielen Dank, daß Sie gekommen sind.«

»Als Freund möchte ich nur, daß Sie wissen, daß ich Ihnen zur Verfügung stehe.«

»Ich weiß das zu schätzen, Ross.«

»Sehen Sie zu, daß Sie eine Kopie des Testaments bekommen, Betty, und dann rufen Sie mich an, oder kommen Sie in der Praxis vorbei. Ich will tun, was ich kann.«

»Das werde ich machen.«

Betty war abgelenkt. Etwas beschäftigte sie – etwas viel Einfacheres und Profaneres als Trauer. Sobald sie wieder in GeDelle Cagles Haus in Mira Vista war, rief sie den CID an und hinterließ die Nachricht auf dem Anrufbeantworter, daß sie mit Mickey Brantley sprechen wolle.

Für die Polizei wurde es allmählich eine zwiespältige Sache, mit Betty Wilson zu sprechen, ohne sie über ihre Rechte zu informieren. Sobald sie offiziell als Verdächtige galt, mußte sie über ihre Rechte aufgeklärt werden, woraufhin sie sich einen Anwalt nehmen und wahrscheinlich keine Aussage mehr machen würde. Bis jetzt konnte die Polizei noch damit argumentieren, daß sie nicht wirklich verdächtig war.

Aber wenn noch mehr gegen sie sprach, mußten sie ihr sagen, daß sie zu den Verdächtigen gehörte, und ihr ihre Rechte vorlesen. Anderenfalls setzten sie den Fall aufs Spiel.

Harry Renfroe fuhr am Tag der Beerdigung um 20 Uhr nach Rücksprache mit Brantley zum Haus von Betty Wilsons Schwester in Huntsville, wo Betty zur Zeit wohnte. Er nahm sie mit zum CID.

Er saß ihr am Schreibtisch gegenüber und sah sie fragend an. Mittlerweile war sie so erschöpft und hatte so viele Beruhigungsmittel genommen, daß sie kaum wach bleiben konnte.

»Sie haben angerufen«, sagte er schließlich.

»Ich habe mich an etwas erinnert«, sagte sie, »ich dachte, ich sollte es Ihnen sagen.«

Er starrte sie an.

»Da gab es noch einen Mann, von dem ich Ihnen nicht erzählt habe. Aber ich wußte, daß Sie es ohnehin herausfinden werden, also dachte ich, ich sage es Ihnen besser.«

Renfroe starrte sie an.

»Er heißt Errol Fitzpatrick. Er arbeitet für die Stadt. Er bekleidet eine ziemlich hohe Position.«

»Errol Fitzpatrick, der für die Stadt Huntsville arbeitet?«

»Ja.«

»Der Chef des Risikomanagements?«

»Ja.«

Es herrschte ein langes Schweigen.

»Sie hatten eine Affäre mit Errol Fitzpatrick?«

»Ja.«

»Was heißt das, Sie hatten eine Affäre?«

»Eine Affäre.«

»Sie meinen, Sie haben mit ihm geschlafen?«

»Ja.«

Er starrte sie an. »Er ist verheiratet, nicht?«

»Ja.«

»Wo?«

»Wo?«

»Wo haben Sie es gemacht?«

»Oh, an verschiedenen Orten. Hotels, Motels.«

»Sein Haus?«

»Nein.«

»War er je in Ihrem Haus?«

»Ja.«

»Haben Sie ...? Haben Sie je mit ihm in Ihrem Haus geschlafen?«

»Ja.«

Renfroe begann, ihr ihre Rechte vorzulesen.

FÜNF

»Warum tun Sie das?« fragte Betty, als Renfroe damit fertig war, sie auf ihre Rechte hinzuweisen.

»Ich will es Ihnen sagen, Betty. Untersuchungsbeamte befragen jetzt unten in Alabama James Dennison White. Er sagt, Sie hätten ihn dafür bezahlt, Ihren Mann zu töten.«

Betty wurde blaß, und ihre Stimme begann zu zittern. »Was reden Sie da?«

»Ich rede von James Dennison White.«

»Ich weiß nicht, was Sie meinen.«

»Ach, das wissen Sie nicht? Sie kennen James Dennison White nicht?«

»Nein, uh ...«

»Der Mann wohnt in Vincent, Alabama. Er sagt, er kenne Ihre Schwester Peggy.«

»Ach, Sie meinen Mr. Carpenter. Er ist der Mann, der für meine Schwester Peggy arbeitete. Ich hatte ihn auch angeheuert, damit er einen Tisch in meine Küche baut und ein paar Türen befestigt.«

»Also haben Sie ihn kennengelernt?«

»Nein, nein, das habe ich nie getan. Er tauchte nie auf. Er hat immer irgendeine Entschuldigung gehabt, warum er nicht kam. Ich hatte in der Küche eine Nachricht für ihn hinterlassen, daß er mit der Arbeit anfangen solle, wenn ich nicht da sei ...«

»Sie wollten einen völlig Fremden in Ihr Haus lassen?«

»Nun, nein. Ich meine, ich denke schon. Aber er kam nie. Ich habe ihn gefeuert. Meine Schwester hielt ihn für einen guten Mann.«

»Haben Sie ihn bezahlt, damit er Ihren Mann tötet?«

Betty schnappte nach Luft.

»Nein«, sagte sie mit dünner Stimme. »Nein, das habe ich nicht.«

»Haben Sie ihn je für irgend etwas bezahlt?«

»Nein, er kam ja nie.«

Renfroe stellte ihr noch eine Stunde lang Fragen. Zeitweise nickte Betty ein.

Renfroe mußte sie anschreien, um sie zu wecken.

Renfroe erfuhr, daß Bettys Zwillingsschwester für den Gottesdienst in die Stadt gekommen war und auch bei ihrer älteren Schwester DeGelle Cagle in der Mira Vista Street wohnte. Um 21 Uhr ließ Renfroe Peggy von dort holen. Sie wurde in einen anderen Raum gesetzt und informiert, daß ein Mann kommen und mit ihr sprechen würde.

Wenig später betrat Harry Renfroe den Raum, griff sich, ohne sich vorzustellen, einen Stuhl und setzte sich rücklings darauf, so daß ihre Gesichter nur wenige Zentimeter auseinander waren.

»Miz Lowe, erzählen Sie mir von James Dennison White.«

Sie sah sich Renfroes grinsendem Mund gegenüber. Sie hatte noch nie James' Mittelnamen gehört und war verwirrt.

»Verzeihung. Von wem?«

»Oh, kommen Sie«, fauchte er ärgerlich. »Sie wissen genau, von wem ich spreche, Miz Lowe! Von dem Mann, den Sie angeheuert haben, damit er Jack tötet!«

»Was?«

Renfroe fing an, Peggy mit flacher, mechanischer Stimme ihre Rechte vorzulesen.

»Was machen Sie da?« fragte sie. »Was soll das alles? Ich bin heute zur Beerdigung meines Schwagers hergekommen. Wessen klagen Sie mich an?«

Renfroe sagte: »Gerade im Moment sprechen Untersuchungsbeamte mit James Dennison White, und er hat ein umfassendes Geständnis darüber abgelegt, daß Sie und Ihre Schwester ihn dafür bezahlt haben, Ihren Schwager umzubringen.«

Peggy blinzelte und schwieg.

»Nun?« sagte er.

»Meinen Sie, Mr. White hat so etwas gesagt?«

»Jetzt kennen Sie ihn also. Haben Sie Ihre Meinung geändert?«

»Ich habe nie gehört, daß er so genannt wurde – wie immer Sie ihn genannt haben. Für mich war er immer nur Mr. White. Aber ja, falls Sie den Mr. White in Vincent meinen. Ich habe ihn in meiner Schule kennengelernt. Seine Tochter besucht die Klasse meiner Freundin.«

»Wie sagten Sie, daß Sie ihn kennengelernt haben? Erzählen Sie mir darüber.«

»Wir haben uns unterhalten.«

»Sie haben sich unterhalten? Wie oft?«

»Oh, sehr oft. Er hatte viele Probleme in der Familie und mit der Scheidung.«

»Wo haben Sie miteinander gesprochen?«

»In der Schule und am Telefon. Er hat mich oft angerufen, Tausende Male, so kommt es mir vor, um über seine Probleme zu reden. Er hat für uns ein paar Arbeiten am Haus erledigt, und da hat er auch mit mir gesprochen.«

»Was haben Sie getan? Ihn *getröstet*?«

»Mr. Renfroe, die Art, in der Sie dieses Wort sagen, gefällt mir nicht. Ich habe versucht, ihm zu helfen.«

»Wie lange haben diese Unterhaltungen gedauert, als Sie versuchten, ihm zu *helfen*?«

»Manchmal kurz, manchmal lang.«

»Ich verstehe. Was war an den Tagen vor dem Mord an Dr. Wilson? Was haben Sie gemacht?«

Peggy berichtete ihm detailliert von ihrem Tagesablauf, den Stunden, die sie arbeitete, und denen, die sie zu Hause war, inklusive von dem Tag, als Stephanie krank wurde und ins Krankenhaus gebracht werden mußte, und von allen Besorgungen, wegen derer sie in der Woche vor Jacks Tod außer Haus gewesen war. Er schrieb sorgfältig mit. Als sie fertig waren, waren drei Stunden vergangen. Peggy war erschöpft und müde.

»Wann haben Sie James zuletzt gesehen?«

»Ich weiß nicht ... Ich glaube, am letzten Dienstag. Ich habe mit Linda Vascocu zusammen Keller und Garage aufgeräumt. Sie wohnt bei uns. James kam vorbei, um ein paar Sachen mitzunehmen, von denen ich gesagt hatte, er könne sie haben.«

»Was haben Sie ihm zugesagt?«

»Nur alten Kram, Trödel.«

»War das alles, was Sie ihm versprochen haben?«

»Ja.«

»Wissen Sie, daß James gerade in Shelby County seine Geschichte erzählt? Sie sollten auch wissen, daß Ihre Schwester Betty nebenan sitzt und gerade ein volles Geständnis abgelegt hat.«

»O nein, das glaube ich nicht ... Ich glaube Ihnen nicht. Das ist einfach nicht wahr.«

»Nun, hat Ihre Schwester Ihres Wissens einmal James persönlich kennengelernt? Wie ist Ihre Version der Geschichte?«

»Ich glaube nicht, daß sie das hat. Vor längerer Zeit, es ist ein paar Wochen her, habe ich James Bettys Telefonnummer gegeben. Sie baut ihre Küche um, und ich habe gedacht, daß sie ihm vielleicht etwas Arbeit geben könnte, aber es hat nicht geklappt. Er ist nie erschienen, und sie war wütend.«

»Gut. Wissen Sie, was wir hier machen, Miz Lowe? Ich denke, wir werden Sie an einen Lügendetektor anschließen, um herauszufinden, wieviel von Ihrer Aussage Lüge ist und wieviel wahr.«

»Gut, gerne, ich wünsche, daß Sie das tun. Sie werden sehen, daß ich die Wahrheit sage. Ich kann mir nicht vorstellen, was Mr. White Ihnen erzählt hat, aber wenn er wirklich gesagt hat, wir hätten etwas mit Jacks Tod zu tun, dann stimmt das nicht. Ich habe Jack geliebt, und Betty hat ihn geliebt. Wir empfinden große Trauer wegen seines Todes. Ich wünschte, ich dürfte Mr. White sehen. Ich glaube nicht, daß Mr. White mir etwas Derartiges ins Gesicht sagen würde.«

»Gut. Sie wollen James sehen. Peggy, erzählen Sie mir, was war zwischen James und Ihnen?«

»Wie bitte?«

»Was war los? Haben Sie je … Sie wissen schon? James hat es uns erzählt.«

»Ich weiß nicht, was Sie meinen.«

»Haben Sie eine Affäre mit James White?«

Peggy verschlug es den Atem.

»Haben Sie?« bohrte er nach.

»Ich kann mir nicht vorstellen, warum Sie mich das fragen. Was meinen Sie?«

Renfroe brachte sein Gesicht noch näher an ihres heran. Ihr fiel auf, daß die Zähne in seinem Unterkiefer schief standen.

»Sex. Haben Sie mit ihm geschlafen, Peggy? Haben Sie je mit ihm geschlafen?«

»Mr. Renfroe, mir gefällt nicht, was Sie da sagen oder andeuten.«

»Das tut mir leid. Ich tue nur meine Arbeit.«

»Ich glaube nicht, daß ich Ihnen noch mehr zu sagen habe. Überhaupt nicht.«

»Ach, Sie wollen nicht? Nun, dann erlauben Sie mir, Sie beide Damen nach Hause zu fahren.«

Er brachte sie zurück zu GeDelle Cagles Haus und setzte sie ab. Ihre Schwester und Schwager waren schon zu Bett gegangen. Peggy und Betty standen alleine im dunklen Flur des Hauses und flüsterten einander eilig zu, woran sie sich bei den Verhören an diesem Abend erinnerten, als Autoscheinwerfer in der Auffahrt erschienen. Es war Renfroe, der aus dem Wagen sprang und an die Tür klopfen wollte. Peggy öffnete schnell die Tür, damit er keinen Lärm machte.

»Raus hier!« brüllte er. »Wir sind noch nicht fertig mit Ihnen.«

Er brachte sie zurück in das nicht als solches gekennzeichnete Polizeiauto und fuhr sie zurück ins CID. Betty wurde nach oben geschickt, wo ein anderer Beamter sie wieder ins Befragungszimmer brachte. Renfroe sagte Peggy, sie solle im Auto bleiben.

»Sicht so aus, als würde Ihr Wunsch erfüllt, Peggy.«

»Welcher Wunsch?«

»Sie sagten, daß Sie James sehen wollten. Ich denke, wir können das einrichten. Einer unserer Beamten bringt ihn gerade her, und da haben wir gedacht, wir können ein kleines Treffen arrangieren.«

»Gut«, sagte sie, »ich denke, das ist eine gute Idee.«

Er brachte sie zu dem dunklen Parkplatz eines Ladens am Rande der Stadt. Sie saßen im Auto, während sie sich unterhielten.

»Er hat uns alles gesagt, Peggy. Über die Affäre, und daß Sie beide ihn nach Huntsville geschickt haben, um Jack zu töten.«

Sie saß hinten im Auto und sagte gar nichts.

Nach einer Stunde sagte er endlich: »Nun, es sieht so aus, als würde es nicht klappen.«

Er drehte sich nach hinten und zeigte mit einem langen Finger auf sie. »Ihre Schwester und Sie dürfen niemandem ein Wort davon sagen, was heute nacht hier gesprochen wurde. Haben Sie mich verstanden, Miz Lowe?«

»Ja, Sir.«

Er brachte sie zurück nach Mira Vista, wo Betty wartete.

Am nächsten Morgen klingelte schon früh das Telefon bei den Cagles. Die Zwillinge schliefen noch. Ihr Schwager, Euel Dean Cagle, ging dran. Er war ein attraktiver Mann mit markantem Gesicht und kurzen, sandfarbenen Locken, der dem Filmstar Spencer Tracy verblüffend ähnlich sah und auch über dessen Offenheit verfügte, was manchmal als Schärfe mißverstanden wurde. Am Telefon war ein Bekannter Bettys von den Anonymen Alkoholikern.

»Sie sind noch nicht auf«, sagte er, »sie haben die halbe Nacht mit der Polizei zusammengearbeitet.«

Der Bekannte fragte Euel, ob er die Morgenzeitung schon gelesen habe. Er hatte nicht. Sobald er aufgelegt hatte, ging er vors Haus und holte die *Huntsville Times*. Er schlug sie noch draußen auf, las und rannte ins Haus.

»Sieh dir das an«, sagte er aufgeregt zu seiner Frau. »Sie haben den Kerl schon, der Jack getötet hat.«

Er ging zum hinteren Schlafzimmer, in dem die Zwillinge schliefen, und klopfte an die Tür. »Hey, ihr zwei! Wacht auf! Wir haben große Neuigkeiten!«

Keine Antwort. Euel stieß die Tür auf und ging hinein. Die Zwillinge schliefen in einem Doppelbett. Er bückte sich und rüttelte Betty leicht.

»Betty, sie haben den Typen, der deinen Mann getötet hat!«

Betty setzte sich auf. Sie sah ihn einen Moment lang stumm an und versuchte, sich zu orientieren. Sie nahm ihm die Zeitung aus der Hand und las die Schlagzeile und den Anfang des Artikels. Peggy kam rüber und guckte ihr über die Schulter.

Betty sagte: »Entschuldige, Euel.« Sie stand auf und gab Peggy ein Zeichen, mit ihr zu kommen. Die beiden Frauen gingen in ein kleines Bad am Ende des Flurs und schlossen die Tür. Euel stand eine Zeitlang im Flur. Er konnte sie auf der anderen Seite der Tür miteinander flüstern hören, aber nicht verstehen, was sie sagten. Ihre Stimmen waren leise und verrieten keine Emotionen. GeDelle tauchte hinter ihm auf.

»Wo sind sie, Euel?«

Er nickte in Richtung des Badezimmers. »Da drin.«

»Und? Was hat Betty gesagt?«

Er wandte sich seiner Frau zu, die Brauen erhoben. »Kein Wort. Keine von ihnen. Sie sind einfach ins Bad gegangen und haben angefangen zu flüstern.«

Bei den intensiven Badezimmer-Unterhaltungen ihrer Kindheit hatte Peggy das Wort geführt und ihre Schwester gedrängt, alles zu tun, um ihren Vater bei Laune zu halten. Aber diesmal war es anders. Betty saß auf dem Rand der Wanne und las jedes Wort des Artikels.

Peggy flüsterte, wie wichtig es sei, die Wahrheit zu sagen, den Leuten zu erklären, was wirklich passiert sei, zu versuchen, mit Mr. White zu reden, um herausfinden, was er wollte. Konnte er Jack getötet haben? Warum? Warum sollte er so etwas tun?

»Peggy, sei still«, flüsterte Betty. »Wir sind in einer sehr gefährlichen Situation. Das wird eine ganz große Sache. Politisch und so. Wir müssen uns einen Anwalt nehmen.«

»Anwalt?«

»Und wir brauchen Geld.«

»Du hast Geld.«

»Vielleicht, vielleicht auch nicht. Ich habe einen Freund. Gene Montgomery, der mir in der Vergangenheit bei finanziellen Dingen geholfen hat. Wir müssen hier raus. Sie könnten kommen, um uns zu holen, ehe wir uns um alles kümmern konnten.«

»Uns zu holen?«

»Komm. Wir müssen hier raus. Ich werde Gene anrufen.«

Sobald Zeitungen und Medien in Huntsville von James Verhaftung erfuhren, tat sich ein politischer Bezug auf. Bezirksanwalt Mo Brooks war überall und gratulierte der Polizei zu ihrer schnellen Arbeit. Auch sein Gegenspieler Tim Morgan stand für eine Stellungnahme auf den Listen der Reporter, denn mittlerweile war bekannt, daß das Opfer ihn nicht nur politisch unterstützt hatte, sondern auch sein Bekannter und sein Augenarzt gewesen war. Als die Geschichte diese Dimensionen erreicht hatte – was gleich nach James' Verhaftung der Fall war –, wurde es ungeheuer brisant für die Verantwortlichen, und sie durften sich keinen Fehler mehr erlauben.

Betty und Peggy fuhren direkt zu Gene Montgomery. Betty nahm Kontakt mit Charlie Hooper auf, einem Anwalt, der ihr in Finanzdingen schon oft geholfen hatte. Hooper war Zivilrechtler, nicht Kriminalrechtler, aber er war früher Bezirksanwalt gewesen und kannte sich im Gericht aus. Er sagte ihr, daß sie in einer Sache recht habe: Sie mußte sofort Geld auftreiben, sonst sei sie nicht in der Lage, einen guten Rechtsbeistand anzuheuern, der ihr bei dem, was auf sie zukam, helfen würde.

Sie brauchte Zeit, um die Dinge zu arrangieren. Die Zwillinge entschieden, daß sie über Nacht bei Gene Montgomery bleiben würden, um weitere nächtliche Fahrten zum Polizeibüro zu vermeiden und sich etwas Freiraum zu verschaffen.

Betty besuchte Ross Melvin. Ihm gegenüber erwähnte sie nichts von der Polizei. Sie hatte vergessen, eine Kopie des Testaments mitzubringen.

»Ich kann nicht viel machen, ehe Sie mir nicht die Kopie bringen, Betty«, sagte er. »Sie müssen sich auch ein neues Bankkonto einrichten.«

»Wozu das, Ross?«

»Sie müssen ein Konto für den Besitz einrichten. Es ist sehr wichtig, von jetzt an Geld von vor dem Mord nicht mit Geld von nach dem Mord zu vermischen. Es muß alles hübsch sauber getrennt werden. Apropos, was passiert mit Jacks Praxis? Gibt es Partner oder irgendwelche Vorkehrungen für einen Nachfolger?«

»Ich glaube nicht. Ich glaube nicht, daß es Partner gibt. Jack hat alles alleine gemacht. Sie wissen doch, Ross, er hat sich nie Geld geliehen, er hat sich alles selber aufgebaut.«

»Ja, nun, das ist einerseits gut und andererseits schlecht. Gut ist, daß es wahrscheinlich keine häßlichen Überraschungen gibt, zum Beispiel einen Berg Schulden. Das Schlechte ist, daß es keine Möglichkeit gibt für eine Übergabe.«

»Was bedeutet das?«

»Ich fürchte, das bedeutet, daß Sie die Praxis möglichst schnell verkaufen müssen. Ich weiß, daß das eine schreckliche Zeit für Sie ist, Betty, und ich wünschte, ich müßte nicht gerade jetzt darüber nachdenken. Aber Sie haben Erfahrung im Medizingeschäft, und Sie wissen, daß das wertvollste und wichtigste As im Ärmel eine gutgehende Praxis und das Vertrauen der Patienten sind.«

Betty schleppte sich mit Gene Montgomerys Hilfe durch den Tag, kopierte das Testament und brachte es zu Ross Melvin, ging zur Bank und richtete ein neues Konto ein. Peggys Mann Wayne war mit Stephanie schon nach Hause gefahren. Er arbeitete wieder in Vincent und hatte keine Ahnung, was seine Frau und ihre Schwester bei der Polizei durchgemacht hatten. Betty hatte Gene Montgomery das meiste von den Vorgängen der Nacht erzählt, aber Peggy, die sich an Renfroes Worte erinnerte, hatte Angst, auch nur ein Wort darüber zu verraten.

An demselben Tag arbeiteten auch Mickey Brantley und James Dennison White hart. Bei Whites Geschichte gab es milde ausgedrückt ein paar Ungereimtheiten. Es war unmöglich, einen Richter dazu zu bringen, einen Haftbefehl für die Zwillingsschwestern auszustellen, noch unmöglicher, den Bezirksanwalt dazu zu bringen, sie anzuklagen, wenn James die Dinge nicht etwas klarer ausdrückte.

An einem Punkt, so Brantleys kurze Notizen, berichtet James, daß Betty ihm eine große Geldsumme dafür gezahlt hätte, daß er ihren Mann umbrächte. Er hatte verschiedene Summen zwischen zwanzigtausend und fünftausend Dollar erwähnt. Aber wenn James dieses Geld kurz vor dem Mord bekommen hatte, mußte er das beweisen. Tatsächlich war nach Alabamas Rechtsprechung nichts von dem, was er sagte, vor Gericht verwendbar, es sei denn, es konnte klar nachgewiesen werden, mit anderen Worten: durch eine andere Person oder ein von James unbeeinflußbares Faktum. Da er zugab, Mittäter zu sein, war seine Aussage dem Gesetz nach wertlos, es sei denn, sie konnte auf andere Weise untermauert werden.

Wenn James Rechnungen bezahlte, die bezahlt werden mußten – bei Lebensmittelhändlern, damit sie weiter lieferten, beispielsweise –, zahlte er immer erst im letzten Moment. Bei solchen Gelegenheiten tauchte er mit einem Bündel Bargeld auf, das entweder von einem Betrug stammte oder aus den Einnahmen von Drogen-, Asphalt- oder Versicherungsbetrugsgeschäften. Es war typisch für James, mit dem Geldstapel herumzulaufen und alle Außenstände an einem Tag zu begleichen.

Zufällig hatte James einige Tage vor Jacks Tod Rechnungen für rund zweitausendfünfhundert Dollar auf einmal bezahlt. Niemand wird je erfahren, woher das Geld wirklich stammte. Aber James, der begriff, wo Mickey Brantleys Absichten lagen, bot schnell als Erklärung an, daß das Geld von den Zwillingen stammte.

In Brantleys Notizen lautete die Geschichte folgendermaßen: James hatte den Zwillingen erzählt, daß er jemanden wüßte, der für zwanzigtausend Dollar den Mord begehen würde. Betty Wilson, die geizig war, habe gesagt, das sei zu teuer. Deshalb habe James ein neues Angebot von fünftausend Dollar gemacht. Die Zwillinge hätten zugestimmt, aber Betty wollte erst nur die eine Hälfte zahlen, die zweite dann nach Erledigung des Auftrags. Kurz vor dem Mord habe sie ihm zweitausendfünfhundert Dollar gezahlt.

Brantley fragte James, wie Betty Wilson ihm das Geld ausgehändigt habe. Er sagte, sie habe die zweitausendfünfhundert Dollar an den Straßenrand gelegt und ihm dann gesagt, wo er sie finden könne.

»Es war an der Straße auf dem Weg nach Talladega«, sagte er.

Während der Unterhaltung bemerkte James, daß die Geschichte, daß Betty Wilson irgendwo am Straßenrand zweitausendfünfhundert Dollar hinterlegt habe und dann hoffte, das Geld sei noch da, wenn James kam, um es zu holen, nicht sehr überzeugend wirkte.

Man wird nie wissen, ob noch andere Ungereimtheiten dieser Geschichte von Brantley angesprochen wurden. Tatsache war jedoch, daß Geld, das am Straßenrand deponiert und später von James aufgehoben wurde, kein genügendes Beweismittel vor Gericht war, um Betty mit der Bezahlung zu verknüpfen. Damit den Geschworenen der Mordauftrag klar wurde, mußte die Geldübergabe viel direkter und persönlicher stattgefunden haben.

Am Ende des Tages hatte James eine von vielen überraschenden Korrekturen seines Erinnerungsvermögens erlebt. Er erinnerte sich daran, daß er versehentlich ein paar Stunden zu früh an die verabredete Straße gefahren war. Dort hatte er gehalten und nachgedacht und sich dann plötzlich vor Betty Wilsons Haus wiedergefunden, wo sie ihm die zweitausendfünfhundert Dollar persönlich übergab. Er änderte seine Geschichte immer wieder um.

Während der Befragung wollte Brantley auch von James wissen, ob er je direkt von Betty Geld bekommen habe. James erinnerte sich an die zweihundert Dollar, die ihm in einem Bibliotheksbuch in der Guntersville State Lodge ausgehändigt worden waren. Sofort machten sich Untersuchungsbeamte auf den Weg nach Vincent, wo sie James' Pickup durchsuchten und genau das Buch fanden, das er beschrieben hatte – ein Bibliotheksbuch, von dem sich herausstellte, daß Betty Wilson es ausgeliehen hatte.

Das war ein entscheidender Durchbruch – ein handfestes Bindeglied zwischen James und Betty Wilson. Brantley war entzückt.

In den Augen von Skeptikern war die Tatsache, daß Brantley James zu immer neuen Erinnerungskorrekturen ermutigte, sehr verdächtig. Aber Brantley hielt dagegen – mit einigem Recht –, daß alle Verbrecher lügen, daß nie einer bei der ersten Befragung die volle Wahrheit sagt und daß eine der wichtigsten Aufgaben eines guten Ermittlers die ist, einen Verbrecher bei der Befragung den dornenreichen Weg der Ermutigung, der Bedrängnis und des Nachforschens entlangzulotsen, der zur einzigen Wahrheit führt. Auf diesem Weg wird der Betreffende immer viele Lügen erzählen. Der Trick ist es, die Spreu vom Weizen zu trennen. Mag sein, daß Mickey Brantley tief in seinem Herzen von der Schuld der Zwillinge überzeugt war. Wenn er einmal an etwas glaubte, war er die Art Mann, die an dem Glauben festhält.

Es gab keine stichhaltigen Beweise, die gezeigt hätten, daß nur Brantleys eigene, rastlose Suche nach der Wahrheit ihn antrieb. Mickey Brantley hatte den Ruf und den Polizeibericht, ein rechtschaffender Mann zu sein.

Die Art der Befragung gestand James jede Menge Freiheiten zu. Gelegenheiten, Brantleys Gesicht zu sehen, seinen Fragen gut zuzuhören, die Zeichen zu lesen, um sich vorstellen zu können, welches Geständnis den höchsten Wert bei einem Handel erzielen würde. Es gibt keine Hinweise, ob Brantley auffiel, wie seltsam James' Gedächtnis arbeitete.

Die Struktur ihrer Beziehung brachte James in eine Position, wo er nichts zu verlieren hatte. Wenn er log und die Lüge nicht ankam, konnte er so lange weiterlügen, bis es klappte. Als er schließlich den richtigen Ton traf, hieß es, er sage jetzt die Wahrheit.

James blieb bezüglich seiner eigenen Rolle in dem Verbrechen weiterhin zurückhaltend. Er sagte, er habe nie die Absicht gehabt, Dr. Wilson zu töten, und habe mit den blutdurstigen Schwestern nur herumgespielt. Er gab an, nach Erhalt des Geldes habe er sie hingehalten und gesagt, er habe das Geld an die Person weitergegeben, die den Mord ausführen solle, und daß er nicht wisse, warum nichts geschehe.

»Ich habe gesagt, daß ich dem Mann das Geld gegeben hätte. Ich habe gesagt, er solle reingehen, gucken, die Lage überprüfen, die Situation prüfen und so. Einfach versuchen, ob es klappte. Ich habe versucht, so aus der Sache rauszukommen, das Geld zu benutzen, um meine Rechnungen zu begleichen.«

Auch mit diesem Aspekt seiner Geschichte kam er durch. Es war nicht nur sein Ziel, die Zwillinge mit dem Mord in Verbindung zu bringen. Er mußte an der Sache auch selber Anteil haben. Doch sein größtes Problem, wenn er ungeschoren aus der Sache hervorgehen zu können glaubte, war es, seine eigenen Handlungen unabsichtlich erscheinen zu lassen; so fiel um so mehr Schuld den Zwillingen zu. Es mußte alles gut ausgewogen klingen.

Der Rest der Geschichte war ein Dickicht von Widersprüchlichkeiten. Er sagte, er habe die zweitausendfünfhundert Dollar ein paar Tage vor dem Mord erhalten. Den

Zwillingen habe er erzählt, jemand anderer würde den Mord ausführen. Aber kurz danach hatte er dennoch zur Guntersville State Lodge gehen müssen, um sich zweihundert Dollar von Betty Wilson geben zu lassen, damit er nach Huntsville fahren konnte.

Über den Tag verwandelte sich seine Geschichte immer mehr, um Betty Wilson tiefer in den Mord hineinzuziehen. Statt nun selbst zum Haus gefahren zu sein, um den Arzt zu töten, fiel ihm plötzlich ein, daß sie ihn dorthin gefahren hatte. Er sagte, er sei immer noch in der Absicht hingefahren, niemanden zu verletzen, weil er dachte, er könnte vielleicht Mrs. Wilsons Haus ausrauben, statt ihren Mann für sie zu töten.

»Ich witterte eine Gelegenheit, weil Mizrus Lowe mir erzählte, daß sie gewöhnlich Bargeld im Haus haben, und ich habe gedacht, ich könnte hineingehen und die Wertsachen und das Geld nehmen und einfach wieder verschwinden.«

James White gab an, zu Fuß durch den Wald geflohen zu sein. »Ich bin zu Fuß weggerannt. Alles, was ich weiß, ist, daß ich weg wollte.«

Blieb das Problem, wie James Dennison White der Vertraute und Schützling der Zwillinge hatte werden können. Er sagte in der Befragung aus, daß er und Peggy Lowe sich gelegentlich heimlich geküßt hätten, aber sie hätten nie engeren Kontakt gehabt und auch nicht die Gelegenheit, einander besser kennenzulernen. Der Eindruck war eher der, daß sie unverfängliche Umarmungen getauscht hatten. An diesem Aspekt der Geschichte mußte noch gearbeitet werden.

Er stolperte ganz eindeutig über eine Schlüsselfrage – wann, wo und wie hatte er Betty Wilson zum ersten Mal getroffen. Einmal sagte er, Peggy und Betty hätten sich am Dienstag vor dem Mord heimlich auf einem abgelegenen Bootssteg am Logan Martin-See mit ihm getroffen, um ihm die Pistole zu geben, mit der er Jack töten sollte.

Da hatte die Polizei von Huntsville die Pistole, die James unter dem Brett hervorgeholt hatte, schon untersucht. Die Waffe war auf Betty Wilson eingetragen. Größe und Munition der Waffe legten den Schluß nahe, daß sie aus dem Waffenschrank in Jacks Schlafzimmer entwendet worden war. Die Annahme war demnach, Betty Wilson habe James mit einer Waffe versorgt, die auf ihren Namen eingetragen war, damit er damit ihren Mann umbrächte, der tatsächlich mit einem Baseballschläger getötet worden war.

Das reichte vorerst.

James mußte auch erklären, wie und wann Betty Wilson ihn getroffen und zu ihrem Haus mitgenommen hatte, damit er ihren Mann tötete. James sagte, er habe sie aus einer Telefonzelle im Einkaufszentrum angerufen und ihr gesagt, daß er eine Fahrgelegenheit zu ihrem Haus brauche. Sie hätte sofort eingewilligt und wäre in ihrem großen BMW gegen 14 Uhr 30 vorgefahren, um ihn hinzubringen. Er sagte, bei diesem Treffen hätten sie einander das erste Mal gesehen.

Vielleicht merkte er, daß die Dinge etwas vage klangen, deshalb spielte er einen Trumpf aus. Er war sicher, die Türgriffe des BMW angefaßt und ein paar Fingerabdrücke hinterlassen zu haben.

Natürlich war der BMW schon nach Fingerabdrücken abgesucht worden – ohne Ergebnis. Kein Abdruck, kein Haar, keine Faser, kein Fetzchen Papier, die darauf hinwiesen, daß James Dennison White am Auto gewesen war. Aber darum konnte man sich später kümmern.

So war es also: Er hatte Betty das erste Mal getroffen, als er zum Haus gegangen war, um das Kopfgeld zu kassieren. Er hatte Betty das erste Mal getroffen, als er von ihr die Waffe am Logan-Martin-See bekommen hatte, mit der ihr Mann getötet werden sollte. Er hatte Betty das erste Mal getroffen, als sie zum Einkaufszentrum kam, um ihn zu ihrem Haus zu fahren.

Aber es reichte.

An diesem Nachmittag kam Brantley zu Gene Montgomerys Haus. Offensichtlich war er bei Bettys Bank gewesen, und dort hatte ihm jemand gesagt, wo er die Zwillinge finden konnte. Solange die Zwillinge nicht verhaftet waren, brauchte Brantley Bettys Erlaubnis für die Einsicht in ihr Konto. Sie bat Brantley zu warten und rief Charlie Hooper an. Aus Furcht, die Bank würde ihr Geld bald schon einfrieren, riet Hooper ihr, Brantley so lange hinzuhalten, bis sie mit ihren Bankgeschäften fertig war. Wütend verließ Brantley Montgomerys Haus.

Peggy geriet allmählich in Panik. Betty, die nicht mehr unter der Wirkung der Beruhigungsmittel stand, sagte: »Dafür haben wir keine Zeit, Peggy. Ich muß einiges erledigen.« Die Zwillinge verließen mit Montgomery das Haus, um die Bankgeschäfte abzuschließen.

Spätnachmittags kamen sie zurück und hielten an einer Ampel, als sie den Fernsehwagen an der Ampel gegenüber sahen. In großen Buchstaben stand darauf: CHANNEL 31 HUNTSVILLE AUGENZEUGEN NACHRICHTEN. Der Fahrer lehnte sich aus dem Fenster und suchte nach einer Hausnummer. Ihm gegenüber saß ein großer, attraktiver, dunkelhaariger Mann, den sie sofort als Cliff Hill, einen Reporter von Channel 31, erkannten.

Peggy sog scharf den Atem ein.

Gene Montgomery fuhr weiter, fuhr hinter das Haus und ließ sie durch die Küchentür hinein.

»Wir haben keine sauberen Sachen«, sagte Peggy.

Montgomery brachte ihnen Sachen von sich – ein Hemd und eine Schlafanzughose für Betty, Khaki-Shorts und ein Hemd für Peggy. Peggy steckte ihre eigenen Sachen in die Waschmaschine.

Als sie sich eine halbe Stunde später zum Essen setzten, klopfte es laut an der Vordertür.

»Die Fernsehleute«, sagte Montgomery. »Wie lästig.«

Er und Betty gingen nach vorne. Er winkte sie zurück. Peggy stand im Flur, sah zu und rang die Hände. Montgomery trat vor und spähte durch den Vorhang.

Es klopfte lauter.

»Das sind keine Reporter«, flüsterte Montgomery heiser, »das ist die Polizei.«

Betty raste zur Rückseite des Hauses, wobei sie Peggy beiseite schob. Sie ergriff das Küchentelefon, aber Charlie Hooper war nicht da.

Ein anderer Anwalt hörte ihr zu, als Betty ihm keuchend erzählte, was passiert war.

Der Anwalt sagte: »Wenn sie gekommen sind, um Sie zu verhaften, Mrs. Wilson, können Sie nichts dagegen tun. Sie können nur die Tür öffnen.«

In dem Moment unterbrach die Vermittlung das Gespräch.

»Ich habe ein Notfallgespräch für Sie«, sagte sie.

Betty übergab Montgomery das Telefon. Peggy und sie standen ein paar Zentimeter von ihm entfernt und beobachteten sein Gesicht, als er sprach.

»Hören Sie«, sagte er, »das ist ein privater Anschluß, und Sie haben nicht das Recht, die privaten Gespräche anderer zu unterbrechen.«

Ein langes Schweigen. Montgomery wandte sich zu den Zwillingen, hielt die Sprechmuschel zu und flüsterte: »Sie sagt, da sei ein Mr. Renfroe dran, der mit mir sprechen will.«

Er wandte sich wieder dem Apparat zu. »Wo sind Sie, Sir? Vor meiner Tür?« Er hörte wieder zu. »Und ich weigere mich? Oh, ich verstehe. Nein, das wird nicht nötig sein. Es ist eine sehr teure Tür, nebenbei bemerkt. Ich werde gleich da sein.«

Er legte auf und sagte: »Wir müssen sofort die Tür öffnen.«

Betty, noch in Montgomerys Schlafanzughose und Hemd, und Peggy in Shorts und Hemd folgten ihm zur Tür.

Montgomery hatte kaum den Schlüssel gedreht, als Mickey Brantley und Harry Renfroe brüsk die Tür aufstießen, Montgomery aus dem Weg schoben und auf die Frauen zugingen. Renfroe ergriff Bettys Arm am Handgelenk, und ihre Uhr fiel zu Boden. Sie sah hinunter, aber Renfroe sagte: »Sie werden sie dort, wo Sie hingehen, nicht brauchen.«

Brantley packte Peggy am Handgelenk und sagte ihr, sie solle sich für die Handschellen umdrehen.

»Darf ich mir Schuhe anziehen?« fragte sie. »Ich habe Angst, daß mir kalt wird.«

»Nein«, sagte Brantley. »Sie stehen unter Arrest. Kommen Sie mit.«

Brantley und Renfroe brachten die beiden zum Polizeibüro. Barfuß und scheinbar in Lumpen, das Haar ungekämmt und die Gesichter ungeschminkt, paßten sie gut zu den Betrügern, Betrunkenen, Dieben und Schlägern, die mit ihnen an diesem Nachmittag dort waren. Sie wurden fotografiert, die Fingerabdrücke wurden ihnen abgenommen, dann wurden sie nach Waffen, Drogen und Geschlechtskrankheiten abgesucht.

Peggy war zuerst fertig und wurde in eine große Zelle zu einem Dutzend anderer weiblicher Häftlinge gesteckt. Sie klammerte sich an die Gitterstäbe und starrte die Rücken der Wachen an, voller Angst, sich umzudrehen und die Frauen hinter sich anzusehen. Als eine Wache Betty auch in die Zelle brachte, eilten die Schwestern zueinander, umarmten sich und schluchzten. Ihre Mitgefangenen verhöhnten und beschimpften sie, weil sie sie für Lesben hielten.

Gerade als sie erkannten, daß sie im Mittelpunkt des Interesses standen, kamen die Wachen zurück, holten sie aus der Zelle, legten ihnen wieder Handschellen an und brachten sie zum Bezirksgefängnis, wo sie die ganze Prozedur noch einmal durchmachten – Fingerabdrücke, Fotos, körperliche Untersuchung –, ehe sie in eine andere Zelle kamen. Irgendwann erhielten sie Häftlingskleidung. Die Nacht verbrachten sie auf nebeneinander stehenden Pritschen.

Eine Zeitlang flüsterten sie noch miteinander. Betty erzählte Peggy, daß ein Beamter Peggy eine Liebesaffäre mit dem Mörder unterstellt habe. Peggy gab Betty eine genaue Beschreibung von James White – die fauligen braunen Zähne, der ungepflegte Bart, die schmierige Mütze und die Augen, die immerzu in Bewegung waren. Beide Frauen waren erschöpft und schliefen bald ein.

An diesem Punkt hing die Geschichte, die James White der Polizei erzählte, an einem dünnen Faden. Er hatte einander widersprechende Versionen darüber geliefert, wann, wo, wie und warum er Betty Wilson das erste Mal getroffen hatte, aber er sagte, daß er sie auf jeden Fall getroffen habe. Es war unerläßlich, daß er sie getroffen, mit ihr ein Abkommen geschlossen und Geld von ihr bekommen hatte, um ihre Beziehung zum Mord herzustellen.

Aus den Fragen der Polizei und den Artikeln in den Zeitungen wurde schnell deutlich, daß Betty die Zielscheibe war. Sie war diejenige, über deren Leben eine Jury entscheiden konnte. Peggy war nur eine Randfigur. Sie war das notwendige Glied, um die Verbindung zwischen James und Betty herzustellen, aber sie war auch jemand, der schwer zu verurteilen war, es sei denn, die Polizei würde bis zum Prozeß noch etwas Unerwartetes über sie herausfinden.

Betty war die Gegenspielerin. Die Hexe.

Aber James mußte Betty kennen. Die Anklage mußte in der Lage sein, der Jury ein plausibles Bild davon zu vermitteln, wie Betty James Geld gab und wie sie ihn zum Mord anstiftete oder am besten beides. Auf die eine oder andere Weise mußte James unbedingt wissen, wer Betty Wilson war.

Peggy kannte er. So viel hatte Peggy zugegeben. Das war kein Problem. Aber Betty hatte bisher in allen Verhören behauptet, daß sie James White nie kennengelernt habe. Das war der Punkt, wo Betty eine Grenzlinie in den Sand gezogen hatte, die Brantley und Renfroe nicht überschreiten konnten.

White gab an, er kenne sie. Sie sagte, das tue er nicht. Wenn sie recht hatte, war es kein Fall. Es gab eine simple Methode, zu testen, ob James Dennison White Betty Wilson jemals zuvor gesehen hatte. Eine Praktik, die so alt ist wie Justitia selbst, die in jedem Raubfall und jedem Betrugsfall benutzt wird, der vor Gericht kommt, und die jeder schon im Fernsehen gesehen hat. Die Gegenüberstellung.

Stelle Betty in eine Reihe mit anderen Gefangenen. Stelle James so hin, daß er alle sehen kann. Sage: »James, welche ist Betty Wilson?«

James behauptete, er würde Betty erkennen, aber er war unsicher, wann und wo er sie getroffen hatte. Tatsächlich hatte er sie nie kennengelernt, aber er konnte sie bei der Gegenüberstellung identifizieren, weil er sie am Tag vor dem Mord verfolgt hatte.

Der Umstand, daß James keine überzeugende Geschichte erzählen konnte, wann er Betty wirklich kennengelernt hatte, brachte die Polizei in eine schwierige Position. Was, wenn die ganze Sache erlogen war? Was, wenn er ihnen nur erzählt hatte, was sie hören wollten?

Als die Zwillinge zu einem Gefängnisfrühstück mit Haferbrei und Instantkaffee aus Pappbechern erwachten, hatte sich ihr soziales und politisches Umfeld bereits radikal verändert. Seit achtzehn Uhr abends waren Betty Wilson und Peggy Lowe das Thema aller Radio- und Fernsehsender gewesen sowie aller großen Zeitungen in Alabama. Als sie am Vormittag im Gefängnis aufwachten, klingelte das Telefon des Bezirksanwalts ununterbrochen. Die großen Fernsehanstalten riefen an, die Kabelsender, Nachrichtenmagazine, Fernsehshows, und Zeitungen aus New York, Washington und Los Angeles.

Die Geschichte war von Anfang an unwiderstehlich. Sie hatte alles, was man brauchte: zwei reiche Frauen, etwas Promiskuität, einen brutalen Mordauftrag und den faszinierendsten Aspekt aller Geschichten:

Zwillinge.

Die Zwillingsschaft wurde am Anfang jedes Berichtes erwähnt, als wäre dieser Umstand der aufregendste Aspekt aller Informationen, die jetzt aus dem Polizeidezernat von Huntsville durchsickerten. Ehe Betty Wilson und Peggy Lowe überhaupt die Zelle verließen, waren sie schon für alle Zeiten ›Die Alabama-Zwillinge‹ getauft worden.

Das Risiko bei jeder Art von Gegenüberstellung ist in der Tat hoch. Jetzt, wo die ganze Welt zusah, konnte es ein finsterer Tag in der Karriere der ermittelnden Beamten werden, falls James auf die falsche Dame zeigte und sagte: »Das ist sie! Ich würde sie jederzeit wiedererkennen.«

Noch war denkbar, daß der Bezirksanwalt sich heraushalten konnte. Er konnte sich von der Polizeiarbeit der Leute in den örtlichen Behörden distanzieren und den Reportern sagen: »Genau das meine ich, wenn ich von Inkompetenz bei den Polizeibehörden spreche.«

Und die Polizei? Renfroe und Brantley? Was, wenn ihr Schützling auf die falsche Frau zeigte und sie dann rausgehen und vor laufenden Kameras erklären mußten: »Es tut uns leid, daß wir die Witwe des brutal ermordeten Doktors und ihre Schwester, die achtzig Meilen entfernt lebt und wegen der Beerdigung in der Stadt war, verhaftet haben, aber es sieht so aus, als habe der Abschaum, der uns diese Geschichte erzählt hat, tatsächlich Betty Wilson nie kennengelernt.«

Was dann?

Renfroe und Brantley wären Geschichte. So einfach war das. Sie waren beide ernsthafte Polizisten mit einer langen Karriere und guten Beurteilungen. Mickey Brantley und seine Frau waren gerade im Begriff, ein neues Haus zu bauen, das Leben mußte weitergehen. Wenn sie Betty zu einer Gegenüberstellung brächten, bei der James sie erkennen sollte, dann würde alles – alles – von James abhängen.

Also taten sie es nicht.

Statt dessen wurden Betty und Peggy aneinandergekettet zum Gericht gebracht, zusammen mit James Dennison White. Der Anwalt von Betty und Peggy würde das später als eklatanten Bruch der Untersuchungsvorgänge erklären. Normalerweise hätte jeder Versuch unternommen werden müssen, James einen Blick auf Betty zu verwehren, ehe nicht eine Gegenüberstellung stattgefunden hatte. In diesem Fall, so die Richter, waren die Polizisten vom vorgeschriebenen Weg abgewichen, damit nichts dem Zufall überlassen blieb.

Renfroe und Brantley konnten natürlich behaupten, daß sie mit dem Transport der Gefangenen zum Gericht nichts zu tun hatten. Tatsächlich aber hatten die Sheriffs, die damit betraut waren, genaue Anweisungen erhalten, daß sie auf jedes Wort achten sollten, das zwischen den dreien gewechselt wurde.

Peggy keuchte, als sie an White gekettet wurde. Leise sagte sie zu Betty: »Das ist Mr. White.«

White wandte sich ab, sah dann wieder hin, wandte sich ab, sah wieder hin, und das einige Male, wobei er vor sich hinmurmelte. Die Mütze fehlte, aber der ungepflegte Bart, die unruhigen Augen und die scheußlichen Zähne waren wie immer.

Betty schnappte nach Luft und flüsterte dann entsetzt: »Ist das der Mann, der Jack getötet hat?«

Die Beamten berichteten, daß Betty Bemerkungen gemacht habe, die zeigten, daß sie James Dennison White wiedererkannte. Eine Gegenüberstellung war demnach unangebracht und überflüssig.

Bei der ersten Anhörung an diesem Morgen erfuhren die Zwillinge, daß die Polizei sie wegen Mordes anklagen wollte. Der Fall würde einer Grand Jury vorgelegt werden, die entscheiden würde, ob die Anklage der Polizei zu einem Prozeß berechtigte oder nicht. In der Zwischenzeit würden die Zwillinge im Madison County-Gefängnis bleiben.

Der Druck auf Brantley und Renfroe war jetzt enorm. Mo Brooks, der Staatsanwalt, machte deutlich, daß er nichts unterschreiben würde, solange Brantley und Renfroe James Dennison White nicht als ordentlich verschnürtes Bündel übergeben konnten und jede seiner Aussage hieb- und stichfest war.

James war das Problem. Je nüchterner er wurde, desto gerissener wurde er auch. Jetzt fing er an zu faseln, daß er einen unterschriebenen Vertrag wolle, der ihm Strafmilderung garantiere, wenn er dem Staat das gab, was er brauchte, um Betty Wilson zum Tode zu verurteilen. Auf den ersten Blick eine absurde Forderung. Normalerweise gibt es nichts Schriftliches über Bekenntnis-Handel in Alabama.

Schriftliche Verträge werden in manchen Bundesstaaten verlangt, damit jeder weiß, wer wem was versprochen hat. Da aber das Gesetz von Alabama keinen schriftlichen

Vertrag vorsieht, stimmt die Staatsanwaltschaft dem nie zu. Die meisten Geschworenen mißbilligen den Handel mit Geständnissen, insbesondere, wenn es dabei um die Aussage eines Verbrechers gegen einen anderen geht. Schwarz auf weiß ein Abkommen zu sehen erweckt den Eindruck, als steckten die Rechtsprecher mit den Verbrechern unter einer Decke, was sie auch tun, wenn es nötig ist, aber nur bis zu einem bestimmten Punkt. Wenn es nicht um Schuldbekenntnisse ginge, wäre die Gerechtigkeit hier wohl am Ende. Wenn ein Anwalt aus Alabama es vermeiden kann, gibt es nichts Schriftliches, so daß der Verteidiger keine weitere Sache in der Hand hat.

In diesem Fall gab es einen zusätzlichen Faktor – und zwar einen bedeutenden politischen –, daß nämlich der junge mormonische Bezirksanwalt sich in der Kampagne für seine Wiederwahl gegen den Bekenntnis-Handel aussprechen wollte. Seit Monaten gab er sich vor den Wählern als Außenseiter, der mit der üblen Praxis der Polizei aufräumen wollte, mit den Verbrechern kleine Handel abzuschließen. Daher mochte man denken, daß er der letzte sei, der James White etwas Schriftliches gegeben hätte.

Aber andere Aspekte des Falls verlangten Mr. Brooks' besondere Aufmerksamkeit. Die Tatsache, daß Betty Wilson seinen Gegner Tim Morgan unterstützt hatte, wurde in der Presse oft thematisiert. Ein Reporter fand sogar heraus, daß Betty sich über einen Gefallen, den Tim Morgan ihr erwiesen hatte, so gefreut hatte, daß sie ihm eine schweinslederne Brieftasche gekauft hatte, die er im Wahlkampf bei sich trug.

Brooks gab jedem ein Interview zu dem Fall, der ihn darum bat, von den örtlichen Medien bis zum Fernsehen. Aus einigen seiner Bemerkungen wurde der Gedanke erkennbar, daß jeder, der Tim Morgan seine Stimme gab, dafür stimmte, daß die Hexe Betty Wilson dem elektrischen Stuhl entging.

So unwahrscheinlich es zunächst erschienen war, es gab vielleicht doch eine kleine Chance, daß James den Vertrag erhielt, den er verlangte. Es kam darauf an, wie dringend Mo Brooks seine Aussage brauchte und wie lange James aushielt. Der Fall, an dem Brantley und Renfroe zusammen gearbeitet hatten, fiel nun mehr und mehr Mickey Brantley zu. Er wurde der Mann in der Abteilung, der beschloß, daß ein Handel möglich war. Dafür mußte James' Geschichte aber festgehalten werden.

Fünf Tage nach dem Mord und nach Stunden nicht mitgeschnittener Verhöre war es Zeit, den Kassettenrecorder anzuschalten. Während Betty Wilson und Peggy Lowe ihre Anstaltskleidung erhielten und getrennte Zellen im Madison-County-Gefängnis bezogen, war Mickey Brantley mit James eingeschlossen und versuchte, in einem weiteren Tag genauester Befragung, eine passende Geschichte aus ihm herauszulocken, diesmal für den Bericht.

Stundenlang stellte Brantley Fragen und drängte James zu weiteren Behauptungen. Im Laufe des Tages erlebte James noch einige seiner plötzlichen Gedächtniskorrekturen, manche von ihnen aus dem Nichts heraus, wenn man dem Band glauben darf.

Er erinnerte sich daran, daß die gelegentlichen Umarmungen und ›gestohlenen Küsse‹, die er und Peggy Lowe getauscht hatten, nicht in der Schule erfolgt waren, wo sie jemand bemerkt haben könnte, sondern in Peggys Haus am Logan Martin-See, wenn niemand sonst dort war.

Er erinnerte sich daran, daß er sich getäuscht hatte, als er von dem Geld berichtete, das er vom Straßenrand aufhob, und auch die Geschichte über das Treffen in Betty Wilsons Haus war falsch. Diesmal erinnerte er sich plötzlich, daß er das Geld von Peggy Lowe in ihrem Haus erhalten hatte.

Seine plötzliche Klarheit in diesem Punkt hatte den

glücklichen Effekt für Brantley, daß diese Aussage erstmals Peggy eindeutig belastete. Bislang hätte Peggy vor Gericht argumentieren können, daß James sie einfach überrumpelt habe und sie ihn in Richtung ihrer Schwester gesteuert habe, aber sie hätte in dem Mordplan selber keine Rolle gespielt. Jetzt, wo James plötzlich einfiel, daß sie ihm das Geld übergeben hatte, steckte sie bis zum Hals mit drin.

James erzählte Brantley, daß er, nachdem er die ersten zweitausendfünfhundert Dollar erhalten hatte, versucht habe, Peggy aus dem Weg zu gehen. »Ich hatte das Gefühl, ein gutes Geschäft gemacht zu haben, indem ich das Geld nahm, um meine Rechnungen zu bezahlen und etwas mit den Kindern zu unternehmen.«

James erzählte Brantley, daß Peggy ihn in Verlegenheit brachte, weil sie angefangen habe, ihm durch die ganze Stadt zu folgen, teils, weil sie liebestoll war, teils, weil er den Mann ihrer Schwester ermorden sollte. Sie habe ihn in einer Tankstelle in die Ecke gedrängt und ihm eiskalt erklärt, entweder solle er den Auftrag ausführen oder ihr das Geld zurückgeben.

Kurz danach, so James, habe Betty selbst ihn angerufen. Er habe Betty erzählt, daß zweitausendfünfhundert Dollar nicht genug seien, um den Job erledigt zu bekommen, und daß er weitere zweihundert Dollar brauche. Sie wäre sofort einverstanden gewesen und hätte sich ausgedacht, wie er nach Guntersville Lodge kommen und sich das Geld abholen sollte. Sie würde es auf dem Rücksitz ihres BMW in einem Buch aufheben.

James sagte, er sei nach Guntersville gefahren und habe den Tausch mit dem Buch vorgenommen, die zweihundert Dollar genommen und sei dann nach Huntsville gefahren, um den Auftrag zu überprüfen. An diesem Punkt seiner Erzählung hatte James offensichtlich den Mittäter vergessen, der angeblich den Mord ausführen sollte. Aber dieses Detail konnte bei der näheren Befragung ausgebügelt werden.

James sagte, Betty habe ihm erklärt, der beste Ort, ihren Mann zu töten, sei in Jacks Praxis oder in der Nähe davon, im geschäftigen Whitesport-Center, wo Jack zweihundertfünfzig Quadratmeter Praxisraum besaß. James sagte, er sei mit zweihundert Dollar in der Tasche nach Huntsville gefahren, um das Whitesport-Center zu beobachten.

Als er wieder nach Vincent kam, habe er Betty angerufen und ihr erzählt, er habe einige große Apartmenthäuser und ein Krankenhaus in der Nähe der Praxis ihres Mannes gesehen. Nach diesem Bericht habe Betty zugestimmt, daß Whitesport doch kein guter Ort für das Vorhaben war. Sie habe James nahegelegt, Jack statt dessen im Haus der Wilsons am Boulder Circle zu töten. Er sagte, sie habe ihm präzise den Weg beschrieben.

James sagte, dann sei er wieder nach Huntsville gefahren, um Dr. Wilson zu töten. Als er aber beim Haus ankam, habe ein Pickup in der Einfahrt gestanden. Weil er dachte, dann sei wohl jemand anderer dort, habe er kehrtgemacht und sei zurück nach Vincent gefahren. Es stellte sich heraus, daß es das Auto von Bettys Sohn Trey war und daß sie nicht wolle, daß ihr Sohn gefährdet würde.

James blieb dabei, daß er beim Betreten des Hauses nicht vorgehabt hatte, jemanden zu töten. Das stand aber im Gegensatz zu der Aussage, daß er auf Drängen der Zwillinge mehrmals mit der Absicht nach Huntsville gefahren sei, Dr. Wilson zu töten.

Wenn die Jury zu der Auffassung kam, James sei nur ein dumpfer, betrunkener, drogensüchtiger Verbrecher, der ausgerastet war, als er sich dem Hausbesitzer gegenüber sah, würden die Zwillinge nicht verurteilt werden. Da war beispielsweise die Pistole unter dem Brett. Wenn James die Waffe einfach aus dem Waffenschrank in Jacks Zimmer entwendet und sie dann nach der Tat behalten hatte, zeigte das, daß er bloß ein Verbrecher war, der hoffte, die Waffe später für ein paar Dollar verkaufen zu können.

Wenn die Waffe aber Teil des Mordplans war, funktionierte das auch andersherum – es konnte helfen, die Zwillinge ins Gefängnis zu bringen.

In diesen Tagen dokumentierter Befragung erinnerte sich James daran, daß Peggy ihn eines Tages in Vincent angerufen hatte, um ihn zu fragen, was er vorhabe. Trotz des Umstandes, daß er schon ein paarmal nach Huntsville gefahren war, um den Auftrag auszuloten, und einmal konkret versucht hatte, ihn auszuführen, beim Anblick von Treys Truck aber abgebrochen hatte, sagte James Brantley jetzt, er habe bei Peggys Anruf erstmals begriffen, daß er eine Waffe brauchte.

Er sagte, er habe Peggy erklärt, er brauche eine Waffe. Sie habe bereitwillig zugestimmt, ihm eine zu besorgen, und gemeint, da könne ihre Schwester helfen.

James beschrieb Brantley die Übergabe der Waffe bei einem heimlichen Treffen am Logan Martin-See.

»Das war am Dienstag vor zwei Wochen. Mizrus Wilson und Mizrus Lowe gaben mir eine 38er Smith & Wesson am See.«

Einige Tage nach der Waffenübergabe habe eine der Zwillinge ihn angerufen und gesagt, er solle wieder nach Huntsville kommen und es noch einmal versuchen. Auf dieser Fahrt, so erinnerte er sich jetzt, habe er den Zwillingen gesagt, daß es zu riskant sei, den Arzt in seiner Praxis zu erschießen. Depressiv und voller Gewissensbisse habe er kehrtgemacht und sei zurück nach Vincent gefahren.

Unterwegs habe er angefangen zu trinken. Der Alkohol machte ihm leider Mut. Er sagte, er sei am Nachmittag zum Boulder Circle zurückgekehrt und ins Haus gegangen. Da sei er unbewaffnet gewesen.

»Ich glaube nicht, daß ich den Mann wirklich töten wollte, denn ich hatte keine Waffen dabei, und was ich hauptsächlich tun wollte, war wohl, in das Haus zu gehen und Geld und ein paar Sachen zu nehmen und wieder zu verschwinden. Das ist es auch, was ich getan habe.«

James verfolgte eine kluge und interessante Taktik – er war bereit, jede Information preiszugeben, die die mörderische Absicht seiner Mitverschworenen zeigte. Aber er wollte kein Geständnis ablegen, in dem er von sich selber zugab, daß er einen geplanten Mord ausgeführt hatte. Er blieb dabei, daß er nur vorgehabt habe, die Auftraggeber zu täuschen. Nur die Zwillinge trugen die Schuld eines geplanten Mordes.

In dieser Befragung erinnerte er sich plötzlich daran, daß er doch nicht zu Fuß durch den Wald geflohen war. Wenn er es genauer bedachte, war Betty Wilson gleich nach dem Mord zurück zum Haus gekommen und hatte ihn abgeholt. Er erinnerte sich sogar an ein schmückendes Detail. Er erinnerte sich daran, daß sie ihn, auf dem Rücksitz liegend, mit einer rosa Plastiktüte aus einem Modegeschäft zugedeckt habe. Erfreulicherweise hatte die Polizei genau die auf dem Rücksitz des Autos entdeckt, als sie den Wagen nach Spuren untersuchte.

Seine Aussagen wiesen viele Lücken auf. Mittlerweile hatte die Spurensicherung mit allen Arten von Instrumenten den Wagen durchsucht und kein Haar, Hautfetzen, Blut oder einen anderen Beweis, wie klein auch immer, dafür gefunden, daß James White, höchstwahrscheinlich blutgetränkt von dem brutalen Mord, unter einer rosa Plastiktüte auf dem Rücksitz gelegen hätte.

James sagte, er und Betty hätten geredet, während sie ihn vom Tatort zu seinem Wagen fuhr, der ein paar Blocks entfernt parkte, sie vorne, er unter der Tüte auf dem Rücksitz. Sie habe ihm versichert, daß, wenn er gefaßt würde, sie dafür sorgen wolle, daß seine vier Kinder versorgt seien. Sie habe gefragt, wieviel Geld er brauche, wenn er im Gefängnis sei, und er habe geantwortet, zweihundert

Dollar im Monat würden genügen. Sie habe gesagt, das sei kein Problem.

Er erzählte immer wieder neue Geschichten darüber, wie Betty ihm kleinere Summen Geld gegeben hatte. Die meisten davon widersprachen einander. Aber er erlebte eine weitere plötzliche Erinnerung, die seltsam gut zu den Zeitungsberichten dieses Tages paßte, laut denen die Wilsons eine Wochenendreise nach Santa Fe geplant hatten. Sie zeigten ein Bild von Jack, wie er eulenhaft durch seine dicke Brille blinzelte.

James wollte sich plötzlich daran erinnern, daß Betty darauf bestanden habe, den Mord vor diesem Wochenende durchzuführen, weil die Vorstellung, eine Woche lang mit ihrem Mann in einem Hotelzimmer eingesperrt zu sein, unerträglich für sie sei.

»Alles, was ich weiß, ist, daß Mr. Wilson ein oder zwei Krankheiten hatte. Er lag im Sterben, und er würde erblinden. Er konnte kaum sehen und machte Betty Wilson nur Mühe, und sie wollte ihn loswerden.«

Es gab noch einige auffallende Ungereimtheiten, die geglättet werden mußten. Brantley fragte James, warum er erst gesagt habe, er sei zu Fuß durch den Wald geflohen, wo er doch jetzt behaupte, Betty sei zum Haus zurückgekommen, um ihn abzuholen. James antwortete, er habe das so gemacht, weil er sich den Teil mit dem Abholen als Überraschung ›aufgehoben‹ habe.

Bedacht darauf, die Hindernisse zwischen sich und Brantley aus dem Weg zu räumen, gab James eine weitere Sache preis. Er sagte, er habe mal einen rosa Eisring für Peggy Lowe gekauft, um ihr damit seine Liebe zu zeigen.

Brantley fragte ihn, was mit den Kleidern passiert sei, die er beim Mord getragen habe. James sagte, er habe sie auf dem Rückweg nach Vincent getragen und dann gewaschen. Natürlich hätte normales Waschen die Blutspuren nicht beseitigt. Brantley fragte James, ob Blut an den Kleidern gewesen sei. Nein, versicherte James ihm, es sei ihm gelungen, den ganzen Baseballschläger-Mord zu verüben, ohne einen Tropfen Blut abzubekommen.

Das mitgeschnittene ›Geständnis‹ ließ so viele Fragen offen und zeigte so viele Widersprüche, daß es in den nächsten drei Wochen wieder und wieder durchgesprochen werden mußte, bis es den Stand erreichte, der einen Handel mit James White zuließ.

Am Ende von James' Aussage am 28. Mai kamen James und Brantley überein, daß James sich einen guten Anwalt suchen sollte.

Er bekam einen guten.

Unter normalen Umständen gehörte Roy Miller zu den Anwälten, die zwei oder drei Prozesse gleichzeitig führen konnten, ohne daß ihm Fehler unterliefen. Er war Anfang Vierzig, drahtig, hatte welliges braunblondes Haar über einem ausdrucksvollen Gesicht und galt als der Hansdampf des Madison County-Gerichts. Seine Büroräume lagen im Erdgeschoß eines hübschen Ziegelhauses im Neokolonialstil gegenüber dem Gerichtsgebäude. Am frühen Abend, wenn sich Richter und Anwälte an ihren bevorzugten Tränken nahe des Gerichts in Huntsville trafen, um die Vorkommnisse des Tages bei einem kleinen Whisky zu besprechen, hellten sich die Gesichter auf und erstrahlten in einem Lächeln, sobald Roy Miller den Raum betrat. Roy Miller, früher Bezirksanwalt in Alabama und ein scharfsinniger Mann, war hier so zu Hause wie ein Floh auf einem Hund.

Er war vom Gericht als James' Anwalt benannt worden und bot die perfekte Wahl. Roy Miller war eine Spur zu geschickt, um den Dingen zu erlauben, durchs Netz zu fallen – den Dingen, die einen Handel angreifbar machten und später den Fall ruinieren konnten. Er vertrat James

White ehrlich und kompetent. Und er wußte ganz genau, wie, wann, wo und warum ein Handel zu machen war.

James bestand nach wie vor auf einem schriftlichen Vertrag. Wenn Roy Miller die Dinge tatsächlich bis zu dem Punkt voranbringen konnte, war das die Art von kleinem Wunder, die das Ansehen eines Anwalts um einige Grad hebt. Zumindest konnte Mr. Miller als Nachrichtenübermittler zwischen der Polizei und seinem Klienten dienen.

Betty und Peggy blieben in Haft. Vor der ersten Anhörung, in der die Polizei James' Anschuldigung vortragen und formal Anklage erheben würde, würde sich nichts tun.

Inzwischen tat sich Seltsames in den Medien. Jeder, der in irgendeiner Weise offiziell mit dem Fall zu tun hatte, wie nebensächlich seine Rolle auch immer sein mochte, hatte ein Interesse daran, daß die Zwillinge von den Medien durch den Dreck gezogen wurden.

Zunächst mußte die Polizei die Ungläubigkeit der Leute in Huntsville überwinden, die die Wilsons kannten und die Vorwürfe gegen Betty haltlos fanden. Eine der ersten Informationen, die weitergegeben wurden, war die, daß Betty eine leidenschaftliche Affäre mit einem hohen Beamten der Stadt Huntsville gehabt hatte. Binnen kurzem tauchte der Name Errol Fitzpatrick in den Geschichten auf. Noch schneller gab Fitzpatrick seine Stelle bei der Stadt Huntsville auf.

Aber das, was über die Affäre durchgesickert war, wirkte. Sobald sie allgemein bekannt war, fingen eine Menge Leute, die Betty gekannt hatten, an, den Reportern zu erzählen, was für eine schlechte Frau sie gewesen sei. Wie sich herausstellte, herrschte kein Mangel an Anekdoten aus Bettys Trinkertagen.

Das Rennen um den Posten des Bezirksanwalts erwies sich als weitere Quelle für Anti-Betty-Gefühle. Mo Brooks sagte in einer seiner Reden: »Ich komme nicht umhin zu bemerken, daß Betty Wilson an dem Tag, als ihr Mann ermordet wurde, für eine Tim Morgan-Kampagne unterwegs war.«

Um dem Eindruck entgegenzutreten, er sympathisiere mit Betty Wilson, hackte Tim Morgan erst recht auf sie ein. In einer Debatte mit Brooks sagte Morgan, er sei bereit, alle Täter – James, Betty und Peggy – auf den elektrischen Stuhl zu schicken.

Inzwischen ging ein stetiger Informationsfluß zwischen James und der Polizei hin und her. Mickey Brantley war unterwegs und tat genau das, was er schon als Detective getan hatte: Er ging von Geschäft zu Geschäft im Parkway City-Einkaufszentrum, um Bettys Angaben zu überprüfen, wo sie an diesem Nachmittag gewesen war.

An praktisch jedem Ort, den sie bei der ersten Befragung durch die Polizei genannt hatte, war ihre Anwesenheit nachprüfbar – mit Datum, Zeit und Betrag, die die Computer automatisch speicherten –, so daß die Einkäufe und Zeiten überprüft werden konnten, die sie angegeben hatte.

Seltsamerweise begann James, als Brantley die bestätigenden Beweise sammelte, sich mit erstaunlicher Klarheit an dieselben Einzelheiten zu erinnern. Beispielsweise gab es Belege, die bewiesen, daß Betty sich um 14 Uhr 11 ein Paar geblümter Tennisschuhe in einem Geschäft namens Yielding's im Parkway City-Einkaufszentrum gekauft hatte. James ließ Brantley durch seinen neuen Anwalt ausrichten, daß er ihn noch mal sehen müßte. Er sagte, er wäre die ganze Nacht wach gewesen und hätte versucht, sich an mehr Einzelheiten von dem Tag vor dem Mord zu erinnern. Im Morgengrauen hätte schließlich ein Bild den Nebel aus Drogen, Alkohol und Schlafmangel in seinem Kopf durchbrochen. Als er morgens auf der Pritsche im Gefängnis lag, habe er die Vision von Mizrus Betty Wilson gehabt, wie sie sich auf dem Parkplatz neben ihrem BMW bückte und stolz ihre Schuhe auszog, um in ein Paar neue Tennis-Schuhe zu schlüpfen.

Geblümte Tennis-Schuhe.

Von jetzt an wurde alles, was Betty der Polizei erzählte und was nachprüfbar war, zu etwas, das James' Aussagen unterstützte, da er sich plötzlich an dieselben Dinge erinnerte.

Für James war es ein Glücksspiel um Freiheit und Leben als möglichen Gewinn einerseits und dem elektrischen Stuhl andererseits. Wenn er der Polizei die richtige Aussage lieferte und wenn die Polizei in der Lage war, diese Aussage mit unabhängig gesammelten Beweisen zu belegen, dann konnte James sein Leben noch retten. Aber wenn er es nicht schaffte, der Polizei das zu verschaffen, was sie benötigte, um die Zwillinge zu verurteilen – oder wenn die Polizei nicht beweisen konnte, was er ihr gab –, dann stand James ein Besuch bei Old Sparky bevor.

SECHS

In den Tagen und Wochen nach seinem mitgeschnittenen Geständnis, während Mickey Brantley in unermüdlicher Jagd nach Beweisen das Einkaufszentrum durchkämmte, fuhr James fort, sich plötzlich an Dinge zu erinnern, die zu den Beweisen paßten, die Brantley sammelte. Wie James das machte – ob es purer Zufall war, daß er diese Einzelheiten beibringen konnte, oder ob er die Tatsachen aus den Fragen ersah, die ihm gestellt wurden –, ist ein Rätsel, das wohl nie gelöst werden kann.

James erinnerte sich plötzlich, daß er am Abend vor dem Mord am Ramada Inn gestanden hatte. Ihm fiel plötzlich ein, daß Betty ihn in einem Fast-food-Restaurant im Einkaufszentrum, Chick-Fil-A, getroffen hatte und ihm 100 Dollar in einer gebrauchten Essenstüte gegeben hatte, damit er sein Motel bezahlen konnte. Er erinnerte sich plötzlich daran, daß er die Skibrille getragen hatte, die im Haus der Wilsons gefunden worden war. Er erinnerte sich plötzlich daran, daß er, als er unter der rosa Plastiktüte auf dem Rücksitz lag, eine hellblaue Banktasche auf dem Vordersitz gesehen hatte.

Es blieben immer noch ein paar Dinge übrig, an die er sich erinnern mußte. Es war extrem störend, daß es keinerlei Beweise dafür gab, daß James in Betty Wilsons Auto gewesen war. Es wäre gut für ihn gewesen, wenn ihm eingefallen wäre, was mit den Kleidern passiert war, die er getragen hatte, als er Jack tötete.

Am besten wäre gewesen, wenn James sich an den Mord selbst erinnert hätte. Bislang war er in seiner Aussage bereit gewesen, sich an alles bis zu dem Mord selbst zu erinnern, teilweise an erstaunliche Einzelheiten wie an die geblümten Tennisschuhe. Er war auch bereit gewesen, sich an alles direkt nach dem Mord zu erinnern wie die hellblaue Tasche auf dem Vordersitz von Bettys Wagen. Aber er weigerte sich weiterhin, sich an den Mord selbst zu erinnern. Und er bestand weiterhin darauf, daß er einen schriftlichen Vertrag mit den Behörden haben wollte, der ihm ein mildes Urteil im Austausch für die Belastung der Zwillinge bot.

Einige Beweisstücke sorgten für Unruhe. Ein Polizeihundeführer hatte einen Spürhund namens Zeke kurz nach dem Mord zum 2700 Boulder Circle gebracht. Der Hund nahm Witterung von James Whites Kleidung auf und wurde zur Rückseite des Hauses gebracht. Dort nahm der Hund den Duft auf und lief in gerader Linie durch den Wald auf genau dem Weg, von dem James am Anfang ausgesagt hatte, daß er nach dem Mord dort entlang geflohen sei.

Für Brantley war ärgerlich, daß James sich nicht mehr daran erinnerte, daß er zu Fuß geflohen war. Wenn Zeke also eine Duftspur fand, die durch den Wald führte, belegte das die frühere Version, die Betty nicht belastete, und widersprach der plötzlich erinnerten neuen Geschichte, die sie mit einbezog.

Das Verhalten des Hundes mußte vor Gericht erklärt werden. Während die Untersuchungen weitergingen, blieb die Gefahr, daß andere Beweise auftauchen konnten, die die Ermittlungen störten.

In der ersten Juniwoche mußten Mo Brooks und Mickey Brantley vor Gericht erscheinen, um die Anklage der Grand Jury vorzulegen und sich mit der Forderung der Zwillinge zu befassen, gegen Kaution freizukommen. Die Anhörung fand unter dem Vorsitz von Richter Thomas Younger im Madison County-Gericht statt.

Richter Thomas Younger war schon anwesend, als Mo

Brooks an diesem Morgen am Gericht vorfuhr und ins Richterzimmer gebeten wurde. Das Gebäude war von Fernsehübertragungswagen umzingelt. In der Halle drängten sich Reporter und Kameraleute. Der Richter hatte gerade ein Team der *Hard Copy*-Show verjagt.

Als Brooks sagte, daß er von dem Verhalten der Presse ebenso abgestoßen sei wie Richter Younger, bemerkte der Richter scharf, daß er das Gesicht von Mr. Brooks sehr häufig auf dem Bildschirm gesehen habe.

Betty und Peggy hatten ihrem Team einen Verteidiger hinzugefügt – Marc Sandlin, einundvierzig, der im benachbarten Limestone County fünf Jahre lang Bezirksanwalt gewesen war und seit 1980 eine Kanzlei in Huntsville hatte und der ebenso wie Roy Miller einen festen Bestandteil des Madison County-Gerichts bildete.

Die Zwillinge brachten ein interessantes Team mit vor Gericht. Charlie Hooper, Zivilrechtler, war kräftig gebaut und sah aus wie eine Bulldogge. Sandlin, groß, bärtig und zurückhaltend, wirkte eher wie ein junger Professor. Beide waren von dem Medienrummel im Gericht ebenso abgestoßen und entsetzt wie der Richter und der Bezirksanwalt.

Die Anhörung begann schleppend, da der Richter die anwesenden Medienvertreter im Hintergrund mehrmals ermahnte, daß er keinerlei Unsinn dulden würde. Er hörte sich die Anklage an – Mord im Fall der beiden Frauen, James White wurde nicht erwähnt –, dann wandte er sich der Frage der Kaution für die beiden Frauen zu.

Mo Brocks argumentierte, daß es starke Beweise für die Schuld der Schwestern gebe und daß Betty, wenn man ihr wieder ihren Lebensstil ermögliche, ihr Vermögen sicher dazu benutzen würde, das Land zu verlassen. Um seinen Fall zu untermauern, rief er Mickey Brantley in den Zeugenstand und spielte Ausschnitte aus dem Band mit James Whites Geständnis vor.

Als der Kassettenrecorder eingeschaltet wurde und James schwache, blecherne Stimme durch den Gerichtssaal hallte, um eine lange Geschichte von Sex und Intrigen zu erzählen, war das einzige andere Geräusch im Saal das wilde Kritzeln der Kugelschreiber der Reporter.

James berichtete, wie er Mizrus Lowe in der Schule kennengelernt hatte und wie »ich ihr gesagt habe, daß ich etwas für sie fühle, und sie kam zurück und sagte, sie fühle auch etwas für mich«. Er sagte, dann habe er ihr einen Brief geschickt, in dem er ihr seine Liebe gestand. Sie küßten sich, schliefen aber nie miteinander, sagte er.

»Mizrus Lowe hat mir erzählt, sie habe eine Schwester, die Probleme habe, die sie nicht lösen könne. Wir sprachen über die Probleme der Dame und ihren Kummer. Ich habe versucht, ihre Anerkennung und Liebe zu erringen, also habe ich gesagt, ich würde mit ein paar Leuten sprechen.

Ich war in der Situation, mich beweisen zu müssen. Ich fand heraus, daß ihre Schwester ihren Mann beseitigt haben wollte.«

Er beschrieb, wie die Schwestern ihn bedrängt hätten, wie sie ihn zu einem heimlichen Treffen am Logan Martin-See bestellt hätten und ihm eine ›Pistole Kaliber 38‹ übergeben hätten, ›um das Verbrechen zu begehen‹.

Er erzählte von seinem Besuch bei der Guntersville Lodge, wo er zweihundert Dollar für eine Erkundungsfahrt nach Huntsville erhalten hätte. In bedeutender Abweichung von seiner Aussage Brantley gegenüber – wahrscheinlich das Ergebnis einer weiteren plötzlichen Eingebung – sagte er, er habe die zweitausendfünfhundert Dollar für den Mord an dem Tag abgeholt, bevor der Mord begangen wurde, nach dem Besuch in Guntersville. Dieser Umstand, gerade noch rechtzeitig für den Termin der Anhörung erinnert, erklärte das Rätsel, warum er zweihundert Dollar für Auslagen brauchte, nachdem er gerade zweitausendfünfhundert Dollar für den Mord bekommen hatte.

James erzählte, wie Betty ihn mit ihrem BMW vom Parkway City-Einkaufszentrum abgeholt und ihm gesagt hätte, er solle sich unter das Armaturenbrett hocken, während sie ihn den Garth Mountain hoch zum Boulder Circle fuhr. Während der Fahrt habe sie ihm eingeschärft, was er sagen sollte, falls ihn jemand im Haus entdecken würde.

»Ich sollte sagen, daß ich da bin, um Türen auszumessen.«

Dieses Detail, das ihm gerade noch vor der Anhörung eingefallen war, erklärte die ›Mr. Carpenter‹-Notiz, die an Bettys Küchentür hing. Diese Notiz gehörte eindeutig zu Bettys Alibi für den Fall, daß James gefaßt wurde.

Auf der Fahrt zum Haus, so James, hätte Betty ihm Anweisungen erteilt, wie er das Verbrechen ausführen solle. »Sie sagte mir, ich solle Schubladen herausziehen und es wie einen Einbruch aussehen lassen.«

Sie hätte ihn durch die Garage mit ins Haus genommen, ihm das Schlafzimmer des Arztes beschrieben und wäre dann gegangen.

»Ich habe gewartet und gewartet ... und das Telefon hörte nicht auf zu klingeln. Ich wurde unruhig und nervös und wollte weg. Ich hatte ihn nicht gehört und war im Begriff zu gehen.«

Endlich tat James das, was er in den vorherigen Aussagen nicht hatte tun wollen – er gestand, Jack Wilson getötet zu haben. Aber noch immer diente er in der Darstellung des Mordes seinen eigenen Zwecken – er ließ es eher als einen Fall von Notwehr denn als Totschlag dastehen.

»Wir standen einander gegenüber. Er hat mich gepackt und rief etwas. Ich bin ausgeflippt. Wir haben gerungen. Ich habe mich vorgebeugt, etwas gegriffen und auf ihn eingeschlagen, bis er mich losließ.«

Zum Zeitpunkt der Anhörung hatten Hooper und

Sandlin noch nicht den Autopsiebefund in der Hand. Sie konnten James' Darstellung, daß er sich nur gegen Jack Wilsons Angriff verteidigt hatte, nicht mit dem Argument angreifen, daß er Jacks Schädel neunmal mit dem Baseballschläger eingeschlagen, seine rechte Hand zerschmettert, ihm beide Arme und das Schlüsselbein gebrochen hatte, ihn gewürgt hatte, bis das Zungenbein in seiner Kehle brach, und dann zweimal auf ihn eingestochen hatte, wobei er beim zweiten Mal die Messerklinge sägend hin- und herbewegt und gedreht hatte.

Aber Charlie Hooper fiel eine Ungereimtheit auf, die irgendwie in dem ansonsten sorgfältig präparierten Geständnis auf Band dringeblieben war. An einer Stelle hatte James beschrieben, wie er zu Fuß aus dem Haus durch den Wald geflüchtet war. An einem späteren Punkt erzählte er, Betty Wilson sei zum Haus zurückgekehrt und habe ihn nach dem Mord abgeholt.

Hooper wandte sich an Mickey Brantley und sagte: »Sind Sie sich noch anderer Widersprüche in der Aussage bewußt, die dieser Mann Ihnen oder anderen befugten Personen gegenüber gemacht hat?«

Brantley sah einen Moment lang nachdenklich aus, dann sagte er: »Ich glaube, an einer Stelle sagt er, daß er Handschuhe trug, als er ins Haus ging, und an anderer, daß er das vielleicht doch nicht tat.«

Richter Younger akzeptierte die Mordanklage gegen beide Schwestern, setzte Peggys Kaution mit hundertfünfzigtausend Dollar fest und entschied, daß Betty nicht gegen Kaution freigelassen würde. Da die Zwillinge nicht der Verschwörung angeklagt waren, hatten sie das Recht, in Alabama getrennt verhandelt zu werden, und ihre Anwälte beharrten darauf, dieses Recht auszunutzen. Nach allgemeiner Auffassung ist es für die Staatsanwaltschaft viel schwerer, die Schuld eines einzelnen festzustellen, als mit dem großen Pinsel einen Fall gemeinsamer Schuld zu zeichnen. In dem Moment, als die Anhörung vorbei war, waren die Zwillinge und ihr Schicksal getrennt. Sie traten auf unterschiedlichen Wegen zur Verhandlung an.

Nach der Anhörung umlagerten die Reporter auf den Fluren Mo Brooks.

»Haben Sie James White einen Handel angeboten?« rief einer.

»Was gewinnt White dabei?« fragte ein anderer.

Mo Brooks hob eine Hand, damit Ruhe eintrat, und schüttelte ernst den Kopf. »Wir haben Mr. White keine Garantien gegeben, aber wir haben ihm gesagt, daß immer die Möglichkeit zu weniger harten Urteilen besteht.«

»Hängt Ihr Fall nicht völlig von diesem Mann ab?« fragte ein Reporter.

Brooks sagte: »Der stärkste Beweis in diesem Fall ist seine Logik. Warum sollte ein Mann aus Shelby County nach Huntsville kommen, dieses Haus aussuchen, nichts mitnehmen und einen Arzt von solcher Prominenz töten, wenn nicht jemand anderer ihn dazu gebracht hat? Es gibt keine andere Erklärung für das, was er getan hat, außer die Bezahlung.«

»Sehen Sie«, sagte Brooks und hielt einen langen Finger hoch in die Kamera. »Erstens. Betty Wilson dachte, daß sie die einzige Nutznießerin von Jack Wilsons Testament wäre.« Er hielt einen zweiten Finger hoch. »Zweitens. Sie hatte Affären.«

Er machte eine dramatische Pause.

»Zählen Sie das zusammen … und Sie haben ein Motiv.«

Er schloß die Hand zu einer Faust über seinem Kopf.

Inzwischen wußte die Staatsanwaltschaft schon eine Sache über Jack und Betty, die Mo Brooks in seinem Pamphlet gegen Betty vergessen hatte zu erwähnen. Wochen vor seinem Tod hatte Jack Wilson versucht, den Papierkram zu einer neuen Lebensversicherung zu bewältigen, die Betty im Falle seines Todes eine Million Dollar ausgezahlt hätte. Alles, was noch fehlte, waren ihre Sozialversicherungsnummer und ihre Unterschrift.

Sie war zu beschäftigt gewesen, sich darum zu kümmern. Nach seinem Tod fand die Polizei die Versicherungspolice in einem Stapel von Sachen auf Bettys Nachttisch, und gelbe Haftzettel wiesen sie darauf hin, wo sie unterschreiben und ihre Sozialversicherungsnummer eintragen sollte. Ein seltsames Versehen für eine gierige Mörderin.

Aber es war die Zeit des Medienkriegs, und niemand gab der Presse etwas preis, wenn es dem eigenen Interesse nichts nützte.

In diesem Kampf war Mo Brooks eindeutig der Gewinner. Die Fernsehberichte an diesem Abend und die Schlagzeilen der Zeitungen am nächsten Morgen überschlugen sich vor Sex und den Andeutungen finsterer Skandale unter den Reichen und Berühmten. In den folgenden Tagen und Wochen strömten Reporter aus dem ganzen Land nach Huntsville, um von dieser köstlichen Quelle zu nippen.

Die *Huntsville Times* titelte WHITES GESTÄNDNIS: ER TÖTETE AUS LIEBE, und eine Woche später folgten die Schulabgangsbilder von Betty und Peggy auf Seite 1 unter der Schlagzeile BETTY WILSON BEGANN FRÜH ›JEMAND‹ ZU SEIN.

Die Zeitschrift *People* schrieb PLAN DER WITWE? EIN MÖRDER AUS ALABAMA BEZEICHNET ZWILLINGE ALS AUFTRAGGEBER.

The Washington Times: DOPPELTER ÄRGER FÜR ZWILLINGE. ALABAMA-ZWILLINGE HABEN MIT MORD ZU TUN.

The New York Times: VON MAGNOLIEN, LEIDENSCHAFT UND MORD.

Der Fall entwickelte sich zu einer ganz großen Sache, und noch immer gab es kein Abkommen mit James. Die Wahrscheinlichkeit wurde auch immer geringer, je öfter Mo Brooks vor die Kameras trat und erklärte, daß James keine Sonderbehandlung erwarten konnte.

Mitte Juni brauchte Mo Brooks Nägel mit Köpfen. Roy Miller erhielt den Hinweis, daß die Zeit reif war. Am 15. Juni 1992 setzten sich James Dennison White und sein Anwalt an den langen Tisch im Raum der Grand Jury im Madison-County-Gericht. Wenig später gesellte sich Mo Brooks zu ihnen, mit ihm Mickey Brantley, ein Polizist aus Huntsville namens Bill Payne und ein Sheriff als Wache für James.

Für Roy Miller war das ein heikler Moment. Beide Seiten konnten schwere Geschütze auffahren. Mo Brooks konnte aufstehen, James White den Rücken kehren und ihn in den Tod gehen lassen. Oder er konnte ihm erlauben weiterzuleben. Es lag alles in einem Füllfederstrich.

Aber auch James Dennison White verfügte über eine mächtige Waffe. Ohne ihn gab es praktisch keinen Fall.

Während Brooks öffentlich eine zuversichtliche Miene zeigte, wußte er nur zu gut, daß die Zeit nicht für ihn arbeitete. Es gab noch immer nicht den leisesten Beweis dafür, daß die Zwillinge mit dem Mord an Jack Wilson zu tun hatten. Wochenlanges verbissenes Suchen der Polizei hatte nicht eine Überweisung, nicht eine Notiz, keinen Brief, keinen Zeugen, kein Tonband, keine Nummer auf einer Rechnung, nicht den Hauch eines Beweises erbracht – außer der Aussage von James Dennison White –, der die Frauen in irgendeiner Weise belastete. Je länger die Beweissuche andauerte, desto haltloser wurden James' Aussagen. Das einzige, was im Moment den Staat unterstützte, war die öffentliche Meinung, aufgepeitscht durch die Medien.

Das war allerdings zwiespältig. Es konnte Brooks helfen oder ihn zerstören. James Dennison White mochte gerissen sein, aber er konnte auch verrückt sein. Wenn er aus irgendeinem Grund entschied, nicht mitzuspielen, dann müßte Mo Brooks, der sich in ein paar Monaten zur Wahl stellte, vor die Presse gehen und sagen, er werde die Hexe Betty Wilson und ihre Komplizin Peggy Lowe freilassen.

Tim Morgan hatte bereits gesagt, er wolle sie auf dem elektrischen Stuhl sehen. Wenn Mo Brooks es zuließ, daß die Zwillinge ihm durch die Finger schlüpften, hätte Tim Morgan gewonnen, und das wußte jeder, der an diesem Tag im Raum der Grand Jury saß.

Beide Seiten verfügten über starke Waffen. Keine konnte sich zurückziehen.

Der erste Tagesordnungspunkt war, was James für den Staat tun mußte. James erfuhr, daß der Handel – so die Notizen des Bezirksanwalts und seiner Leute – nur dann zustande kam, wenn die Beweise, die er beibringen konnte, zur Verurteilung beider Zwillinge führten. Außerdem wurde ihm gesagt, daß er die Wahrheit sagen mußte. Er erfuhr auch, daß die Beweise, die er vorlegte, einer Überprüfung standhalten müßten. Wenn er – beispielsweise im Kreuzverhör vor Gericht – auch nur einen Rückzieher machen würde, was die Beweise anging, wäre der Handel ungültig.

Mit anderen Worten: Der Staat zielte mit seiner Waffe auf James und sagte: Du mußt beide Zwillingsschwestern auf den elektrischen Stuhl bringen, und du mußt, einmal vor Gericht, unbedingt an deiner Geschichte festhalten.

Dann fragte Roy Miller, was der Staat als Gegenleistung für seinen Klienten zu tun gedenke.

Mo Brooks sagte, er würde James zugestehen, daß er sich des heimtückischen Mordes schuldig bekenne und dafür lebenslänglich ohne Bewährung ins Gefängnis komme.

Es gibt kein Protokoll darüber, wie Mo Brooks' Angebot

aufgenommen wurde. Aber wo die Mitschriften wieder einsetzen, zeigen sie, daß James' Team in Mickey Brantley einen neuen Verbündeten gewonnen hatte. Anscheinend um den Handel zustande kommen zu lassen, setzte Brantley sich dafür ein, daß James sich des einfachen Mordes für schuldig bekennen solle, nicht des heimtückischen Mordes. Nach dem Gesetz und den Bewährungsauflagen von Alabama würde das James erlauben, das Gefängnis möglicherweise nach sieben Jahren oder weniger wieder zu verlassen.

Das war nicht nur ein ›Abkommen‹. Wenn man die besondere Brutalität des Mordes und die Tatsache in Betracht zog, daß James für Geld getötet hatte, erfüllte sein Fall alle Kriterien des Kapitalverbrechens. Wie man das Gesetz auch immer auslegen mochte, seine Strafe hätte in jedem Fall immer die Todesstrafe sein müssen. Lebenslänglich ohne Bewährung wäre ein Spaziergang für James gewesen. Was Brantley vorschlug, war ein Walzer.

Und Brooks, der sich in der Öffentlichkeit so standhaft gegeben und immer wieder gegen ein Abkommen mit James gestimmt hatte, gab nach. James durfte sich des einfachen Mordes schuldig bekennen, selbst wenn das bedeutete, daß er für den Mord an Jack Wilson weniger Zeit im Gefängnis verbringen würde als andere Leute wegen wiederholten Betrugs.

Es war gut. Aber es war nicht genug. James wollte das nach wie vor schriftlich haben.

Irgendwann schickte man nach einer Schreibmaschine. Als sich die Türen des Grand Jury-Raumes am Ende des Tages schließlich öffneten und James White in Begleitung seines lächelnden Anwalts herauskam, waren sie im Besitz eines sauber getippten Vertrages, der von Mo Brooks unterschrieben war und James White einen weit besseren Handel zusicherte, als er sich je hätte träumen lassen. Mit einem Preis. Es war seine Sache, allein seine

Sache, Betty Wilson und Peggy Lowe auf den elektrischen Stuhl zu bringen.

Im Zuge des Prozeßverlaufs erklärten die Anwälte der Zwillinge wiederholt den Geschworenen, daß sie in ihrer gesamten Gerichtslaufbahn noch nie etwas Derartiges erlebt hätten, daß ein Bezirksanwalt von Alabama seinen Namen unter einen schriftlichen Vertrag gesetzt hätte wie den, den James White erhalten hatte. Zusätzlich zu der Tatsache, daß es sich um einen schriftlichen Vertrag handelte, betonten die Anwälte immer wieder, wie er zustande gekommen sei und was er tatsächlich besage. Es war, so der Verteidiger, ein Abkommen, in dem James White versprach, in jedem Fall an all den Lügen festzuhalten, die der Staat von ihm hören wollte. Wieder und wieder verlangten die Verteidiger, den Fall neu anzusetzen und ein vergleichbares Abkommen nicht zuzulassen.

Jedesmal erwiderte die Anklage, der Vertrag verlange von James, die Wahrheit zu sagen, nicht zu lügen, und daß nichts Verdächtiges oder Illegales darin liege, das Ganze schriftlich zu fixieren.

Für den Staatsanwalt war es nichts Besonderes, mit einem Angeklagten ein Abkommen zu schließen im Austausch für die Zusammenarbeit, die einen Prozeß gegen jemand anderen zustande kommen ließ. Diese Praxis ist nicht nur üblich, viele Leute, die mit dem Rechtssystem vertraut sind, sagen, ohne solche Abkommen würde das ganze System zum Stillstand kommen. Es liegt in der Natur des Verbrechens, insbesondere der Verschwörung, daß nur die Beteiligten die ganze Geschichte kennen. Um den Ring aufzubrechen und an die Wahrheit zu kommen, müssen Polizei und Staatsanwalt Abkommen schließen, wie verabscheuungswürdig der Vorgang auch sein mag.

Es gab auch keine Beweise dafür, daß von offizieller Seite aus der Handel geschlossen wurde, um in einer Intrige gegen die Wahrheitsfindung zusammenzuarbeiten. Polizei und Staatsanwälte sind wie Ärzte, Feuerwehrleute, Soldaten, Krankenschwestern, Pfarrer. Jeden Tag kommen sie an einen Kreuzweg, wo nur ihre guten Absichten ihnen sagen, welchen Weg sie einschlagen müssen. Es liegt in der Natur ihres Berufes, daß von ihren Entscheidungen Leben und Tod abhängen. Sie müssen Entscheidungen treffen. Es können nicht immer die richtigen sein.

Was im Falle des Abkommens mit James Dennison White auffiel, war die schriftliche Fixierung. Er hatte von Anfang an darauf bestanden. Es handelte sich dabei um eine sehr unübliche Praxis, die Mo Brooks heftiger politischer Kritik aussetzte und den Staat erst angreifbar machte und später der Lächerlichkeit preisgab. Aber James bekam seinen Willen. Die Existenz eines schriftlich fixierten Abkommens belegte, wie fest James das Ruder in der Hand hatte.

Von dem Moment an war James die wichtigste Person des Prozesses. Als jemand, der sein Leben in Anstalten und Gefängnissen verbracht hatte, wußte er ganz genau, was das bedeutete und was er verlangen konnte, und er fing sofort an, Forderungen zu stellen.

Als Gegenleistung für seine fortwährende Zusammenarbeit mit der Polizei und der Staatsanwaltschaft wurde James zur Vertrauensperson im Madison County-Gefängnis gemacht. Als solcher stand es ihm relativ frei, die Einrichtungen des Gefängnisses, auch die Bibliothek und zeitweise sogar die Büros der Gefängnisbeamten, zu besuchen. Er durfte nicht nur seine Familie in Vincent anrufen, sondern Leute im ganzen Land.

James unterlag weitaus weniger strengen Sicherheitsauflagen als alle anderen Gefangenen. Chief Deputy Charlie Norment wußte, daß er sich um James keine Sorgen machen mußte.

James hatte einen Handel laufen. Er war glücklich. An

diesem Punkt würde James nichts tun, um seine Stellung zu gefährden.

In den Wochen nach der Entscheidung gingen Freunde von Peggy und Wayne Lowe aus Talladega und Vincent, viele von ihnen Mitglieder ihrer Kirche, zu einem Bürgschaftsverwalter und belasteten ihre Häuser, um die Kaution für Peggy aufzubringen. Peggy wurde gegen Kaution freigelassen und durfte nach Hause gehen.

Betty wurde aus der Gemeinschaftszelle, in der sie vor der Anhörung untergebracht war, herausgeholt und in eine kleine, fensterlose Zelle im Obergeschoß in einer dunklen Ecke des Gefängnisses verlegt. Dieser Raum wurde normalerweise für Einzelhaft benutzt. Sie erhielt keine Erlaubnis, Sport zu treiben oder die Bibliothek zu nutzen. Der einzige Besuch, der ihr gestattet war, war der ihrer Anwälte.

Sie durfte die Anwälte auch nicht im Besuchszimmer des Gefängnisses empfangen – sie mußten sich auf die Eisenpritsche setzen, die fünfundsiebzig Prozent ihrer Zelle einnahm, und dort mit ihr sprechen. Die Vorderfront der Zelle war offen, so daß sie von den Wachen und vorbeikommenden Gefangenen beobachtet werden konnte, ob sie nun wach war oder schlief, aß oder die Toilette benutzte. Bei einer Gelegenheit sah sie James White vorbeigehen, ganz der Überlegene, und er sah sie an und zuckte ganz leicht mit den Achseln.

Meistens bewahrte sie die Fassung. Allenfalls nahm ihre harte Seite noch zu. Als ihr ein Treffen der Anwälte die seltene Gelegenheit bot, mit Peggy zu sprechen, sagte sie: »Mach dir um mich keine Sorgen, Schwester. Ich kann auf mich selbst aufpassen. Diese Kerle sind doch genaugenommen alles nur kleine Arschlöcher. Die wissen doch gar nicht, was sie tun und warum.«

Aber in den ersten Wochen der Gefangenschaft war sie leichter aus der Fassung zu bringen und machte den Fehler, sich das auch anmerken zu lassen.

Als in einer Nacht die Wache darauf bestanden hatte, sie zu demütigen, indem sie sie die ganze Zeit beobachtete, als die die Toilette benutzte, sagte Betty: »Ich verstehe nicht. Ich verstehe nicht, was Sie dazu bringt, sich mir gegenüber so gemein zu verhalten.«

Die Wache trat an das Zellengitter heran, umklammerte es mit beiden Händen und zischte: »Jede reiche, weiße Hexe, die einen Nigger fickt, verdient den Tod.«

Nicht lange nach der Anhörung, in der Betty eine Kaution verwehrt wurde, brachte Charlie Hooper ihr die Neuigkeit, daß ihr Fall von Peggys getrennt verhandelt werden würde und daß ihrer zuerst dran war.

Sie saßen auf der Pritsche, und kaum zehn Fuß entfernt saß eine Wache und beobachtete sie und paßte auf.

»Ich bin gekommen, um in Ruhe mit meiner Klientin zu sprechen«, sagte Hooper.

Der Deputy zuckte die Achseln und wandte sich ab, bewegte sich aber nicht vom Fleck.

»Was bedeutet das?« fragte Betty flüsternd.

»Das bedeutet, daß sie glauben, Sie seien das bessere Opfer. Die Medien haben es nicht geschafft, Peggy mit Dreck zu bewerfen.«

»Es gibt keinen.«

Hooper sah sie lange an.

»Oh, ich weiß«, lachte sie. »Bei mir gibt es jede Menge. Ich bin sicher, ich könnte ihnen noch Dinge erzählen, die sie bislang nicht rausgefunden haben.«

»Bitte nicht.«

Er erzählte ihr, er habe ein Gerücht über eine Frau gehört, die Frau eines Arztes und eine frühere Freundin von Betty. Ihr Ehemann hatte Selbstmord begangen. Es war zu erwarten, daß sie vor Gericht erscheinen und beschwören würde, daß Betty kurz nach dem Tod ihres

Mannes zu ihr gekommen sei und sie gefragt habe, ob sie tatsächlich ihren Mann umgebracht habe. Schlimmer noch, das Gerücht wollte es, daß die Frau sagen würde, Betty habe sie gefragt, ob sie ihr nicht ein paar Tips geben könne, wie man das macht.

»Ach so, Brenda«, sagte Betty, »Brenda Cerha, ja?«

»Ich weiß nicht.«

»Nun, sie muß es sein. Ich kann das alles erklären. Sie hatte zwei Ehemänner, die sich beide umgebracht haben. Einer hat sich in Zusammenhang mit irgendeiner schmierigen Sexgeschichte im Klo eines Motels erhängt. Der zweite hat sich das Gehirn weggeblasen, als er mit ihr im Bett war. Sie waren drogenabhängig. Er war Anästhesist.«

»Haben Sie ...?«

»Sie das gefragt? Nein, natürlich nicht.«

»Warum sagt sie wohl, Sie hätten das gefragt?«

»Sie haßt mich. Sie haßt mich wirklich. Sie war zu einer Entziehungskur im Krankenhaus. Ich habe mich in der Zeit um ihre kleine Tochter gekümmert.«

»Und?«

»Ich habe das kleine Mädchen zu einem A. A.-Treffen mitgenommen.«

»Und?«

»Ich habe dem Kind erzählt, daß ihre Mutter drogenabhängig ist.«

»Warum?«

»Charlie ... Es ist schwer, das jemandem zu erklären, der nicht dabei war. Kinder merken, daß etwas nicht stimmt, wenn ihr Vater sich das Gehirn rauspustet und die Mutter jeden Tag verschwindet. Sie müssen wissen, was los ist. Es ist grausam, ihnen das nicht zu sagen.«

Charlie Hooper stieß einen tiefen Seufzer aus. »Diese Geschichte mit den Drogen und so wird ziemlich hart.«

»Nun, ich bin runter davon, Charlie, ich erhole mich ...«

»Ich weiß, Betty, und Sie wissen es, aber so wird es nicht der Jury erzählt werden. Und dann Ihre Affären. Mo Brooks nennt Sie schon eine weltberühmte Hure.«

Sie saßen Schulter an Schulter auf der Pritsche und sahen beide bedrückt zu Boden.

Sie zuckte die Achseln. »Ich bin nicht weltberühmt.«

Beide kicherten.

»Jetzt ja«, sagte er.

Er sah lächelnd auf, aber das Lächeln verschwand von seinem Gesicht.

»Was ist los?« fragte sie. »Da ist noch etwas, stimmt's?«

»Nichts Gutes.«

Tränen traten ihr in die Augen. »Was ist los, Charlie?«

»Sandlin und ich haben einen Fulltime-Job, wenn wir Sie vertreten. Peggy braucht einen eigenen Anwalt. Aber dennoch brauchen Sie viel mehr als uns, um Sie zu vertreten. Ich bin nicht einmal Kriminalrechtler. Marc ist sehr gut, aber wir machen uns beide Sorgen wegen des Zeugen.«

»Sie meinen James White?«

»Ja.«

»Er sieht mir nach nichts aus. Seine Geschichte hat so viele Löcher ...«

»Der Punkt ist, Betty, daß er den Staat Alabama auf seiner Seite hat. Sie sind da und stärken ihm den Rücken, sagen ihm, was er zu tun hat. Tatsächlich *ist* James Dennison White jetzt in dem Moment der Staat Alabama. Das ist eine Menge, gegen die wir anzutreten haben.«

»Sie stehen auf meiner Seite, Charlie. Marc ebenso. Ich vertraue Ihnen beiden, daß Sie tun, was getan werden muß.«

»Ja, Betty, aber hören Sie zu, Sie brauchen jemand ganz Großen, und das wird nicht billig werden.«

»Ich habe Geld.«

Er schwieg.

»Oder nicht?« fragte sie.

Der Besitz umfaßte 3,8 Millionen Dollar in Aktien und Staatspapieren, weitere 1,2 Millionen Dollar Ersparnisse, siebenhunderttausend Dollar Grundbesitz ohne Boulder Circle. Mit dem Haus, einer kleineren Lebensversicherung und ihrem Bargeld besaßen die Wilsons mehr als 6,3 Millionen Dollar. Von diesem Betrag waren nur 2,7 Millionen auf Jacks Namen eingetragen. Der Rest – 3,6 Millionen – lief auf ihrer beider Namen, was bedeutete, daß Betty sofortigen Zugang dazu hatte, noch ehe das Testament vollstreckt wurde. Es war ihr Geld.

Aber es ging etwas vor. Es mochte mit dem Medienrummel begonnen haben. Nur wenige Tage, nachdem die *New York Times* und *People* ihre Artikel veröffentlicht hatten, hatte Hollywood angefangen, Mitglieder der Wilson-Familie anzurufen, um die Geschichte der Zwillinge für den Film zu kaufen. Wie immer in so einem Fall waren die Anfragen aufdringlich und konkurrierten miteinander, wobei verschiedene Produzenten die Rechte der Geschichte zu blockieren suchten, um andere Produzenten auszuschalten.

Meistens erscheint dann ein Produzent mit dem besten Angebot, mit großen Plänen, wie er die Geschichte bringen will, vielleicht schon mit einem Star, der die Hauptrolle spielen soll, und mit den Namen von Sponsoren, die in den Film investieren wollen. Dieser Produzent ist dann der, der in der Lage ist, zu einer Fernsehanstalt zu gehen und die Versicherung zu bekommen, daß, wenn der Film wie versprochen abgedreht ist, der Sender ihn kaufen und senden wird.

In diesem Fall – wie in den meisten Fällen – hatten einige der Produzenten, die sich um den Stoff rissen, verschiedenen Familienmitgliedern erzählt, daß sie, wenn sie ihnen die Rechte nicht zugestanden, andere Familienangehörige deswegen ansprechen wollten. Gleichzeitig befragte Mickey Brantley natürlich Familienangehörige und erklärte ihnen dabei seine Theorie, wie Betty den brutalen Mord an Jack inszeniert habe.

Bettys Söhne aus erster Ehe – Bo, Dink und Trey – hatten von Hooper erfahren, daß ihre Mutter verletzt wäre, wenn sie sich auf irgend etwas einließen, bei dem sie von Jacks Tod profitieren würden. Aber Hooper brauchte ihnen das nicht erst zu sagen – sie hatten kein Interesse daran, mit den Leuten aus Hollywood zu reden.

Jacks Söhne – Scott, Perry und Stephen – waren in einer anderen Situation. Sie hatten Betty nie nahegestanden. Recht bald nach dem Mord waren sie zu der Überzeugung gelangt, daß Brantleys Version die Wahrheit war. Sie hatten sogar einen prominenten örtlichen Anwalt angeheuert, Joe Ritch, damit er ›die Staatsanwaltschaft unterstütze‹ – eine alte Südstaatentradition, nach der Leute, die es sich leisten können, einen privaten Anwalt engagieren, um die Ermittlungen gegen den Angeklagten voranzutreiben. Meist hat der private Anwalt die Aufgabe, den Bezirksanwalt daran zu erinnern, daß es Leute gibt, die ihm über die Schulter schauen und die es bekannt werden lassen, sollte er seine Aufgabe nicht richtig wahrnehmen. Ritch, ein Zivilrechtler, sollte außerdem die finanziellen Interessen von Jacks Söhnen vertreten.

Jack hatte in seinem Testament für Scott und Stephen vorgesorgt, aber nur in der Größenordnung, wie er auch Bettys Söhne bedacht hatte, und ihrer aller Erbe war Bettys untergeordnet. Jack hatte Perry ausdrücklich aus seinem Testament ausgeschlossen, weil er und Perry immer wieder Streit über Geld und andere Dinge gehabt hatten.

Bald nach dem Mord an Jack informierte jemand Jacks Söhne, daß weder Betty noch ihre Erben erbberechtigt seien, falls sie bei dem Mord an Jack die Hände im Spiel gehabt hätten. Wenn sie Zugriff auf seinen Besitz hatte, könnte ein wesentlicher Teil des Geldes für ihre Verteidigung draufgehen. Falls sie freikam, könnte sie später entscheiden, ihren eigenen Söhnen einen noch größeren Anteil zu hinterlassen, als Jack geplant hatte.

Da Jacks Söhne glaubten, Betty sei verantwortlich für den Mord an ihrem Vater, war es verständlich, daß sie versuchten, ihr jeden Zugriff auf das Geld zu verwehren. Das Anheuern von Ritch war Teil der allgemein anerkannten Strategie, genau das zu tun.

Joe Ritch befand sich in einer interessanten Position. Es war seine Aufgabe, zum Wohle seiner Klienten, Jacks Söhnen, das Vermögen vor Betty zu schützen. Es war auch seine Aufgabe, der Staatsanwaltschaft dabei zu helfen, Betty des Mordes zu überführen, was zur Folge hätte, daß das Geld vor ihr sicher wäre.

Er tat noch mehr. Da Jacks Söhne sich auf die Seite der Staatsanwaltschaft stellten und sich als Opfer des Verbrechens sahen, war es nicht schlecht für sie, die Filmrechte zu verkaufen. Eines der ersten Dinge, die Joe Ritch für sie tat, war, ihnen dabei zu helfen, die Bedingungen festzulegen, daß sie die Rechte an Produzent Larry Thompson vergaben, der seinen Film an CBS verkaufen konnte.

Weil andere Produzenten in der Stadt waren, die schworen, sie würden sich wegen der Filmrechte an andere Familienmitglieder wenden, falls Jacks Söhne nicht mitmachten, war es in Ritchs Augen sinnvoll, so schnell er konnte, das beste Abkommen zu treffen.

Die Geschichte der Zwillinge stellte einen ungewöhnlichen Reiz für Hollywood dar. Normalerweise war es so, daß, wenn ein Produzent zu einer Vereinbarung über den Film gekommen war, die anderen sich zurückzogen. Gewöhnlich ist die Folge – wenn es sich nicht um einen Fall wie den von Amy Fisher, der ›Long Island-Lolita‹ handelte, die der Frau ihres Liebhabers ins Gesicht schoß, eine Geschichte, die in phänomenalem Ausmaß das Interesse der Medien geweckt hatte –, daß es nur einen Film gibt.

Wer immer den Coup landet, erhält den ganzen Kuchen, und die anderen machen sich auf, um woanders ihr Glück zu versuchen.

Aber in diesem Fall hatte ein zweiter Produzent vor den Medien verkündet, daß er von ABC die Zusage für einen Film über die Zwillinge habe, jedoch ohne Rechte an der Geschichte, die einfach auf den Nachrichtenberichten, Gerichtsreportagen, Zeitungsartikeln und anderen öffentlichen Quellen basiere. Falls beide Filme gedreht würden, gäbe es zwei Fernsehfilme über die Alabama-Zwillinge.

Niemand konnte ahnen, wie groß der Effekt der miteinander wetteifernden Fernsehproduzenten auf die frühe Formierung feindlicher Lager innerhalb von Jacks und Bettys ausgedehnter Familie sein sollte. Ein weiterer Schachzug der Anti-Betty-Fraktion war die Anordnung, der sich die Bank als Vermögensverwalter anschloß, daß Betty und Peggy keinerlei Anteil an den Einnahmen eines solchen Films haben sollten. Es war eine leere Geste, da weder Betty noch Peggy, noch ein Mitglied ihrer Familie, noch ihre Anwälte auch nur einen Anruf der Filmproduzenten, die sie verfolgten, angenommen hätten.

Aber irgendwo in diesem irren Strudel von Ereignissen hatte jemand die Vorstellung, daß jemand anderer durch Jacks Tod reich wurde. Neid und Sorge, die durch diesen Gedanken angestachelt wurden, reichten aus, schnell eine tiefe Kluft zwischen den gegnerischen Parteien aufzureißen, die nie mehr zu überbrücken war.

Bettys und Peggys Anwälte standen machtlos da, konnten den Sturm nicht besänftigen und mußten hilflos mit ansehen, wie Joe Ritch und Anwälte der Bank handelten, um jeden Pfennig zu blockieren, auf den Betty hätte ihre Hand legen können.

Nichts – nicht einmal der Teil, der ihr gehörte – konnte von irgend jemandem beansprucht werden, solange der

Mahlstrom des Gesetzes nicht überwunden war, was im Klartext hieß, daß das Geld für Jahre unantastbar blieb.

Charlie Hooper war ins Gefängnis gekommen, um Betty zu sagen, daß sie kein Geld zur Verfügung hatte, mit dem sie eine Verteidigung hätte aufbauen können. Er konnte das Gericht wahrscheinlich dazu überreden, ihm ein Gehalt zu zahlen, da Betty das Recht auf einen Pflichtverteidiger hatte. Aber Hooper, der seine Kanzlei geschlossen hatte und Tag und Nacht unermüdlich an ihrem Fall arbeitete, war davon überzeugt, daß sie für den Prozeß schwerere Geschütze auffahren mußte. Sie brauchte einen Verteidiger, der so überwältigend war, daß er oder sie es sich leisten konnte, umsonst zu arbeiten, nur für das Versprechen, daß eines Tages, wenn das Vermögen freigegeben war, vielleicht so viel übrigblieb, daß eine Bezahlung nachgeholt werden konnte.

»Wie hoch ist die Wahrscheinlichkeit, daß wir jemanden von der Art finden?« fragte sie.

Er zuckte die Schultern. »Sie haben nur eine Sache anzubieten«, sagte er, »und das ist eine große Publicity. Wenn wir also jemanden finden können, der nur wegen der Publicity arbeitet, sind wir fein raus.«

»Es ist ernst, nicht wahr, Charlie?«

»Ja, Betty. Es geht um ein Kapitalverbrechen. Wenn wir verlieren …«

»Was ist, wenn wir verlieren?«

»Wissen Sie, dann müssen Sie womöglich auf den elektrischen Stuhl.«

Ihr Gesicht verriet alles. Sie hatte es gewußt, irgendwo am Rande ihres Bewußtseins. Es war keine Überraschung. Aber noch niemand hatte es vorher ihr gegenüber laut ausgesprochen.

SIEBEN

James White fielen ständig neue Dinge ein.

Kurz nachdem sein Geständnis vor Gericht vorgespielt worden war, erinnerte sich James, warum er die Pistole nicht zum Ort des Verbrechens mitgenommen hatte. Er sagte, er hätte sich entschieden, keine Pistole zu benutzen, weil er in Vietnam eine Kriegsneurose erlitten habe und nun Angst vor Waffen hätte. Anscheinend hatte er die Kriegsneurose vergessen, als er die Zwillinge um eine Waffe gebeten hatte.

Die Berichterstattung der Medien wendete sich überwiegend gegen Betty. Man verweilte genüßlich bei ihrer ›Vorliebe für Männer‹, wie ein Artikel es ausdrückte. Das einzige, was für die Sache der Zwillinge sprach, war die Beweislage. Spät erst wurden einige Reporter darauf aufmerksam, daß es nicht das Fitzelchen eines Beweises gab, der James Whites Behauptungen gestützt hätte.

In einer Pressekonferenz vor dem Gericht fragte ein Reporter Mo Brooks, was aus den Kleidern geworden sei, die der Mörder getragen hatte. Die Beweislage weckte bei den Medien Skepsis an der offiziellen Geschichte.

Ende Juli bestellte James White Mickey Brantley in das kleine Büro, das James gelegentlich im Madison County-Gefängnis benutzte, und berichtete ihm, ihm sei plötzlich eingefallen, welche Kleider er am Tage des Mordes getragen und was er anschließend mit ihnen gemacht hatte. Er gab an, er habe ein Paar Blue jeans mit einer Goldprägung hinten und an den Seiten getragen und dazu ein Baumwollhemd.

Er sagte, nach dem Mord hätte er die Kleidungsstücke in eine weiße Plastiktüte gesteckt. Er sagte, er hätte auch die Mordwaffe in die Tüte getan und sie an diesem Tag mit sich zur Arbeit genommen – ein drei Fuß langes Hanfseil. Er erinnerte sich erstmals daran, daß er vorgehabt hatte, den Doktor zu erdrosseln.

Aber der beste Teil seiner plötzlichen Eingebung war der: Er erinnerte sich daran, die Tüte unter einem bestimmten Stein in Betty Wilsons Hintergarten versteckt zu haben.

In dem fieberhaften Rummel, der nach dieser Enthüllung entstand – Scheinwerfer, Kameras, mitternächtliche Suche, wilde Szenen vor Gericht, Pressekonferenzen –, kam niemand auf den Gedanken zu fragen, was James Dennison White denn dann auf dem Heimweg getragen hatte, wenn er seine Kleider doch in Bettys Garten vergraben hatte. So aufgepeitscht war damals die Stimmung, daß es niemandem auffiel, daß James White doch nach eigener Aussage im Auto vom Tatort weggebracht worden war, wo er auf dem Rücksitz von Bettys BMW unter einer pinkfarbenen Plastiktüte gelegen hatte, wohl kaum nackt. Dann stieg er um 18 Uhr 40 auf dem Parkplatz des Einkaufszentrums aus ihrem Auto in seinen Pickup und fuhr durch halb Alabama.

Am Abend dieser Enthüllung erschienen Mickey Brantley und eine Handvoll Polizeibeamter aus Huntsville auf der Szene, begleitet von dem üblichen Medientroß mit Scheinwerfern, Kameras, Lastwagen und Leihautos. In ein paar ernsten, spannungsvollen Worten kündete Brantley an, daß eine größere, vielleicht entscheidende Wende in dem Fall bevorstehe. Dann trat er in den Garten und ging mehr oder weniger direkt auf einen großen flachen Felsen zu, der am Abhang unterhalb des Swimming pools lag. Nachdem er den Felsen sorgfältig angehoben hatte, wühlte er eine Tüte hervor.

Sie war schwarz, nicht weiß. Aber darin lagen sauber gefaltet die Hosen, die James beschrieben hatte. Bei ihnen, ebenfalls sauber gefaltet, ein Baumwollhemd und ein

Stück Hanfseil. Trotz vieler Regenschauer, die seit dem Mord das Gebiet überzogen hatten, war die Kleidung bemerkenswert sauber, fast wie frisch gewaschen. Mit Sicherheit war kein Zeichen von Blut an den Kleidungsstücken.

Keiner der Reporter, die an diesem Tag der Ausgrabung der Mordkleidung beiwohnten, fragte Brantley nach der erstaunlichen Sauberkeit der Kleidungsstücke. Einige von ihnen waren bereits bei dem Spektakel mit dem Spürhund dabeigewesen, aber niemand fragte, wie Zeke die Blue jeans mit der Goldborte und das Baumwollhemd hatte übersehen können, die praktisch auf der Erde am Ende des Grundstücks gelegen hatten.

Es war Mickey Brantleys großer Tag. Jetzt hatten sie alles. Sie hatten James Whites Geschichte. Sie hatten die Kassenbelege aus dem Einkaufszentrum. Sie hatten das Motiv (sie hatte gedacht, sie wäre die einzige Erbin, und sie hatte Affären gehabt). Und jetzt hatten sie auch sichtbare Beweise – die Kleidung, die der Mörder getragen hatte, unter einem Fels versteckt, nur ein paar Meter von der Mordszene entfernt gefunden.

Peggy Lowe hatte seit langer Zeit nicht eine einzige gute Nachricht mehr gehört. Die Furcht und das Gewicht der polizeilichen Untersuchung machten es ihr schwer, den Alltag zu ertragen. Ihre Freunde, Glaubensgenossen und Kollegen an der Schule taten, was sie konnten. Die Schulbehörde in Vincent erklärte, man könne nicht erlauben, daß sie weiter mit Kindern arbeite, aber sie fanden im Verwaltungsbüro eine Aufgabe für sie, Reportern gegenüber vage als ›Beratungsstelle‹ beschrieben. Es war für eine so kleine Schulbehörde, die nicht mal die Regale in den Klassen finanzieren konnte, ein mutiger und teurer Schritt, eine neue Position für Peggy zu schaffen, nur damit sie ihr Gehalt behielt. Aber in den Bezirksbüros hielt sich der Eindruck, daß diese schreckliche Sache Peggy Lowe und ihre Schwester irgendwie deshalb betraf, weil Peggy in der Schule arbeitete, James White dort kennengelernt hatte und ihn angeheuert hatte, damit er ein paar Arbeiten in ihrem Klassenzimmer übernahm. Der Bezirk wollte tun, was er konnte, um zu helfen.

Keinen Augenblick lang hielten die Leute in Vincent, die Peggy Lowe kannten, sie für schuldig.

Aber die Nachrichten aus Huntsville wurden schlechter und schlechter. Peggy und Wayne waren wie vor den Kopf geschlagen, als Jacks Söhne sich auf die Seite von Mo Brooks stellten. Als die Gegenseite es dann schaffte, Bettys ganzes Geld einzufrieren, so daß sie sich keinen teuren Anwalt leisten konnte, wurden Wayne und Peggy wirklich ängstlich.

Bislang hatte die ganze Geschichte wie ein schrecklicher Alptraum gewirkt, der sich in ihre Realität geschlichen hatte, als käme er aus einer anderen Dimension. Tief im Innern hatten sie daran geglaubt, daß er vergehen würde; die Sonne würde hervorkommen und jeder plötzlich sehen, was für ein verhängnisvoller Fehler da gemacht worden war.

Marc Sandlin, der Kontakt zu Peggy pflegte, solange sie noch keinen eigenen Anwalt hatte, hatte sie vor dieser Art Optimismus gewarnt. »Das wird ein langer, harter Kampf werden«, sagte er.

Ein Freund, der Erfahrungen mit Großstadtpolitik hatte, sagte dasselbe: »Die Wahrheit spielt keine Rolle, Peggy. Die Leute haben öffentlich Position bezogen, und nun sind sie festgenagelt. Von jetzt an geht es nur darum, wer gewinnt, und jeder wird alles daransetzen, daß er nicht der Verlierer ist. Hier steht zuviel auf dem Spiel. Keiner kann es sich leisten, einen Rückzieher zu machen, nicht mal um einen Schritt, selbst wenn er in seinem tiefsten Herzen zu der Erkenntnis kommt, daß er einen Fehler gemacht hat. Wer verliert, verliert alles.«

Betty und Peggy waren beunruhigt, als die Anwälte ihnen nahelegten, vor Gericht darum zu bitten, daß der Prozeß an einen anderen Ort verlegt würde, wo die öffentliche Berichterstattung nicht so intensiv war.

»Ich denke, sie glauben, daß der Boden in Huntsville für dich schon zu verseucht ist«, sagte Peggy am Telefon zu Betty.

»Möglich«, antwortete sie. »Aber ich bin nicht sicher, wie gut ein Großteil meines Lebens in Boondocks, Alabama, ankommen wird.«

»Ich denke, wir müssen ihnen in dieser Hinsicht vertrauen, Betty.«

Bettys Stimmung hob sich im Oktober, als das Gericht verkündete, es komme dem Antrag der Verteidigung auf eine Verlegung des Prozesses nach, und entschied, den Prozeß nach Tuscaloosa im Westen von Alabama zu verlegen. Ein Gerichtstermin wurde für Ende Februar 1993 anberaumt.

»Tuscaloosa«, murmelte Betty. »Sieht so aus, als hätte ich viel Zeit damit verbracht, mich von Orten wie Tuscaloosa fernzuhalten.«

Peggys Herz schlug schneller, als Sandlin anrief und ihr sagte, daß er endlich einmal gute Nachrichten habe.

»Sehr gute Nachrichten«, sagte er.

»Was?«

»Raten Sie mal, wer zugestimmt hat, zu unserem Team zu stoßen und Betty zu verteidigen?«

»Wer, Marc?«

»Sagt Ihnen der Name ›Matlock‹ etwas?«

Ihr schwirrte der Kopf. Es war alles so unwirklich. »Meinen Sie Andy Griffith?«

In gewisser Weise schon. Immer, wenn ein Reporter ein Porträt des Verteidigers Bobby Lee Cook aus Georgia schrieb, wurde seine Ähnlichkeit mit dem Fernsehanwalt betont. Cook selbst wandte immer bescheiden ein, er sei sich nicht sicher, ob der Schauspieler Andy Griffith ihn wirklich als Vorbild für seine Rolle in einer bekannten Fernsehserie dieses Namens genommen habe. Er räumte ein, daß es auffallende Parallelen zwischen ihm und dem Fernsehstar gab.

Wie Matlock war Bobby Lee Cook berühmt. Wie Matlock war er reich. Wie Matlock lebte und arbeitete er in einer Kleinstadt in Georgia – Summerville, eine pittoreske Fünftausend-Seelen-Gemeinde etwa sechzig Meilen nordwestlich von Atlanta, mitten im Chattahoochee National Forest – wenngleich sein Geschäft ihn um die ganze Welt führte.

Er war sehr charmant und konnte Shakespeare rezitieren wie ein echter Schauspieler, er verfügte aber auch über eine steinharte Seite, die er bei passender Gelegenheit hervorholen konnte. Entsprechend seiner Berühmtheit, wurden seine Klienten so gut wie immer freigesprochen: Er behauptete, daß von den dreihundert Mördern, die er verteidigt hatte, nur ›zehn Prozent‹ hätten sitzen müssen.

Bobby Lee Cook sagte den Reportern, er sei nicht überrascht, daß so viele von ihnen, Spürhunde, die sie waren, die Parallelen zwischen ihm und Matlock erkannt hatten. Es sähe den Produzenten nicht ähnlich, ihn als etwaiges Vorbild zu nennen, denn, so verkündete er der Presse, ›sie müßten sonst womöglich Geld an mich bezahlen‹.

Ein Radiobericht, der kurz nach seiner Ernennung die Runde in den Zeitungen Alabamas machte, stellte Cook als den dar, ›der an einer krummen Pfeife zieht‹ und dabei ›hinter goldgerahmten Halbgläsern‹ genau die Geschichte eines potentiellen Klienten verfolgt, das Gesicht ›gerötet‹.

Der Bericht lautet: ›Mr. Cook, der als Vorlage für die

Fernsehfigur ›Matlock‹, den gewieften Anwalt aus Atlanta, gilt, erlangte erstmals öffentliche Berühmtheit durch einen bekannten Mordfall im Jahre 1975. In einer beeindruckenden Rückschau auf ein Gerichtsurteil wies er nach, daß Zeugenaussagen, die dazu geführt hatten, daß sieben Männer für den Mord an Cobb County Pathologe Warren und Rosina Matthews verurteilt worden waren, unter Hypnose »programmiert« worden waren.‹

Später beschrieb der Autor Bobby Lee Cooks Lebensstil, wenn er nicht in Summerville weilte und den guten alten Knaben von nebenan spielte:

›Auf seinem Landsitz in Georgias feinem Sea Island nippt Mr. Cook in der Mittagshitze am Pool sitzend an einem Glas gekühltem Chardonnay. Im Besitz der Cooks ist ein zweites, größeres Anwesen in den Bergen Alabamas. Ein Leben, das mit tödlichen Kämpfen vor Gericht verbracht wird, hat auch sein Gutes.‹

Ein anderer Artikel vermutete ganz richtig, daß Cook wahrscheinlich deshalb dem Verteidigungsteam hinzugefügt worden war, um sich besonders James White, dem einzigen Ankläger der Zwillinge, zu widmen. ›Mr. Cook‹, so der Autor, ›kann die Aussagen eines Zeugen wie ein Hochschullehrer analysieren, eine Unstimmigkeit, sogar sein Äußeres, auswählen und sie in das rhetorische Äquivalent einer Brechstange verwandeln.‹

Mo Brooks kommentierte die Neuigkeit, daß Cook dem gegnerischen Lager beitrat, mit ein paar herabsetzenden, halb inoffiziellen Bemerkungen vor der Presse in Huntsville, aber es war klar, daß Brooks aus dem Tritt kam. Er hatte darauf gehofft, da Bettys gesamtes Vermögen und Bargeld eingefroren worden waren, daß ein wirklich herausragender Verteidiger für sie unerreichbar wäre.

Ein Teilaspekt von Bobby Lee Cooks Ruf – selten erwähnt in der von ihm selbst sorgfältig in Szene gesetzten Publicity, aber unter Südstaatenanwälten gut bekannt –

war seine Abneigung, seine Dienste reichen Leuten anzubieten. Er hatte Anteil an der Pro-Bono-Arbeit für die Armen in dem Teil Georgias, in dem er wohnte, aber er arbeitete nicht für Leute mit Geld, es sei denn, sie waren bereit, einen hübschen Teil ihres Geldes auf seine Seite des Tisches hinüberzuschieben. Er hätte bei der Verteidigung von Betty Wilson nicht mitgemacht, wenn er nicht zuversichtlich gewesen wäre, sie herauszupauken und so ihr Geld freigeben zu können.

Einen Teil des Medienrummels um Cook glaubten auch Brooks und seine Leute: Er hatte, wie sie wußten, die unheimliche Fähigkeit, einen Zeugen zu verwirren. Er tat es schnell und wirkungsvoll, als bräche er eine billige Uhr auf. Es lag an seinem Stil. Cook beherrschte alle Rollen, vom weisen alten Landsoldaten bis zum städtisch gewandten Herrn, ehe ein Zeuge überhaupt die Zeit hatte, sich auf ihn einzustellen. Sein Stil war besonders verheerend bei Zeugen wie James White, die hauptsächlich aus Spucke und dünnem Draht zusammengesetzt waren.

Beide Seiten wußten, daß James vor Gericht erscheinen und ganz anders sein mußte als sein normales Selbst. Vor allem mußte er nüchtern sein. Er mußte äußerlich etwas hermachen. Irgendwie mußte er ein Sympathieträger werden. Er durfte ruhig pathetisch sein, aber er durfte keinen Moment lang gemein, bösartig, verrückt oder erschrekkend wirken. Er mußte sich völlig unter Kontrolle haben.

Bobby Lee Cook ging mit Zeugen wie James wie mit Marionetten um. Hinter der Szene zog der Staat die Drähte, ließ den Zeugen sagen, was man hören wollte, ließ ihn auf einen Zug hin lächeln, seufzen oder weinen. Wenn Bobby Lee Cook den richtigen Draht zog, würde die Puppe von alleine sprechen. Wenn das einmal mit James White passiert war, da waren sich alle einig, wäre Betty Wilson frei und zu Hause.

Es gab keinen Hinweis darauf, wo dieser Draht sein

mochte. Cook würde jeden Fetzen an Information im Gepäck haben, den er über James White sammeln konnte. Er würde alles darüber wissen, daß James als Schizophrener mit Wahrnehmungsstörungen eingestuft worden war, seinen Ruf als Lügner und Taugenichts kennen, vom Mißbrauch des eigenen Kindes wissen. Aber das mochten gar nicht die Drähte sein, nach denen er griff. Wenn James vor Gericht erschien, war er sicher schon mit sorgfältig eingeübten Erwiderungen auf solche Herausforderungen versorgt: ›Ich war betrunken, ich erinnere mich nicht. So war es nicht. Inzwischen habe ich zum Herrn gefunden.‹

Aber Cook wandte nicht immer vorhersehbare Taktiken an. Eine Begebenheit macht anschaulich, wie gut Cook mit Zeugen umgehen konnte. In einem Fall in Georgia stand er einem Zeugen der Staatsanwaltschaft gegenüber, der verzogen und gehätschelt worden war wie ein Rassehund. Dieser Zeuge, normalerweise ein unkontrollierter Psychopath wie James, war ausgenüchtert und aufgebaut worden. Wie auch bei James war es der Trick im Prozeß, den Zeugen dazu zu bringen, vor der Jury seine Zähne zu zeigen. Aber was Cook auch immer tat, um die Verteidigung des Mannes zu durchbrechen, der Zeuge blieb ruhig, kühl und gefaßt.

In einer Pause beobachtete Cook dann, wie der Mann sich im Flur mit dem Staatsanwalt beriet. Aus den Hosen seines neuen Nadelstreifenanzugs (ein Geschenk der Regierung) sahen ein Paar sehr ländlich wirkende Cowboystiefel aus Alligatorleder hervor, die häßliche Kappen aus rostfreiem Stahl über den Zehen hatten.

Cook ging einige Male um den Mann herum und sah sich die Stiefel jedesmal etwas genauer an, ehe er die Aufmerksamkeit des Mannes vom Staatsanwalt abgelenkt und jedermanns Aufmerksamkeit erlangt hatte.

»Nun, sehen Sie her, ja?« begann Cook langsam. »Wollen Sie einen Blick auf diese Stiefel werfen? Da haben Sie den Mann in einen hübschen neuen Nadelstreifenanzug gesteckt und vergessen, ihm diese Scheißetreter abzunehmen.«

Als die Leute in der Menge lachten, wurde der Zeuge puterrot und fluchte unterdrückt. Sein Betreuer scheuchte ihn in den Zeugenraum und machte sich sofort an die Arbeit, ihn für den Rest von Cooks Kreuzverhör zu beruhigen.

Aber es war ein verlorener Fall. Cook hatte genau gewußt, wo er die Nadel ansetzen und wie tief er bohren mußte, um den Kern des Südstaatenmachostolzes des Mannes zu treffen. Als das Gericht wieder zusammentrat, brauchte Bobby Lee Cook sich nur noch vor dem Zeugen aufzubauen und höhnisch zu lächeln, und der Mann explodierte in einer zischenden, kochenden, rasenden Wut. In diesen wenigen Sekunden durchlief der Zeuge alle Stadien von Unverwundbarkeit bis zur völligen Nutzlosigkeit.

Je besser Brooks und die Polizei James kennenlernten, desto mehr merkten sie, daß er von zweifelhaftem Nutzen war. Nüchtern war er viel cleverer und elastischer, als zunächst vermutet. Aber er war auch stolz. Es war James immer sehr wichtig, das Gefühl zu haben, bei jedem Austausch auch etwas zu gewinnen. Was ihn ausmanövrieren würde, war, das Gefühl zu haben, daß ihn jemand bei einem öffentlichen Duell hart anfaßte.

So clever und gelöst James im Moment auch schien, er war doch ein Kandidat dafür, bedrängt zu werden. Es gab viele Ziele für Bobby Lee Cooks Nadel. James stotterte nervös, was sich verschlimmerte, wenn er sich unter Druck gesetzt fühlte. Das Gesicht abgewandt, den Kopf gesenkt, mit unstetem Blick – James vermittelte den Eindruck von Schuld und Unterlegenheit.

Dann war da der extrem schwierige Aufbau der Anklage. James' Geschichte war die, daß er Jack Wilson aus Liebe getötet hatte. Aus Liebe zu Peggy.

Peggy Lowe war zweierlei. Egal, wie tief die Polizei auch grub, sie konnte nichts finden, um zu zeigen, daß sie etwas anderes war als eine vollkommen integre Person. Aber sie war auch eine sehr schöne Frau in der Art einer gereiften Ex-Schönheitskönigin.

Um James' Geschichte zu glauben, mußte die Jury ihn ansehen – einen häßlichen, kleinen, mickrigen Mann mit unstetem Blick und schlechten Zähnen – und sich dann vorstellen, wie Peggy Lowe ihn liebkoste. Das mußte James erreichen, wenn er seinen Handel mit dem Staat einhalten wollte.

Sein Ego würde auf dem Spiel stehen. Bobby Lee Cook würde das wissen. Und Bobby Lee Cook würde in die Stadt kommen und mit der Peitsche knallen. Es gab also viel Arbeit für und an James Dennison White. Als Zeuge war James noch ein Embryo. Wie sich herausstellte, hatte der Staat neun Monate Zeit, ihn auf den Prozeß vorzubereiten.

Als die Anklageschriften vorlagen, die Anwälte engagiert und die Prozeßvorbereitungen im Gange waren, war der Fall mehr oder weniger in die persönliche Verantwortung von Mickey Brantley übergegangen. In den folgenden Monaten arbeitete Brantley unermüdlich, um Beweismaterial zu sammeln, und beriet sich weiterhin mit James, sei es persönlich oder über seinen Anwalt Roy Miller. In dieser Zeit befand sich Brantley unter genauer öffentlicher und politischer Beobachtung.

James selbst entwickelte sich recht gut. Bei der Mischung aus Gefängniskost und ausreichender Bewegung setzte er Gewicht an und bekam rosige Wangen. Seine Augen wurden klarer, sein Verhalten selbstbewußter und munter. Die gute Nachricht für die Staatsanwaltschaft war, daß unter der Hülle von Alkohol und Verwahrlosung ein James White hervorkam, der ein recht fröhlicher Bursche sein konnte.

Noch bessere Nachrichten: Er konnte die Nadel ertragen. Wenn man ihn reizte, triezte, lächerlich machte, um zu sehen, wie er reagierte, wußte James, wie er sich verhalten mußte. Er legte die Ohren an, biß sich auf die Lippe und bekam einen kühlen Blick. Er wußte Bescheid. Wenn er sich wie ein Arschloch benahm, würde die Jury ihn abschreiben. Wenn das geschah und die Zwillinge nicht verurteilt wurden, würde er es werden. Das war ein bißchen Selbstbeherrschung wert.

Während James durch das Gefängnis streifte, jeden Tag frische Unterwäsche trug und aus der Haft heraus Anrufe tätigte, verbrachte Betty Wilson jeden Tag und jede Nacht zusammengekauert wie ein Hase in einer kleinen, engen, fensterlosen Einzelhaftzelle. Ihre Bewacher beobachteten sie eifrig. Nach zwei Monaten kam das Gerücht auf, daß Betty Wilson zusammenbreche.

Gegenüber dem Gerichtsgebäude, in einer der Bars, die die Juristen bevorzugten, beugte sich ein Jurist, der mit dem Fall vertraut war, über den Tisch und erzählte einem Journalisten: »Sie sagen, daß sie ganz schön verrückt ist. Es soll kein schöner Anblick sein.«

Vielleicht hatten die Wachen einfach mißverstanden, was sie gesehen hatten. In vielerlei Hinsicht war Betty nie ein hübscher Anblick gewesen. Sie nannte sie Scheißkerle, Arschlöcher und Hurensöhne, sooft sie sie sah. Sie schrie sie an, lachte sie aus, warf sogar gelegentlich Dinge nach ihnen. Aber bei den seltenen Gelegenheiten, wenn sie mit Peggy reden konnte, war ihre Stimme stahlhart.

»Ich? Verrückt? Das hätten sie wohl gerne. Darauf warten diese Bastarde doch. Du kennst mich, Liebes, ich war immer ein bißchen unausgeglichen. Aber ehe ich sie die

Oberhand gewinnen lasse, will ich sie alle in der Hölle schmoren sehen. Ich werde ihnen schon zeigen, wo es langgeht.«

»Betty, bitte.«

»Tut mir leid.«

In den neun Monaten vor dem Prozeß änderten sich die politischen Bedingungen nochmals dramatisch. Als das Rennen um die Bezirksanwaltschaft in die letzte Phase ging, verstieg sich Mo Brooks zu der Behauptung, daß jeder, der für Tim Morgan stimme, dafür sei, Betty Wilson aus der Haft zu entlassen. Als Morgan schließlich zu der Auffassung kam, daß das Thema ihm schaden könne, berief er eine Pressekonferenz ein und kündigte an, daß er im Falle eines Wahlsieges von dem Wilson-Fall zurücktreten werde, da er aufgrund persönlicher Bekanntschaft mit der Angeklagten zu befangen sei.

Er hatte auch schon gesagt, er wolle Betty und ihre Schwester grillen sehen. Jetzt versprach er seinen Wählern, daß er den Fall abgeben würde, nur für den Fall, daß sie ihm nicht glaubten.

Insider waren der Auffassung, daß es ein Kopf-an-Kopf-Rennen werden würde. Mo Brooks setzte sich für Recht und Ordnung ein, aber das hier war Alabama, und Brooks hatte drei bedeutende Nachteile. Er war Republikaner, er war Mormone, und er trug eine Drahtbrille. Tim Morgan dagegen war Demokrat, ein Gentleman und der gute alte Knabe. Er war attraktiv und hatte gerade nur einen Funken von Leichtsinn in den Augen, wenn er lächelte.

Morgan gewann. Getreu seinem Versprechen kündigte er sofort nach der Wahl an, daß er die Anklagevertretung für die Alabama-Zwillinge nicht übernehmen werde, was die Frage aufwarf, wer die Anklagevertretung für die Anwaltschaft von Alabama übernehmen sollte.

In Alabama gibt es komplizierte Verstrickungen von

örtlicher und allgemeiner Anwaltschaft. Die allgemeine Anwaltschaft hat ein paar Weisungsbefugnisse über die örtlichen Staatsanwälte, aber die örtlichen Staatsanwälte werden autonom von ihren eigenen Wahlkreisen gewählt, mit eigener politischer Aussage und in ihren eigenen Heimatkreisen. Es ist erlaubt, daß ein allgemeiner Anwalt einen Fall an einen örtlichen Anwalt delegiert, aber natürlich entsteht daraus nichts Gutes, wenn man den Fall an jemanden abgibt, der nicht bereit ist, sich mit aller Energie dafür einzusetzen. Normalerweise wird der örtliche Anwalt gefragt, ob er bereit ist, einen Fall zu übernehmen.

Im Fall der Alabama-Zwillinge hofierten einige örtliche Anwälte die allgemeine Anwaltschaft, damit ihnen der Fall angeboten werde. Das war die Chance für jemanden, in seiner Karriere voranzukommen. Aber der allgemeine Anwalt Jimmy Evans brauchte nach Morgans Wahl zwei volle Monate, um zu entscheiden, wer den Fall bekommen sollte.

Kaum zwei Monate vor Prozeßbeginn übergab Evans den Fall Jimmy Fry, Bezirksanwalt von Limestone County, das an Madison County und Huntsville angrenzt.

Mit vierzig Jahren war Jimmy Fry ein aufsteigender Stern in Alabamas Politik – ein gutaussehender Mann mit den gesellschaftlichen Verbindungen und politischen Beziehungen, die man in der Stadt braucht, aber auch mit anderen Qualitäten, die ihn in den Augen der ländlichen Bevölkerungsschichten attraktiv machten. Zum einen hatte er sich schon früh im Leben einen festen, ballförmigen Bauch zugelegt, den Landbewohner gerne als Symbol der Zuverlässigkeit sehen.

Er war für Tuscaloosa ideal. An diesem Schauplatz, einer Kleinstadt in Alabama, war ein Kerl von einem Mann wie Jimmy Fry, wenn er mit offen flatterndem blauem Blazer über dem großen, weißen Bauch vor der Jury stand wie ein fetter Eichelhäher, zehnmal mehr wert als ein sehniger Tim Morgan, der in italienischen Anzügen durch den Gerichtssaal schlendert.

Die einzige Schwierigkeit bestand darin, daß ihm der Fall ziemlich spät übertragen worden war. Da nur noch zwei Monate Zeit waren, mußte er den gesamten Fall – die Untersuchungen und alle Gesetzesarbeit – als Gesamtpaket von den Behörden in Huntsville übernehmen.

Normalerweise kann ein selbstbewußter Bezirksanwalt einen großen Teil der Voruntersuchungen durchführen. Tatsächlich fungieren Bezirksanwälte und Untersuchungsbeamte oft als eine Art Instanz zur Prüfung und Abwägung. Wenn der Bezirksanwalt einen Fall mit Samthandschuhen anfassen will, weil der Angeklagte aus dem gleichen politischen Lager stammt, kann die Polizei immer dagegenhalten und Informationen an die Öffentlichkeit geben. Wenn dagegen die Polizei zu ehrgeizig war und Beweise ignoriert hat, die die Unschuld des Angeklagten beweisen könnten, kann der Bezirksanwalt sie immer anweisen, neue Nachforschungen anzustellen, an neuen Stellen zu graben oder andere Zeugen zu befragen.

Aber der Fall der Zwillinge hatte monatelang im Vakuum geschwebt, als Jimmy Fry ihn übernahm. Mo Brooks hatte die Polizei von Huntsville gedrängt, daß der Fall zur Anklage kam, aber dann war Mo Brooks unterlegen. Tim Morgan hatte sich von dem Fall zurückgezogen, und dann hatte die allgemeine Anwaltschaft zwei Monate gebraucht, um zu entscheiden, wem sie dieses spezielle Brautbukett zuwerfen wollte. Das Ergebnis war, daß der Fall die ganze Zeit in der alleinigen Zuständigkeit und Verantwortung von Mickey Brantley blieb.

Mickey Brantley hatte den Fall der Zwillinge, den andere Beamte aus politischen Gründen sicher nicht gerne verfolgt hätten, zu seinem persönlichen Kreuzzug gemacht. Er wollte ihn überwachen und zusehen, daß er in seinem Sinne ausging. Auch war er ein Mann, der felsenfest von der Redlichkeit seines eigenen Tuns überzeugt war.

An einem grauen Wintermorgen kurz vor den Ferien lud Brantley Kisten über Kisten mit Beweismitteln in einen Lieferwagen, stieg dann in sein Polizeiauto und folgte dem Lieferwagen über die Landstraße nach Athens, dem Sitz des Gerichts von Limestone County. Als Jimmy Fry die Kisten sah, stöhnte er auf. Er wandte sich an Mickey Brantley und sagte: »Gut, Mr. Brantley, es sieht so aus, als ob wir beide in diesem Jahr nicht viel von Weihnachten hätten.«

»Nein, Sir«, antwortete Brantley, »das habe ich auch nicht angenommen.«

Sie waren in mancherlei Hinsicht ein ungleiches Paar – Fry mit seinem leisen, trockenen Humor und Brantley mit seiner strengen, bibelfesten Nüchternheit –, aber in den vielen endlosen Stunden, die sie bei der Durchsicht von Beweismaterial verbrachten, entstand zwischen ihnen ein Verhältnis, das für ihre Mission ausreichend war.

Endlich brachte Brantleys lange, geduldige Bestellung des Feldes nach Monaten eine Ernte ein. Die überwiegende Mehrheit der Leute in Huntsville meinte mittlerweile, daß Betty schuldig sei, und Leute traten an die Öffentlichkeit, um Anekdoten aus ihrer Vergangenheit zu erzählen. Die meisten waren nur von begrenztem Interesse, aber einiges von dem, was freiwillige Zeugen zu sagen hatten, war für die Staatsanwaltschaft extrem wertvoll.

Von Anfang an hatte das Problem bestanden, daß zur Zeit des Mordes niemand außer James White Betty Wilson in der Nähe ihres Hauses beobachtet hatte. Und niemand hatte Betty und James jemals zusammen oder auch nur in derselben Gegend gesehen.

Nachdem der Fall einige Wochen durch Fernsehen und Zeitungen gegangen war, erreichte der Bericht einer

Grundschule, die eine Meile von Boulder Circle entfernt lag, die Behörden.

Eines Tages hatten sich ein paar Schüler und Lehrer in einem Flur der Schule versammelt, um besondere Arbeiten zu übernehmen, und hatten über den Fall der Alabama-Zwillinge gesprochen. Sheila Irby tat sich dabei besonders hervor, weil sie in der Lage war zu sagen, daß sie mit den Zwillingen zusammen die High School in Gadsden besucht hatte.

Aber an diesem Tag sagte sie noch mehr – daß sie den Mann, der das Geständnis abgelegt hatte, James White, am Tag des Mordes in der Nähe der Verbindung von Chandler Road und Boulder Circle gesehen habe und daß Betty Wilson nur wenig später an der gleichen Stelle vorbeigefahren sei. Es schien Mrs. Irby nicht einzufallen, daß das Informationen waren, die sie der Polizei mitteilen müßte. Aber es fiel dem anwesenden Polizisten ein, einem Officer, der mit der Jugendarbeit dieses Bezirks zu tun hatte, die gegen Drogenmißbrauch in der Schule arbeitete. Nachdem die anderen gegangen waren, drängte er Sheila Irby, daß sie in die Stadt gehen und eine Aussage machen müßte.

Sheila Irby nahm ihre Aussage sofort zurück und sagte, sie sei sicher, daß die Polizei alle Informationen hätte, die sie brauche. Der Beamte bestand darauf: Die Polizei hatte keinen Beweis und keinen Zeugen, um Betty Wilson mit dem Mordschauplatz oder mit James White in Verbindung zu bringen.

Sheila Irby sagte, nein, sie habe kein Interesse daran, in die Geschichte verwickelt zu werden. Aber der Polizeibeamte schrieb trotzdem einen Bericht für die Akten, und dieser Bericht fand langsam seinen Weg durch die Papierschlangen auf Mickey Brantleys Schreibtisch.

Sheila Irby war eine attraktive Blondine Anfang Vierzig, die Mutter eines zwanzigjährigen Sohnes und zweier

…nter im Teenageralter. Sie war die Frau eines angesehenen Geschäftsmannes. Sie hatte einen guten Leumund und war bestimmt nicht scheu. Dennoch gibt es ein paar Punkte in ihrer Geschichte, die einer näheren Betrachtung wert sind.

Zuerst einmal hatte sie schrecklich lange gebraucht, eine Zeit, in der sie den Fall ständig im Fernsehen und in den Zeitungen verfolgt hatte, bis ihr einfiel, daß sie eine so wichtige und für die Polizei notwendige Information hatte. Sicher hätte jemand, der einen bekennenden Mörder zum Zeitpunkt des Mordes gesehen hätte und der weiter die vermutliche Komplizin an demselben verhängnisvollen Tag in rascher Fahrt auch dort gesehen hätte, die Polizei angerufen, um ihr das zu erzählen.

Als sie endlich mit Mickey Brantley sprach, geschah das, weil er darauf bestand. Er war sehr ernst, humorlos und in keiner Weise zu Small talk aufgelegt.

Sie stockte bei ihrer Geschichte, schaffte es aber, ihre Bedeutung durchklingen zu lassen. Sie gab an, daß sie Betty Wilson nicht persönlich kenne, aber wisse, wie sie aussehe. Sheila Irby hatte ihren Abschluß an der Gadsden High School zwei Jahre nach Betty Wilson gemacht. Peggy und Betty waren ihr ein Begriff.

Sie sagte aus, daß sie immer die Chandler Road auf- und abfahre, um ihren Sohn und ihre Töchter zur Schule, zu Fußball- und zu Baseballspielen zu bringen – die üblichen Aktivitäten der Kinder. Sie hatte Betty Wilson häufig in der Chandler Road gesehen.

Sie schätzte, daß sie am Tag des Mordes etwa siebenmal zwischen 17 und 19 Uhr durch die Chandler Road gefahren war. Das einzige, was sie Brantley selbst auf sein Drängen hin sagen konnte, war, daß sie Betty irgendwann in dieser Zeit gesehen habe.

Sie sagte, sie habe ganz sicher Mr. White gesehen, weil den Mädchen, die sie zum Baseballspiel fuhr, ein ›komisch aussehender, kleiner Mann‹ aufgefallen sei, der ›nicht in die Nachbarschaft gehöre‹, und ein Mädchen habe sogar gesagt: ›Oh, schaut! Seht euch den an!‹

Sie war sich sicher, sich daran zu erinnern, daß Betty an diesem Tag und an keinem anderen in rascher Fahrt nach Hause gefahren war, aber sie konnte keinen genaueren Zeitpunkt angeben als die Spanne zwischen 17 und 19 Uhr.

Das reichte aus. Der Beweis wurde den Medien als Augenzeugenbericht präsentiert, der Betty Wilson mit James White in Verbindung bringe, obwohl Sheila Irby nie jemandem gesagt hatte, sie hätte die beiden zusammen gesehen.

Brantley hatte mittlerweile eine andere, aus seiner Sicht exzellente Informationsquelle aufgetan. Charlie Hooper kam zu Betty, sobald er davon erfuhr.

»Ich arbeite auf der Grundlage, daß Sie mir über Ihr Leben die Wahrheit gesagt haben, Betty«, sagte Hooper.

»Das habe ich«, sagte sie. Sie sah ihn forschend an und legte ihm dann die Hand auf den Arm. »Was ist los, Charlie? Ist es schlimm?«

Als er schwieg, wurden ihre Augen feucht.

»Sagen Sie mir nicht, daß es etwas Schlechtes ist. Ich weiß nicht, ob ich heute etwas Schlechtes ertragen kann. Das ist für mich schon ein sehr schlechter Tag gewesen. Was, zur Hölle, ist es?«

»Betty, seit wann sind Sie trocken?«

»Hmmm, lassen Sie mich nachdenken. Zeit ist hier so vage. Etwa seit sechs Jahren. Warum?«

»Und Sie waren die ganze Zeit trocken? Haben nicht getrunken?«

»Nein. Ich meine, ja. Ohne zu trinken.«

»Die A. A.-Mitglieder erzählen, daß Sie weitergetrunken haben und immer noch trinken.«

»Wer sagt das? Scheiße! Sagen Sie mir, wer es ist. Ich werde ihn in den … Wer ist es? Brantley? Der verfluchte kleine fußwaschende Hurensohn und Fanatiker?«

»Es spielt keine Rolle, wer. Ich weiß nicht, wer. Aber sie glauben es. Einige von ihnen. Ich bin noch nicht sicher, wie schlimm das ist. Ich denke, bei den A. A. können sie vieles vergeben und vergessen.«

Betty stand von ihrem Bett auf und drehte sich mit dem Gesicht zur Wand am Ende ihrer kleinen Zelle, schüttelte den Kopf. »Nein«, sagte sie, »das ist schlecht. Das ist sehr schlecht. Das sind sehr schlechte Neuigkeiten, die Sie mir da bringen. Das ist das eine, was sie nicht vergeben werden. Ich kann es nicht erklären. Wenn sie jemandes Ausnüchterung mitdurchleiden, wenn sie all ihren Gesprächen zuhören. Und dann herausfinden, daß sie betrogen wurden!«

Sie drehte sich um, sah ihn an. »Gott, einige meiner ersten Reden waren schrecklich. Ich war am Anfang so voller Scheiße. Ich hatte ein gewaltiges Ego-Problem. Das haben viele Alkoholiker. Ich habe alle diese schrecklichen Reden darüber gehalten, daß meine Mutter meine Schwester mehr liebte als mich.«

»Ja, ich weiß.«

»Was heißt das, Sie wissen?«

»Eine von ihnen war gestern in der *Huntsville Times*.«

»Was meinen Sie?«

»Jemand hat der Zeitung eine Bandaufnahme von einer Ihrer ersten Reden zugespielt.«

»Und sie haben es veröffentlicht?«

»Ja.«

»Ein Mitglied der A. A. hat ihnen eine Bandaufnahme einer Rede gegeben, die ich gehalten habe?«

»Ja.«

»Und sie haben meine Rede veröffentlicht?«

»Ja.«

Sie schwieg eine lange Zeit, völlig vor den Kopf geschlagen.

»War es schrecklich?« fragte sie.

Er nickte.

Sie sank auf ihr Bett. Ihr Kopf sank in ihre Hände. »Das ist … Ich meine, ich hätte nie … Ich denke jetzt nicht einmal an den Fall. Diese Leute … Sie sind meine Familie … Meine Unterstützung.«

»Ihre Liebhaber«, sagte er ruhig.

Sie sah auf. »Das auch. Das macht es ein bißchen kompliziert, nicht?«

»Ein bißchen.«

»O Mann, Charlie. Ich sage Ihnen eins. Es laufen mehr Dämonen auf einem A. A.-Treffen herum als in *Ghost Busters*.«

»Sie glauben, daß Sie weitergetrunken haben.«

Sie zuckte die Achseln und wollte etwas sagen, schwieg aber. Dann zuckte sie wieder die Achseln. »Nun, sie hassen mich.«

»Diesen Eindruck habe ich«, antwortete er.

ACHT

In den langen Monaten vor dem Prozeß blieben Bobby Lee Cooks bevorstehender Besuch in Alabama und seine Rolle in dem Fall die beherrschenden Themen im Staat, doch in Cooks Heimatstaat Georgia fand der Fall der Alabama-Zwillinge kaum Erwähnung. Die Leute interessierten sich mehr für die großen Fälle, die Cook dieses Jahr betreute.

Es gab eine Zeitlang enorme Unruhe, als es so aussah, als könnte er den neuen Prozeß für Wayne Williams gewinnen, der 1982 in Alabama wegen Kindsmordes angeklagt worden war. Ehe irgend jemand die Zeit hatte zu bemerken, daß er in dem Unterfangen keinen Erfolg hatte, war Bobby Lee Cook schon wieder in den Schlagzeilen mit einem sogar noch aufsehenerregenderen Fall – dem ›Iraktor‹-Waffenhandelsprozeß. Cook, der den Fall erst drei Wochen, ehe sein Klient, ein ehemaliger Bankier aus Atlanta, verurteilt werden sollte, übernommen hatte, drängte darauf, daß sein Klient sein früheres Schuldbekenntnis widerrief.

Er beschuldigte die Bundesregierung und die Bush-Regierung, die ›Mutter aller Tarnungen‹ zu sein. Er erzählte dem Richter, daß Bundesstaatsanwälte mit Absicht keine Kronzeugen aufriefen, und Cooks Argument beeindruckte den Richter so sehr, daß er drohte, einige der Zeugen kraft seiner eigenen Autorität vorführen zu lassen.

Cook war ein Einzelkämpfer, der den Kampf gegen das mächtige internationale Bankenwesen und die Interessen der Waffenhändler führte, gegen das Weiße Haus, nationale Machtbestrebungen der Republikaner und die Medien, nicht zu vergessen die CIA. Nach langem Ringen überredete er das Gericht, das Schuldbekenntnis wegzuwerfen und seinem Klienten einen Prozeß rein auf Grundlage der Anklage zu machen.

Nach Bettys Ansicht waren es die hunderttausend Dollar Honorar, die sie Cook bezahlen mußte, und die große Medienwirksamkeit, die den Fall in Alabama zu einem größeren Ereignis machten. Tatsächlich war der Betty Wilson-Fall ein kleines Geschäft, das Cook zwischen seine anderen Fälle schieben konnte.

Zu Bobby Lee Cooks Ausrüstung, die er benötigte, um seine weitverzweigte Kanzlei zu führen, gehörte die Benutzung eines computergesteuerten Kommunikationssystems. Sandlin und Hooper verbrachten einen Großteil ihrer Zeit damit, dicke Bände voller Informationen in den Computer einzugeben, damit die Informationen gefaxt werden konnten und Cooks Kanzlei in Summerville direkt zugänglich waren.

Es handelt sich um ein System, das alle erfolgreichen Juristen und die meisten erfolgreichen Geschäftsleute und andere Berufstätige heutzutage benutzen. Warum Geld und Zeit mit Reisen vergeuden, wenn der Computer alles gespeichert hat, was man wissen muß? Warum nicht auf dem PC die Informationen verarbeiten, während man gemütlich in seinem Schaukelstuhl in einem Haus auf Long Island sitzt?

Die Kehrseite ist, daß die Leute nicht viel Zeit damit verbringen, einander persönlich kennenzulernen. Aber Bobby Lee Cook war ein extrem erfahrener Prozeßanwalt, der sehr schnell lesen konnte, und deshalb konnte er den Fall übernehmen. Angesichts der Umstände gab es keine andere Möglichkeit, ihn zu kriegen.

Die Verteidiger waren nervös wegen ein paar Dingen, die sie während der Anklage gehört hatten, wenn der Staat aufgefordert wird, der Verteidigung alle Beweise offenzulegen. Der Irby-Beweis war beunruhigend, weil er

Betty und James in Beziehung zueinander brachte und sie zur Mordzeit in der Nähe des Hauses lokalisierte.

Betty blieb dabei, daß sie einen sehr guten Grund gehabt hatte, um 17 Uhr ins Haus zurückzufahren – sie hatte die vergessene Banktasche geholt. Aber ihre Anwälte meinten, das könne sie vergessen. Wenn der Staat nicht erfuhr, daß sie zurückgefahren war, um die Tasche zu holen, würden die Verteidiger es ihm nicht erzählen. Ihnen wäre es lieber, niemand wüßte so genau, ob Betty an diesem Nachmittag tatsächlich in das Haus zurückgekehrt sei.

Andere Aspekte des Falls schienen den Verteidigern regelrecht in die Hände zu spielen. Beispielsweise hatte James in der letzten Version seiner Aussage angegeben, er hätte Peggy und Betty am Logan Martin-See am Nachmittag des 21. Mai getroffen, wo sie ihm die Mordwaffe übergeben hätten.

Aber mehrere Zeugen, Tankquittungen und Telefonmitschnitte waren von der Verteidigung zusammengetragen worden, um zu zeigen, daß Betty Wilson sich an diesem Nachmittag gar nicht in der Nähe von Talladega aufgehalten hatte, sondern in nördlicher Richtung nach Huntsville zurückgefahren war.

Kurz vor Beginn des Prozesses muß auch Brantley auf den Irrtum aufmerksam geworden sein. Er rief Peggys Hausgast, Linda Vascocu an, damit sie eine Aussage zum Zeitpunkt von Bettys Abreise machte. Als Linda bestätigte, daß Betty am Morgen des 21. Mai zurückgefahren sei, nicht am Folgetag, wurde Brantley schroff. Er war eindeutig frustriert. Die Verteidigung wertete das als Beweis für eine ernste Schwachstelle der Anklage.

Vielleicht würde sich am Ende alles noch einrenken.

Man kann zum Tuscaloosa Municipal-Flughafen fliegen und dann über den Black Warrior-Fluß die Lurleen B. Wallace Avenue hochfahren bis zum Tuscaloosa County-Gericht. Oder man kann wie die meisten Leute nach Birmingham fliegen, dann die Scenic Route nach Tuscaloosa nehmen, über den Campus der Universität von Alabama auf den Paul W. Bryant Drive. Gleich, welchen Weg man wählt, der Eindruck ist immer der einer kleinen Südstaatenstadt, die es schafft, gleichzeitig geschäftig und verschlafen zu wirken.

Tuscaloosa wurde 1816 von weißen Pionieren neben dem Gebiet der Creek-Indianer gegründet. Seinen Namen erhielt es in Anerkennung für Tuscaloosa, den charismatischen Häuptling der Choctaw, der 1540 im Gebiet des heutigen Westalabama eine Allianz indianischer Stämme zur Verteidigung gegen Hernando de Soto gegründet hatte.

Zur Zeit des Bürgerkriegs war Tuscaloosa eine Eisenbahnstadt inmitten weißer Baumwollfelder, die alle von schwarzen Sklaven bestellt wurden. Während des Kriegs brannten die Unionstruppen die Stadt bis auf die Grundmauern nieder.

1992 hatte Tuscaloosa etwa siebenundsiebzigtausend Einwohner, auf dem Land wohnten doppelt so viele. Früher ein Landwirtschafts- und Bergbauzentrum, ist die Stadt heute Sitz einer großen Anzahl von Lampenfabriken. In dem Gebiet rund um die Universität gibt es einen Bestand stattlicher alter Häuser. Am Rande der Stadt, näher an den Schnellstraßen, findet man einen Gürtel derselben, schnell gebauten, verkehrsreichen, austauschbaren, konzessionsgebundenen Ladenstraßen, die sich am Rande aller amerikanischen Städte finden.

Unterhalb der Fassade dieser ewig gleichen Einkaufsstraßen schlägt gleichwohl ein Herz, das für diese Region einzigartig ist. Tuscaloosa ist sehr südstaatlerisch, aber es ist nicht die verschrobene, schauspielerhafte Südstaatenmentalität einer Stadt wie Atlanta.

Der Roman- und Bühnenautor Dennis Covington, der Bettys Prozeß für die *New York Times* und für einen der Fernsehfilme bearbeitete, sagte eines Tages beim Mittagessen folgendes über die Leute in Westalabama: »Ich sehe mir die Gesichter dieser Jury an«, sagte er, »und unter den Anzügen und Krawatten und Kleidern sehe ich diese echten Appalachian-Typen – wissen Sie, die Art Frauen, die vielleicht eine Generation zuvor noch draußen standen und den ganzen Vormittag Schweine schlachteten, sich dann das Blut und die Innereien von den Händen wuschen und eine perfekte Teegesellschaft gaben.«

Das Tuscaloosa County-Gericht ist ein langgezogenes, enges, unschönes Bauwerk von 1950, groß genug, um die normalen Geschäfte des Bezirks abzuhandeln, aber für die Aufgabe, die es am 23. Februar 1993 erfüllen sollte, als der Prozeß gegen Betty Wilson endlich eröffnet wurde, vollkommen ungeeignet. Den ganzen Morgen schon, ehe das Gebäude überhaupt aufgeschlossen war, kamen Autos und Lieferwagen von der Straße auf die Lurleen B. Wallace Avenue und zur Gerichtsauffahrt gerollt. Alle Sender aus Alabama und Birmingham waren mit ihren Übertragungswagen, Kabeln, Scheinwerfern vertreten, aber die Medien stellten noch den kleineren Teil des Mobs.

In den Monaten vor dem Prozeß war mit der Kultur von Huntsville etwas geschehen, was die offiziellen Stellen nicht bemerkt hatten, nicht einmal die Reporter, die die Artikel schrieben. Der Betty Wilson-Prozeß war mehr geworden als eine große Geschichte. Er war jetzt die Besessenheit einer Stadt – die Geburt einer Legende.

Einige der Autos, die vorfuhren, um ihre Passagiere vor dem Gericht auszuladen, waren alt und klapprig. Viele waren schlanke, moderne deutsche Modelle. Frauen in Designerkleidern und mit Hollywoodfrisuren, Drehbuchautoren, ältere Männer in orangefarbenen Overalls mit Ölflecken an den Seiten, zähe kettenrauchende Matronen, Autoren, aufgeregte junge Mütter mit Babys auf dem Arm, pensionierte Polizisten, Jurastudenten der Universität von Alabama – sie alle bildeten die Menge im Eingang des Gerichtssaals im zweiten Stock, wo der Prozeß stattfinden sollte. Es war laut, und es wurde gedrängelt – kein schöner Anblick.

Ted Sexton Senior, der junge Sheriff von Tuscaloosa County, war ein leichtherziger Typ, den die Ortsansässigen in Jeans und Polohemd kannten, wie er mit seiner Familie einen Schwarzenegger-Film im Kino sah. Als er an diesem Morgen den Flur vor dem Gerichtssaal hinunterblickte, hatte er vielleicht gewünscht, daß er Schwarzenegger als Helfer hätte.

Sexton und zwei Hilfssheriffs drängten sich in die Menge und begannen, sie in zwei Reihen an jeder Wand aufzuteilen.

»Jeder von Ihnen, der einen gültigen Personalausweis vorweisen kann, stellt sich hier auf dieser Seite auf«, sagte er. »Der Rest von Ihnen, der nur als Zuschauer hier ist, stellt sich da drüben hin. Zeugen und Familienangehörige weisen sich bitte gegenüber meinen Mitarbeitern aus.«

Einen Moment später erschienen zwei weitere Hilfssheriffs mit einem Absperrungsband, wie man es aus dem Kino kennt. Sie spannten es in der Mitte des Flurs, um die Medienvertreter von der Öffentlichkeit zu trennen.

Dann ging Sheriff Sexton zurück zum Richterzimmer, um Thomas N. Younger, den Richter aus Huntsville, zu treffen, der den Prozeß hierher verlagert hatte und der gerade seine Robe anlegte.

»Richter, ich habe da draußen eine schwierige Situation. Da sind weit mehr Leute ... weit mehr ... als je in den Gerichtssaal passen, und da sind Tausende von Medienvertretern und Reportern und Leuten, die sagen, sie kämen aus Hollywood und von der *New York Times* und so weiter, und sie alle sagen, daß sie da reinmüssen, um ihre Arbeit tun zu können.«

Richter Youngers Gesicht bewölkte sich, als die Medien erwähnt wurden – seine persönliche Nemesis, seit der Alabama-Zwillinge-Fall begonnen hatte.

»Fragen Sie mich, was wir mit den Medien machen sollen?« fragte er.

»Ja, Sir. Haben Sie einen bestimmten Plan?«

»Ja, habe ich.«

Sexton wartete.

Younger wandte sich ihm zu, und seine Augen glitzerten boshaft in dem finsteren Gesicht.

»Mein Plan ist: ›Wer zuerst kommt, mahlt zuerst.‹«

Die Sheriffs gingen zurück in den Flur und versuchten, die Absperrung zu entfernen, ehe sie ihre Ankündigung machten, aber die Reporter und Kameraleute ahnten sofort, daß ihr spezieller Einlaß in den Gerichtssaal eröffnet wurde. Sie drängten vorwärts zu dem Metalldetektor vor dem Gerichtssaal. Doch als die Zuschauer auf der anderen Seite des Flurs sahen, was vorging, drängten auch sie vorwärts, um sich Plätze zu sichern.

Zwei Beamte an dem Metalldetektor entschieden, daß es an der Zeit sei, den Druck durch das Öffnen der Tore zum Saal zu vermindern. Der Metalldetektor schrillte schon beim ersten, der passieren wollte, wie verrückt los. Die Hälfte von dem, was die Leute zur Inspektion auf den Klapptisch neben dem Metalldetektor legten, war für die Beamten fremd und nicht zu identifizieren – seltsame Piepser, handtellergroße Computer, Miniatur-Videokameras, zusammenklappbare Funktelefone, seltsam geformte Wasserflaschen. Während die Beamten den Erklärungen lauschten und mit den Besitzern der Teile diskutierten, ob die Sachen im Gerichtssaal erlaubt seien, versuchten andere vorbeizuschlüpfen.

Gerade noch hatte ein Beamter es geschafft, einen am Ärmel zu erwischen und ihn aufzufordern, den Inhalt seiner Tasche zu zeigen, die die Verpflegung für den Tag enthielt. Oben in der Tasche lag eine kleine Plastiktüte, die einen Berg scheußlich aussehende braune Masse enthielt.

Der Beamte wich zurück und rief aus: »Allmächtiger Gott, was ist denn das?«

Für einen Moment senkte sich Schweigen über die Menge, und jeder starrte auf die Bescherung auf dem Tisch.

»Feigen«, sagte der Mann. Er wandte sich wütend an den Mob hinter sich und sagte anklagend: »Jemand aus der Schlange hat sie zerdrückt.«

»Nun, Sir, Sie können sie nicht mit in den Saal nehmen«, sagte der Hilfssheriff. Er trat zurück und entfaltete eine Liste. »Keine Feigen! Kein Wasser in Flaschen! (Jedes zusätzliche Verbot wurde mit lautem Stöhnen und Klagen aus dem Flur kommentiert.) Keine Kameras! Keine Kassettenrecorder! Keine Computer! Keine Piepser! Keine Zeitungen!«

Der andere Hilfssheriff, eine Frau, sah von der Tasche auf, die sie durchsuchte, und murmelte: »Kein Nichts.«

Als die Sheriffs es schafften, die Tür vor der ärgerlichen Menge im Flur zuzudrücken, waren mehr als hundertzwanzig Zuschauer in ein paar Sitzreihen gepfercht, die für höchstens sechsundneunzig Leute gedacht waren. Eingeklemmt zwischen einem weißen Acrylflur und einer niedrigen weißen Decke aus lärmdämmendem Material, war der Raum beängstigend eng, laut und übelriechend. Medienvertreter und Zuschauer saßen da und musterten einander mißvergnügt.

Ein Saaldiener ließ die Jury durch eine Tür an der Rückwand in den Saal – zwölf Geschworene und zwei Reserven, zwölf Männer und zwei Frauen. Von den zwölf Geschworenen waren drei schwarz – ein junger Mann, ein älterer Mann und eine ältere Frau. Die überwältigende Mehrheit der Geschworenen bestand aus weißen Männern, die meisten mittleren bis fortgeschrittenen Alters und aus der Arbeiterklasse, mit Ausnahme eines Arztes im Ruhestand, eines Managementmitglieds von der Universität und eines Geschäftsmannes im Ruhestand.

Die Geschworenen sahen sich scheu um, als der Saaldiener sie zu ihren Plätzen brachte. Obwohl sie der Rechtsprechung des Tuscaloosa County unterlagen, wurden sie von Madison-County Hilfssheriff Wayne Johnson betreut, der aus Huntsville gekommen war, um beim Prozeß zu helfen und die Sicherheit von Richter Younger zu gewährleisten. Deputy Johnson, ein großer, rothaariger Mann mit einem breiten Lächeln, hielt inne und munterte die Jury auf, gab ihr Zeit, sich in die zwei Reihen mit je sieben freischwingenden Stühlen zu quetschen, die links an der Wand mit Blick in den Saal aufgestellt waren.

Richter Younger lehnte sich in seinem Stuhl zurück – ein hochgewachsener rotgesichtiger Mann mit dicken Brillengläsern, der hinter der Richterbank an der Stirnseite des Saals wie ein riesiger schwarzer Vogel hoch über dem Saal thronte. Er warf Deputy Johnson, einem alten Freund, einen schnellen, fast unauffälligen Blick zu, als wolle er sagen: ›Nun komm, Wayne, bring sie in Gang, ja?‹

Deputy Johnson, noch immer lächelnd, nickte dem Richter zu und sagte dann: »Kommen Sie, lassen Sie uns anfangen.«

Richter Younger war nicht zu Scherzen aufgelegt. Er hatte dem Richter, dessen Saal er geliehen hatte, gesagt, daß er gewillt sei, innerhalb von zwei Wochen den Fall der Alabama-Zwillinge abzuschließen und aus Tuscaloosa wieder raus zu sein. Wie es der Zufall wollte, würde Richter Younger schon nach der halben Zeit wieder zu Hause sein. Als am Ende alles gesagt und getan war, hatte die Jury relativ wenig Mühe, zu einer Entscheidung zu kommen.

Die Presse und die Medienvertreter, die mit dem Fall noch nicht so vertraut waren, drängten vorwärts, um einen Blick auf die Bank mit den Hauptakteuren zu werfen. Links an einem langen Tisch vor der Jury saß Jimmy Fry alleine. Bezirksanwalt Fry war in seinem Kreis bekannt dafür, daß er Fälle auf eigene Faust führte. Er war der Meinung, daß eine Bank voller Staatsanwälte den Eindruck einer allmächtigen Regierung vermittle, die dazu da sei, einfache Bürger zu verfolgen. Er hatte die Absicht, wie der einsamste Mann im Gerichtssaal auszusehen.

Er war sogar noch rundlicher, als es auf den Fotos den Anschein hatte, und er hatte ein Gesicht, das in einem Augenblick von strahlend zu tief betrübt wechseln konnte. Sein Haar war ordentlich gekämmt und hatte einen jungenhaften Schwung über der Stirn. Dort und an den Schläfen war es schon leicht ergraut. Während alle sich zurechtsetzten, erhob er sich, lehnte sich gegen die Schranke, wechselte ein paar Worte mit Mickey Brantley und überblickte die Menge.

Rechts war ein weiterer langer Tisch voller Leute. Charlie Hooper und Marc Sandlin saßen am einen Ende des Tisches. Sandlin sah ruhig und gefaßt aus und nickte und lächelte gelegentlich Bekannten im Saal zu. Hooper saß vorgebeugt da und hatte die Ellenbogen auf den Tisch gestützt, in der Haltung eines Boxers, der erwartet, daß man ihn k.o. schlägt.

Am anderen Ende des Tisches saß der legendäre Bobby Lee Cook, der dünn, erschöpft, ausgemergelt und blaß wirkte. Sein normalerweise gut gestutzter Kinnbart war ein bißchen gewachsen, so daß er wie bei einer schlechten Karikatur von Abraham Lincoln hervorragte, und sein Haar, immer schon etwas zu lang, hing ihm über den Kragen.

Außerdem saß ein eleganter, attraktiver Rechtsanwalt Mitte Vierzig mit am Tisch, den die Medien noch nicht kannten. Jack Drake hatte Verbindungen zur juristischen

Fakultät der Universität von Alabama und wurde als Kandidat für einen höheren Richterposten gehandelt. Seine Aufgabe im Team lautete, alles zu registrieren, was man später für eine Berufung nutzen konnte.

Eingeklemmt zwischen den anderen, den Rücken zum Publikum, saß Betty. Sie trug ein gut geschnittenes, graues Kleid mit Fischgrätmuster. Ihre Haare waren kurz geschnitten und dunkel gefärbt, mit weißen Schläfen, um das Muster des Kleides aufzunehmen – das Werk eines Friseurs, den Charlie Hooper von Huntsville mit nach Tuscaloosa gebracht hatte.

Das Kleid, die Frisur und ein exzellentes Make-up – alles sollte dazu dienen, ihr den Gefängnisgeruch zu nehmen und sie wie eine respektable Dame aussehen zu lassen.

Es funktionierte nicht. Betty Wilson hatte den Großteil des Jahres eingesperrt in einer engen Zelle verbracht, die kleiner war als die Strafzellen der großen Gefängnisse. Ihr einziger Kontakt mit der Außenwelt war Charlie Hooper gewesen. Im Laufe dieser langen Monate war das Madison County-Gefängnis von jener Art Verrücktheit ergriffen worden, die es nur in Gefängnissen gibt. Allen war klar, Wachen und Gefangenen gleichermaßen, daß James Dennison White derjenige war, der das offizielle Siegel der Zustimmung trug – die saubere Weste. Betty Wilson war die weiße Frau, die im Haus ihres kranken Mannes mit Afroamerikanern geschlafen hatte – die Verliererin. Wachen und Gefangene hatten Blut gewittert und sich gegen sie zusammengeschlossen.

Im Laufe der Monate hatten die Quälereien und Verhöhnungen zugenommen. Als Charlie Hooper den Sheriff des Madison County-Gefängnisses zwingen wollte, ihm und seiner Klientin mehr Privatsphäre zuzugestehen, kamen Gerüchte auf, daß Hooper und seine Klientin eine Affäre hätten. Bettys wütender Überlebenswille hielt sie aufrecht, aber nur mühsam. Als sie nach Tuscaloosa kam, war jeder Tag der Gefangenschaft in ihr Gesicht eingegraben.

Im Gefängnis war sie Zeugin geworden, wie ihr Körper, von Kopf bis Fuß durch plastische Chirurgie aufgebaut, seine Form verlor. Die verschiedenen Korrekturen sahen nicht mehr so sehr nach Schönheit aus, sondern mehr nach kosmetischer Operation.

Das teure Kleid, die gute Frisur und das übertriebene Make-up paßten schlecht zu ihrer körperlichen Verfassung. Sie sah angegriffen aus. Schlimmer noch – das Facelifting und das starke Augen-Make-up, verstärkt durch den ständigen Versuch, die Tränen zurückzuhalten, ließen ihr Gesicht zu einer Maske erstarren. Die Augen waren kaum zu sehen.

Sie war blaß vor Angst. Sie hatte keine Ahnung, daß sie auch Angst einjagte. Ihr Auftritt am ersten Prozeßtag wirkte nicht positiv.

Als der Prozeß begann, verließ Jimmy Fry seinen Platz und baute sich vor der Jury auf. Er lächelte sie an und sagte: »Wie geht es Ihnen heute?«

Die Geschworenen nickten und gaben irgendeine Antwort.

»Gut.«

»Gut, Sir, danke.«

»Hallo.«

Nachdem ihm alle geantwortet hatten, sagte er: »Ich bin Jimmy Fry, der Bezirksanwalt von Limestone County, und ich werde die Seite des Staates in diesem Fall vertreten.«

Er gab der Jury einen kurzen Überblick über ihre Verantwortung und betonte dabei die enorme Bedeutung, die sie für den Fall hatte. Dann trat er zurück und steckte die Hände in die Taschen.

»Es gibt einen schönen lateinischen Ausdruck, den ich

sehr schätze – *tabula rasa* – was, glaube ich, saubere Tafel bedeutet, sofern Sie betroffen sind.«

Er entfernte sich etwas von den Geschworenen, blieb stehen und sah sie gedankenverloren an, als sei ihm plötzlich etwas Nettes eingefallen.

»Als ich ein Kind war, hatte ich einen der besten Babysitter der Welt«, er lächelte breit bei der Erinnerung. »Es hieß das ›Rich Theatre‹. Es kostete fünfzehn Pence Eintritt, dort einen Film zu sehen.«

Ein paar der älteren Geschworenen lächelten, nickten und murmelten zustimmend.

»Popcorn und Cola kosteten zehn Cent.«

Alle Geschworenen nickten und lächelten.

»Meine Mutter arbeitete bei der Telefonvermittlung gleich gegenüber. Ich mußte auf sie warten, bis sie Feierabend hatte. Also ging ich jeden Tag gleich nach der Schule in das nahe Kino.«

Eine ältere Geschworene nickte voll Sympathie und sah sich dann im Gerichtssaal um, als wollte sie sagen: »Sie müssen ein guter Junge gewesen sein.«

»Was Sie gleich hören werden«, fuhr er fort, »nennt man ›Vorschau auf kommende Ereignisse‹. Ich will Ihnen eine Ahnung von den Dingen geben, die Ihnen später in diesem Prozeß durch Beweise und Zeugenaussagen vorgestellt werden sollen.«

Er erzählte ihnen von Dr. Jack Wilson – der Augenarzt aus Huntsville, den alle Patienten angebetet hatten. Er führte die Geschworenen schnell bis zum Zeitpunkt des Mordes. Er erzählte ihnen von James Dennison White, dem Kerl, der Dr. Wilson getötet hatte.

Mit dramatisch gesenkter Stimme sagte er: »Jack Wilson verließ seine Praxis um 16 Uhr 30. James Dennison White wartete zu Hause auf ihn. Er war schon einige Zeit dort. Er wartete auf ihn.«

Fry zog sich an das Geländer zurück, das ihn von der

Jury trennte. Er legte die Hände auf die Brüstung und sah sie einen Moment lang schweigend an. Einige der Geschworenen zogen sich zurück, sie ahnten, was jetzt kam.

»Als die Polizei Jack Wilson fand, waren seine Unterarme gebrochen, zerschmettert. Sein Schädel war eingeschlagen. Er wies Stichwunden im Bauch auf. Er starb im zweiten Stock seines eigenen Hauses vor dem Schlafzimmer seiner Frau in einem Meer von Blut – seinem eigenen.«

Fry sah die Geschworenen an. Er erklärte ihnen, daß der Staat Beweise beibringen werde, um zu zeigen, daß James Dennison White von Wilsons Frau Betty, die dort am Verteidigertisch sitze, dafür bezahlt worden sei, Dr. Wilson zu ermorden.

Sobald Fry Betty erwähnte, hingen die Augen aller Geschworenen an ihm, sahen ihn an und vermieden deutlich, zu der Angeklagten an ihrem Tisch hinüberzublicken. Aber Fry sah hin, erst nur mit den Augen. Dann wandte er ihr langsam sein Gesicht zu, dann den Kopf, schließlich den ganzen Körper, wobei er die Blicke der Geschworenen mit sich zog, bis sie alle Betty anstarrten, die den Blick aus ihrer augenlosen Maske erwiderte.

»Wer ist Betty Wilson?« fragte Fry ruhig. »Ich will es Ihnen sagen.«

Er begann, entnervend langsam auf sie zuzugehen, so daß jede Silbe, die er sprach, ihn ihr einen Zentimeter näherbrachte, wobei er die Jury mitzog.

»Ich will es Ihnen sagen. Sie war eine eitle und selbstsüchtige Frau. Sie war von ihrem Bild und ihrer Erscheinung besessen. Von Besitz. Einem großen Haus. Zwei teuren Autos. Von dem, was alle von uns, so denke ich, als gutes Leben bezeichnen.«

Er war auf halbem Wege zu ihr.

»Es sah so aus, als hätte sie alles. Aber ...«

Er trat dicht an den Tisch der Verteidigung ...

»Sie wollte ...«

Er war fast da ...

»... mehr!«

Endlich stand er vor ihr, blickte ihr ins Gesicht, als sei sie ein ekliges Tier.

»Tatsächlich wollte sie nicht mehr«, sagte er und hob seine Stimme zu einem biblischen Donnern. »Sie wollte alles! Sie wollte es jetzt!«

Er wandte sich von ihrem Gesicht ab und kehrte rasch zur Jury zurück, erzählte ihr Dinge in einem atemlosen Flüstern, als sei er schockiert – fassungslos über seine eigenen Worte.

»Sie machte in der Öffentlichkeit herabsetzende Bemerkungen über ihren Mann. Sie wies ihn zurück.«

Fry konzentrierte sich auf die kleine alte Dame, die so zustimmend genickt hatte, als er die Geschichte von dem Kino erzählt hatte.

»Sie verfluchte ihn.«

Die Dame richtete sich auf, ihre Handtasche auf ihrem Schoß mit beiden Händen umklammernd. Sie schüttelte den Kopf und krümmte die Schultern.

»Sie erniedrigte ihn vor seinen Patienten und Mitarbeitern. Sie erzählte einigen ihrer besten Freunde, daß Jack Wilson sie anekle und sie ihn nur aus dem Grund nicht verlasse, weil sie ihren ...«, Fry unterbrach sich, um seinen nächsten Worten mehr Bedeutung zu verleihen, »... ihren *Lebensstil* nicht aufgeben wollte.«

»Sie nahm ohne sein Wissen Geld. Sie hatte Liebhaber.« Fry wandte bei diesen Worten den Blick taktvoll von der Jury ab. »Sie hatte Liebhaber in Birmingham«, sagte er und sah Betty an. »Sie hatte Liebhaber in New York. Wo immer sie hinging, hatte sie Liebhaber.«

Fry trat zu einer Wandtafel an einem Ende der Bank, ergriff ein Stück Kreide und zeichnete ein großes, rohes Dreieck.

»Meine Damen und Herren, hier haben Sie ein Dreieck. Auf der einen Seite ist Betty Wilson. Auf der anderen Seite ist ihre Zwillingsschwester, Peggy Lowe. Auf der dritten Seite ist James Dennison White. Und im Zentrum steht Jack Wilson. Es ist wie feuchtes Heu in der Scheune. Hier haben wir alle Elemente für eine spontane Entzündung.«

Fry musterte die Jury. Alle waren aufmerksam, hörten zu und schienen ihm wohlgesonnen. Er hatte den einfacheren Teil seiner Absicht erfüllt, Betty als Hexe zu charakterisieren. Jetzt würde er zum schweren Teil übergehen, James White als Menschen darzustellen.

»James White«, sagte er langsam. »James White.«

»Aufgewachsen in Sillicoga. Seine Eltern waren nicht verheiratet. Mit fünfzehn nahm er den Namen seines Vaters an, später dann den seiner Mutter. Er wurde nicht mit einem Silberlöffel im Mund geboren.

Mit siebzehn ging er zur Armee. Er wurde nach Vietnam geschickt, und während er dort war, erging es ihm wie vielen jungen Leuten, er drehte durch. Er kam wieder nach Hause. Er wurde alkohol- und tablettenabhängig.

Die meiste Zeit nahm er Drogen. Seit er die Armee verließ, war er immer wieder in VA-Krankenhäusern. Er wird nie eine Auszeichnung als guter Bürger bekommen.

Wir kommen zum Sommer 1991. Er ist seit zwei Jahren verheiratet. Er hat zwei Kinder. Seine Frau hat ihn rausgeworfen.

Im August 1991 hat er begonnen, Handwerksarbeiten in der Vincent-Grundschule in Shelby County auszuführen, wo er Regale nach Auftrag baute. In der Zeit entwickelte sich eine Freundschaft mit Peggy Lowe, die an der Vincent-Grundschule als Lehrerin beschäftigt war.«

Jimmy Fry kehrte zum Geländer zurück und lehnte sich daran, um nahe bei der Jury zu sein, eifrig bemüht, ihr den nächsten Punkt deutlich zu machen.

»James war von Miz Lowe sehr beeindruckt. Es war das

erste Mal in seinem Leben, daß er eine Frau von Klasse aus einer anderen Schicht kennenlernte, die sich Zeit für ihn nahm.«

Er machte eine Pause, um dieses Argument wirken zu lassen. Alle Verteidiger schienen die Ohren aufzustellen und genau zuzuhören. Die Jury so weit zu bringen, daß sie glaubte, Peggy Lowe habe James küssen wollen, geschweige denn eine Affäre mit ihm gehabt, das war der schwierigste Teil des Ganzen. Bei dieser Herausforderung bestand der delikateste Teil in den Klassenunterschieden – ein Punkt, der dem Südstaatenherzen noch näher liegt als das Rassenproblem.

»Sie entwickelten, was Sie vielleicht eine Telefonromanze nennen würden«, sagte Fry. »Stundenlang sprachen sie am Telefon miteinander. Das dauerte im Frühjahr 1992 an. Sie versicherten einander per Telefon ihre großen Gefühle.«

Er schüttelte den Kopf voller Kummer angesichts des Laufs der Welt. »Sie hatte den alten James hübsch im Griff.«

Einige der männlichen Geschworenen grinsten anerkennend und rissen sich dann schnell zusammen. Die Frauen schürzten leicht die Lippen.

»Sie fing an, James zu erzählen, wie unglücklich sie mit ihrem Mann sei und wie sehr sie wünsche, daß er nicht da sei. James, der gute Kerl, versuchte, sie zu beeindrucken, und sagte: ›Nun, da läßt sich sicherlich etwas arrangieren.‹

›Komm dieses Frühjahr‹, antwortete ihm Peggy, ›du weißt, daß meine Schwester furchtbar unglücklich ist.‹ Und der gute James sagte: ›Vielleicht kann ich für dich mit jemandem darüber reden.‹ Sie fragte: ›Wieviel würde das kosten?‹ Er sagte: ›Oh, ich weiß nicht, vielleicht fünftausend Dollar.‹

Nun stellte sich heraus, daß James im Mai 1992 plötzlich über Geld verfügte, zweitausendfünfhundert Dollar, um genau zu sein, und er bezahlte damit seine Rechnungen.

Dann fingen Betty und Peggy an, ihn zu bearbeiten, daß er etwas tun solle. Am 15. Mai 1992 fuhr James nach Huntsville und nahm den Job in Angriff. Aber er brauchte zweihundert Dollar für seine Auslagen. Also fuhr James White am nächsten Abend, am 16. Mai 1992, zur Guntersville State Lodge. Da sollte ein Buch auf dem Rücksitz von Bettys schwarzem BMW liegen, eineinhalb Meilen vom Eingang entfernt, mit dem Geld für seine Unkosten darin.«

Fry wandte sich von der Jury ab und wanderte zur Rückseite des Saals, erzählte die Geschichte wie einen Traum.

»Aber er traf erst spät dort ein.

Das Tor war geschlossen.

Also schickte Mrs. Wilson einen Sicherheitsbeamten zum Auto, um das Buch zu holen und es James zu geben. Sie sagte der Wache, er solle es James geben …«

Er ging zur Jury zurück, die Stimme gesenkt und konzentriert.

»… und sie sagte der Wache, er solle James sagen … Sagen Sie ihm …«

Er hielt inne und sah sich die Gesichter der Geschworenen an.

»Sagen Sie James, er solle sich *eine gute Zeit machen*.«

Ein jüngerer Geschworener schüttelte den Kopf. Eine der Frauen hob für einen Moment die Hand an den Mund, dann legte sie sie wieder in den Schoß.

»Und sie wollte ihr Buch zurückhaben.«

Er hielt die Hand hoch und zuckte die Achseln, als wolle er sagen, daß normale Menschen sich so etwas einfach nicht vorstellen könnten.

Die Verteidiger waren aufmerksam, still und gespannt.

»In der folgenden Woche«, sagte Fry, »erzählte James den Damen, daß er kein Gewehr habe, um das Verbrechen zu begehen. Am 20. Mai übergaben sie ihm am Logan Martin-See eine Pistole.«

Bobby Lee Cook saß mit dem Rücken zu Fry in seinem Stuhl und starrte auf den Tisch. Unmöglich zu sagen, ob er zuhörte oder an etwas anderes dachte. Aber die anderen Verteidiger tauschten wütende und schockierte Blicke.

Bis kurz vor dem Prozeß hatte die Anklage behauptet, daß James' Treffen mit den Schwestern am 21. Mai stattgefunden hätte.

Jetzt war das Datum beiläufig auf den 20. Mai verschoben worden. Am 21. Mai war Betty nicht in Talladega oder in der Nähe von Vincent oder der Stelle gewesen, wo James sie getroffen haben wollte.

Darauf und auf andere Schwachstellen in James' Geschichte hatte die Verteidigung gesetzt, um ihn als Lügner zu brandmarken. Aber jetzt war das Loch geflickt – die Folge, kein Zweifel, von einer weiteren von James' überraschenden Eingebungen.

Es war ein unglückliches Vorzeichen für das, was noch vor ihnen lag. Es bedeutete, daß James, Brantley und Fry James' Version der Ereignisse korrigiert hatten, damit es zu dem paßte, was Peggys Hausgast Linda Vascocu später dem Gericht erzählen würde.

Brantley hatte es nicht geschafft, Linda dazu zu bringen, ihre Aussage zu ändern. Also hatte James seine geändert.

Wie viele Berichtigungen lagen noch vor ihnen? Wieviel mehr Daten und Details hatte James in den letzten Tagen plötzlich anders erinnert, nachdem die Staatsanwaltschaft die Aussagen weiterer Zeugen gesehen hatte und keine Zeit mehr war, die neuen Informationen an die Verteidigung weiterzugeben?

»Am nächsten Tag«, fuhr Fry fort, »stand James mit der Waffe draußen vor der Praxis von Dr. Wilson. Aber es waren viele Leute dort und viel Verkehr, also entschied er, daß er ihn dort nicht töten konnte. Er rief aus einer Telefonzelle an, sprach mit Mrs. Lowe und mit der Angeklagten, Betty Wilson, die an dem Tag in Talladega war. Er sagte zu Mrs. Wilson: ›Ich brauche mehr Geld.‹

Sie sagte: ›Ich bin gleich da. Ich treffe Sie in Huntsville und bringe Ihnen das Geld, das Sie brauchen.‹ Und das tat sie. Sie fuhr direkt nach Huntsville zurück, traf ihn im Parkway City-Einkaufszentrum und gab ihm das Geld, das er brauchte.

In dieser Nacht blieb er in einem Motel und führte noch mehr Telefonate. Am nächsten Tag ging er in das Haus der Wilsons am Boulder Circle und legte sich dort auf die Lauer.«

Fry ging, während er sprach, vor den Geschworenen im Kreis und begleitete seine Darlegung mit Gesten – James, der zusammengekauert im Schatten lauerte, Jack Wilson, der abends nach Hause kam, in seliger Ahnungslosigkeit über sein Schicksal.

»Dr. Wilson kam spät. Es war nach drei. Halb vier, vier Uhr. Endlich kam er nach Hause. Er stieg die Treppe zum Schlafzimmer seiner Frau hinauf. Da wartete James. Sie standen einander gegenüber. Es gab einen Kampf. Der Doktor wurde getötet.

James White sollte durch den Hintergarten zur Hauptstraße fliehen, aber er hielt das für eine schlechte Idee.«

Bobby Lee Cook starrte noch immer seine Handrücken an, aber Hooper, Sandlin und Jack Drake saßen sichtlich wie auf glühenden Kohlen. Ein Schlüsselmoment stand bevor – der Zeitpunkt von James' Flucht. Bettys Nachmittag ließ sich Punkt für Punkt rekonstruieren, nur gegen 17 Uhr fehlten ein paar Minuten.

Fry setzte den Mord für 16 Uhr an – etwas spät, wenn man den forensischen Bericht kannte, aber noch in den Grenzen des Möglichen –, und er ließ James fliehen und es sich dann anders überlegen. Was dann? James war schon aus dem Haus, aufgeputscht durch Alkohol und Drogen, voller Blut. Was Fry wohl als nächstes mit ihm machen würde?

»Er ging also zurück ins Haus«, sagte Fry.

Drake und Sandlin tauschten einen kurzen, ungläubigen Blick. Er ging zurück ins Haus? Wer sollte das glauben?

»Er ging zurück ins Haus und blieb dort«, sagte Fry. »Gegen 17 Uhr kehrte die Angeklagte Betty Wilson zurück, vielleicht außerplanmäßig. Und James war noch dort. Er sollte eigentlich fort sein.

Also kroch er unter ein paar Kleidungsstücke auf dem Rücksitz ihres Wagens, Kleider in Plastikhüllen. Und sie brachte ihn zu seinem Kleinlastwagen.

Zwei Tage später sprach die Polizei von Shelby County mit James. Er brach zusammen. Er erzählte Bruchstücke der Geschichte. Er wußte nicht, ob er gefaßt war oder nicht.«

Fry war fast am Ende. Aber er verharrte noch am Geländer, als wolle er noch ein letztes Thema anschneiden.

»Im letzten Sommer schlug ein anderer Bezirksanwalt in Madison County – nicht ich, ein anderer – James White einen Handel vor. Ihm wird es erlaubt, sich des Mordes schuldig zu bekennen, des Mordes, nicht heimtückischen Mordes, im Austausch für seine Kooperation in diesem Fall.

Das heißt, daß er sich dem Urteil lebenslänglich gegenüber sieht, aber auch der Möglichkeit einer Begnadigung.

Ich habe den Handel nicht abgeschlossen. Aber ich bin daran gebunden. Gefällt mir das?« Er lief eine Weile auf und ab und schüttelte dabei abwägend den Kopf für nein. Dann blieb er vor der Jury stehen. »Ich weiß es nicht. Ich weiß es nicht. Der Handel verlangt, daß Mr. White die Wahrheit sagt. Wenn er lügt oder uns in die Irre führt, ist der Handel hinfällig. Er muß die Wahrheit sagen.

Wie sah Betty Wilsons Handel aus? Was sprang für sie dabei heraus? Ich will es Ihnen sagen. Wenn sie damit durchgekommen wäre, hätte sie nur Tage nach dem Tod ihres Mannes vier Millionen Dollar in der Hand gehabt. Vier *Millionen* Dollar. Das war Betty Wilsons Handel.«

Fry warf einen Blick auf die Uhr, als wolle er zeigen, daß es für die Jury schon ein sehr langer Tag gewesen sei. Dann dankte er ihnen für ihre Aufmerksamkeit und nahm Platz.

Richter Younger sah zu den Verteidigern hinüber und wartete, daß einer von ihnen aufstand. Er erwartete wie die meisten Insider Hooper oder vielleicht Sandlin, weil sie diejenigen waren, die die Geschichte kannten und von Anfang an an dem Fall arbeiteten. Aber es war Bobby Lee Cook, der sich erhob.

Cook stand kaum, da öffnete sich die Tür zum Gerichtssaal, und einige Leute liefen zu den Plätzen gegenüber der Jury – die Gattinnen der Anwälte, Personal des Gerichts, Juraprofessoren, führende Leute der Stadt Tuscaloosa. Sie alle hatten auf den Moment gewartet, wenn der berühmte Mann sprechen würde.

Cook stand am Tisch, sah sich im Gerichtssaal um und wartete auf etwas. Endlich schrak der Saaldiener auf und flüsterte: »Das Podium? Jetzt?«

Cook nickte bejahend, etwas anmaßend. Wayne Johnson trat vor, um dem Gerichtsdiener zu helfen, und zusammen mit zwei weiteren Uniformierten beeilten sie sich, Mr. Cooks Wunsch nachzukommen, indem sie ein angeschlagenes braunes Holzpodium vor der Jury aufstellten. Sie drehten sich um, um zu sehen, ob er zufrieden war, aber Cook bedeutete ihnen, daß er es gerne näher an der Jury hätte.

Als es aufgestellt war, stieg Bobby Lee Cook auf das Podium hinauf, legte einen Stapel Papiere dort ab und umfaßte das Pult dann mit beiden Händen. Sein breiter

Georgia-Akzent und seine gute Aussprache ließen jede Silbe hervortreten, als er begann: »Meine Damen und Herren Geschworenen. Ich werde Ihnen nichts aus meiner Kindheit, über Kinos oder lateinische Ausdrücke erzählen. Ich denke auch nicht, daß es notwendig ist, diese Jury über ihre Verantwortung zu unterrichten, denn ich habe das Gefühl, daß Sie alle schon wissen, wie wichtig diese Angelegenheit ist.«

Plötzlich lächelte er sie an. Und alle lächelten, fast erleichtert, zurück.

»Meine Damen und Herren, meine Klientin hat ihre Fehler. Wie wir alle. Sie hat freiwillig zugegeben, daß sie Affären hatte.«

Die ältere weiße Frau in der Jury sah etwas enttäuscht aus, als sie das hörte.

»Aber das ist nicht das, weswegen sie hier angeklagt ist.«

Ein junger Mann warf Cook einen schiefen Blick zu, als erwartete er zu hören, daß sie wegen der Affären in einem anderen Fall angeklagt würde.

»Im Juli 1978 heiratete sie Dr. Jack Wilson. Beide hatten jeweils drei Kinder aus erster Ehe.

Betty«, fuhr er fort, »war einige Jahre lang Alkoholikerin. Die letzten sechs Jahre war sie nüchtern. Sie hat ernsthaft und engagiert an den Treffen der Anonymen Alkoholiker teilgenommen und andere Entziehungskuren mitgemacht.«

Einige der Geschworenen drehten sich das erste Mal um, um Betty anzusehen.

Cook erzählte der Jury von Bettys Zwillingsschwester Peggy, die in Vincent wohne, mit Wayne verheiratet sei, im Chor singe und als Lehrerin arbeite.

»Sowohl Wayne als auch Peggy helfen gerne – heimatlosen, glücklosen Leuten. Dieser Mann, James White, kam zu ihnen. Er hatte Probleme mit Alkohol und mit Drogen.

Er goß eine Auffahrt für Wayne und eine für Waynes Mutter, und er wurde dafür bezahlt.«

Cook wandte den Blick von der Jury ab und begann, aus den Papieren vor sich vorzulesen.

»Im August des letzten Jahres ging James White zu einem VA-Krankenhaus und klagte über optische und akustische Halluzinationen.«

Cook sah die Jury an. »Stimmen.«

Die Geschworenen beugten sich gespannt vor.

»Er verließ die Klinik ohne angemessene Medikamentenbehandlung.«

Cook kam hinter dem Podium hervor wie ein Boxer aus seiner Ecke. Er ging vor der Jury auf und ab.

»Der Fall der Staatsanwaltschaft ist aufgebaut auf der Glaubwürdigkeit von James Dennison White. Doch er hatte schon durchgedreht, ehe er überhaupt in Vietnam gewesen war!«

Er trat wieder hinter das Podium und hob einen Zeigefinger. In der gedehnten Weise eines langgedienten Colonels sagte er: »Ich bin aus dem zweiten Weltkrieg in diese Stadt Tuscaloosa, Alabama, zurückgekommen und habe mich an dieser großartigen Universität zwei Monate nach meiner Landung in San Francisco eingeschrieben.«

Wieder verließ er das Podium und ging diesmal zum Geländer, das er mit beiden Händen umklammerte, so daß die Knöchel weiß hervorstanden. Sein Gesicht rötete sich, als er sagte: »James White wurde wegen Ungehorsams und Befehlsverweigerung entlassen. Er war ein Drückeberger. Er verließ seinen Posten.«

Er sah den älteren Mann in der Jury an und sagte: »Wenn in unserem Krieg jeder sich gedrückt oder seinen Posten verlassen hätte, würden wir jetzt entweder Japanisch oder Deutsch sprechen.«

Die älteren Geschworenen nickten deutliche Zustimmung. Die Gesichter der Männer mittleren Alters blieben ausdruckslos.

Bobby Lee Cook schwieg und beobachtete sie.

»Dieser Mann, dieser James Dennison White, wurde wegen Drogenhandels verhaftet. Er floh. Er wurde ausgeliefert. Er ist ein pathologischer Lügner. Kein Geschäftsmann oder Mitglied dieser Jury würde sich auf sein Wort verlassen. Von ihm würden Sie nicht mal ein gebrauchtes Auto kaufen wollen.«

Cook kehrte aufs Podium zurück und las aus den Papieren vor: »Bei ihm wurde wiederholt diagnostiziert, daß er psychotisch, paranoid und selbstmordgefährdet sei. Er nahm Alkohol, Amphetamine, organische Lösungsmittel, intravenöse Opiate, LSD.«

Er sah auf. »Er ist nur dann sauber, wenn er sitzt. Er hat im Suff seine eigene Tochter sexuell mißbraucht. Er haßt Frauen seit der High School. Er hat eine Reihe von Gedächtnislücken erlebt. Und er hat stets die Regierung für alle seine Probleme verantwortlich gemacht.«

Cook nahm ein Blatt Papier auf. »Jetzt will ich Ihnen das vorlesen. Das ist der Bericht der Ärzte, als er das letzte Mal in einer VA-Klinik war. Hören Sie zu: ›Patient neigt zum Phantasieren und zu ausgeprägten Tagträumen. Er mißinterpretiert ständig die Worte und Taten anderer.‹«

Cook schwächte den Sinneswandel ab, den James in Hinsicht auf das Treffen mit den Zwillingen am Logan Martin-See gemacht hatte. An diesem Punkt waren alle Geschworenen ein bißchen erschöpft. Bis auf Frys kurze Erwähnung hatte ihnen noch niemand erklärt, was und warum es damit so viel auf sich hatte, welche Rolle die Waffe spielte oder nicht, wie die Beziehungen zwischen James White und den Angeklagten waren und was, bis auf die bloßen Ereignisse, in diesem Fall passiert war.

Cook fuhr damit fort, durch die Papiere vor sich zu blättern, entdeckte dabei weitere Ungereimtheiten in James' vielen Aussagen und machte die Geschworenen damit bekannt. Als ein älterer Geschworener hörbar zu schnarchen begann, setzte Richter Younger eine Pause an.

Die Seitenstraßen rund um das Gerichtsgebäude waren von Übertragungswagen verstopft, deren Mannschaften über Kabel stolperten, als sie sich beeilten, Bilder an die jeweiligen Heimatsender zu schicken, damit sie für die ersten Nachrichten ankamen. Überall standen schöne junge Frauen und attraktive Männer vor Kameras und wiederholten wieder und wieder dieselben Phrasen:

»Der berühmte Anwalt aus Atlanta, Bobby Lee Cook ...«

»Der berühmte Experte ...«

»... Cook eröffnete den Betty Wilson-Prozeß heute mit einer aggressiven Rede ...«

»... Cook beeindruckte die Geschworenen mit seiner minuziösen Beweisdarlegung ...«

»... die Geschworenen lauschten fassungslos, als Cook zum Angriff überging ...«

»... nachdem er seine legendäre Tapferkeit vor Gericht gezeigt hatte, verließ Cook beschwingt ...«

Ein Reporter wurde überhört; er erzählte den Zuschauern: »Der Bezirksanwalt von Limestone County, Jimmy Fry, gab den Geschworenen eine lange, offizielle Einführung in die Fakten.«

Nach dem Essen holte Fry als erstes die Polizisten in den Zeugenstand, und er begann mit dem ersten Beamten am Mordschauplatz und ging dann weiter zu Officer Glenn Nunnally, der die Spurensicherung geleitet hatte. Stück für Stück legte Fry den Geschworenen den Fall auf einem Tablett vor, damit sie alles verstanden. Das tat er methodisch und sorgfältig und beobachtete dabei die Gesichter der Geschworenen genau.

In der Mittagspause hatte jemand die Geschworenen mit Notizblöcken ausgestattet, und einige schrieben jetzt eifrig mit, was sie von den Zeugen an Einzelheiten erfuhren – was gefunden worden war, was nicht, wann die Anrufe getätigt worden waren, wer kam. Nunnally erzählte ihnen von dem Pistolenkasten, der offen im Schrank von Dr. Wilsons Schlafzimmer gefunden worden war, und von der Art der Kugeln. Einige Juroren schrieben jedes Wort mit.

Betty saß bewegungslos am Tisch der Verteidigung, sah jeden Zeugen an, hörte aber teilweise gar nicht, was sie sagten. In der Mittagspause hatten die Tränen einen Teil ihres Make-ups abgewaschen, und nun sah sie natürlicher aus.

Fast alles, was die Polizeizeugen aussagten, war exakt so, wie sie es angegeben hatte. Alle Fakten sprachen für ihre Unschuld. Wenn sie beispielsweise den Mörder mit einer Waffe ausgestattet hätte, hätte sie ihm dann ihre eigene, auf ihren Namen eingetragene Pistole gegeben und dann Kasten und Munition offen liegenlassen?

Bobby Lee Cooks Bild von James White war vernichtend. Die Psychiater, die ihn im Laufe der Jahre analysiert hatten, sagten nicht nur, daß er allgemein verrückt sei, sondern daß er insbesondere phantasiere und mißinterpretiere, was die Leute sagten – genau das mußte passiert sein, als Peggy ihm entgegenkam, um ihm zu helfen. Er hatte ihr Mitgefühl als sexuelle Annäherung verstanden. Als es nicht so ablief, wie er wollte, und Betty ihn zur Rede stellte, verfiel er in eine Art psychopathische Wut, wie er sie schon sein ganzes Leben lang erlebt hatte. Spuren davon fand man in all seinen medizinischen und militärischen Berichten. Es war alles so eindeutig.

Einmal in Polizeigewahrsam und ausgenüchtert, besann er sich auf den anderen Teil seiner Persönlichkeit, die ebenso deutlich in den Berichten aufschimmerte – die

Bauernschläue, die Verhandlungskunst, das Wissen, wie man die Cops zu nehmen hatte und den Autoritäten Sand in die Augen streute.

Brantley war nicht so klug. Oder er war von ein paar ehrgeizigen Bezirksanwälten als Aushängeschild benutzt worden. Sie wollten den Fall für ihre Werbekampagnen ausschlachten und kümmerten sich nicht weiter darum, was aus ihm oder seiner Karriere wurde. So tat er vielleicht das einzige, was ein Polizist tun konnte. Er empfing seine Befehle und befolgte sie genau. Er ließ es geschehen.

Aber jetzt ... jetzt würde der Alptraum für Betty doch sicher enden. Jacks schrecklicher Tod. Ein Jahr in einem Rattenkäfig, in dem sie von Gefangenen und Gesetzesvertretern gleichermaßen gequält wurde. Sicher würden die guten und verläßlichen Geschworenen, wenn sie die Fakten hörten, wissen, was geschehen war, und dieser Alptraum würde aufhören.

Langsam, zögernd wandte Betty sich um und sah zu den Geschworenen hinüber, als der Nachmittag fortschritt. Ein paar von ihnen blickten nervös in ihre Richtung, wandten ihre Augen aber immer schnell ab, wenn ihre Blicke sich trafen.

Ihre anfängliche starke Furcht vor dem Prozeß schwand allmählich, aber statt dessen wuchs ein viel schlimmeres Gefühl in ihr wie Frostbeulen, die von den Füßen aufsteigen. Je mehr sie zu den eifrig schreibenden Geschworenen hinsah, die ihren Blicken auswichen, desto stärker empfand sie das Gefühl von Kälte und Unheil.

Sie konnten ihr das Leben nehmen. Diese vierzehn Leute, die da auf wackeligen Stühlen links an der Wand saßen, konnten alle Fakten auf andere Weise verstehen. Sie konnten mißinterpretieren, was ihnen da erzählt wurde.

Sie konnten dafür stimmen, ihr das Leben zu nehmen.

Je mehr ihre anfängliche Angst schwand, desto mehr

konzentrierte Betty sich auf das, was die Anwälte sagten, und auf die Wirkung, die das auf die Jury hatte.

Am späten Nachmittag, als alle Geschworenen schon in ihren Stühlen zusammensanken und einige zu dösen begannen, rief Jimmy Fry Dr. Joseph Embry, den Chefpathologen der Forensik von Alabama, in den Zeugenstand. Dr. Embry, ein kleiner Mann Anfang Vierzig, das graue Gesicht hinter dicken Brillengläsern verborgen, sprach mit leiser Stimme, die genau zwischen sanft und lakonisch lag. Während er die Farbfotos von der Leiche und dem Tatort kommentierte, klang er wie der populäre amerikanische Kinderfilmheld Mr. Rogers.

»Hier sehen Sie neun Risse im Schädel, die zwischen sieben Achtel Zentimeter und zwei Zentimeter lang sind«, sagte er weich. »Die meisten sind eineinhalb Zentimeter lang. Allein zwei davon sind auf der Stirn, wie Sie sehen können.«

Die Bilder waren große glänzende Polizeiaufnahmen, die bei starkem Licht aus großer Nähe aufgenommen waren, um die Einzelheiten der Verletzungen festzuhalten. Als Embry seine Ausführungen beendet hatte, nahm Fry die Fotos und reichte sie den Geschworenen, wo sie von Hand zu Hand gingen.

»Diese Verletzungen ziehen sich über den gesamten Schädel«, fuhr Embry fort. Er sprach so leise, daß Richter Younger ihn bitten mußte, näher ans Mikrophon zu treten, damit die Jury hörte, was er sagte.

»Einige, wie diese, gehen durch fünf oder sechs Lagen Kopfhaut. Einige sind eher oberflächlich. Die schwerste ist diese hier an der Stirn, die einen Schädelbruch an der Mittellinie der Stirn verursachte.«

Fry gab den Geschworenen eine Großaufnahme, die aus nächster Nähe Jack Wilsons Gesicht zeigte, die Vorderseite seiner Stirn gewölbt und rot vor Blut, die Augen aus den Höhlen getreten.

Im Saal herrschte Schweigen. Die Medienvertreter und Zuschauer raschelten höchstens mal mit der Kleidung oder atmeten vernehmlich. Richter Younger beobachtete die Jury genau auf Streßerscheinungen hin. Die Verteidiger saßen da und sahen einander an.

Fry nahm ein weiteres Foto auf und kam einen Moment aus dem Konzept. »Dies ist ... das ist recht brutal. Was ist das, Dr. Embry?«

Embry nahm das Foto in die eine Hand und rückte mit der anderen seine Brille zurecht. »Ja«, sagte er sanft, »das ist ein Foto von der Stelle des Schädels, wo die Haut zurückgeschlagen ist, um das Muster der Risse in den Knochen zu zeigen.«

Fry ging damit zur Jury. »Es tut mir leid, meine Damen und Herren«, sagte er ruhig. »Hier handelt es sich um wichtiges Beweismaterial, und ich muß Sie bitten, sich das anzusehen.«

»Geht es Ihnen gut?« fragte Richter Younger von seinem Platz aus.

Die Geschworenen sahen einander an und zuckten die Achseln. Sie nickten dem Richter zu. Ein oder zwei flüsterten, daß sie in Ordnung seien.

Betty wußte nicht, was für ein Gesicht sie machen sollte. Als Fry die Fotos vom Zeugenstand zur Geschworenenbank brachte, erhaschte sie einen Blick auf die Aufnahmen, sah das Rot, sah Jacks totes Gesicht, aus dem die Augen herausgeschlagen waren, den blutigen Schädel, von dem die Haut gezogen war wie ein Stück Stoff. Sie hatte Angst, daß eine Reaktion von ihr von der Jury als Schuld interpretiert werden könnte. Sie hatte Angst, daß fehlende Emotionen ihr als Kälte ausgelegt werden könnten. Sie saß aufrecht da, sah vom Zeugenstand zur Jury und versuchte, die Bilder aus ihrem Kopf zu verdrängen.

Ein jüngerer Geschworener in Anzug und Krawatte sah

einen Moment auf das Foto der Stirn, legte es dann in den Schoß, nahm es wieder auf. Fry hielt inne und beobachtete ihn. Der Mann gab das Bild an seine Nachbarin weiter und bedeutete Fry dann mit den Augen, daß es ihm gutging.

»Der Kehlkopf war zerstört«, fuhr Embry fort. Er zählte eine Anzahl von Verletzungen an der Leiche auf. »Beide Unterarme waren gebrochen – das hier ist die Elle, ganz durchgebrochen, und auch die Speiche in der Mitte, an beiden Armen.«

Fry nahm die Bilder von Jacks zerschmetterten Armen, an denen die Knochensplitter durchs Fleisch stachen, und gab sie der Jury.

»Hier sind die Knochen im kleinen Finger gebrochen.«

»Sie waren gebrochen?«

»Zerschmettert.«

»Dr. Embry«, sagte Fry, »sagen Sie in Ihrem Bericht nicht, daß Dr. Wilson an seiner Hand eine ›Boxerverletzung‹ oder etwas in der Art hatte?«

»Ja.«

»Eine Boxer …?«

»Die rechte Hand ist in sogenannter ›Boxerart‹ gebrochen, also vom Zuschlagen. Sie sehen hier, daß alle Finger der Knöchel verletzt waren, und rund um den Ring ist ein Riß. Die Knochen, die aus der Hand ragen, waren gebrochen.«

»Also hat das Opfer zurückgeschlagen?«

»Ja, es sieht so aus.«

»Ich verstehe.«

Fry schwieg. Einige Geschworene, die aufrecht dagesessen hatten, seufzten und atmeten schwer und entspannten sich, weil sie meinten, Fry sei mit seiner Befragung von Dr. Embry zu Ende.

Aber Fry ging zu einem langen Tisch vor der Richterbank, auf der das Beweismaterial lag. Er nahm den 34-Inch-Bronzebaseballschläger auf, mit dem James Jack ermordet hatte. Er hielt ihn in der Hand und legte das breite Ende in seine andere Handfläche, schlug ein paarmal sanft dagegen – die reflexartige Reaktion eines Mannes, der das Gefühl eines Schlägers in der Hand mag.

»Wie stark wurden die Schläge geführt?« fragte er.

Embry zuckte die Achseln. »Nun, es gab Gehirnblutungen und andere Anzeichen, die für große Kraft sprechen.«

»Kann es damit geschehen sein? Mit diesem Baseballschläger?«

»Ja«, sagte Embry.

Einige Geschworene rutschten in ihre Sitze, als sie erkannten, daß es noch lange nicht vorbei war.

Fry führte Embry durch eine quälend genaue Beschreibung der beiden Stichwunden.

»Die über dem Nabel ist U-förmig«, sagte Embry, »und führt durch die Bauchwand, den Magen und die Bauchspeicheldrüse, verletzt eine kleinere Vene und die rechte Nierenvene, stoppt kurz vor der Aorta, etwa zweieinhalb Inch tief im Körper.«

Embry beschloß den Bericht, indem er den Geschworenen erklärte, daß sowohl die Schläge als auch die Messerstiche jeder für sich tödlich gewesen waren. Es war ein gründlicher Mord gewesen.

»Ich danke Ihnen, Doktor.« Fry nickte den Geschworenen zu und entließ den Zeugen.

Am Verteidigertisch erhob sich Jack Drake. Er war ein schlanker Mann mit scharfen Gesichtszügen und vollem rotem Haar. Er hatte das Auftreten eines William F. Buckley. Er ging zum Zeugenstand und begrüßte Embry freundlich.

»Die Verletzungen, die Sie beschreiben, Dr. Embry ...« Er unterbrach sich und lächelte Embry an.

Embry nickte, ohne zu lächeln, schwieg.

»Die Verletzungen, die Sie beschreiben – die gebrochenen Unterarme, die zerschmetterte rechte Hand – sind sie nicht von der Beschaffenheit, die man erwarten würde, wenn jemand zu Hause von einem Angreifer überrascht wird?«

»Ja, das könnte sein.«

Drake nickte, als dächte er über das nach, was Embry gesagt hatte. Er wandte sich verbindlich an die Geschworenen und fragte Dr. Embry über die Schulter: »Stimmt es nicht, Dr. Embry, daß gedungene Mörder ihre Opfer meistens erschießen?«

Sanft, fast süß erwiderte Dr. Embry: »Nicht in Alabama.«

Richter Younger ließ den Hammer niedersausen und verwarnte die Leute an der Rückseite des Saals mit unmißverständlicher Autorität, daß sie bei weiteren Störungen des Saales verwiesen würden. Dann wandte er sich an die Geschworenen und erklärte ihnen, was ihnen am nächsten Tag bevorstand.

Wie lange der Prozeß auch dauern mochte – mindestens eine Woche, vielleicht auch zwei, womöglich länger –, sie unterstünden der Obhut von Deputy Wayne Johnson. In der Zeit, die sie nicht auf der Geschworenenbank saßen, sollte er sie begleiten, anleiten und sicherstellen, daß sie keinen unerlaubten Kontakt mit Freunden, Familienangehörigen oder Personen aufnahmen, die mit ihnen über den Fall sprechen könnten. Sie durften nicht Zeitung lesen. Sie durften nicht die Fernsehnachrichten sehen – sie durften nur unter den wachsamen Augen von Deputy Wayne Johnson fernsehen. Das Gericht hatte sie in einem Motel untergebracht. Johnson begleitete sie zu den Mahlzeiten und holte sie wieder ab, alles auf Kosten des Gerichts.

Viel Aufwand und Geld sollten sicherstellen, daß das Urteil, zu dem sie kommen würden, frei von äußeren Einflüssen war. Was um jeden Preis vermieden werden sollte, so der Richter, war eine zufällige Beeinflussung, die die mühselige und gründliche Prozeßarbeit vergiften könnte und alle Arbeit und Mühe zunichte machen würde.

Damit schloß Richter Younger für diesen Tag die Verhandlung. Die Menge im Hintergrund sprang auf, während er den Raum verließ. Dann rannten alle eilig zu den Toiletten.

Tuscaloosa hat eine Auswahl an Eßlokalen zu bieten, angefangen bei den Fast-food-Restaurants am Rande der Stadt bis hin zu den gediegeneren Etablissements im Zentrum. Viele Geschäftsreisende, die in die Stadt kommen, suchen an ihrem ersten Abend einen Ort namens ›The Landing‹ auf – ein geräumiges Steakhaus mit altmodischer roter Lederausstattung, dämmerigen Ecken, gutbemessenen Whiskyportionen und erfahrenen Kellnern. Unter normalen Umständen mischen sich hier Geschäft, Vergnügen und Diskretion zu gleichen Teilen.

Eine der ersten Gesellschaften, die an diesem Abend am ersten Prozeßtag im ›The Landing‹ eintraf und einen Tisch zugewiesen bekam, wurde von Jacks erster Frau Julia angeführt und bestand aus einigen Freunden, die mit ihr aus Huntsville gekommen waren, um sie zu unterstützen. Darunter auch Gary Houck, der Manager des Ramada Inn in Huntsville, wo Julia in der Versorgung arbeitete und wo James White in der Nacht vor dem Mord an Jack übernachtet hatte. Houck war in der Stadt, weil die Staatsanwaltschaft ihn bestellt hatte, damit er Auskunft über die Übernachtung und die Telefonate gebe, die James White geführt hatte.

Die Gruppe, angestrengt von dem langen Tag im überfüllten Gerichtssaal, bestellte Wein und brach bald in nervöses Gelächter aus. Plötzlich hörten sie auf zu lachen und stießen einander mit den Ellenbogen an, als die gesamte Gruppe der Verteidiger an ihnen vorbeiging – der bekannte Bobby Lee Cook, Jack Drake und seine elegante Frau, der immer lustige Marc Sandlin und ein mürrischer Charlie Hooper, der sogar stehenblieb und, die Hände in die Hüften gestützt, so aussah, als wolle er sagen: ›Haben Sie nichts Besseres zu tun?‹

Cook bedeutete dem Kellner, daß er einen Tisch haben wollte, der so weit wie möglich von der Gruppe entfernt war. Es gab einen freien Tisch in der anderen Ecke des Raumes.

Der Kellner geleitete Cooks Gruppe durch den Raum, und als sie gerade Platz nahmen, betrat Richter Younger mit einer kleinen Gefolgschaft das Restaurant und nahm genau auf halbem Wege zwischen Cooks und Julias Gruppe Platz.

Jeder war wie vor den Kopf geschlagen, als Deputy Wayne Johnson erschien, breit lächelte und einer Reihe von Geschworenen voranging, von denen einige gegen die Tische stießen, weil ihre Augen sich noch nicht an das Dämmerlicht gewöhnt hatten.

Richter Younger, der, seinem Gesichtsausdruck nach zu schließen, schon die Ahnung eines Wiederaufnahmeverfahrens bekam, setzte sich aufrecht hin, sah Deputy Johnson an und räusperte sich laut. Johnson lächelte ihn an und nickte grüßend. Der Richter zeigte ihm mit dem Kopf die betroffenen Tische. Deputy Johnson folgte dem Blick des Richters, drehte sich um und lächelte jedem Tisch zu. Als sein Blick schließlich auf einen Pressetisch fiel, bewölkte sich sein Gesicht. Er wandte sich noch einmal dem Richter zu, dessen Augen aufgerissen waren und der die Brauen bis zum Haaransatz hochgezogen hatte. Johnson drehte sich um, erwischte einen Kellner am Ärmel und flüsterte ihm etwas zu. Selbst aus der Entfernung und in dem Dämmerlicht war klar, daß der Deputy mit äußerster Selbstbeherrschung sprach. Der Kellner schien sich widersetzen zu wollen, aber Deputy Johnson beugte sich noch näher zu ihm, die Zähne entblößt, als wolle er ihn beißen. Der Kellner wich zurück, erschauerte, nickte dann und führte Johnson und die amüsierten Geschworenen durch eine Tür in ein kleines Privatzimmer.

Sobald sie außer Sicht waren, entfaltete Richter Younger eine Leinenserviette und lächelte seine Gesellschaft breit an.

In all der Unruhe, die es mit sich bringt, einen Fall in so kurzer Zeit vorzubereiten, hatte Jimmy Fry es dennoch geschafft, den Auftritt seiner Zeugen sorgfältig aufeinander abzustimmen. Es war keine leichte Aufgabe, sie alle in der Reihenfolge und rechtzeitig aufzurufen, denn sie mußten alle reisen, und viele hatten gute Gründe für Nichterscheinen, die berücksichtigt werden mußten – Kinderbetreuung, medizinische und zahnmedizinische Notfälle und anderes mehr. Trotz all dieser Hindernisse hatte er sie in Reih und Glied gebracht und ihren Auftritt wie ein Broadway-Produzent organisiert.

Auf dem Flur herrschte am Morgen des zweiten Prozeßtages absolutes Chaos. Jetzt, wo bekannt war, daß es viel weniger Plätze als Zuschauer gab und daß die Presse keine Sonderrechte bekam, waren alle Journalisten schon um sieben Uhr im Gericht, eine Stunde, ehe die Türen sich zum Prozeßbeginn öffneten.

Aber auch die interessierte Öffentlichkeit, Freunde und Unterstützer der Angeklagten, Bekannte der Zeugen, die mitgekommen waren, hatten am ersten Tag gesehen, was los war, und waren früh erschienen.

Der Gerichtssaal befand sich ganz am Ende eines langen, engen Flures, der schon voller Leute war, noch ehe der erste Deputy erschien, um den Metalldetektor am Eingang zu bemannen. Die Stimmung war schlecht. Man beschuldigte einander, sich vorgedrängelt zu haben. Eine ältere Frau, die versuchte, in der Schlange Plätze für Mitglieder aus Peggys und Waynes Kirche in Vincent freizuhalten, wurde an die Wand gedrückt, als Reporter losrannten, um an Ort und Stelle zu sein.

»So etwas habe ich noch nie erlebt«, beschwerte sie sich und strich ärgerlich ihr Kleid glatt, nachdem sie ihr Gleichgewicht wiedergefunden hatte, »eine alte Dame über den Haufen zu rennen.«

Ein Kameramann mit einem gewaltigen schwarzen Bart und einem Polohemd, das seinen enormen Bauch kaum umspannen konnte, sah ins Leere und zuckte die Achseln, dann drehte er sich um und sagte sanft: »Es tut mir ehrlich leid, Madam, ich wollte Sie nicht anrempeln, aber wenn wir nicht in den Saal kommen, verlieren wir unsere Jobs.«

Als der erste Deputy erschien, rief ein anderer Reporter durch den Flur: »Lassen Sie uns heute aufs Klo gehen, ohne daß die Plätze weg sind?«

Der Deputy grinste verlegen, sagte aber nichts. Einen Moment später erschien Sheriff Ted Sexton an einer Tür neben dem Gerichtssaal. Er lächelte, hob die Hand, bis Ruhe eintrat, und machte die Ankündigung des Tages.

»Der Richter hat mich angewiesen, den Zugang zum Gerichtssaal nach dem Motto ›Wer zuerst kommt‹ zu regeln. Wenn Sie aus irgendeinem Grund den Gerichtssaal verlassen, verlieren Sie Ihren Platz, und der nächste in der Schlange wird zugelassen.«

Die Menge stöhnte.

»Zur Mittagspause wird der Saal gereinigt und geschlossen. Bleiben Sie auf Ihren Plätzen. Sie können Ihren Platz nicht über Mittag freihalten. Wer immer ansteht, wenn das Gericht wieder öffnet, darf zuerst rein. Sie dürfen keine Nahrungsmittel mit in den Saal nehmen, keine Zeitungen, Radios, Kassettenrecorder oder Computer.«

Als er geendet hatte, war die Stimmung auf dem Tiefpunkt. Viele beschwerten sich, besonders die Medienvertreter.

Drinnen, wo die Verteidiger bereits Platz genommen hatten, herrschte gespannte Ruhe. Die Verteidiger waren mit ihren Akten beschäftigt, reichten einander Ordner und Stapel von Papier.

Jimmy Fry saß alleine da, die Hände über einem leeren Tisch gefaltet. Die Reihenfolge seiner Zeugen stand für diesen Morgen fest, einer saß nervös im Zeugenraum und versuchte, eine Tasse Kaffee aus dem Automaten zu trinken, der andere wartete noch in einem höhergelegenen Zimmer, Arme und Beine gefesselt. Gemeinsam würden sie genau den Effekt erzielen, den Jimmy Fry anstrebte.

Nach einiger Zeit fanden die Verteidiger keine Papiere mehr, in denen sie blättern konnten, also lehnten sie sich zurück und warfen einander nervöse Blicke zu, denn sie wußten, was nun kam. Am ersten Tag war Betty wegen einiger organisatorischer Dinge bereits im Gerichtssaal gewesen, ehe sich die Menge versammelt hatte. Heute hatte sie nicht so viel Glück.

Draußen vor der Tür, die die Deputies immer noch geschlossen hielten, hörte man die Menge murren. Aller Augen hingen an dem Metalldetektor und der Tür zum Gerichtssaal.

Am anderen Ende des Flurs öffnete sich eine Tür. Es gab ein überraschtes Keuchen:

»Da ist sie!«

»Es ist Betty!«

Die Zuschauer, die sich an die Wände gelehnt hatten, drängten sich in die Mitte des Flurs, um besser sehen zu können. Es gab eine Serie lauter metallischer Geräusche, als die Scheinwerfer der Kameraleute eingeschaltet wurden und die Kameras zu surren begannen, und plötzlich war der Flur hell erleuchtet wie bei einer Explosion. Überrascht und erschrocken drehten sich die Zuschauer um und sahen sich einem Heer von Kameras gegenüber. Dann wichen sie schnell an die Wände zurück, um Platz zu machen.

Betty ging mit gesenktem Kopf und hielt die Handschellen auf Taillenhöhe vor sich. Rechts und links gingen je ein Beamter und führten sie durch die Gasse.

Die Leute wichen zurück, als sie vorüberging, und starrten mit offenem Mund auf ihre Fesseln und in ihr Gesicht.

Das Gesicht gesenkt, auf die Fesseln konzentriert, von den Deputies gedrängt, schien sie eher zu schwanken als zu gehen. Die Kameras nahmen sie ins Visier, und sie wechselten einander nahtlos ab, jeder Reporter stellte eine Frage, jeder wußte, wie weit er gehen konnte, ehe die Deputies einschritten.

Als Betty durch die Mauer der Gaffer schritt, tanzten die Kameras um sie herum. Bei jeder neuen Fernsehcrew wandte sie das Gesicht ab, als wäre sie mit kaltem Wasser übergossen worden. Einmal sah sie zwischen den Blitzlichtern die Gesichter von Freunden an der Wand und verhielt instinktiv den Schritt, um sie zu begrüßen, aber die Beamten drängten sie weiter, so daß sie einen Moment schwankte, ehe sie ihr Gleichgewicht wiederfand. Die 35mm-Fotoapparate der Zeitungsfotografen surrten und klackten wie Moskitos um sie herum und hielten ihren furchtsamen Gesichtsausdruck für die Zeitungen am nächsten Tag fest.

Die Türen des Gerichtssaals öffneten sich und verschluckten sie, und dann war sie weg. Die Lichter erloschen, und als sich die Augen an die Dunkelheit gewöhnt hatten, stellte sich heraus, daß die meisten Plätze in der Schlange während des Durcheinanders von den Medienvertretern besetzt worden waren.

Die erste Zeugin war Barbara Smith. Fry steuerte sie sanft durch die Vorstellung für die Jury. Sie hatte jahrelang für Jack Wilson in seiner Praxis gearbeitet. Sie war eine zierliche Frau mittleren Alters mit einer dünnen Stimme, die vor Aufregung zitterte. Sie vermittelte den Eindruck, sich in ihrer Rolle äußerst unwohl zu fühlen, aber dennoch ihre Pflicht erfüllen zu wollen. Sie begann sogleich mit Phrasen wie ›wie ich Ihnen gesagt habe‹ und ›wie besprochen‹, was zeigte, daß sie ihre Aussage mit Fry detailliert durchgegangen war, ehe sie vor Gericht erschien. Ihre gesamte Erscheinung vermittelte den Eindruck einer ehrenhaften, ernsten Person, die vor Gericht erschienen war, um die Wahrheit zu sagen, wie beschwerlich es auch sein möge.

»Ich habe für Dr. Wilson gearbeitet«, antwortete sie auf Jimmy Frys Frage.

»Was war er für ein Mann? Wie war es, für ihn zu arbeiten?«

Fry gab ihr Zeit, die Antwort zu formulieren.

»Mein Vater ...«, stammelte sie.

»Madam?«

»Bei meinem Vater wurde Krebs diagnostiziert. Jack ließ mich für etliche Wochen nach Hause nach El Paso gehen, damit ich bei ihm sein konnte, und immer wieder durfte ich an meinen Arbeitsplatz zurückkehren.«

»Er wurde nie ungeduldig?«

Sie schüttelte verneinend den Kopf. Er setzte zu einer weiteren Frage an, als sie wieder sprach, weich, fast wie zu sich selbst: »Er wurde nie ungeduldig ...«

»Verzeihung?«

»Er verlor nie mit jemandem die Geduld. Selbst wenn jemand gemein war, sagte er nur, er hätte gerade einen schlechten Tag.«

»Ich verstehe. Nun, würden Sie sagen ...«

»Ich habe ihn geliebt«, sagte sie.

Fry sah sie behutsam an, sagte aber nichts. Im Saal war es still.

Sie wandte sich an die Geschworenen und sagte: »Ich liebte ihn als Person. Er war so nett. Ich habe das oft gedacht. Alle seine Patienten haben das empfunden. Als ich ...«

Der Satz verklang. Fry bewegte sich nicht, wartete, bis sie sich gefaßt hatte.

»Eine kleine alte Dame um die Achtzig«, sagte sie. »Da war eine alte Dame, die gerade eine Operation gehabt hatte. Sie fragte: ›Dr. Wilson, kann ich den Verband abmachen?‹ Er ließ seine Faust auf den Tisch sausen und sagte: ›Wagen Sie das nicht! Wenn Sie den Verband abmachen, werden Sie tot umfallen!‹

Ich hatte gerade erst angefangen, dort zu arbeiten, und wußte nicht, was ich davon halten sollte.«

Fry nickte und lächelte ihr zu. Er sagte nichts, wartete wieder. Im Hintergrund waren Unruhe und Husten.

»Ich pflegte dazusitzen ...«, hub sie an. Sie unterbrach sich, verlegen, mit glänzenden Augen.

»Madam?«

»Ich pflegte dazusitzen und zu denken, wie sehr ich ihn liebte.« Sie sprach Fry direkt an, wie einen Vertrauten. »Man kann so was nicht sagen, sonst denken die Leute sonstwas.«

Fry nickte verständnisvoll. Er wartete noch einen Herzschlag lang, dann fragte er: »Welchen Eindruck hatten Sie von der Beziehung, soweit Sie es beobachten konnten, zwischen Dr. Wilson und seiner Frau Betty?«

Zum ersten Mal und nur ganz kurz drehte Barbara Smith sich zu Betty am Verteidigertisch um. Betty lächelte, und Barbara wandte sich schnell ab, den Blick auf Fry geheftet.

»Ich glaube, daß er sie aufrichtig geliebt hat«, sagte sie ruhig. »Er hatte das Gefühl, er könnte ihr bei all ihren Problemen helfen. Er gab ihr immer Hilfe und Rat am Telefon.«

Sie richtete sich auf und blickte zur Rückwand des Saals. »Ich habe einmal gehört, daß er jemandem erzählte, sie habe eine Bibliothek voller Selbsthilfe-Bücher. Wenn jemand eines leihen wolle, sie habe sie alle.«

Ein hörbares Kichern erklang, das aber schnell verstummte, als Richter Youngers Adlerblick in die entsprechende Richtung schweifte.

Barbara Smith wurde entlassen. Ein paar Zuschauer in den hinteren Reihen, die schon die Tasse Kaffee am Morgen bedauerten, sahen sehnsüchtig zum Ausgang. Jimmy Fry wandte ihnen seinen beachtlichen Umfang zu und sagte laut mit klarer Stimme: »Euer Ehren, die Staatsanwaltschaft ruft James Dennison White in den Zeugenstand.«

NEUN

James White wurde das Spießrutenlaufen durch den Flur erspart, statt dessen geleitete der Gerichtsdiener ihn durch die Richtertür an einer Seite der Tribüne in den Saal. Er trug einen weißen Trainingsanzug, sein Bart war abrasiert, und seine graugesprenkelten Haare waren sehr kurz geschnitten. Er war an Handgelenken und Füßen gefesselt. Ein Gerichtsdiener nahm ihm die Fußfesseln ab, sobald er im Saal war, so daß er in den Zeugenstand gehen konnte. Die Handschellen blieben dran.

Während seiner Gefangenschaft hatte James White zugenommen. Er sah kräftig aus. Ohne das lange Haar und den filzigen Bart wirkte sein Gesicht jungenhaft. Seine Augen waren klar und hell. Was vorher gemein gewirkt hatte, sah jetzt nur noch verwegen aus. Er war so wenig unheimlich wie der Schriftsteller S. Thompson.

Aber die größte Überraschung kam, als er nach seinem Namen gefragt wurde und den Mund öffnete, um zu antworten. Statt des Mundes voller unappetitlicher brauner Stummel, die vorher da gewesen waren, kamen zwei Reihen einwandfreier weißer Zähne zum Vorschein. Während der Gefangenschaft, die Betty in einer engen Zelle ohne Ausgang, Training oder Privatsphäre verbracht hatte, hatte der Staat hart gearbeitet, um seinen Kronzeugen präsentabel herzurichten. Die Behörden hatten zugestimmt, sich mit einem bestimmten Betrag an der Reparatur seiner Zähne zu beteiligen, und Verwandte hatten wahrscheinlich eine alte Brücke gefunden, die in seinem verrosteten Wohnwagen herumgelegen hatte. Was immer da vorgegangen war, die Veränderung seiner Erscheinung vom Tag der Gefangennahme an bis zu seinem ersten

Erscheinen vor Gericht war kein Zufall. Vor allem lud er jetzt bei weitem mehr zum Küssen ein.

Eine Journalistin in den hinteren Reihen beugte sich zu einer Kollegin vor und flüsterte: »Er ist in gewisser Weise süß.«

Als er begann, seinen Lebenslauf für Fry zu schildern, verschwand alle Süße. Seine Augen flackerten unruhig hin und her, seine Zunge rutschte ihm immer wieder aus dem Mund, wenn er sprach, und die Worte kamen in einem seltsamen lippenlosen Gestammel heraus.

Er gab die Daten und Örtlichkeiten seines Militärdienstes an – Deutschland 1968, eine Zurückstellung, Chu Lai 1969 – bis zu seiner Entlassung aus der Armee 1970. »Ich bin mit meiner Mutter nach Georgia gezogen. Ich habe in einem Schnellrestaurant gearbeitet.«

Er sprach es ›Schnillrestaurant‹ aus. Das war der starke Dialekt der weißen Landbevölkerung in Alabama, und selbst in Tuscaloosa beugten sich die Leute vor, um genau verstehen zu können.

»Ich war der Schnellkoch. Die Leute nannten mich ›Cookie‹.«

»Wie kamen Sie zu dem Namen, James?« fragte Fry.

James war einen Moment lang verwirrt, ebenso einige Geschworene, weil es doch klar schien, wie es dazu kam: Er war Schnellkoch, und sie nannten ihn Cookie. Dann, als ob er sich an die Stelle in seiner Rolle erinnerte, nickte James Fry zu und sagte: »Da war ein deutsches Mädchen, das mich mochte, glaube ich, und sie nannte mich Cookie. Der Name blieb hängen.«

»Weiter.«

»Zwei Jahre nach meiner Rückkehr habe ich in Lawrenceville, Georgia, geheiratet.«

»Wie lange hat Ihre Ehe gehalten?«

»Sie hat etwa sechs Monate gehalten. Ich war bei der Arbeit, und sie wurde mit sieben oder acht Kerlen in meinem Auto erwischt. Dann habe ich ein zweites Mal geheiratet. Aus dieser Ehe habe ich eine zwanzigjährige Tochter. Ich habe keinen Kontakt zu ihr. 1978 habe ich noch einmal in Sillicoga, Alabama, geheiratet. Aus dieser Ehe habe ich zwei Kinder. Wir waren etwa drei Jahre verheiratet. Es gab Probleme wegen der Rumreiserei und anderer Dinge.«

»Ist es gerechtfertigt zu sagen, James, daß Sie in dieser Zeit auch ein paar Probleme hatten?«

»Ja, Sir«, sagte er und nickte eifrig. Seine Augen glitten hin und her, erwiderten nie Frys Blick. »Ich hatte Alkohol- und Drogenprobleme.«

»Wo leben die Kinder aus Ihrer dritten Ehe?«

»Sie sind bei ihrer Mutter in Roanoke, Alabama.«

»Haben Sie noch einmal geheiratet?«

»Ja, Sir, ich habe noch einmal 1983 geheiratet. Wir hatten eine Feier draußen in Sillicoga. In der Ehe hatte ich zwei Kinder. Sie dauerte neun Jahre. Sie endete im Juli 1990. Ich fand heraus, daß meine Frau mich mit einem anderen Mann betrog, den ich für meinen besten Freund gehalten hatte. Sie hat ihn geheiratet. Sie wohnen in einem Wohnwagenpark in Harpersville, Alabama.«

»James, sagen Sie hier und heute nach bestem Wissen und Gewissen die Wahrheit?«

»Ja, Sir.«

»Haben die Staatsanwaltschaft und die Polizei Ihnen gesagt, daß Sie die Wahrheit sagen müssen?«

»Ja, Sir.«

Jack Drake erhob sich am Tisch der Verteidigung.

»Euer Ehren, ich erhebe Einspruch, da dieser Zeuge das wiederholt, was ihm eingegeben wird.«

»Ich formuliere es anders, Euer Ehren«, wandte Fry schnell ein. »Was wird heute hier von Ihnen erwartet, James?«

»Mir wurde gesagt, ich müßte handfeste Beweise erbringen.«

Drake erhob wieder Einspruch, diesmal heftiger. »Das ist ein juristischer Ausdruck.«

Fry wollte schnell wieder umformulieren, aber egal, wie Fry die Frage formulierte, James antwortete roboterhaft mit dem Ausdruck: »Mir wurde gesagt, ich müßte handfeste Beweise beibringen.«

»Euer Ehren«, sagte Drake, »das ist lächerlich. Warum kann uns der Zeuge nicht einfach sagen, was er weiß?«

Bobby Lee Cook gab Drake ein Zeichen, und Drake setzte sich. Cook beugte sich zu ihm und flüsterte ihm etwas zu. Drake ließ sich erweichen, sah aber unzufrieden aus. Er hatte eindeutig das Gefühl, daß Fry zu gut davonkam. James White erhielt die Erlaubnis, der Jury ohne Unterbrechung seinen langen Country-Song von Leid und Elend vorzusingen.

Aber James Dennison White war der Fisch, den Bobby Lee Cook an die Angel kriegen wollte. Deshalb war der große Mann nach Tuscaloosa geholt worden. Wenn Fry damit fertig war, dieses Wrack an der Nase durch seine eingemachte, einstudierte Aussage zu führen, dann würde Bobby Lee aufstehen und ihn abschütteln. So lange wollte Bobby Lee nicht, daß irgendein anderer sich damit befaßte.

Richter Younger hatte genug. James' Versuch, ›*handfest*‹ auszusprechen, brachte die Galerie zum Kichern, was den Richter verstimmte.

»Mittagspause.«

Die Zuschauer standen auf, als der Richter den Saal verließ, und warteten, bis Wayne Johnson die Geschworenen herausgeleitet hatte und James und Betty in Ketten abgeführt wurden. Betty durch den brüllenden Mob im Flur, James durch die Seitentür. Im Flur explodierten die Lichter, als Betty erschien.

Als schließlich die Leute aus den hinteren Reihen in den

Flur kamen, an die Toilette und ans Mittagessen denkend, waren sie schockiert, eine lange Schlange den halben Flur hinunter vorzufinden – Leute, die schon für Plätze am Nachmittag anstanden. Die Öffentlichkeit eilte davon, in der Hoffnung, einen Bissen zu essen zu finden und dann zurückkehren zu können, um noch einen Platz zu kriegen. Die Reporter und Fotografen, die aus beruflichen Gründen da waren, gingen erst auf die Toilette und stellten sich dann zähneknirschend wieder an. Absprachen wurden getroffen, daß ein paar Leute Sandwiches und Getränke besorgten und ihre Plätze freigehalten wurden. Die ältere Dame, die morgens an die Wand gedrückt worden war – sie stand auch schon wieder an –, hielt dagegen, Plätze freihalten sei gegen die Regeln.

»Nicht, wenn es ums Essen geht«, antwortete ein Reporter, »das ist eine Notwendigkeit.«

Überall in der Schlange waren die Leute kühner als am Morgen. Ein paar ältere Frauen, die am Vortag aus Huntsville gekommen waren, gaben Kommentare zu Bettys Benehmen während der Zeugenaussage ab.

»Hast du sie gesehen, als diese schaurigen Bilder gezeigt wurden? Sie hat mit keiner Wimper gezuckt«, sagte eine Frau.

»Die Frau ist hart«, sagte eine andere.

»Hart, hart, hart«, sagte noch eine andere.

Etwas weiter sagte eine Freundin von Peggy und Wayne laut zu ihrem Mann: »Manche Leute können die Schuld oder Unschuld eines Angeklagten nur daran erkennen, wie sie sich ein Bild ansehen.«

Eine der Frauen in der ersten Gruppe sagte: »Ich habe nie gesagt, daß sie schuldig ist.«

Die andere Frau drehte ihr den Rücken zu.

Dann ergänzte die erste wieder: »Aber das ist sie.«

Ihre Freundin lachte und sagte: »Schuldig wie die Sünde! Beide!«

Reporter, die den Wortwechsel verfolgt hatten, verloren das Interesse. Einer von ihnen sah zum Fahrstuhl und sagte: »Ich weiß, daß man in dieser Stadt keinen getoasteten Thunfischsalat finden wird.«

Ein anderer Reporter sagte: »Ich würde hier nie Thunfisch bestellen. Ich halte das wirklich für ein Risiko.«

Betty saß mit gelösten Fesseln in einem engen Zimmer. Ihre eigenen Söhne, Wayne und Peggys drei Kinder saßen mit ihr am Tisch und aßen. Die Verteidiger ließen Peggy bislang zu Hause, weit von Tuscaloosa weg.

Eine Weile aßen sie schweigend.

Dann sagte Wayne: »Ich habe ihn nicht wiedererkannt. Sie haben ihm neue Zähne machen lassen.«

Betty aß schweigend und starrte durch ein kleines Fenster auf die Baumwipfel draußen. Sie drehte sich um und sah die anderen an. Tränen strömten ihr aus den Augen.

»Wie konnte das geschehen?« fragte sie.

Sie ließen ihre Brote sinken und beeilten sich, sie zu umarmen.

Betty nahm seine Hand. »Ich bin so verstört«, sagte sie. »Ich kann nicht aufhören zu zittern.«

Am Nachmittag schwirrte der Gerichtssaal vor Vermutungen. James White stand kurz davor, zum Kern der Sache zu kommen. Die gegnerischen Parteien hinten im Saal zeigten finstere Gesichter. Deputy Wayne Johnson wartete an der Tür zum Geschworenenraum, der an der Wand hinter dem Zuschauerraum lag, gegenüber der Richterbank. Es war nicht sein Job, Ordnung herzustellen, das war die Aufgabe von Sheriff Sexton und seinen Leuten, die das soweit gut machten. Aber als Wayne an der Jurytür Wache stand, überblickte er die Reihen der gegnerischen Zuschauer, schüttelte den Kopf und sagte leise: »Leute, ihr müßt alle still sein, Richter Younger duldet keinen Unsinn.«

Als James wieder in den Zeugenstand trat, machte er genau da weiter, wo er aufgehört hatte, so als läse er aus einem Buch vor. »Im Frühjahr 1991 wohnte ich in einem Wohnwagencamp in Vincent. Ich habe Gelegenheitsarbeiten verrichtet, auch an der Grundschule von Vincent. Sie hatten neue Räume und baten mich, Regale einzubauen.«

»Wer bat Sie, James?«

»Der Direktor hat mir etwas Geld für meine Arbeit gegeben. Manchmal haben die Lehrer mich bar bezahlt. Der Direktor zahlte mit Scheck.

Kelly, meine Tochter, besuchte dort die Vorschule und ging 1991 in die erste Klasse. Dort habe ich Mizrus Peggy Lowe gesehen. Ich habe Arbeit im Klassenzimmer meiner Tochter gemacht bei Miz Melanie Little. Dann habe ich Mizrus Lowe kennengelernt.«

»Hat sie Sie bezahlt, Peggy Lowe?«

»Sie sagte, sie würde mich für meine Arbeit an einen See mitnehmen, wo wir etwas Schönes essen würden.«

»Hatten Sie je Gelegenheit, mit Peggy Lowe am Telefon zu sprechen?«

»Ja, Sir, hatte ich, viele, viele Male. Von meinem Haus zu ihrem sind etwa zwanzig Meilen. Man mußte über den Logan Martin-Damm, um hinzukommen. Also haben wir viel telefoniert. Manchmal stundenlang.«

»Wer hat wen angerufen?«

»Sie mich.«

»Worüber haben Sie in diesen langen Telefonaten gesprochen?«

»Über unsere Beziehung und so. Ich habe ihr erzählt, daß meine Frau weggelaufen ist mit meinem besten Freund. Sie kannte den Mann. Sie sagte: ›Nun, er ist viel häßlicher als du.‹«

»Was hat sie Ihnen erzählt?«

»Sie hat mir gesagt, sie und Wayne hätten schon seit fünf Jahren nicht mehr miteinander geschlafen. Sie hätte ihn nur nicht verlassen, weil die Kinder sonst mit ihr gegangen wären. Sie wohnen am Logan Martin-See in einem Haus für hundertfünfzigtausend Dollar. Sie hat drei Kinder, aber nur eins wohnt noch bei ihnen, Stephanie. Sie besucht die Vincent High School. Sie hatten viele Sachen. Mr. Lowe hat ein Pontonboot gekauft.«

»Peggy Lowe hat etwas für Sie empfunden?«

»Ja, Sir, das hat sie.«

»Wie haben Sie darauf reagiert?«

James wandte sich an die Jury. Er sprach jetzt langsamer und gleichmäßiger, so daß er besser zu verstehen war.

»Ich habe mich selbst als gewöhnlichen Mann gesehen. Ich habe ihr wiederholt gesagt, daß ihre Kinder mich nicht akzeptieren würden.«

»Aber das hat sie nicht entmutigt?«

»Nein, Sir, sie hat mir eines Abends am Telefon gesagt: ›James, ich liebe dich‹. Die Probleme mit ihrem Ehemann gab es weiter. Wayne sagte ihr eines Nachts, sie solle einen Bikini anziehen, damit er sie ansehen könne, aber sie ekelte sich, wenn er sie nur berührte.

Sie sagte, sie wünsche, Wayne würde etwas zustoßen. Ich habe aus Spaß gesagt, ich hätte Verbindungen und könne etwas arrangieren.

Später sagte sie dann, sie habe eine Freundin, die in derselben Situation sei.«

Fry mußte kaum die Finger seiner rechten Hand heben, und schon verfiel James in Schweigen. Fry schritt die Geschworenenbank entlang, als sei er in tiefes Nachdenken versunken. Das Gesicht den Geschworenen zugewandt, den Rücken James, rief er: »James!«

»Ja, Sir?«

»Warum haben Sie sich das angehört? Warum haben Sie selber vorgeschlagen, daß Sie da etwas tun könnten?«

James legte den Kopf zur Seite, zuckte nervös die Achseln und wandte sich dann der Jury zu. Er schien den Versuch zu machen, sich zu fassen, und sagte dann: »Sie ist die Art Frau, von der ich seit der High School geträumt habe, weil sie gesellschaftlich über mir steht.«

Alle Geschworenen sahen ihm ins Gesicht, und einen langen Moment lang erwiderte er ihren Blick, die Augen groß und verletzlich.

»Was hat Peggy Lowe sonst noch zu Ihnen gesagt?«

»Sie sagte, ich könne mal mit Wayne Boot fahren. Ich sagte: ›Warum?‹ Sie sagte: ›Nun, es gibt Bootsunfälle.‹«

»Hat die Beziehung zu Peggy Lowe sich je über Gespräche hinausentwickelt?«

»Ja, Sir, hat sie. Wir haben uns einen Nachmittag im Walmart getroffen und sind in einem kleinen Park spazierengegangen. Wir haben zusammen in ihrem Auto gesessen. Wir haben uns geküßt und umarmt.

Danach hat sie mich sechs-, sieben-, achtmal die Woche angerufen. Mal haben wir eine halbe Stunde, mal mehrere Stunden telefoniert.«

Er nickte den Geschworenen zu und lächelte verlegen. »Kürzer, wenn Stephanie oder Wayne in der Nähe waren.«

Einer der Geschworenen lächelte reflexartig zurück, sah dann zum Richter hoch, erstarrte und wurde wieder ernst.

»Gab es eine Zeit, in der die Unterhaltungen ernster wurden?«

Ohne zu stocken, antwortete James: »Im März und April 1992 wurden die Gespräche ernster. Es gab Druck, um eine Person in Huntsville loszuwerden. Ich habe Peggy gesagt, daß ich einen Mann kenne und mit ihm sprechen würde. Sie sagte mir, ich solle hingehen und die Verbindung herstellen.

Ich sagte, es würde etwa zwanzigtausend Dollar kosten. Natürlich habe ich nie mit jemandem gesprochen. Das hatte ich mir nur ausgedacht. Sie sagte, ihre Schwester bräche bald zusammen und könne nicht so viel zahlen. Also einigten wir uns auf fünftausend Dollar.

Ich sagte, der Mann müsse eine Vorauszahlung haben.

Also rief Miz Lowe mich Ende April an. Sie sagte: ›Ich bin nach Boaz zu meiner Mutter gefahren, und Betty hat mir zweitausendfünfhundert Dollar gegeben.‹«

»Hat sie Ihnen das Geld ausgehändigt?«

»Miz Lowe hat mir das Geld in einer weißen Plastiktüte mit schwarzem Muster gegeben. Es waren drei Hunderter und der Rest in Zwanzigern. Bargeld.«

»Was haben Sie mit dem Geld gemacht?«

»Ich habe meine Rechnungen bezahlt. Ich hatte vierhundert Dollar Schulden. Es standen noch Schecks aus. Ich habe fünfhundert eingezahlt, und mit dem Rest bin ich rundgegangen.«

Er listete genau die Namen und Adressen der Ladenbesitzer auf, wo er die Rechnungen bezahlt hatte. Er nannte die Beträge auf den Pfennig genau. Die Geschworenen lauschten aufmerksam, als James seine Bemühungen beschrieb, seine Rechnungen zu bezahlen.

Dann fragte Fry ihn nach den großen Beträgen, die er als Wiedergutmachung 1991 erhalten hatte. James sagte, er habe Anfang 1991 vierunddreißigtausend Dollar erhalten, daß aber 1992 das Geld schon weg gewesen sei.

»Wofür?«

»Nun, Sir«, sagte James. »Ich hatte damals vier meiner Kinder bei mir. Meiner Ex-Frau ging es nicht gut. Und ...« Seine Stimme erstarb.

Fry wartete geduldig.

»Ich war nie in meinem Leben in der Lage, mit meinen Kindern in die Stadt zu fahren und ihnen zu sagen: ›Sucht euch etwas aus.‹« James saß in seinem Stuhl und ließ den Kopf sinken. Seine Augen füllten sich mit Tränen. »Ich habe ... ich glaube, man könnte sagen ... wir hatten luxuriöse Weihnachten.«

Eine Frau in der Jury trocknete sich die Augen mit einem Taschentuch. Fast alle Geschworenen schienen berührt, außer einem älteren Mann, der augenscheinlich schlief.

»Gab es eine Zeit«, fragte Fry, »zu der Ihre Beziehung über gestohlene Küsse und Petting hinausging?«

»Ja, Sir, die gab es.«

Plötzliches Erstaunen machte sich hinten im Saal breit, danach herrschte Schweigen. Alle Augen waren intensiv auf James gerichtet. Die meisten Geschworenen sahen verlegen von ihm weg. Eine der Anti-Betty-Damen hinten sagte in einem vernehmlichen Flüstern: »Jetzt kommen wir weiter.«

Richter Younger gebot Fry mit einer Handbewegung Einhalt und suchte den Saal nach einer Person ab, die er rauswerfen wollte.

Alle erwiderten seinen Blick unschuldig wie Kinder auf dem Schulhof. Die Augen noch immer auf die Zuschauer geheftet, bedeutete Younger Fry, daß er fortfahren könne.

»Erzählen Sie uns davon«, forderte Fry James auf.

»Am 15. Mai rief mich Mizrus Lowe von zu Hause aus an«, sagte James schnell, »und sie sagte: ›Ich gehe heute nicht zur Schule, James, und bin hier allein‹, was ich als Einladung verstanden habe. Ich ging zu ihr, und wir haben einander leidenschaftlich liebkost.«

James wartete und beobachtete Frys Gesicht.

»Weiter«, sagte Fry. Er beobachtete die Geschworenen genau.

»Das Telefon klingelte«, sagte James, »und ihre Tochter war dran. Peggy sagte: ›Stephanie ist in der Schule und fühlt sich nicht gut.‹ Sie sagte, sie habe Kopfschmerzen oder Krämpfe oder so ähnlich. Ich dachte, ich werde verrückt, und sagte: ›Das ist es, das ist es, immer rennst du zu deiner Tochter, wenn sie weint oder jammert.‹ Und sie sagte: ›Ich gehe nicht.‹«

James schwieg und wartete auf ein Zeichen von Fry.

»Weiter«, sagte Fry.

»Wir gingen runter und hatten Petting, und dann gingen wir hoch in ihr Schlafzimmer und schliefen miteinander.«

Fry drehte sich zu James um. »Erinnern Sie sich an noch mehr?«

»Sir?«

»Erinnern Sie sich daran, welchen Eindruck Mrs. Lowe machte oder was sie trug, oder etwas in der Art?«

Er sagte schnell: »Sie trug weiße Shorts mit einem Wickeltop, das in der Taille verknotet wurde. Ihre Unterwäsche war gerüscht und von einem dunklen Rosa. Wirklich hübsche Unterwäsche.«

»Hatten Sie zu einem späteren Zeitpunkt noch einmal Sex mit Mrs. Lowe?«

»Nein, Sir, das war das einzige Mal. Danach haben wir nie mehr miteinander geschlafen.«

»Was haben Sie getan, nachdem Sie miteinander geschlafen hatten?«

James erzählte die Geschichte seiner Fahrt zur Guntersville State Lodge, um weitere zweihundert Dollar Auslagen von Betty für die Ermordung ihres Mannes zu holen. Er beschrieb die Handvoll Banknoten in dem Bibliotheksbuch wie ein Kapitel in einem Spionageroman.

James erzählte, wie er nach Huntsville gefahren war und geplant hatte, das Haus der Wilsons zu betreten und Dr. Wilson zu ermorden. Er erklärte, daß draußen ein blauer Kleinlastwagen geparkt habe, was zeigte, daß Mrs. Wilsons Sohn Trey zu Hause war, denn er hatte vorher erfahren, daß ihr Sohn so einen Wagen fuhr. Um den Sohn nicht zu gefährden, entschloß er sich, das Verbrechen nicht auszuführen. Er sagte, er sei nach Vincent zurückgefahren, wo er weiter trank und Tabletten nahm.

»Zwei oder drei Tage später hat Mizrus Lowe mich erwischt und mehr oder weniger gefragt: ›Was, zum Teufel, ist los?‹ Ich sagte: ›Trey war da. Willst du, daß beide getötet werden?‹ Sie sagte, nein, das wolle sie nicht.«

»Und was passierte dann?«

»Miz Lowe rief mich immer wieder an, sagte, ihre Schwester weine, sie könne es bei Jack nicht aushalten, und so weiter. Peggy sagte, wenn das Verbrechen nicht ausgeführt werde, müsse sie ihrer Schwester die zweitausendfünfhundert Dollar wiedergeben. Peggy sagte, es müsse vor dem 24. Mai passieren, weil Betty und Jack nach Santa Fe fahren wollten, und Betty konnte den Gedanken nicht aushalten, dort mit Jack in einem Hotelzimmer zu sein.«

»Hatten Sie Probleme mit der Ausführung des Verbrechens?«

»Ja, Sir, die hatte ich, weil ich keine Waffe hatte. Ich hatte eine 32mm-Pistole von meiner Ex-Frau, aber keine Munition. Ich konnte auch keine kaufen. Also sagte ich Miz Lowe, daß ich keine Waffe hätte. Am 20. Mai bekam ich einen Anruf, daß sie die Ausrüstung hätten. Sie baten mich, sie draußen am Logan Martin-Damm zu treffen.

Dort gibt es eine Bucht mit acht oder neun Parkplätzen. Ich ging hin. Niemand sonst war da. Ich hatte viel getrunken. Ich habe Miz Lowes Auto gesucht, aber der große BMW kam mit Mizrus Betty Wilson und Peggy Lowe darin.

Miz Lowe stieg aus und hatte eine Art weißen Pulli in der Hand. Sie trug ihn zu meinem Wagen und ließ eine Pistole auf den Sitz fallen.«

»Was haben Sie mit der Waffe gemacht?«

»Ich habe sie in dem alten Haus neben meinem Wohnwagen versteckt. Es fehlen ein paar Bretter auf der Veranda. Da habe ich sie druntergelegt.«

»Hat Peggy Lowe irgend etwas zu Ihnen gesagt, als sie Ihnen die Waffe übergab?«

»Sie sagte: ›Sei vorsichtig.‹«

James sagte weiter aus, daß Peggy ihn angewiesen

habe, einen Anruf abzuwarten. Der sei später am Tag gekommen.

»Man hat mir gesagt, ich solle zur Praxis gehen und es dort erledigen.«

»Wer hat Ihnen das gesagt?«

»Mizrus Lowe.«

»Was haben Sie getan?«

»Ich bin wieder nach Huntsville gefahren in die Whitesburg Road 333, wo Dr. Wilsons Praxis liegt. Ich kam gegen 6 Uhr 30 dort an und habe vor dem Haus geparkt. Dann bin ich über die Straße zur Rückseite eines Einkaufscenters gegangen, das da steht.«

»Hatten Sie die Waffe dabei?«

»Nein, keine Pistole. Ich wollte ihn strangulieren. Ich hatte ein Seil im Wagen.«

»Warum haben Sie nicht die Pistole genommen?«

»Eine Pistole macht zuviel Lärm. Ich bin seit Vietnam waffenscheu.«

»Was haben Sie also gemacht?«

»Ich habe auf ihn gewartet. Man hat mir gesagt, er führe einen braunen Mazda. Aber es liefen dort schon viele Leute rum. Sie holten ihre Autos.«

Zum ersten Mal lehnten sich einige der Geschworenen zurück und tauschten schnelle, skeptische Blicke aus. Im Verlauf der ganzen langen, einstudierten Aussage von James war das vielleicht der am wenigsten glaubhafte Teil.

Erst hatte er der Jury erzählt, er besitze eine Pistole von seiner Exfrau – er kannte das Kaliber, 32 mm –, die er aber nicht habe finden können. Er hatte gefordert, daß die Zwillinge ihm eine Waffe brachten, und sie hatten ein heimliches Treffen organisiert, um ihm eine zu übergeben.

In derselben Nacht war er auf ihre Anweisung hin nach Huntsville gefahren, um Jack Wilson am nächsten Morgen zu töten, und fuhr auf den Parkplatz eines Bürokomplexes in einem belebten Teil der Stadt. Er hatte keine Waffe dabei – weil seine Erfahrungen in Vietnam ihn für Waffengeräusche traumatisiert hatten.

Statt dessen hatte James die ganze Zeit auf der belebten Straße geparkt. Er war sich nicht sicher, womit er den Doktor töten sollte, aber er hatte vielleicht geplant, zum Kofferraum seines Autos zu rennen, sobald er Dr. Wilson sah, sich ein Seil zu greifen, damit durch den Morgenverkehr über die Straße zu rennen, die Jogger und anderen Leute, die zur Arbeit gingen, anzurempeln und den Doktor zu erdrosseln, sobald er aus seinem braunen Mazda stieg.

Die Geschworenen und die Zuschauer hatten jedes Wort, das James sagte, genau verfolgt, solange es um seine sexuelle Beziehung zu Peggy Lowe ging, aber nun wurde er unglaubwürdig. Fry, der die Gesichter der Geschworenen wie ein Habicht beobachtete, mußte das gemerkt haben. Er kürzte die Aussage plötzlich ab.

»Erzählen Sie der Jury, wie Sie entschieden haben, daß es unmöglich war, Ihren Plan auszuführen.«

James sagte, er habe Peggy Lowe von einem Münzfernsprecher im Einkaufscenter aus angerufen, außer Sicht von Jacks Praxis, und sich beklagt, daß zu viele Leute dort seien. Als er am Donnerstag morgen anrief, sei überraschenderweise Betty dagewesen. Er sagte, er habe mit beiden telefoniert, seine Probleme mit den Joggern erklärt und mit der Tatsache, daß zu viele Leute um die Zeit zur Arbeit gingen.

Er sagte, er habe Betty Wilson erklärt, daß er nicht genug Geld habe, um in Huntsville zu übernachten und es irgendwann noch mal zu versuchen. Betty habe gesagt, sie würde sofort nach Huntsville fahren. Sie würde drei Stunden brauchen. Sie würde ihn im Chick-Fil-A-Restaurant im Parkway City-Einkaufszentrum treffen und ihm mehr Geld geben.

James beschrieb ein Treffen in der Warteschlange am Tresen des Chick-Fil-A. Er habe vorgegeben, Betty nicht zu kennen, und beiläufig zu ihr gesagt: »Ist das Essen hier gut?« Sie sagte: »Ja, ist es.«

Als sie bedient wurden, hätten sie beide draußen auf derselben Bank gesessen, hätten aber wohlweislich nicht gesprochen. Sobald Betty mit Essen fertig gewesen sei, habe sie James die leere Tüte gegeben und gesagt: »Würden Sie das für mich wegwerfen?«

Er habe natürlich zugestimmt. Ehe er die Tüte wegwarf, habe er reingesehen und einen Hundertdollarschein gefunden.

Fry fragte James, ob er sich an weitere Einzelheiten von seinem Besuch im Chick-Fil-A am 21. Mai 1992 erinnere. James zögerte einen Moment, dann sagte er, eine spanische Frau habe ihn bedient, deren Name dem Schild nach Christina gewesen sei.

Er beschrieb, wie er die hundert Dollar genommen habe und in einen Laden nebenan gegangen sei, um sich ein T-Shirt, Unterhosen und eine kleine Reisetasche mit Rasierzeug und Zahnbürste zu kaufen. Die Sachen zahlte er mit dem Hundertdollarschein. Dann sei er zum Ramada Inn gegangen, wo er bar bezahlt habe. Er erinnerte sich daran, daß er seinen Führerschein hatte zeigen müssen. Er wollte es am folgenden Morgen noch mal versuchen.

James rief Peggy Lowe an, sagte er, um Zärtlichkeiten am Telefon auszutauschen. »Sie sagte, sie wolle nicht, daß ich gefaßt würde, damit wir unser Leben gemeinsam verbringen könnten.«

Bisher hatte James immer, wenn er einen Brocken Information preisgegeben hatte, geschwiegen und gehorsam auf Frys Zeichen gewartet, daß er weitermachen solle. Aber jetzt sprach James plötzlich von sich aus weiter.

»Mir war sehr heiß, und da fuhr Mizrus Wilson in Treys Kleinlastwagen vor und reichte mir ein Glas Wasser.«

Fry war fassungslos. »Was?«

»Sie reichte mir ein Glas Wasser.«

»Was haben Sie sonst noch auf der Straße gesehen?« unterbrach Fry ihn heftig. »Haben Sie sonst etwas gesehen?«

Die Geschichte mit dem Wasserglas war noch nie zuvor in einer von James' zahllosen Aussagen vor der Polizei erwähnt worden. Es war das erste Mal, daß er irgend etwas in der Richtung erwähnt hatte. Es war eine freiwillige Aussage von James. Man konnte noch nicht wissen, wie das zu anderen Nachweisen über Bettys Aktivitäten passen würde. Wichtiger noch, aus Sicht der Staatsanwaltschaft war es ein sicheres Zeichen dafür, daß James, der bislang wie ein Roboter reagiert hatte, irgendwie aus dem Ruder lief.

»Ich habe einen Mann gesehen, der mit einem Rasenmäher draußen war«, sagte James. »Ich habe nur das Wasser genommen und mich dann wieder meinen Angelegenheiten gewidmet.«

Wieder geisterte schwacher Skeptizismus auf den Mienen der Geschworenen herum. Laut James hatte Betty ein Glas Wasser vom Tablett genommen, es zum Auto ihres Sohnes getragen, war mit dem Wasser in der Hand aus der Auffahrt gefahren, einen Block weiter zum Motel und hätte dort das Wasser aus dem Fenster James gereicht, alles vor den Augen der Nachbarn. Hatte sie auch darauf gewartet, daß er ausgetrunken hatte, und war dann zurückgefahren? Oder war James durch die Nachbarschaft gejoggt, das leere Glas in der Hand?

Fry beeilte sich, zu einer detaillierten Auflistung von James' Aktivitäten am nächsten Morgen überzugehen – ein Besuch in einem Laden für Autozubehör, den er in allen Einzelheiten schilderte, ein Telefonat mit Betty, wobei er ihr den Mord in aller Öffentlichkeit ausredete.

Hier blickten die Anti-Betty-Frauen, die sich in einem Haufen hinten im Raum versammelt hatten, ins Leere, und die Pro-Betty-Frauen sahen zur Anti-Betty-Gruppe hinüber, als wollten sie sagen: »Hört euch doch den Unsinn an.«

Doch es gab keine Pro-Betty-Gruppe.

Richter Younger unterbrach für die Mittagspause.

Im Flur standen die Leute schon bis zur nächsten Wand Schlange. Die Medienvertreter stellten sich sofort wieder an, aber sie mußten mit der Öffentlichkeit wetteifern, die ebenfalls erpicht darauf war, den Rest von Whites Aussage zu hören. In der Mittagspause gab es daher mehrere Wortgefechte im Korridor.

Als Sexton sich kurz im Flur zeigte, griff sich ein hagerer Journalist seinen Arm und sagte: »Jesus, ich kann kaum glauben, daß ihr uns nicht mal aufs Klo gehen laßt.«

»Das können Sie, Sir.«

»Ja, und dann vergeben Sie meinen Platz. Ich habe noch nie gehört …«

»Wir richten uns nach den Wünschen des Richters, Sir.«

»Ich sage Ihnen was. Das ist eine Gesundheitsgefährdung für einen Mann meines Alters. Ich glaube, morgen komme ich mit einem Katheter hierher. Wie wäre das?«

»Das wäre gut, Sir.«

Nach der Mittagspause ließ Fry James die Geschichte fortführen. Jetzt war es 14 Uhr 30 am Freitag, den 22. Mai 1992 – der Todestag von Jack Wilson. James sagte, er habe Betty an diesem Morgen mitgeteilt, daß er nicht wolle, daß sein Auto in der Nähe des Boulder Circle gesehen würde, obwohl er schon seit Wochen durch die Nachbarschaft fuhr, um den Job auszuloten. Er hatte einen 1984er Ford F150 mit Chromrädern, ohne Radkappen, und der linke Kotflügel war in einem helleren Blau lackiert als der Rest des Wagens – zu leicht zu identifizieren, sagte er, um für den Mord benutzt zu werden.

Betty hatte angeblich sofort zugestimmt, ihn im Parkway City-Einkaufscentrum abzuholen und ihn zu ihrem Haus zu bringen. Etwa um 14 Uhr 30 sei sie in ihrem BMW vorgefahren. Ehe er einsteigen konnte, sei sie ausgestiegen und habe sich gebückt, um ihre Schuhe zu wechseln. Er bemerkte, daß sie ein Paar Segeltuchschuhe anzog, die ein Blumenmuster hatten.

»Sie fragte mich, ob ich fertig sei, und ich sagte ja. Ich habe mich nach vorne gesetzt und mich unter das Armaturenbrett gekauert. Wir sind zu ihrem Haus gefahren. Es hat nicht lange gedauert. Sie ist in diese Art Garage gefahren. Als wir da waren, hat sie mir noch mal vierzig Dollar in bar gegeben.«

Frys Herzschlag setzte einen Moment lang aus. »Was?«

»Sie hat mir vierzig Dollar gegeben. Ich habe keine Ahnung, wofür.«

Das war eine weitere Ausschmückung, die noch nie zuvor zur Sprache gekommen war. Wieder stießen die Geschworenen einen leisen Seufzer aus und wandten den Blick ab. Die Dame fährt den Mann zu ihrem Haus, damit er ihren Mann tötet, wofür sie ihm schon fünftausend Dollar zugesagt hat, und als sie in die Garage fahren, gibt sie ihm vierzig Dollar? Wofür? Als Trinkgeld?

Fry drängte schnell weiter. »Erzählen Sie uns, was geschah, als Sie aus dem Auto stiegen.«

»Sie hat mir gesagt, wo sein Schlafzimmer ist. Also bin ich hochgegangen. Da hatten wir den Plan nicht weiter besprochen. Sie sagte, er würde in etwa dreißig Minuten nach Hause kommen, und dann ist sie weggefahren.

Ich habe ein paar Schubladen durchstöbert, um zu sehen, was darin war. Etwas Schmuck lag herum. Aber es sah aus wie künstlicher Schmuck, also habe ich nichts genommen.«

»Was passierte dann?«

»Nun, es dauerte noch fast drei Stunden, bis er nach

Hause kam. Ich wurde ziemlich nervös. Ich hatte schon verschriebene Medikamente und ein paar Extrapillen genommen. Das Telefon klingelte und klingelte. Ich würde langsam richtig wirr. Ich habe oben ein bißchen herumgestöbert.«

»Hatten Sie eine Waffe?«

»Ich hatte ein Seil mit. Ich weiß nicht, ob ich auch ein Messer hatte. Das, was sie mir gezeigt haben, sieht aus wie das, was ich immer im Wagen aufbewahre.

Ich habe aus dem Fenster gesehen und ein paar Kinder beobachtet, die draußen spielten. Dann kam er nach Hause.«

Fry trat näher zu James und sah ihn an. Mit ruhiger Stimme sagte er: »Was passierte dann, James?«

Im Gerichtssaal war es still. James zuckte nervös mit der Schulter und drehte den Kopf hin und her, die Augen unstet.

»Er kam hoch. Er hat mich gepackt. Wir haben gerungen. Ich habe etwas gegriffen, wohl einen Baseballschläger, und ihn geschlagen, bis er mich losließ.«

»Wo waren Sie da?«

»Oben.«

»Was passierte dann?«

»Nun, Sir, danach ist alles verschwommen. Als ich wieder zu mir kam, war ich irgendwo draußen im Wald hinter dem Haus. Das hatte Mizrus Wilson mir gesagt. Aber ich habe mich hinter ein paar Bäumen versteckt und nur andere Häuser und Gärten und Zeugs gesehen. Also ging ich zurück ins Haus.

In dem Moment fuhr Mizrus Wilson vor. Ich hatte sie nicht erwartet. Ich sagte ihr, sie solle mich zu meinem Wagen zurückbringen.«

»Hat sie Sie gefragt, was passiert ist?«

James sah verwirrt aus. Er stand schon seit Stunden im Zeugenstand, alles war besprochen worden, und die meiste Zeit war er völlig gefaßt gewesen. Aber jetzt wurde er ein bißchen aufgeregt.

»Ich kann mich nicht erinnern, ob sie mich was gefragt hat.«

»Lebte Dr. Wilson noch, als Sie ihn verließen?«

»Ich weiß nicht, ob er tot oder lebendig war.«

»Hat sie danach gefragt?«

»Ich kann mich nicht erinnern, ob sie mich was gefragt hat. Ich bin ins Auto gestiegen. Hinten lagen ein paar Kleidungsstücke in einer Plastiktüte. Damit habe ich mich zugedeckt. Die über meinem Gesicht war pinkfarben.«

»Haben Sie sonst irgend etwas im Auto bemerkt?«

»Ich habe eine Banktasche im Auto gesehen.«

»Was haben Sie dann gemacht?«

»Sie hat mich zurück zum Einkaufscenter gebracht. Ich bin ins Taco Bell gegangen und habe ein großes Mountain Dew Soda bestellt. Es liegt gleich neben dem Einkaufscentrum beim Winn-Dixie, von wo aus ich am Donnerstag telefoniert hatte. Dann verließ ich das Taco Bell und ging über ein leeres Feld zurück zum Ramada Inn, um meinen Truck zu holen. Dann bin ich nach Hause gefahren.«

(Niemandem schien aufzufallen, daß am Anfang James' Auto am Einkaufszentrum gestanden hatte.)

»Ich habe Bier gekauft und bin nach Hause gegangen. Dann bin ich mit meinem kleinen Bruder in eine Bar gegangen.«

»Haben Sie je den Rest des Geldes bekommen?«

»Nein, Sir. Ich hatte angenommen, daß das Geld in ihrem Haus auf dem Tisch liegen würde. Dann gab es einen neuen Plan. Peggy sollte nach Huntsville kommen, um ihre Schwester zu trösten und die Beerdigung vorzubereiten. Sie würde das Geld in einen Kasten in ihre Garage legen. Also ging ich am Sonntag hin, aber das Geld war nicht da.«

»Hat Sie jemand gesehen?«

»Ja, Sir, nebenan waren ein paar Leute im Garten. Ich sagte: ›Sagen Sie Mr. Lowe, daß ich wegen meiner Leiter, der Malerhosen und der Pinsel zurückkomme, weil mein Bruder sie braucht.‹«

»Wurden Sie danach verhaftet?«

»Am 24. Mai kam die Polizei. Ich war auf der Arbeit im Barbecue Sixty-Six, einem Restaurant in Cohalla Heights. Ich hatte in der Vorwoche dort gearbeitet, und ich habe da angerufen und sie gebeten, mir noch eine Chance zu geben, und so durfte ich wiederkommen. Die Polizei wollte mein Auto durchsuchen.«

»James, in den Verhören durch die Polizei, haben Sie da die Wahrheit gesagt?«

»Nein, Sir, das habe ich nicht«, sagte er schnell. »Am Anfang habe ich gelogen und nur kleine Stücke preisgegeben. Schließlich habe ich gesagt, daß ich mit einem Anwalt sprechen will.«

Fry wandte sich an den Richter. »Zur Zeit keine weiteren Fragen, Euer Ehren«, sagte er.

Fry setzte sich. Lange Zeit herrschte Schweigen im Gerichtssaal. Niemand bewegte sich.

Plötzlich erinnerten sich die Gerichtsdiener an ihre Pflicht und beeilten sich, das Podium vor den Geschworenen aufzubauen.

Bobby Lee Cook erhob sich langsam aus seinem Stuhl und ging zu dem langen Tisch vor der Richterbank, auf dem das Beweismaterial auslag.

Das war der Moment der Wahrheit. Mit James' Aussage hatte die Staatsanwaltschaft das Herzstück des Falls präsentiert. In den kommenden Tagen würde die Staatsanwaltschaft weitere Zeugen aufrufen, um die Beweislage zu erhärten. Wenn James aussagte, daß er in einem bestimmten Geschäft war und Autozubehör gekauft hatte, würde die Staatsanwaltschaft einen Beleg beibringen, der seine Aussage stützte. Wenn James sich daran erinnerte, daß eine spanische Kellnerin namens Christina ihn im Chick-Fil-A bedient hatte, würde die Staatsanwaltschaft den Chick-Fil-A-Manager aufrufen, der aussagen würde, daß das Restaurant diese Kellnerin beschäftigt habe, daß sie aber leider aus Heimweh auf die Philippinen zurückgekehrt sei. Alle beiläufigen Details aus James' Aussage würden sich belegen lassen.

Keiner der sogenannten stichhaltigen Beweise wäre von Bestand, wenn die Geschworenen davon ausgingen, daß James log. Wenn das Herz seiner Anklage eine Lüge war – wenn die Zwillinge nichts getan hätten, um ihn zum Mord zu ermutigen oder anzustiften –, dann waren die anderen Dinge nur Ausschnitte der Wahrheit, die er klug in sein Lügennetz mit eingewoben hatte. Tatsächlich konnte ihn sogar die Polizei mit diesen Details versorgt haben, als sie sich ohne Bandmitschnitt mit ihm unterhielt.

»James, im Chick-Fil-A hat eine spanische Kellnerin gearbeitet. Der Manager sagt, sie ist nicht mehr da, aber sie hieß Christina.«

»Verdammt! Ich kann mich erinnern. Ja, sie war Spanierin, und auf ihrem Namensschild stand etwas wie ›Corinna‹ ...«

»Christina.«

»Ja, Christina. Ich erinnere mich daran.«

Es gab keine Beweisstücke. Es gab keine Zeugen. Es gab nur James Dennison Whites Anklage. Wenn er entlarvt werden konnte, war die ganze Geschichte hinfällig.

Dafür war der berühmte und fähige Anwalt aus Summerville, Georgia, geholt worden. Das war seine Mission: James White auseinanderzunehmen, dieses Monster aus falschen Zähnen und falschen Worten, ihn bloßzustellen und den Geschworenen das Nest bösartiger Vipern in seinem Inneren zu zeigen.

Aber wie sollte das geschehen? Das war hier die Frage.

Wenn die Polizei erst die Fakten gesammelt hatte und dann James erlaubt hatte, seine Aussage so zu ändern, daß sie zu den Fakten paßte, dann war das eine subtile und komplizierte Vorgehensweise. Es wäre ein schwerwiegender taktischer Fehler von Bettys Anwälten, anzunehmen, daß hier eine Verschwörung vorlag. Solche Dinge gab es nicht in Wirklichkeit.

Ein Polizist, von politisch ehrgeizigen Anwälten vorgeschickt, verzweifelt bemüht, aus der Geschichte herauszukommen, ohne ruiniert zu sein, der stundenlang mit einem verrückten Messerstecher, der weder Skrupel noch Prinzipien kennt, aber clever ist und die Spielregeln beherrscht, zusammensitzt – wenn es so war, handelte es sich nicht um eine Verschwörung, sondern um eine langsame, lange Entwicklung.

Der Schurke hatte, was die Polizei brauchte. Aber der Polizist mußte kommen und es sich holen.

Der Schurke, der sich auskennt, würde der Polizei viel Raum lassen, ihr Gesicht zu wahren. Der Schurke würde es besser wissen und nicht laut verkünden, was da die ganze Zeit ablief. Sowohl gesetzlich als auch moralisch hat der Polizist das Recht, jeden Moment seine Hand heben und Einspruch erheben zu können, den Prozeß zu stoppen und zu sagen: ›Ich weiß genau, was hier vorgeht, und ich wollte nie, daß es so weit kommt.‹

Dem zugrunde lag ein Prinzip, das alles Gold und alle Diamanten der Welt für James Dennison White bedeutete: Wenn du bereits weißt, wohin die ganze Sache führen soll, kannst du es erreichen, indem du alles behauptest.

Egal, was.

Du kannst ein unbegründetes, sehr überzeugendes Argument dafür bringen, daß der Präsident ein ausländischer Spion ist, der Papst ein Autodieb. Mutter Theresa das Feuer in Chicago gelegt hat. Wenn an die Stelle enrenhafter und objektiver Untersuchung, ohne daß man vorgibt, die Fakten zu kennen, die Entscheidung tritt, was man herausfinden will, dann kann man Fakten und Hinweise, Klatsch und Geflüster sammeln und so bearbeiten, daß man jede noch so weit hergeholte Anschuldigung beweisen kann.

Wenn man beginnt, das Netz im richtigen Moment zu weben, wenn man das sorgfältig und gründlich macht, dann kann man all die mächtigen, wichtigen, stolzen Leute zum Narren halten und zum Narren machen, die später das Urteil sprechen. Wenn die Lüge eine gute Geschichte verspricht, wird sie von den Medien verbreitet, die sich noch dafür bedanken. Wenn die Lüge politisch richtig wirkt, stimmen die Autoritäten mit ein.

James hätte gut einen noch strengeren Test bestanden. Mickey Brantley hätte ihm nie einen Hinweis oder eine Ermutigung zu geben brauchen. James war an Ermutigung gar nicht gewöhnt. Solange er ahnte, wo die Schokoladenseite war, konnte er alleine den Weg dahin finden. Er wußte das eine, das wichtig war: daß es möglich ist, vor sie alle hinzutreten – die Polizisten, die Anwälte, den Richter, die Geschworenen, die Reporter und die Kameras – und zu lügen, was das Zeug hält. Und zu gewinnen.

Die einzige Art, einer so meisterhaft gewobenen Lüge zu entgehen, ist es, das Muster zu lösen. Um das zu schaffen, hätte Cook sich die Meter und Meter mitgeschriebener Aussagen von James vornehmen müssen, die Fehler heraussuchen müssen, die Widersprüche aufspüren, Rhythmus und Zielsetzung der Fragen herausfinden müssen, um dann der Jury zeigen zu können, wie die Musik komponiert worden war. Dabei hätte er Schaubilder und Skizzen benutzen müssen, um der Jury darzulegen, wie jedes Beweisstück zusammengetragen worden war, wann genau James welche Frage gestellt worden war, wann genau er welches Detail seiner Geschichte geändert hatte, damit sie zu den gesammelten Beweisen der Polizei paßte.

Das wäre dann ein Berg an Einzelheiten, dem die Jury folgen müßte. Um die Lüge selbst so angreifen zu können, daß die Jury es nachvollziehen konnte, müßte eine ausgefeilte Verteidigung vorliegen, die monatelanger Vorbereitung bedurft hätte.

Oder andersherum. Nicht die Lüge angreifen, sondern den Mann. James. Auf ihn einschlagen, ihn kratzen, ihn piesacken und seinen Namen rufen, bis er selber davon abrückt, in Stücke gerissen von seinem eigenen Wahnsinn. Dieses Vorgehen erforderte Schulung, Können, Erfahrung, Instinkt und Ausstrahlung ... aber keine Vorbereitung.

Bobby Lee Cook sah schmächtig, gekrümmt und ein bißchen altersschwach aus, als er zum Beweistisch kam. Er wühlte herum und fand dann, was er suchte – den Baseballschläger. Er nahm ihn auf, und als er sich damit umdrehte, war er wie verwandelt. Plötzlich wirkte er mächtig und beeindruckend, erleuchtet von einer inneren Wut.

Er sah die Geschworenen an, dann wieder den Schläger in seiner Hand. Er begann leise und sanft zu sprechen, hob aber bald die Stimme, die mit jeder Silbe lauter und ärgerlicher wurde.

»Er sagt, er könnte sich nicht an den Schläger erinnern.

Er sagt, er könnte sich nicht an das Messer erinnern.«

Er ging zurück zum Beweistisch, legte den Schläger hin und nahm das Messer auf. Er trug es zum Zeugenstand und legte es auf das vordere Brett direkt vor James. Sobald er das tat, spannten die Gerichtsdiener sich an. Obwohl James noch gefesselt war, sorgte es für Unruhe, ein Messer nur Zentimeter entfernt von einem bekennenden Mörder liegen zu sehen.

Die Geschworenen rückten unbehaglich auf ihren Stühlen hin und her. James starrte über das Messer weg, weigerte sich, es anzusehen, aber seine Augen flackerten wild, und seine Zunge leckte nervös über seine Lippen.

Cook drehte James den Rücken zu, ging wieder zum Tisch der Verteidigung und nahm einen Block auf, von dem er vorlas.

»Der Zeuge sagt: ›Soweit ich mich erinnern kann, nahm ich es (das Messer) nicht mit.‹«

Cook ging zu den Geschworenen.

»Er ließ alle persönlichen Besitztümer im Wagen, außer den Schlüsseln und der Tüte mit einem Seil darin. Es war eine weiße Tüte mit Henkeln und schwarzem Muster, dieselbe Tüte, in der Peggy Lowe ihm das Geld gegeben hat.«

Cook ging zum Podium, wo er weiter vorlas.

»Er hatte verschiedene Namen. Cookie. Er benutzte den Namen Howell, den Namen seines Stiefvaters, bis er einundzwanzig war. Sein Geburtstag war der 4. März 1951.«

Cook ging wieder zum Beweistisch. »Es war eine weiße Tüte mit Henkeln und einem schwarzen Muster.« Er wühlte durch die Sachen, die dort lagen, und zog eine Plastiktüte hervor. Er hob sie hoch und starrte den Bezirksanwalt anklagend an.

»Nun, die kann es nicht sein!« rief er triumphierend. Die Tüte, die er hielt, war weiß mit rotem, nicht mit schwarzem Muster.

Wieder auf dem Podium, wo er aus einer Aussage James' vor der Polizei vorlas, zitierte er: »Ich muß Medikamente nehmen, Lithium.«

Cook sammelte einen Arm voller Papiere, Mitschriften von James' Aussage, und trug sie zum Zeugenstand. Er legte alles vor James White auf das Messer.

Wieder ging Cook von James weg, drehte sich dann um und schrie ihn an: »Wie sollen wir wissen, wann Sie lügen? Ist es, sobald Sie den Mund öffnen?«

James starrte ins Leere, die Augen dumpf, aber fest. Er gab keine Antwort.

Cook ging wieder zum Podium, wo er eine Kopie der Aussagen hatte. Er blätterte sie durch. »Sehen Sie sich das Dokument vom 26. Mai an. Seite zwölf. Sie haben Mr. Brantley gesagt, daß Sie an einen Ort gingen und das Geld holten, und Sie haben nicht gesagt, wo Sie das Geld bekommen haben.«

»Ja, Sir«, sagte James.

»Warum haben Sie es nicht gesagt?«

James sagte nichts.

»Wollen Sie darüber nachdenken?«

James starrte leer in Cooks Augen.

»Wollten Sie sich bedeckt halten?«

»Ich wollte mich schützen, Sir. Ich hatte keinen Anwalt.«

»Am 27. Mai«, sagte Cook und blätterte weiter, »auf Seite sieben, sagte Mr. Brantley: ›Und sie hat es Ihnen gegeben?‹ Sie sagten: ›Nein, Sir, mir wurde gesagt, wo es ist, und ich habe es geholt.‹«

»Ja, Sir«, sagte James.

»An der Straße?«

»Ja, Sir.«

Cook trat nahe zu James, so daß ihre Gesichter nur wenige Zentimeter auseinander waren. Mit rotem Gesicht brüllte Cook: »Das war eine verdammte Lüge, nicht, Herr Zeuge?«

Ruhig sagte James: »Ja, Sir.«

»Macht es Ihnen etwas aus zu lügen?«

»Ja, Sir.«

Cook richtete sich auf und ging zur Jury. Mit dem Rücken zum Zeugen sagte er: »Und als Ihr Anwalt kam, sahen Sie das Licht.«

Einige Leute im Saal kicherten.

Cook kehrte zum Beweistisch zurück und sah die Sachen durch. Er hielt die Pistole hoch. »Diese Waffe stammt sicher nicht aus Betty Wilsons Haus, oder?«

»Nein, Sir.«

Cook fragte ihn, ob er schon wegen anderer Verbrechen angeklagt worden sei. James bejahte. Er fragte ihn, wieviel er an dem Tag auf dem Parkplatz am Einkaufszentrum, als er auf Betty wartete, damit sie ihn zum Haus fuhr, getrunken habe. Er sagte, er habe etwa achtzehn Bier getrunken.

»In Ihrer Aussage haben Sie zu Brantley gesagt, daß Sie ein Bier getrunken hätten.«

»Ja, Sir.«

»Das war eine Lüge.«

»Ja, Sir.«

Cook schwieg eine Weile und blätterte durch die Aussagen.

»29. Mai, Seite 26. Herr Zeuge, sehen Sie sich Ihr Protokoll an.«

»Welche Seite, Sir?«

»26.«

»Ja, Sir.«

James blieb ungerührt, aber die Geschworenen, die von ihren Notizen aufsahen und miteinander flüsterten, waren perplex. Sie sahen Cook sehnsüchtig an, als hofften sie, daß er jetzt zum Punkt kommen würde.

Cook, immer noch blätternd, machte weiter.

»Da ist eine Korrektur, ob die Waffe unter der Terrasse oder unter dem Flurbrett lag?«

»Ja, Sir, Mickey Brantley hatte es falsch verstanden.«

Cook blätterte weiter. Die Geschworenen wurden unruhig. Richter Younger fing an, bedeutungsvolle Blicke zur Uhr zu werfen, die die vorgerückte Stunde dokumentierte.

Endlich versteifte Cook sich und sagte betont: »Aussage! 29. Mai. ›Ich glaube nicht, daß ich den Mann wirklich töten wollte, denn ich hatte keine Waffe. Ich wollte nur ins Haus, herumsuchen und sehen, ob ich etwas Geld fand oder sonst etwas, und das ist es auch im wesentlichen, was ich getan habe.‹«

Cook hörte auf zu lesen und sah White an.

White sagte: »Ja, Sir.«

»Aussage! Auch 29. Mai. ›Ich war zu dem Zweck im Haus, einen Mord zu begehen.‹ War das eine Lüge?«

»Nein, Sir, es ist keine Lüge, denn man hat mir gesagt, es solle wie ein Raubüberfall aussehen.«

»Sie wollten ihn nicht töten?«

»Nein, Sir, wollte ich nicht.«

»Sie wissen nicht, womit Sie ihn geschlagen haben?«

»Nein, Sir.«

Cook ging noch eine Stunde lang die Aussagen durch, die nicht markiert waren und die er wohl selbst zum ersten Mal auf dem Podium las, um interessante Punkte zu finden. Er forderte James in Einzelheit auf Einzelheit heraus. Wie viele Biere hatte er wirklich an dem Tag getrunken? Was hatte er mit dem Glas gemacht, das Betty Wilson benutzt hatte, um ihm Wasser zu bringen? James antwortete auf fast jede Frage mit kurzen Sätzen oder mit dem roboterhaften »Ja, Sir«, »Nein, Sir«.

Cook befragte ihn zu seinen Selbstmordversuchen.

»Haben Sie es zwölf- oder vierzehnmal versucht?«

»Ja, Sir«, sagte er.

Hier hatten die Geschworenen aufgehört mitzuschreiben und sahen sich an, was langsam zu Furcht wurde.

James White hatte sich zu einem Nervenbündel zusammengekauert wie ein nasser Igel, im festen Willen, geschlagen zu werden, aber nicht zu beißen oder zu sterben. Je länger James überlebte, desto mehr bedauerte ihn die Jury.

Cook zupfte an der Mitschrift, sprang von Seite zu Seite, versuchte nicht, ein einheitliches Bild zu schaffen. Er fragte James, wann genau er im Ramada Inn eingecheckt habe.

Als James antwortete, rief Cook, fast brüllend: »Sie sind nur ein gewaltiger Lügner, nicht wahr?«

»Nein, Sir. Sie wollen für alles die Zeit, und ich kann sie Ihnen nicht sagen, weil ich keine Uhr trage.«

Wenn überhaupt, so gewann James mit jedem Angriff Cooks nur mehr Stärke und Fassung. Fry und Brantley hatten ihn monatelang trainiert, wie man dem berühmten Mr. Cook gegenüber bestand. Nun tat er das.

Cook befragte ihn zu allen Zeiten, die er in Nervenkliniken gewesen war. Er las eine Passage vor, in der diagnostiziert wurde, daß James Stimmen hörte.

»Haben Sie hier drinnen andere Stimmen außer meiner gehört?« fragte Cook sarkastisch.

»Nein, Sir.«

Cook schwieg, dann kehrte er zum Podium zurück. Er las etwas im Bericht. Er brachte den Ordner zurück zum Zeugenstand, immer noch lesend.

»Im April 1990 haben Sie gestanden, Ihre Tochter sexuell mißbraucht zu haben.«

Cook senkte das Dokument und sah über seine Halbbrille zu James. James blickte zurück, und das erste Mal zeigte er ein Anzeichen von Ärger.

»Ich war betrunken«, murmelte James.

Cook wartete und sah ihn an. Es war ein langer Nachmittag gewesen, und Bobby Lee Cook sah müde aus, sichtlich erschöpft, wenn nicht ausgelaugt, von seiner Aufgabe.

James hob den Kopf und sah ihn an, aber jetzt war der Ärger in seinen Augen verschwunden.

Cook sagte nichts und kehrte zu seinen Papieren auf dem Podium zurück. Er las weiter, ließ James gelegentlich zustimmen oder verneinen.

»Eine Anklage wegen Sodomie in der Haftzeit.«

»Ja, Sir.«

»Sie haben der Frau Ihres Stiefvaters einen Brief geschrieben und gesagt, Sie würden es ihr besorgen, weil Ihr Stiefvater zu alt sei.«

»Ja, Sir.«

Ein Geschworener grinste, dann legte er schnell die Hand vor den Mund.

Cook las weiter eine lange unglaubliche Liste von psychologischen Diagnosen und klinischen Notizen vor – eine ganze Mülladung. James sagte ja und nein zu jedem Punkt, so ernst, als sänge er Psalmen. Als die Liste seiner Sünden wuchs, war die Jury immer weniger interessiert, geschweige denn beeindruckt.

Als der Tag schließlich zu einem peinlichen Ende mit Antiklimax kam, war klar, daß Bobby Lee Cook sehr müde war und James Dennison White sich besser fühlte als je in seinem Leben.

Cook entließ den Zeugen. Der Richter vertagte die Verhandlung. Wayne Johnson kam nach vorne und führte die Geschworenen aus dem Saal.

Während sie aus der Geschworenenbank traten, sahen einige zum Zeugenstand hinüber. Dann holte der Gerichtsdiener James ab.

Als er sich in seinen Fesseln erhob, warf James den Kopf zurück und sah stolz über die Menge zu den Reportern hinüber.

Früher am Tag hatte seine Geschichte so absurd geklungen – die vielen Widersprüche wegen der Pistole und sein holperiger, erfundener Dialog mit Peggy. Aber die Seele eines Prozesses ist Streit. Ein Verfahren, insbesondere, wenn das Thema ernst ist und viel auf dem Spiel steht, ist immer so sehr athletischer Wettkampf wie eine Boxveranstaltung.

James Dennison White war gegen einen gefürchteten Gladiator angetreten und hatte ihn besiegt. In den Augen der Geschworenen, der Presse und der Öffentlichkeit stand James White am Ende des Tages viel besser da als am Anfang.

ZEHN

In einem Fischrestaurant am Black Warrior-Fluß diskutierten einige Reporter und Journalisten über ihren Getränken.

»Matlock, schmatlock«, sagte einer.

»Cook hat den Kerl nicht mal gereizt«, sagte ein anderer. »Betty ist tot wie eine Wasserleiche.«

»Unsinn«, sagte ein dritter. »Sie haben noch immer keinen Beweis und keinen Zeugen. Die Jury kann die Dame nicht wegen eines Kapitalverbrechens verurteilen, nur auf das Wort eines solchen Stücks Scheiße hin, wie James Dennison White es ist.«

»Das sehe ich auch so«, sagte ein vierter. »Das kann nicht sein. Es ist schwer genug, eine reiche weiße Frau im Süden des Mordes anzuklagen. Sie würden es nicht auf Basis der Aussage eines solchen Arschlochs tun. Sie werden sie laufenlassen.«

Am nächsten Morgen, noch in der Dämmerung, bildete sich bereits eineinhalb Stunden vor Öffnung der Türen eine Schlange vor dem Gerichtssaal. Als die Menge in das dunkle Gebäude strömte und sich anzustellen begann, waren es schon genug, um den Saal zu füllen – und jede Minute kamen mehr. Ganze Klassen von Jurastudenten, Wagenladungen mit Damen aus Huntsville, neue Reporterteams aus entlegenen Städten und Kleinstädten.

Die Stimmung im Flur war schlechter denn je. Die Leute drängelten und schubsten, um ihren Platz in der Schlange zu behalten. Die Anti-Betty-Damen ließen einen Lobgesang hören, wie gut sich James Dennison White am Vortag gehalten habe.

»Er ist arm und dumm, und er war ein schlechter Mann, aber er hat da drinnen die Wahrheit über Betty gesagt!«

Zum ersten Mal stellten sich die Pro-Peggy-Leute, großteils aus ihrer Kirche in Vincent, offen gegen die Anti-Bettys in der Menge.

»Wie können Sie solche Lügen ernsthaft glauben? Der Mann lügt doch, um seine eigene Haut zu retten. Er würde alles sagen.«

Die Medienvertreter waren eifriger denn je darauf bedacht, nicht durch die wachsende Öffentlichkeit aus dem Gerichtssaal ausgeschlossen zu werden. Endlich öffneten die Deputies die Türen, und die Leute drängten hinein. Ein Journalist, der es gerade geschafft hatte, eilte zu einer attraktiven Fernsehreporterin, die schon bequem mit aufgeschlagenem Block in der ersten Reihe saß.

Er rief ihr zu: »Ich wußte es! Wie bist du vor mir reingekommen? Du hast nicht vor mir gestanden. Du hast einen verdammten Handel mit den Deputies abgeschlossen, und ich werde mich mit dieser Scheiße nicht abfinden!«

Die Saaldiener, die miteinander geflüstert hatten, fuhren herum, um zu sehen, wo der Lärm herkam.

»Hüten Sie Ihre Zunge!« rief einer von ihnen.

Die Fernsehreporterin flüsterte dem Journalisten hörbar zu: »Es gibt keinen Deal, du Arschloch.«

»Wie bist du dann vor mir reingekommen?« flüsterte er wütend zurück.

»Ich habe mich vorgedrängt!«

»Oh«, sagte der Reporter beruhigt, »entschuldige.«

Die Menge der Zuschauer war störrischer denn je. Als die Staatsanwaltschaft damit begann, ihre lange Parade von Zeugen aufzurufen, zischten die Leute hörbare Ermunterung für ihre Favoriten und buhten die aus, die sie nicht mochten. Sheriff Sextons Deputies, die als Saaldiener agierten, wollten erst streng gegen den Lärm vorgehen, aber als die Menge aggressiver wurde, wurden die Deputies nachgiebiger.

»Das waren Leute aus Huntsville«, sagte ein Deputy. »Leute aus Tuscaloosa benehmen sich nicht so.«

Richter Younger seinerseits griff immer weniger ein und war erpicht darauf, weiterzukommen, mit welchen Mitteln auch immer.

Einige der Zeugen waren amüsant und unterhaltsam. Die Wachen der Guntersville Lodge waren ein Trio echter Burschen vom Lande. Ihre Aussage, wie sie das Buch zu James gebracht hatten, wurde oft von Gelächter unterbrochen, und selbst Richter Younger kicherte ein- oder zweimal.

Betty sah vom Verteidigertisch aus zu. Im Verlauf des Tages fühlte sie sich immer weiter entfernt von dem Prozeß, der da geführt wurde. Ihre Verteidiger verbreiteten eine schlechte Stimmung in den abendlichen Vorbereitungssitzungen. Nach seiner Niederlage mit James machte Bobby Lee Cook sich mehr und mehr zum Führer des Teams – eine Rolle, die Hooper, Sandlin und Drake ihm nicht so ohne weiteres zugestehen mochten.

Während ein Zeuge nach dem anderen aufgerufen wurde, wetteiferten Hooper und Drake offensichtlich darum, wer die besten Fragen stellte, als wollten sie Mr. Cook zeigen, wie es gemacht wurde. Betty sorgte sich, daß es so aussehen könnte, als setzten sie unschuldige Zeugen unter Druck. Besonders bei Frauen war die Wirkung auf die Jury aus Tuscaloosa nicht gut.

Aber ihre Anwälte mußten harte Arbeit leisten. Die richtige Art, die Schlange zu töten, wäre es gewesen, wenn Cook die Geschichte im Keim entlarvt hätte. Das war nicht gelungen. Jetzt hatten die Verteidiger keine andere Wahl, als die Geschichte anhand der Zeugenaussagen durchzugehen. Es war ein schwerfälliger und manchmal gefährlicher Prozeß für sie.

Jack Drake schlug sich bei einigen der Zeugen wacker. Jack Wilsons frühere Buchhalterin kam in den Stand, um auszusagen, daß Betty Jack einmal ›Hurensohn‹ genannt habe und ihm ›sogar einen Vogel gezeigt‹ habe.

Drake fragte sie: »Haben Sie Ihren Mann je ›Hurensohn‹ genannt?«

Die Buchhalterin sah plötzlich betroffen aus, als wenn sie alles dafür geben würde, nicht antworten zu müssen. Dann sagte sie kaum hörbar, mit piepsiger Stimme: »Nun, nicht ... in Hörweite.«

Wenn er das beibehalten konnte, war er in der Lage, der Jury zu zeigen, wie absurd die meisten Zeugenaussagen hier waren – nichts anderes als die Art Klatsch, die man hinten im Bus hört, wenn man nach einem Softball-Spiel nach Hause fährt.

Aber Sheila Irby war für die Verteidigung eine Katastrophe. Sie war die attraktive blonde Hausfrau aus Huntsville, die erzählt hatte, daß sie am Mordtag zu verschiedenen Zeiten sowohl James als auch Betty nahe der Verbindungsstraße von Boulder Circle und Chandler Road gesehen habe.

Von dem Tag an, als Mickey Brantley sich auf sie stürzte, um sie zur Aussage zu zwingen, bis zu dem Tag, als sie fast zehn Monate später vor Gericht auftrat, um auszusagen, hatte sie keinen Moment der Ruhe gehabt, ihre Geschichte zu überdenken. Wenn überhaupt, hatte ihr langer Aufenthalt im Rampenlicht ihre Haltung noch verfestigt. Als sie bei Gericht eintraf, war sie aufgedonnert und zurechtgemacht, die Haare im Stil Marilyn Monroes frisiert und sichtlich entschlossen, den Tag würdevoll durchzustehen.

Sie erzählte ihre Geschichte für Fry, wobei sie mehrere Anekdoten über ihren eigenen Fahrstil einstreute, in der Art ›ich bin dafür bekannt, daß ich parkende Objekte anfahre‹, was ihr Gelächter und Applaus aus dem Zuschauerraum einbrachte.

Als Drake seine erste Frage stellte, sah sie ihn lange

schalkhaft an, ohne zu antworten, dann fragte sie: »Wie heißen Sie?«

Zuschauer riefen: »Gut!« und »Zeig's ihm!«

Drake konzentrierte sich auf die Ungereimtheiten in ihrer Geschichte. Sie hatte diese wichtigen Beobachtungen nicht der Polizei erzählen wollen, obwohl das Verbrechen doch monatelang die Zeitungen beschäftigt hatte. Sie behauptete, daß sie Zeiten und Orte genau angeben könne, an denen sie Betty gesehen habe, obwohl sie Betty seit Jahren jeden Tag in diesem Teil der Stadt begegnete. Sie kannte Betty seit der High School. Es gab keinen Grund, warum sie sich dieses eine Treffen hätte merken oder einprägen sollen. Es war, als wolle sie sich nach zwei Monaten daran erinnern, daß sie, als sie an dem und dem Tag, als sie um die und die Ecke bog, zu einer bestimmten Zeit zwei Pappbecher und eine benutzte Essenspackung aus dem Abfalleimer an der Bushaltestelle habe herausragen sehen. Es war die Art, wie nachträgliche Sicht arbeitet, nicht Erinnerung.

Aber Drake schaffte es nicht, Sheila Irby kleinzukriegen. Als er sie fragte, ob sie sich daran erinnere, diese Information freiwillig preisgegeben zu haben, sagte sie statt einer Antwort: »Ich erinnere mich, daß Charlie Hooper mich deswegen angerufen und bedrängt hat!«

Die Menge brach in Rufen und Beifall aus.

Frustriert und verärgert durch die Rufe der Menge, wurde Drake sarkastisch: »Aber jetzt, wo Sie hier vor den Kameras sitzen, können Sie sich perfekt an alles erinnern, ja?«

Sheila Irby antwortete nicht und nahm statt dessen die Haltung einer verletzten Dame an – der Ruf zu den Waffen für jeden Südstaatler.

»Sie sollten sich schämen«, zischte eine Zuschauerin.

»Der Kerl ist taktlos«, beschwerte sich ein Mann laut.

Die Gesichter der Geschworenen wanderten zwischen

dem Zeugenstand und der Zuhörerschaft hin und her, als sähen sie bei einem Tennisspiel zu. Alle wirkten zutiefst beunruhigt und verstört wegen der Entscheidung, die sie zu treffen hatten.

Inzwischen wußten die Geschworenen, wer die Reporter im Saal waren. Es waren die, die zusammengluckten, mitschrieben und weise Blicke austauschten. Immer wenn ein Zeuge befragt wurde, dessen Aussage überraschend war oder im Widerspruch zu anderen Aussagen stand, musterten die Geschworenen die Gesichter der Pressevertreter, um zu sehen, wie diese reagierten. Egal, wer aussagte oder was er sagte, die Reporter machten bei jeder Aussage klar, daß sie das alles schon einmal gehört hatten.

Als der Richter für die Mittagspause unterbrach und Sheila Irby auf den Flur trat, fand sie sich Scheinwerferlicht, laufenden Kameras und Reportern gegenüber, wie man sie sonst nur bei einer Hollywood-Premiere erwarten würde.

Als sich die Verteidiger an diesem Abend zur Lagebesprechung trafen, war ihnen allen klar, daß der Prozeß ihnen entglitt. Sie hatten es nicht geschafft, James Whites Story den Todesstoß zu versetzen. Die Aussagen arbeiteten gegen sie.

Eingeschüchtert durch die Anti-Betty-Gruppen, blieben die Pro-Peggy-Teilnehmer dem Gerichtssaal fern, so daß die Zuschauer mehr und mehr Position gegen die Verteidigung nahmen. An einem Punkt der Aussage hatte sich eine Zeugin der Staatsanwaltschaft am Nachmittag versprochen, als sie eine Frage zu der Plastiktüte beantwortete, die man in Bettys Garten unter einem Stein gefunden hatte. Ehe die Zeugin ihre Gedanken sammeln konnte, stand eine der Frauen aus dem Zuschauerraum auf und soufflierte: »Nein, nein, sie ist weiß mit rotem Muster.«

»Ach ja«, sagte die Zeugin, »weiß mit rotem Muster.«

Es war kein wichtiges Ereignis, außer, daß es allen bewies, daß die Zuhörer die Staatsanwaltschaft unterstützten und auf eine Verurteilung Bettys hofften.

Der bittere Nachgeschmack des Gesprächs vom Abend zuvor wurde beiseite gedrängt. Es mußte etwas Einschneidendes geschehen, um die Stimmung bei Gericht zu ändern, ansonsten würde Betty Wilson ihr Leben verlieren und für ein Verbrechen bestraft werden, das sie nicht begangen hatte.

Monate vor dem Prozeß hatten die Verteidiger darüber gestritten, ob Betty aussagen solle. Sie wollte. Sie glaubte, sie könne der Jury die ganze Geschichte erklären – sie erkennen lassen, wie das Ganze passieren konnte, und ihnen zeigen, daß sie nicht die Person war, die zu einem Mord fähig war.

Ihre Anwälte waren weniger zuversichtlich. Zu den Zeugen der Staatsanwaltschaft hatte eine Reihe von Leuten gehört, die Betty von den Anonymen Alkoholikern kannten, und einige davon hatten Bettys Charakter in der Luft zerrissen. Die Verteidiger hatten Angst, daß Bettys Aussage alles nur verschlimmern würde.

Das Kapitel von Bettys Teilnahme an den A. A.-Treffen war schädlich, weil die Polizei dadurch von immer neuen Eskapaden Bettys erfahren hatte. Betty und ihre Verteidiger kannten die Realität von A. A. – sie sind oft Austragungsort sexueller Intrigen und Wettkämpfe, wie könnte es auch anders sein? Anonyme Alkoholiker stehen einander näher als Familienmitglieder, die Treffen sind das intime Zentrum ihres emotionalen Universums. Wenn sie unter sich und hinter dicken Wänden sind, haben sie den Hang, über die Schwachheit des Fleisches zu lachen, wenn es dem Alkoholmißbrauch ausgesetzt ist.

Betty und ihre Anwälte wußten aber auch, daß es bei den Anonymen Alkoholikern einen fast morbiden Hang zum Zusammenhalt gibt, um die Respektabilität dieser Einrichtung zu verteidigen. Immerhin geht es um Menschen, die versuchen, verlorenes Land zurückzuerobern. Sie wissen nur zu gut, daß die Außenwelt nur auf ihr Scheitern wartet. Jeder Hinweis darauf, daß sie rückfällig werden, verwundet sie zutiefst.

Alle die Titelstories über Bettys Männergeschichten bei den A. A.-Treffen waren für die Vereinigung schmerzhaft. Um die Sache noch schlimmer zu machen, streute ein Untersuchungsbeamter das Gerücht aus, Betty habe heimlich weitergetrunken, während sie Mitglied war. Diese beiden Punkte – die Gruppe schlecht dastehen zu lassen und heimlich weiterzutrinken und damit ihre Ziele zu verraten – waren Sünden, die nicht vergeben werden konnten.

Wenn man das alles wußte, waren die Aussagen der A. A.-Zeugen der Staatsanwaltschaft lächerlich. Mary Ann Lau kam und erzählte die Geschichte, wie sie entdeckt hatte, daß Betty ihren Mann mit einem alten Freund in New York betrog.

Anders als bei anderen A. A.-Mitgliedern machte es ihr keinen Spaß, gegen Betty auszusagen. Fry mußte sie zweimal daran erinnern, daß sie unter Eid stand und gesetzlich verpflichtet war auszusagen. Ihr Widerstreben ließ Betty nur noch schlechter dastehen – eine erwachsene Frau, die nicht mehr die Entschuldigung des Alkohols hatte, hatte ein Spiel daraus gemacht, ihrem Mann Hörner aufzusetzen. Kein hübsches Bild.

Das Bild wurde schlimmer, als Mary Ann die Geschichte von Bettys Traum erzählte, in dem Jack über eine Klippe gestürzt war, und von ihrer Bemerkung: »Ich glaube, ich muß einfach nur Geduld haben.«

Teilweise waren die A. A.-Mitglieder gezwungen, tief

zu graben, um die Staatsanwaltschaft mit schlechten Geschichten zu versorgen. Einer trat in den Zeugenstand und erzählte, daß Betty zu der Party zur Zehnjahresfeier der Gruppe nicht erschienen war. Betty hatte sich mit einem Krankheitsfall in der Familie entschuldigt, aber sie unterstellte, daß Betty eine treulose Freundin war.

Betty war davon überzeugt, daß sie in den Zeugenstand treten und das Bild des bösartigen Monsters korrigieren konnte. Ihre Verteidiger waren da weniger sicher. Es war unwahrscheinlich, daß die Geschworenen sich mit den Gepflogenheiten der Anonymen Alkoholiker auskannten. Einen Bruch zwischen Betty und ihren Kameraden würden sie ihr als Perfidie auslegen, und das konnte schlimmer werden, je mehr Betty es zu erklären versuchte.

Die Verteidigung hatte einige Experten angeheuert, die im Saal sitzen und die Geschworenen beobachten sollten, um zu sehen, wie die einzelnen Zeugen auf sie wirkten. Bislang war es unmöglich zu sagen, auf welcher Seite die Jury stand. Cook mochte James White nicht zerstört haben, aber in seiner Geschichte gab es offensichtlich Teile, die die Geschworenen nicht schlucken wollten.

Die vereinten Bemühungen der A. A.-Mitglieder waren nicht gut, aber es war unmöglich zu sagen, wie schlecht sie sich ausgewirkt hatten. Die Verteidigung hatte gegenüber der Jury bei verschiedenen Gelegenheiten betont, daß Betty Wilson kein perfektes Leben geführt hatte. Die meisten der Geschworenen waren Kleinstadtbürger, und sie wußten nur zu gut, wie sich die Gemeinschaft vor jemandem verschließen kann, der die Gruppe in Ungnade bringt.

Ein Umstand war noch nicht erhellt worden – ein Punkt, den die Staatsanwaltschaft holen konnte, falls Betty in den Zeugenstand ging und sich einem Kreuzverhör unterziehen mußte. Bislang hatte die Staatsanwaltschaft der Jury noch nicht mitgeteilt, daß einige von Bettys Liebhabern schwarz gewesen waren.

Betty fragte: »Wie schlecht soll das sein? Wir haben 1993.«

»Wer kümmert sich um das Jahr?« erwiderte einer der Verteidiger. »Wir sind in Tuscaloosa.«

Ein paar Zeugen der Staatsanwaltschaft sollten noch aussagen. Die Verteidiger entschlossen sich, erst mal abzuwarten, welche Waffen die Staatsanwaltschaft noch in der Hinterhand hatte, ehe sie über ihre eigene Strategie diskutierten.

Der nächste Tag vor Gericht war ein komplettes Desaster. Die Deputies, die Betty hereinbrachten, mußten sich ihren Weg durch eine ärgerliche Menge bahnen, um sie in den Gerichtssaal bringen zu können. Als sie vorbeiging, zischten ein paar Leute: »Mörderin! Hexe! Schlampe!«

Die Stimmung im Saal war nicht weniger explosiv. Als der Richter hereinkam und Platz nahm, verlangte er Disziplin und sprach eine milde Warnung an die Störer aus, aber seine Stimme war schwach, und er sah erschöpft aus.

Der Tag begann mit einer schrecklichen Niederlage für die Verteidigung, als Bettys Schwager Euel Dean Cagle aussagte. Solide, klar und zutiefst berührt, weil er gegen ein Familienmitglied aussagen sollte, war Cagle ein sehr glaubwürdiger Zeuge. Fry leitete ihn durch die ganze Geschichte des Morgens, als er die Zwillinge geweckt hatte, um ihnen die Nachricht zu überbringen, daß Jacks Mörder gefaßt worden war.

»Ich bin sofort ins Schlafzimmer gegangen und habe sie geweckt, um ihnen zu sagen, was ich für gute Nachrichten für Betty hielt. Ich sagte: ›Betty, sie haben den Mann gefaßt, der deinen Mann getötet hat.‹«

»Was geschah dann, Mr. Cagle?«

»Betty setzte sich auf, Peggy auch. Betty legte die Hände in den Schoß. Peggy sah aus dem Fenster und sagte kein Wort. Keine von ihnen. Betty ließ den Kopf hängen und sah auf ihre Hände.«

»Was taten Sie?«

»Ich war ein bißchen verwirrt. Ich ging zurück zu meiner Frau und erzählte ihr davon. Wir gingen in die Halle. Nach fünf Minuten gingen Peggy und Betty ins Bad und blieben zwölf bis fünfzehn Minuten dort. Ich habe die Dusche nicht gehört. Ich habe kein Wort gehört.«

»Sie haben da drin geflüstert?«

»Ja, Sir.«

»Was passierte dann?«

»Sie kamen in die Halle. Ich fragte: ›Kennt eine von euch diesen Mr. White?‹«

»Was sagten sie?«

»Peggy sagte: ›Ich. Er hat an der Schule ein paar Arbeiten für mich gemacht.‹ Ich fragte Betty, ob sie ihn kenne, und sie sagte: ›Indirekt.‹ Dann kamen Leute, und wir konnten nicht mehr darüber sprechen.«

Im Kreuzverhör fragte Drake Cagle, ob er wußte, daß Betty zu der Zeit unter Beruhigungsmitteln gestanden hatte. Er verneinte.

Natürlich war die Erklärung für das Verhalten der Zwillinge an diesem Morgen, daß sie aus ihrer Befragung in der Nacht zuvor schon von Whites Verhaftung wußten. Harry Renfroe hatte sie dazu verdonnert, niemandem ein Wort davon zu sagen. Aber davon wußte Euel Dean Cagle nichts, als er sie an diesem Morgen weckte, und als er jetzt, ein Jahr später, im Zeugenstand saß, wußte er noch immer nichts davon.

Unglücklicherweise hatte keiner der Verteidiger die richtigen Schlüsse gezogen, um zu erkennen, wo Cagles Problem lag. Also fragte ihn niemand danach, und der Punkt ging verloren. Statt dessen hörten die Geschworenen – und sie hörten bei jedem seiner Worte genau zu – einen aufrichtigen Mann, der gegen seinen Willen eine negative Geschichte über ein Mitglied seiner Familie erzählte.

Bei all dem nervösen Lärm im und vor dem Gerichtssaal gab es ein sogar noch lauteres Getöse, als der Staatsanwalt das präsentierte, was sich als seine wirkungsvollste Waffe im Prozeß erweisen sollte. Aus seinem neuen Leben in Kalifornien gegen seinen Willen herzitiert zum schlimmsten Alptraum seines Erwachsenenlebens, schritt der frühere Risikomanager von Huntsville, Errol Fitzpatrick, den Flur entlang.

Er versuchte, sein Gesicht vor den Kameras mit einer Zeitschrift zu verdecken. Aber die Kameracrews tanzten um ihn herum, badeten ihn in Licht und filmten aus allen Richtungen. Einer aus der Menge, der ihn erkannte, sang: »Oooooooh, Lover Boy!« und andere lachten. Einmal im Gerichtssaal hielt Fitzpatrick an, warf einen Blick auf die sensationsgierige Menge und ging dann direkt zum Zeugenstand.

Fitzpatrick, ein attraktiver, gutgekleideter Afroamerikaner mit hellbrauner Haut und kurzen Haaren, und beruflich an Auftritte vor Gericht gewöhnt, war kühl und extrem selbstbewußt, als Fry ihn zu befragen begann.

Fry seinerseits war ausgesucht höflich.

Fitzpatrick nannte seinen Namen und gab an, daß er von 1987 bis 1992 bei der Stadt Huntsville gearbeitet hatte. Die Geschworenen waren erst gelangweilt, weil sie dachten, er sei ein weiterer Experte, der ihnen technische Einzelheiten zur Untersuchung oder etwas über Jacks und Bettys Finanzen mitteilen wollte.

»Würden Sie uns erzählen, wann und wo Sie Betty Wilson kennengelernt haben?« fragte Fry.

Das Interesse einiger jüngerer Geschworener war geweckt.

»Wir haben einander 1987 bei den Anonymen Alkoholikern kennengelernt.«

Jetzt sahen alle Geschworenen Fitzpatrick an.

»Beschreiben Sie bitte Ihre Beziehung.«

»Wir haben uns bei einem Treffen kennengelernt«, sagte er kühl. »Es entwickelte sich eine Freundschaft. Das führte zu einer Beziehung.«

Auf den Gesichtern der wenigen schwarzen Geschworenen zeichnete sich schwach ein Ausdruck der Resignation ab, als wenn sie sagen wollten: ›Oh, oh, jetzt kommt es.‹

Die weißen Geschworenen, besonders die älteren, sahen neugierig und ohne zu blinzeln Errol Fitzpatrick an.

»Mr. Fitzpatrick, wann wurde Ihre Beziehung nach 1987 eine andere als eine rein freundschaftliche?«

Fitzpatrick schwieg und starrte Fry an.

»Es ging kurz nach meiner Ankunft in Huntsville über eine normale A. A.-Bekanntschaft hinaus.«

»Wie bald?«

»Recht bald.«

»Wie lange könnte das sein?«

»Vielleicht ein Monat.«

»Wurde es …«

Fry unterbrach sich und hob die Hände, als suche er nach einem taktvollen Ausdruck. »Wurde es eine intime Beziehung?«

Fitzpatrick nickte. »Sexuell. Ja.«

Die Geschworenen, die ihr Aussehen völlig vergaßen, hörten Fitzpatrick so gebannt zu, daß einige von ihnen nickten, wenn er nickte, und die Achseln zuckten, wenn er sie zuckte.

»Sexualverkehr?« fragte Fry.

»Korrekt.«

»Wo hatten Sie zum ersten Mal Geschlechtsverkehr?«

»In meiner Wohnung in Huntsville.«

»Wessen Idee war es, dorthin zu gehen und miteinander zu schlafen?«

»Es war meine Idee.«

»Wie häufig hatten Sie Verkehr?«

Fitzpatrick erwiderte seinen Blick lange, als wenn er seinen Ohren nicht traute, und entschied sich dann, die Frage richtig zu verstehen. »Es gab Monate, in denen wir einander nicht getroffen haben. Wir haben einfach damit aufgehört. Es konnten zwei oder drei Wochen, aber auch mal sechs Monate sein. Entweder passierte es oder nicht.«

»Hatten Sie jemals woanders als in Ihrer Wohnung Geschlechtsverkehr mit Mrs. Wilson?«

Fitzpatrick atmete aus, und einige Juroren mit ihm.

»Ja«, sagte er, »im Radisson Hotel in Huntsville.«

»Wenn Sie da Verkehr hatten, wer hat das Zimmer bezahlt?«

»Ich.«

»Wie lange waren Sie dort?«

»Im Radisson?«

»Ja, Sir.«

»Wir waren drei oder vier Stunden da.«

»Sonst noch?«

»In Birmingham. Wir sind ins Holiday Inn gegangen, am Ausgang zur Oxmoore Road, nahe Homewood.«

»Wenn Sie ein Zimmer gemietet haben, um mit Mrs. Wilson zu schlafen, wer hat dann üblicherweise bezahlt?«

»Manchmal sie, manchmal ich. Wenn ich auch geschäftlich dort zu tun hatte und bereits ein Zimmer hatte, habe ich bezahlt. Zu anderen Zeiten hat sie das Zimmer bezahlt.«

Bislang waren die Gesichter der Geschworenen aufmerksam, aber ausdruckslos gewesen. Vielleicht hatten sie aufmerksam zugehört, um zu einer Einschätzung zu kommen. Fry beobachtete sie genau, um zu sehen, wie sie reagierten. Dann wandte er sich wieder an Errol Fitzpatrick.

»Haben Sie je mit der Angeklagten in ihrem Haus geschlafen?«

Fitzpatrick nickte leicht, mit einem kaum sichtbaren resignierten Achselzucken. Er wußte, worauf Fry hinauswollte. Sex mit der weißen Lady im Haus des weißen Mannes. Tuscaloosa, Alabama. Eine Jury, die überwiegend aus Weißen, Mitgliedern der Arbeiterklasse bestand.

Als ob er sich von dem, was im Gerichtssaal vorging, distanzieren wolle, antwortete er offen und klar mit gewisser Würde:

»Ja, ich hatte Beziehungen zu der Angeklagten in ihrem Haus. Ich war an einem Abend dort, als Dr. Wilson nicht zu Hause war.«

Alle weißen Geschworenen setzten sich aufrecht hin und zogen wie ein Mann die Augenbrauen hoch. Fry sah es aus den Augenwinkeln: Der Pfeil hatte ins Schwarze getroffen.

»Waren Sie auch einmal tagsüber im Haus der Angeklagten?«

»Ich bin vielleicht fünfmal bei Tageslicht zum Haus der Angeklagten gegangen.«

»Hatten Sie Geschlechtsverkehr?«

»Nein, wir hatten da keine Beziehung.«

»Waren Sie mit dem Mann der Angeklagten befreundet?«

»Wir waren Bekannte.«

Eine ältere weiße Geschworene schüttelte sachte den Kopf – der Mann würde es nicht wagen, Dr. Wilson einen Freund zu nennen, nur einen Bekannten.

»Waren Sie je gleichzeitig mit Dr. Wilson da?«

»Ich war an einem Abend Gast im Haus. Peggy Lowe war in der Stadt. Ich bin auf einen Drink vorbeigekommen. Dr. Wilson war da.«

»Wo hatten Sie am häufigsten Geschlechtsverkehr mit der Angeklagten?«

»In meiner Wohnung. Dort haben wir uns hauptsächlich getroffen.«

Betty hielt sich am Tisch fest. Sie hatte die Gesichter der Geschworenen beobachtet. Sie wußte genau, worauf das hinauslief. Sie war in Gadsden aufgewachsen. Wormy Woods, der rassistische Alkoholiker-Cop, war ihr Vater gewesen. Sie wußte genau, was die leicht gekräuselten Mundwinkel der weißen Geschworenen zu bedeuten hatten.

Eine der Geschworenen bemerkte die leichte Bewegung von Betty. Sie starrte Betty einen Moment lang mit einer Wildheit an, die aus rassistischer Abneigung genährt wurde.

»Wann hatten Sie das letzte Mal Verkehr mit der Angeklagten?« fragte Fry Fitzpatrick.

»Irgendwann im Mai 1992. Eine Woche oder zwei vor Dr. Wilsons Tod.«

Fry wandte sich von Fitzpatrick ab und schritt vor der Jury-Box auf und ab, hob den Kopf, senkte ihn und erwog das Unmögliche. Dann, als wäre die Frage ihm gerade erst eingefallen, wandte er sich wieder Fitzpatrick zu. »Hat sie je gesagt, daß sie Sie liebt?«

Fitzpatrick erstarrte.

»Nein, das hat sie nie gesagt. Unsere Treffen dienten einzig und allein sexuellen Zwecken.«

»Hat sie je Interesse daran geäußert, Sie zu heiraten?«

»Nein, es gab keine Hochzeitspläne. Unsere Beziehung war rein sexuell.«

Fry wandte sich wieder der Jury zu und zuckte leicht die Achseln, als wollte er sagen: ›Da haben Sie's!‹

Er entließ den Zeugen, und Drake stand auf.

Drake stellte sich vor.

Dann sagte er zu Fitzpatrick: »Mr. Fitzpatrick, sind Sie Afroamerikaner?«

Eine der Geschworenen lächelte.

»Ja, das bin ich«, sagte er.

»Hat es Sie beleidigt, daß Mr. Fry Sie den ganzen Weg aus Kalifornien hierher hat kommen lassen, weil er meint, es sei der Jury wichtig zu sehen, daß Sie schwarz sind?«

Fry sprang mit erstaunlicher Energie auf die Beine und erhob Einspruch, den der Richter sofort gewährte. Die Geschworenen sahen Drake ärgerlich an.

Drake nickte. »Danke, Sir. Keine weiteren Fragen.«

Als Fitzpatrick entlassen wurde, riß er zwei Blatt Papier aus dem Block, den er mitgebracht hatte. Als er zur Tür des Gerichtssaals ging, hob er die Hände mit je einem Blatt Papier darin hoch und drückte sie an sein Gesicht. Ein weißer Saaldiener beugte sich vor und öffnete ihm die Tür. Sofort erwachten Lichter und Stimmen der Medienvertreter auf dem Flur. Das Gesicht vorgebeugt und hinter dem Papier verborgen, schritt der frühere Risikomanager von Huntsville, Alabama, in den Rest seines Lebens.

Fry rief Shirley Green auf – die Haushälterin, die gekündigt hatte, als Betty von ihr verlangt hatte, ihre Arbeitstage mit einer anderen Hilfe zu teilen.

»Ich habe vier Jahre für sie geputzt«, sagte sie. »Ich habe kurz vor Weihnachten 1987 angefangen und im November 1991 aufgehört, ein Jahr vor Jacks Tod.«

»Worin bestanden Ihre Pflichten, Miz Green?«

»Alles. Ich habe angerufen, damit ihre Pelze abgeholt und auf Motten untersucht wurden. Ich habe morgens um halb acht angefangen und bin vier Stunden geblieben. Manchmal blieb ich auch nachmittags. Anfangs habe ich zwei Tage die Woche gearbeitet, später drei. Ich habe das ganze Haus saubergemacht.«

»Was haben Sie selber in bezug auf die Beziehung zwischen der Angeklagten und ihrem Mann gesehen?«

»Manchmal stank sein Beutel«, sagte sie schnell und

wandte sich an die Jury. »Sie haßte das. Das Haus roch dann danach.«

»Das hat sie geärgert?«

»Gelegentlich war sie schlecht auf Jack zu sprechen. Egal, was er tat, es war dann nicht richtig.«

»Was sagte sie, wenn sein Beutel stank?«

Shirley Green schwieg sekundenlang, dann sagte sie laut: »Sie nannte ihn ›Scheißbeutel‹.«

Fry ließ das einen Moment sacken. Dann fragte er: »Was haben Sie sonst noch gesehen oder beobachtet?«

»Manchmal war Jacks Beutel nicht dicht, und es passierte ein Malheur. Einmal hat Betty mir gesagt, daß Jack nicht mit ihr schlafen könne. Es einfach nicht könne. Er besorgte sich diese Maschine oder Pumpe und versuchte es damit, aber sein Beutel löste sich. Sie stieß ihn zu Boden. Er sagte, daß er sie nie wieder anrühren wolle.«

»Hat sie mit Ihnen über den Vorfall gesprochen?«

»Ja, sie hat mir alles erzählt.«

»Haben Sie sonst noch etwas gesehen?«

»Einmal hat Jack zu ihr gesagt, er könne sich genausogut umbringen, das sei sowieso das, was sie wolle. Sie sagte, wenn er wolle, würde sie ihm die Waffe holen.«

»Haben Sie je Mr. Errol Fitzpatrick im Haus gesehen?«

»Am Ende einmal die Woche. Sie gingen zusammen weg. Er kam zum Haus und fragte, wo sie sei. Ich sagte es ihm, und er ging zu ihr. Manchmal in ihr Schlafzimmer, manchmal in die Küche.«

»Haben Sie sie mal zusammen im Schlafzimmer gesehen?«

»Ich habe gesehen, wie sie sich im Schlafzimmer unterhielten.«

»Was haben Sie solange gemacht?«

»Ich habe woanders im Haus gearbeitet. Sie wollten für sich sein. Das war mir klar.«

»Kam sonst jemand ins Haus, um Betty zu besuchen?«

»Nelson Hogg. Er war ein Freund von Betty. Er kam häufiger. Betty hat mich einmal zu ihm mitgenommen. Er hatte eine Wohnung in der Drake Avenue. Ich sollte seine Wohnung putzen. Sie zahlte. Ich sollte es niemandem sagen.«

»Wie sind Sie reingekommen?«

»Die Tür war abgeschlossen, aber sie hatte einen Schlüssel. Es gab keine Putzmittel, also besorgte sie welche.«

»Was haben Sie da gesehen?«

»Kleider lagen herum, Bilder von seinen Kindern und so. Ich habe in den Schrank geguckt und dort ein Kleid von Betty gesehen. Es war eins von Victoria Secret, wirklich hübsch.«

Die Verteidiger hörten genau zu. Nelson Hogg war Afroamerikaner. Sie wußten aus ihrer eigenen Befragung von Shirley Green, daß sie besonders ärgerlich darüber gewesen war, daß sie dort hatte putzen müssen. Aber sie fragten sich, ob und wie Fry die Jury von seiner Rasse wissen lassen würde.

»Was sonst?«

»Nun, wenn man Staub wischt, öffnet man die oberste Schublade, um alles wegzuwischen.«

»Ja?«

»Ich fand einen Zettel.«

»Was für einen Zettel? Haben Sie ihn gelesen?«

»Ja.«

Gelächter war zu hören, und ein paar der Geschworenen grinsten.

Shirley Green schwieg, dann sagte sie: »Er war von Betty.«

»Was stand da?«

»Da stand: ›Jeder braucht ab und zu etwas Liebe, und ich brauche Dich‹.«

Sie lächelte verlegen.

Eine junge Geschworene sah Betty mit einer Mischung aus Überraschung und Mitleid an.

Fry, der ein untrügliches Gespür für gefährliche Momente hatte, setzte die Befragung schnell fort.

»Hat Betty Ihnen je erzählt, warum sie Jack geheiratet hat?«

Schnell, als läse sie es ab, antwortete sie: »Sie hat gesagt, das erste Mal habe sie aus Liebe geheiratet und das zweite Mal wegen des Geldes.«

Charlie Hooper nahm sie ins Kreuzverhör.

»Der Name Ihres Mannes ist Wayne?« fragte er.

»Ja.«

Hooper fragte sie, ob es stimme, daß ihr Mann eine der Filmgesellschaften angerufen habe, die an dem Fall interessiert waren, um zu sehen, ob er ihnen die Rechte seiner Frau verkaufen könne, wobei er gesagt habe: ›Meine Frau will ihren Teil des Geldes.‹

Shirley Green schüttelte sofort verneinend den Kopf.

»Ich habe zu dem Mann aus Hollywood gesagt, wenn es da Geld zu holen gibt, will ich, daß Jacks Kinder es bekommen. Ich wollte nichts für mich. Ich wollte es für Jacks Kinder.«

Die Beobachter der Geschworenen waren der Meinung, daß Errol Fitzpatrick und Shirley Green gewaltigen Eindruck auf die Jury gemacht hatten, beide zuungunsten Bettys. Fitzpatricks Benehmen mochte rein menschlich verständlich sein. Seine Affäre mit Betty hatte seine Ehe zerstört und seine Karriere beendet, und nun war er zurück nach Alabama gezerrt und einer Jury in einem Mordfall vorgeführt worden, nur um ihr zu zeigen, daß die Angeklagte mit einem Schwarzen geschlafen hatte. Aber seine kühle Irritation hatte nicht gewirkt. Der Gesichtsausdruck der Geschworenen vermittelte sehr den

Eindruck, daß sie ihn für hochmütig und, schlimmer noch, stolz hielten.

Shirley Green hatten sie einfach jedes Wort geglaubt. Sie war vom Fleisch und Blut der Geschworenen – eine von ihnen. Sie hatte Betty als reich, verwöhnt und ordinär porträtiert.

Die Verteidiger scheuten davor zurück, Betty zu sagen, daß sie in der Tat reich, verwöhnt und ordinär war. Sie war noch viele andere Dinge. Ihre Beziehung zu Jack war intensiv, tief und aus ihrer Sicht wundervoll gewesen. Die großen Probleme, die sie durchlitten hatten – seine physische, ihre psychische Krankheit –, hatten ihre Liebe nur noch vertieft.

Aber um das zu wissen, hätte man bei ihnen leben müssen. Ihre Verteidiger wußten, daß die Geschworenen sich schwer damit tun würden, über den schwarzen Liebhaber und das reich, verwöhnt und ordinär hinwegzukommen.

Betty wollte nach wie vor aussagen. Aber es gab noch eine große Chance für die Verteidigung. Jetzt war der Staat an seiner verwundbarsten Stelle angelangt. Es war Zeit für die Aussage von Huntsvilles Polizeidetective Mickey Lee Brantley.

Brantley wirkte grundsolide und emotionslos, als er in den Zeugenstand trat – ein kleiner Feuermelder von Mann mit kurzem Haarschnitt, sauberem Schnauzbart und den Augen eines Polizisten. Er berichtete aus seinem Lebenslauf – vierzehn Jahre bei der Armee, verheiratet, zwei Kinder.

Fry befragte ihn zu allen Einzelheiten des Mordschauplatzes vom ersten Anruf bis zu seinem Eintreffen. Diese Geschichte hatten die Geschworenen schon von einigen Zeugen gehört, aber die Wiederholung gab Fry die Gelegenheit, Brantley als gewissenhaften und verantwortungsbewußten Polizisten zu zeigen, eingearbeitet in den Fall.

Brantley berichtete von seiner ersten Befragung Bettys, in der sie ihn Minute für Minute über ihren Aufenthalt am Tag des Mordes aufgeklärt hatte – ein Besuch bei Parisians, Yieldings, anderen Geschäften, ein Halt an der Bank, Apotheke und so weiter. Dann berichtete Brantley sehr vage über seine Vernehmung von James White.

Hier hatte Betty schon alle Runden verloren – die Aussage von James White, die Zeugen, die A. A.-Zeugen, Errol Fitzpatrick und Shirley Green. Wenn es noch ein Fensterchen zum Entkommen gab, dann lag es darin, wie und wann Mickey Brantley zu seinen Erkenntnissen gekommen war und wie und wann er James Informationen gegeben hatte.

James' Geschichte bei der ersten Befragung war eine Lüge gewesen – eine offensichtliche Lüge. Seine frühen Geschichten ergaben keinen Sinn. Die Fakten widersprachen einander. Der Ton der Geschichten war der halb dumme, halb schlaue Ton der Lüge.

Als James vor Gericht erschien, war seine Geschichte geschönt und verändert worden, bis sie einigermaßen schlüssig klang. Er hatte sich immer wieder aus allen Widersprüchen herausmanövriert, und er hatte sich an einen kaum glaublichen Katalog von Kleinigkeiten erinnert – beispielsweise daran, daß Betty, als sie auf den Parkplatz kam, um ihn abzuholen – er hatte schon achtzehn Bier getrunken, Pillen genommen und war auf dem Weg, einen Mann zu töten – Segeltuchschuhe mit Blumenmuster angezogen hatte. Er hatte sich Monate später aus dem Nichts daran erinnert wie an ein tiefvergrabenes, schmerzliches Erlebnis aus der Kindheit.

Der Schlüssel, das Geheimnis, die magischen Zutaten lagen im Timing von Brantleys Untersuchungen und seinen Befragungen. Wann hatte er den Kassenbeleg bekommen, der zeigte, daß Betty diese Schuhe gekauft hatte, und wann hatte James sich plötzlich daran erinnert? Damit die

Jury solche Verbindungen sah und verstand, mußte sie ein Schaubild sehen. Hier haben wir Zeit und Datum von Detective Brantleys Befragung im Einkaufszentrum, wo er den Kassenbeleg erhielt, da haben wir Zeit und Datum von James Dennison Whites erster Erwähnung der Schuhe in einer Befragung.

Punkt für Punkt mußte das jemand der Jury auseinanderpflücken, damit das zerstörerische Bild korrigiert würde, das die Staatsanwaltschaft von James gezeichnet hatte: ein kaputter, schwacher Mann, den die Zwillinge ausgenutzt und der einmal die Wahrheit gesagt hatte, von den Zwillingen, die verbündet waren, weil sie Zwillinge waren, von Betty als reicher, verwöhnter und ordinärer rassenschänderischer Hure, die ihren Mann mißhandelt hatte und ihn tot wünschte, von den Zwillingen als mörderischen Hexen.

Vieles mußte rückgängig gemacht werden.

Richter Younger unterbrach für die Mittagspause. Während des Essens machte die Nachricht die Runde, daß Bobby Lee Cook Brantley ins Kreuzverhör nehmen würde. Als das Gericht wieder zusammentrat, war der Saal überfüllt. In den Raum vor der Barriere waren noch Klappstühle gestellt worden, außerdem rund um den Tisch der Verteidigung und an die Wand gegenüber der Jury-Box.

Als die Geschworenen ihre Plätze einnahmen, waren sie nervös und gespannt. Alle Signale aus dem Saal – die Überfüllung, die unterdrückte Spannung – zeigten den Geschworenen an, daß etwas Besonderes bevorstand. Die Gerichtsdiener mußten raus in die Halle gehen, um die ärgerliche Menge zur Ruhe zu bringen.

Cook fing langsam an, wetzte das Messer.

»Sie haben Mr. White am 13. Juli befragt?« fragte Cook.

»Ja, Sir, das habe ich.«

»Haben Sie die Befragung mitgeschnitten?«

»Nein, Sir.«

»Haben Sie die Befragung von James White im Gefängnis am 3. August mitgeschnitten?«

»Nein, Sir.«

»Haben Sie in Ihrer Befragung am 26. Mai James White gebeten, eine Beschreibung von Betty Wilson zu geben?«

Brantley zuckte die Achseln und antwortete nicht, als könne er sich nicht erinnern.

»Sie haben einen Mann gefaßt, der Betty Wilson des Mordes beschuldigt«, sagte Cook, »und Sie haben ihn die Dame nicht einmal beschreiben lassen? Ist das nicht gegen die Befragungsregeln?«

»Nein, Sir«, sagte Brantley.

»War es ein Versehen?«

»Nein, Sir.«

Je mehr Cook nachbohrte und Brantley antwortete, desto mehr erinnerte der Austausch an den mit James White – Cook suchte offensichtlich nach der Schwachstelle, die Brantley die Fassung verlieren lassen würde, so daß er etwas Falsches sagte. Brantley seinerseits war fest entschlossen, die Fassung zu bewahren.

»War es ein faires und verantwortungsbewußtes Verfahren, die Befragung so zu handhaben?«

»Ja, Sir, ich nenne das fair.«

Cook entfernte sich von ihm. Den Rücken zum Zeugen gewandt, sagte er zur Jury: »Sie haben eine Gegenüberstellung mit den Angestellten im Taco Bell gemacht, wo James nach dem Mord hinging, um sich ein Glas Mountain Dew zu kaufen, um zu sehen, ob James sich an einen davon erinnerte. Deren Leben stand nicht auf dem Spiel, und doch haben Sie da eine Gegenüberstellung gemacht. Und Sie haben diesen Mann nicht einmal um eine Beschreibung von Betty Wilson gebeten.«

Cook ging zum Beweistisch und zog die Plastiktüte hervor, die unter einem Stein in Bettys Garten gefunden worden war. Er sagte Brantley, warum keine Fingerabdrücke auf der Tüte seien und warum die Kleidung darin, obwohl sie wochenlang draußen im Regen gelegen hatte, frisch gewaschen und gefaltet war.

»Wie hat er sich nach über zwei Monaten daran erinnert, wo die Kleider waren?«

»Soweit ich weiß, sagte er, es sei ihm gerade eingefallen.«

Cook las einen Haufen handschriftlicher Notizen Brantleys durch, die zu keinem besonderen Ergebnis führten.

Cook kämpfte mit Brantley um einen Ansatzpunkt, der auf drei Faktoren beruhte: 1. wann James das erste Mal mit Peggy geschlafen hatte, 2. wann Brantley in Peggys Schule erfahren hatte, daß sie an diesem Tag keinen Sex mit ihm hatte haben können, sondern an einem anderen Tag zu Hause geblieben war und 3. wann James seine Geschichte abgeändert hatte, und zwar so, daß es nun der Tag war, an dem sie frei gehabt hatte.

Aber der Punkt wurde nie geklärt. Ehe die Jury begriff, worauf Cook hinauswollte, drehte Cook sich zu Brantley, beugte sich nahe zu ihm und schrie fast: »Waren Sie die ausführende oder die leitende Hand, um zu einem Abkommen mit diesem verrückten, kaltblütigen Mörder zu kommen?«

»Nein.«

»Wissen Sie nicht, daß Sie einen Handel zustande kommen ließen, der einen mörderischen Wahnsinnigen in sieben Jahren zurück auf die Straße läßt, auf die Straßen von Vincent, Huntsville, von Tuscaloosa!«

»Nein, Sir.«

»Sie würden doch sicher keinen Handel abschließen und dann Beweise beibringen, um die Geschichte dieses

Mannes zu stützen und die Verurteilung der Damen herbeizuführen?«

»Nein, Sir.«

»Lassen Sie mich Ihnen einen Handel anbieten, den bislang noch niemand kennt«, sagte Cook ärgerlich. Er schob Brantley ein Stück Papier zu, aber der weigerte sich, es in die Hand zu nehmen.

Die nächste halbe Stunde stritten sich Cook und Brantley über die Bedeutung des Abkommens, das der Staat mit James White getroffen hatte.

Cook argumentierte, es sei ein Vertrag, der White eine milde Strafe zusicherte, wenn er sich eine überzeugende Geschichte ausdenke, wie man die Zwillinge verurteilen könne. Brantley sagte, es sei ein Abkommen, das White Strafverminderung in Aussicht stelle, wenn er die Wahrheit sage.

Die nächsten zwei Stunden ging Cook durch die Verhöre und beschuldigte Brantley, die Aussage eines Informanten unterschlagen zu haben, der berichtet hatte, daß James das Geld, mit dem er seine Rechnungen bezahlt hatte, aus anderer Quelle als von den Zwillingen bekommen hatte. Aber der Informant wurde von Cook nicht beim Namen genannt, der Beweis wurde nicht erbracht, der Punkt blieb strittig und wirkte nur wie ein weiterer erfolgloser Versuch der Verteidigung, Brantley bei einer Unregelmäßigkeit zu ertappen.

Cook fragte Brantley, ob je jemand gesehen habe, daß Peggy Lowe James White küßte.

»Nein, Sir.«

Aber Cook sprang von dem Punkt sofort zu der Frage, warum Zeke, der Spürhund, die Tüte mit Kleidern unter dem Stein nicht gefunden habe. Brantley sagte, Zeke habe an dem Tag an einer Allergie gelitten.

Cook fing an, die Aussage von Sheila Irby zu kritisieren, dann preschte er wieder vor:

»Als James und Peggy miteinander schliefen, waren sie da nackt?«

»Ich habe keine Ahnung, Sir«, sagte Brantley und hob die Schultern, um Bedauern auszudrücken.

»Sie haben nicht gefragt, ob sie es in Kleidern oder ausgezogen gemacht haben?«

Eine ältere Geschworene runzelte nervös die Brauen.

»Alles, was ich weiß, ist, daß sie Geschlechtsverkehr hatten.«

»Haben Sie ihn gefragt, ob sie irgendwelche besonderen Merkmale hat?«

»Ja, Sir.«

»Wußten Sie, daß sie starke Narben von einer Blinddarmoperation und ausgeprägte Narben von einer Gebärmutterentfernung hat?«

»Nein, Sir.«

»Haben Sie James White danach gefragt?«

»Er konnte sich an keine erinnern.«

Cook wandte sich der Frage der Beweise in der Boulder Avenue zu und führte aus, daß die Spurensicherung den BMW genauestens untersucht hatte, um Haare, Gewebe oder sonst etwas zu finden, das bewiesen hätte, daß James je im Wagen gewesen war, aber sie hatten nichts gefunden.

»Hat man Fasern oder Fusseln entdeckt, die in irgendeiner Weise zu James Dennison White gehörten?«

»Nein, Sir.«

Als der Tag sich dem Ende neigte, nickten einige Geschworene immer wieder ein. Aber Brantley war im wesentlichen ungebrochen. Es war ein unbefriedigendes Ende eines langen, verwirrenden Tages – weniger deutlich und sauber ein Sieg als der, den James White über den berühmten Anwalt errungen hatte. Aber nichtsdestotrotz ein Sieg.

An den folgenden Tagen rief die Verteidigung ihre Zeugen auf. Ein Polizist berichtete der Jury, daß er eine Lebensversicherungspolice über eine Million Dollar für Jack gefunden habe, die nicht vollständig war, weil Betty sie noch nicht unterschrieben hatte. Andere Zeugen erzählten Geschichten, die dem Zeitplan, den die Anklage aufgestellt hatte, widersprachen.

Es gab hoffnungsvolle Momente. David Williamson, der Sportfotograf, der James in der Lobby des Ramada Inn getroffen hatte, erzählte, wie James gedroht hatte: »Ich lasse diese Hexe für das bezahlen, was sie mir angetan hat. Ich werde ihr zeigen, was es heißt, einsam zu sein.«

Es war die erste Zeugenaussage, die direkt der Chronologie der Anklage widersprach und einen Hinweis darauf gab, was tatsächlich in James vorgegangen war, ehe er den Mord begangen hatte – seine trunkene und drogenumnebelte Wut auf Betty. Es sollte der einzige Blick auf James' wirkliches Motiv bleiben, den die Jury bekam – James' verrückte Melodie der Rache.

Aber Fry war gewandt im Umgang mit Williamson. Er fragte ihn nach seinen Geschäften – Sportfotos in Motelbars verkaufen – und das auf eine Art, die, ohne es direkt auszusprechen, Williamson unglaubwürdig wirken ließ. Er hob auf die gleiche Sache in Williamsons Verhalten ab wie Drake bei Sheila Irby – die lange Zeit, die Williamson gebraucht hatte, um über die Begegnung mit James den Behörden Bericht zu erstatten. Weil aber Fry nie die Geduld verlor oder die Zeugen schlecht behandelte, war er viel effektiver als Drake. Am Ende schaffte es Fry, der Jury zwei oder drei gute Gründe zu vermitteln, warum man Williamson für einen Lügner halten konnte.

Der Prozeß hatte schon sechs lange Tage gedauert. Als der Richter am Samstag die Verhandlung schloß, kündigte er an, daß das Gericht am Montag um 8 Uhr wieder zusammenkommen würde. Die meisten Medienvertreter und Zuschauer verließen das Gebäude in der Erwartung, noch mindestens eine weitere Woche vor sich zu haben, wenn nicht noch mehr.

Aber nach einem langen, anstrengenden Tag voller Beratungen im Hotel sah die Verteidigung am Sonntag schließlich ein, daß sie den Prozeß so nicht weiter laufen lassen konnte. Wie die Dinge standen, mußte sie jetzt kämpfen, um Bettys Leben noch zu retten.

Jimmy Frys Umgang mit David Williamson hatte auf schmerzhafte Weise verdeutlicht, daß die Verteidigung sich nicht darauf verlassen konnte, kleine Löcher in die Geschichte der Anklage zu bohren. Fry war zu raffiniert – ein zu guter Anwalt. Niemand im Gericht gab sich der Illusion hin, daß der Bezirksanwalt aus Limestone County ein dickbäuchiger alter Knabe war, den man herumstoßen konnte, wie man wollte. Wenn überhaupt, war es umgekehrt. Wenn sie ihm mit weniger als einem todsicheren Treffer gegenübertraten, würde er die Kugel einfach zurückschicken.

Betty haßte ihn.

Die Anwälte wußten es besser. Jimmy Fry wollte nicht eine unschuldige Frau ins Gefängnis schicken. Er war sich wahrscheinlich gar nicht sicher, ob Betty unschuldig war oder nicht. Das war auch nicht seine Aufgabe. Jimmy Frys Pflicht war es, die Seite der Staatsanwaltschaft, so gut er konnte, den Geschworenen vorzutragen. Es war Bettys Pech, daß Jimmy Fry in seinem Job so gut war.

Worauf sich die Verteidigung jetzt einigte, war, die Segel zu streichen, Stellung zu beziehen, die beste Kanone mit der besten Kugel zu beladen und sie abzufeuern. Es wäre Zeitverschwendung, noch länger herumzudümpeln.

Vielleicht hätte die Verteidigung erwogen, Betty aussagen zu lassen, wenn sie mehr über ihre wahre Beziehung zu Jack gewußt hätte. Die Ehe war vor Gericht und in den Medien so dargestellt worden, als hätte es sich um die Ehe zwischen einem sanften und passiven Mann mit einem Monster gehandelt. Wenn die Jury gehört hätte, was Betty zu erzählen hatte, wie und warum sie und Jack zusammengekommen waren und was sie gemeinsam durchgestanden hatten, hätte der häßliche Eindruck vielleicht durchbrochen werden können.

Der einzige Anwalt, der Betty gut kannte, war Charlie Hooper, und der war in diesem brisanten Prozeß auf den zweiten Platz verwiesen worden. Drake und Cook waren die beiden, die um die Rolle des Anführers kämpften, und sie kannten Betty überwiegend von den Informationen, die ihnen per Computer in den Wochen und Monaten vor dem Prozeß zugegangen waren.

Die Verteidigung entschied, daß es zu gefährlich war, Betty aussagen zu lassen. Vielleicht war die Entscheidung von dem Gefühl beeinflußt, daß Betty mehr oder weniger die Hexe war, als die der Staatsanwalt sie dargestellt hatte. In gewisser Weise war sie das natürlich auch.

Man entschied sich, die Sache in die Hände der Heldin der Familie zu legen. Peggy, die hübschere von beiden, die ein viel tugendhafteres Leben geführt hatte, würde am Montag in den Zeugenstand treten und den Geschworenen die Wahrheit über sich, ihre Schwester, die Familie und über beider Leben sagen. Die Verteidiger hielten sie für die Richtige, nicht Betty.

Der Fall der Staatsanwaltschaft setzte voraus, daß beide Zwillingsschwestern gleichermaßen schuldig waren. Es war nicht möglich, die eine schuldig zu nennen und die andere nicht. Dann bräche die ganze Geschichte zusammen. Immerhin war Peggy die einzige Verbindung zwischen James Dennison White und Betty. Wie sonst sollte Betty White je getroffen haben? Nach der Version der Staatsanwaltschaft – getreu James' Aussage – war der Mord schon lange geplant gewesen, als er Betty endlich das erste Mal traf. Fakt war, daß White ausgesagt hatte, er habe Betty das erste Mal am Logan-Martin-Damm getroffen, als sie ihm mit Peggy zusammen die Waffe brachte.

Der Motor der ganzen Geschichte war James Whites Liebesgeschichte mit Peggy und insbesondere der einmalige Geschlechtsverkehr, den sie ihm als Bezahlung für das Verbrechen zugestanden hätte.

Wenn Peggy die Jury davon überzeugen konnte, daß sie unschuldig war, mußte die Jury den Schluß ziehen, daß auch Betty unschuldig war. Es war ein Stück Logik, das tief in die Geschichte der Staatsanwaltschaft verwoben war. Es hatte mit dem zu tun, was vielleicht die Saat des ganzen Alptraums war – ihre Zwillingsschaft.

Hätte Mickey Brantley je ein Wort von dem geglaubt, was James sagte, wenn sie normale Schwestern gewesen wären? Hätten die Medien sich so auf die Geschichte gestürzt, wenn sie nicht Zwillinge gewesen wären? Wurzelte die ganze Anklage vielleicht tief in den abergläubischen Vorstellungen von Zwillingen – daß sie irgendwie grundsätzlich unterschiedlich von anderen Leuten sind, daß in ihren gewisperten Vertraulichkeiten subtile und böse Züge durchscheinen?

Wie auch immer, es wurde Zeit, daß die Verteidigung das Zwillingsthema gegen die Anklage verwendete. Wenn sie Peggy aufriefen, führten sie der Anklage den besseren Zwilling vor – den, der viel schwerer zu verurteilen war. Wenn die Geschworenen Peggy nicht das Leben nehmen konnten, mußten sie auch Betty, ihren Zwilling, verschonen.

Peggy hatte bislang am Prozeß nicht teilgenommen, also sahen die Geschworenen sie am Montag das erste Mal. Sie hatte Betty im Gefängnis nicht besuchen dürfen. Kurz bevor der Prozeß am Montag fortgesetzt wurde, trafen die Schwestern sich und umarmten sich tränenreich im Vorraum – ihr erstes Wiedersehen seit der Verhaftung.

Peggys kastanienbraunes Haar war halblang und

betonte ihre strahlend blauen Augen. Sie trug ein schwarzes Kleid mit einem weißen Kragen. Eine einzelne Perlenkette wurde vom Weiß der Seidenbluse betont. Mit verhaltener, leiser, fast scheuer Stimme, als spräche sie in der Kirche, nannte sie die Namen ihrer Kinder und deren Alter.

»Angie, fünfundzwanzig, Blake, dreiundzwanzig, Stephanie, fünfzehn. Und ich habe einen Enkel, Cole, zwanzig Monate.«

Sie lächelte sanft.

Cook leitete sie durch die Einzelheiten ihres Berufslebens.

»Ich war ein Jahr lang Kindergärtnerin, dann Lehrerin im ersten Schuljahr.«

Plötzlich traten ihr die Tränen in die Augen, und sie begann leise zu weinen.

Cook war sichtlich verstört.

»Sind Sie in Ordnung, Peggy?«

»Ich habe meine Schwester ganz kurz gesehen, das erste Mal seit Mai«, sagte sie.

Cook wartete, bis sie sich gefaßt hatte.

Die Jury beobachtete sie genau. Einige der Geschworenen hatten erwartet, daß sie genauso wie Betty aussehen würde, so daß sie jetzt verwirrt waren. Andere, besonders die Männer, betrachteten sie, als sie weinte.

»Ich wurde 1945 in Gadsden geboren«, sagte sie, als sie gefragt wurde. »Ich hatte eine glückliche Kindheit. In der Junior High School merkte ich, daß wir ein untypisches Elternhaus hatten. Mein Vater war Alkoholiker. Er mißhandelte meine Mutter.«

Das war nicht genau das, worauf die Verteidigung gehofft hatte. Geschichten einer schlimmen Kindheit verstärkten höchstens den Eindruck, daß mit den Zwillingen etwas nicht stimmte. Cook eilte durch die Geschichte ihrer ersten Ehe und der Verbindung mit Wayne.

»Wir haben zwei Kinder aufs College geschickt. Wir haben eine gute, liebevolle Beziehung. Unsere Familie ist unser Leben – das Zentrum unseres Universums.«

Dann schnitt Peggy die Geschichte von Jacks Tod an, wie sie davon erfahren hatte, was sie getan hatte, was sie ihrem Mann erzählt hatte, wohin sie gegangen war. Sie sprach in der Art, die Südstaatendamen für Themen wie Tod, Taufe und Hochzeit reservieren.

»Als Sie von seinem Tod erfuhren, sind Sie da nach Huntsville gefahren?« fragte Cook.

»Ja.«

»Wer ist mitgefahren?«

Wieder fing sie an zu weinen.

»Niemand«, sagte sie, »ich bin alleine gefahren.«

Bei diesem zweiten Tränenausbruch lehnten sich zwei Geschworene mit zusammengebissenen Zähnen zurück.

Sie erzählte die Geschichte ihrer Verhaftung und ging detailliert auf die Nacht ihrer ersten Befragung ein. Sie erzählte, wie sie im Polizeiwagen hierhin und dorthin gebracht worden war, wie man sie in ein Büro brachte, wie sie dann wieder raus mußte, weil jemand anderer den Raum brauchte.

Im Zuge dieser langen Erzählung mußte Peggy weiter die Tränen zurückhalten, manchmal ohne Erfolg. Manchmal sah es so aus, als weinte sie darüber, wie sie bei der Polizei behandelt worden war.

Aber zugleich geschah etwas Seltsames mit ihrer Sprache. Sie erzählte alles, indem sie Leute zitierte, und wenn sie die Polizisten zitierte, dann mit deren Stimmen. Sie senkte die Stimme, gab ihr eine männliche Note und benutzte polizeitypische Wendungen. Die Sprache kannte sie natürlich gut – es war die ihres Vaters Wormy Woods. Aber von den Lippen dieser Südstaatenschönheit in schwarzem Kleid und Perlenkette waren die rohen Wendungen beeindruckend.

»Sie sagten mir, Mr. White sei nebenan, Betty auch, und sie sagten: ›Beide haben gestanden und Sie angeschwärzt.‹ Ich sagte, ich wolle, daß er hereinkäme und mir das ins Gesicht sage. Und sie antworteten: ›Ihr Wunsch wird in einer Minute erfüllt, Lady. Nicht nur das, wir werden Sie einem Test mit dem Lügendetektor unterziehen, und den werden Sie nicht bestehen! Die Nadel wird tanzen! Jeder Knochen im Körper von Jack ist gebrochen, und das ist Ihre Schuld!‹«

Die Jury war fasziniert von der schönen, gläubigen Dame im Zeugenstand, deren Tränen flossen wie aus einer Wasserleitung.

Sie erzählte, wie die Polizei sie schließlich entlassen hatte:

»Als wir aus dem Fahrstuhl traten, fragte Betty, ob wir verhaftet seien, und er sagte: ›Nein, wir haben nicht genügend Beweise, aber die werden wir schon kriegen.‹ Dann deutete er hoch, ich glaube, zum Gefängnis, und sagte: ›Dann werden Sie beide direkt da oben im 9. Stock landen!‹«

Cook ließ sie die gesamte Befragung wiedergeben, was den Rest des Vormittags in Anspruch nahm.

Dann fragte er: »Haben Sie je mit James Dennison White geschlafen?«

»Aber niemals!«

Der Richter unterbrach für die Mittagspause.

Nach der Pause ließ Cook Peggy von ihren vielen guten Werken erzählen – der Zeit, als Wayne und sie Teenager aufgenommen hatten, die auf die schiefe Bahn geraten waren, als sie ganze Obdachlosenfamilien mit nach Hause genommen hatten. Cook ließ sie erklären, wie James in dieses Muster paßte, wie seine Ansprüche gewachsen waren, bis seine ständige Bitte um Geld Peggy und Waynes Reserven und Geduld erschöpft hatte. Sie erzählte, wie James ihr gedroht hatte, wieder mit dem

Trinken anzufangen, und daß er mit Selbstmord gedroht hatte, falls sie ihm kein Geld gebe.

»Ich habe zu ihm gesagt, er sage genau das, was meine Schwester auch schon gesagt habe – diese kleinmütige Art zu reden. Ich habe gesagt, sie sei eine trockene Alkoholikerin und seit fünf Jahren weg davon. Ich sei sicher, daß er, wenn er auch in so eine Gruppe gehe, Hilfe bekäme. Der Entzug hat ihr das Leben gerettet.

Ende April habe ich angeregt, ob er nicht sein Leben ändern wolle. Ich sagte, daß Betty und Jack vielleicht Arbeit für ihn hätten, weil sie ihre Küche umbauten. Sie wollte einen Tresen eingebaut haben, der hoch genug war, so daß sie sich nicht immer bücken mußte. Sie bekam dann Rückenschmerzen. Sie bauten auch eine Veranda und ein Schutzdach über der Eingangstür. Sie wollten eine überdachte Terrasse haben, wie wir sie früher als Kinder hatten.

Ich sagte, wir könnten es uns nicht leisten, ihn die ganze Zeit zu beschäftigen, aber sie hätten viel Geld, und das wäre die Chance für einen Neubeginn für ihn. Ich habe Betty von ihm erzählt, und sie einigten sich auf sechs Dollar die Stunde.«

Sie erzählte, wie James sie anrief, als gerade das Wochenendseminar in Guntersville Lodge bevorstand, und mit Selbstmord drohte.

»Ich sagte ihm: ›Ich weiß, daß Betty Ihnen helfen kann.‹ Später rief Betty mich an, und ich fragte sie, ob sie das tue, und sie sagte: ›Du weißt, daß ich das gern versuche.‹

Sie sagte, sie würde etwas Geld für ihn ins Auto legen.«

Cook unterbrach sie. »Etwas Geld in ihr Auto legen? Wie?«

Peggy machte eine Kunstpause, als wenn sie sich erst erinnern müßte, und sagte dann: »Ich glaube, sie sagte, sie wolle es in ein Buch legen und hinten im Auto liegenlassen.«

Im Saal stöhnte jemand auf. Die Zuhörer hatten schon so viele Versionen der Buchgeschichte gehört, daß Peggys Variante erfunden klang. Von dem Buch hatte inzwischen jeder genug.

»Sie sagte, sie würde ihren Wagen unter einer Laterne parken, so nahe am Eingang wie möglich. Das habe ich Mr. White ausgerichtet.«

Sie erzählte von James' spätem Anruf, als er sich beklagt hatte, er könne nicht hineinkommen, das Arrangement, das getroffen wurde, wie Betty in der Halle ausgerufen wurde und wie sie das Buch mittels Kurier zu James ans Tor geschickt habe.

»Am Sonntag, den 17. Mai, kam ich aus der Kirche und habe zu Mittag gegessen, dann habe ich mich für einen Bootsausflug fertiggemacht, als Betty anrief. Sie war sehr aufgebracht. Sie sagte: ›Sag mir die ... (Peggy unterbrach sich und errötete, weil sie ein Schimpfwort sagen mußte) ... Nummer von dem Soundso.‹

Ich sagte: ›Von welchem Soundso?‹ Betty sagte: ›Mr. White. Ich habe das Geld für ihn ins Auto gelegt, er hat mich ausrufen lassen, ich habe ihm das Geld bringen lassen, und dann hat er nicht so viel Höflichkeit, entweder das Treffen zu besuchen oder zu kommen und sich bei mir vorzustellen.‹

Später dann rief Mr. White mich an und entschuldigte sich. Er sagte, er habe das Gefühl gehabt, nicht dorthin zu gehören, und deswegen sei er nicht geblieben.«

Mit Cooks Hilfe berichtete sie über ihre gesamte Bekanntschaft mit White bis zum Zeitpunkt der Verhaftung, wobei sie alles, was passierte, so erklärte, daß es einleuchtend für die Jury klang – einleuchtender als die Geschichte der Staatsanwaltschaft, solange die Geschworenen nicht dachten, daß sie eine Hollywood-Schauspielerin sei. Als Cook sie entließ, konnte man aus den Mienen der Geschworenen nicht ablesen, welcher Meinung sie waren.

Jimmy Fry stand von seinem Tisch auf und begrüßte Peggy in der höflichen Art eines Südstaatengentlemans.

»Madam, würden Sie mir bitte noch einmal erzählen, wie Sie Mr. White kennengelernt haben? Er hat Regale für Sie gebaut und ein paar Malerarbeiten übernommen?«

»Ja«, sagte sie knapp.

Langsam und sanft sprach Fry andere Themen an.

»Warum besitzt Ihre Schwester eine Waffe?«

»Jack und sie hatten Leute in der Gegend, die herumlungerten. Einmal hatte, glaube ich, jemand Treys Wagen durchwühlt. Deswegen hat sie eine Pistole gekauft.«

Er befragte sie zu zwei Anrufen, die James vom Ramada Inn aus bei ihr getätigt hatte. Sie sagte, sie könne sich daran nicht erinnern.

»Sie erinnern sich nicht, ob Sie in der Nacht mit ihm gesprochen haben?«

»Das ist lange her, Mr. Fry.«

Er wandte sich um und sah die Jury lange schweigend an. Dann machte er weiter.

»Ihre Geschichte lautet also so, daß Ihre Schwester, Betty Wilson, Mr. White zweihundert Dollar an der Guntersville State Lodge geben wollte, damit er sein Benzin bezahlen konnte.«

»Ja, Sir, und die Übernachtung.«

»Aha«, sagte Fry. »Miz Lowe, wenn sie ihm ein bißchen Geld zukommen lassen wollte, warum hat sie es nicht einfach an der Rezeption hinterlegt?«

»Sie wollte Mr. White nicht in Verlegenheit bringen«, sagte Peggy kühl.

»Oh.«

Fry wandte sich an die Jury. »Sie wollte ihm zweihundert Dollar für Benzin und die Motelübernachtung geben, aber sie wollte ihn nicht beschämen.«

»Das stimmt.«

»Und Sie sagten, daß sie diesen Mann noch nie vorher getroffen hatte?«

»Das stimmt.«

Ein Flackern in den Augen der Geschworenen zeigte, daß sie das nicht so ohne weiteres glaubten.

Fry wandte sich wieder zu Peggy, und jetzt war alle Höflichkeit aus seinem Gesicht und aus seiner Stimme verschwunden.

»Wäre es nicht viel einfacher gewesen, sicherzustellen, daß Mr. White an dem Treffen teilnahm und sein Zimmer zahlte?« wollte er wissen.

Er drehte sich um und wandte ihr wieder den Rücken zu. Über die Schulter rief er: »Sie hatten da einen Mann, dem Sie und Ihre Schwester helfen wollten.«

»Er hat mir gesagt, er habe Angst gehabt, wieder zu trinken«, murmelte Peggy verteidigend.

Fry baute sich direkt vor ihr auf. Ärgerlich und anklagend sagte er: »Kommt es Ihnen nicht seltsam vor, daß eine Alkoholikerin, die bei den Anonymen Alkoholikern ist, einem anderen Alkoholiker Geld gibt?«

Sie schüttelte den Kopf, erschrocken und verstört. »Ich … ich weiß nicht.«

Fry wandte sein Gesicht der Jury zu und entließ Peggy mit einer Handbewegung.

»Ich denke, das ist alles.«

Er ging zu seinem Tisch und setzte sich mit der Miene eines Mannes, der einfach genug hatte.

Die Verteidigung ruhte. Der Richter vertagte auf den folgenden Tag, an dem die Plädoyers beginnen sollten.

ELF

Am Dienstag morgen, dem 2. März 1993, schritt Betty in Fesseln den Flur entlang, lächelnd, in einem blauen Kostüm mit schwarzem Kragen und Aufschlägen, pfauenblauem Top und einem schwarzen Rock. Sie setzte sich auf ihren Platz am Verteidigertisch gegenüber der Richterbank. Charlie Hooper saß rechts von ihr, Marc Sandlin links. Jack Drake saß vorne links am Tisch, Cook vorne rechts. Alle lächelten einander an und machten eine große Show aus ihrer Ruhe und Zuversicht.

Ihnen gegenüber am Tisch der Anklage starrte Jimmy Fry aus dem Fenster.

Fry rief noch einmal Mickey Brantley als wichtigen Zeugen auf, damit er aussagte, daß keinerlei Spuren in Bettys BMW gefunden worden seien, weil ihr Sohn Trey ihn in die Waschanlage gebracht hatte, ehe das forensische Team den Wagen untersuchen konnte.

Für diejenigen, die sich mit den Methoden der Spurensicherung auskennen, war es ein armseliger Versuch, einen wichtigen Punkt der Verteidigung zu entkräften. Selbst eine gründliche Autowäsche mit dem Ziel, Beweismittel zu vernichten, hätte einer mikroskopischen und chemischen Untersuchung, der das Auto sicherlich unterzogen worden war, nicht standhalten können.

Aber die Staatsanwaltschaft hatte keinen Zeugen aus dem Staatslabor oder aus der Spurensicherung vorgeladen. Die Verteidigung konnte nicht einfach aufstehen und auf eigene Faust erklären, daß eine Autowäsche nicht genug war, um die moderne forensische Wissenschaft zu täuschen. Die einzige Möglichkeit, hier Boden zu gewinnen, wäre es gewesen, wenn die Staatsanwaltschaft einen Experten hätte aussagen lassen und die Verteidigung den

Experten dann anschließend zu dem Punkt befragt hätte. Die Staatsanwaltschaft hatte keinen solchen Experten vorgeladen.

Das war zutiefst frustrierend für die Verteidigung. Angelpunkt in James' Geschichte – der Moment, wo Betty in das Verbrechen verstrickt wurde – waren die beiden Autofahrten zum Mordschauplatz und zurück. Wenn die nicht stattgefunden hatten, war der Rest von Whites Geschichte keinen Pfennig wert.

Setzte man die Planlosigkeit des Verbrechens voraus, wie James es schilderte – das ungeplante Eindringen, ein tödlicher Kampf, hinterher die Flucht in den Wald, das Sichumbesinnen, der Sprung in Bettys BMW, als sie unerwartet auftauchte, und das Zudecken mit neuen Kleidungsstücken auf dem Rücksitz – es war unwahrscheinlich, daß eine genaue wissenschaftliche Untersuchung des Autos kein einziges Beweisstückchen hätte erbringen können, Autowäsche oder nicht.

Aber es gab für die Verteidigung keine Möglichkeit, den Punkt zu verbuchen. Brantley hatte ausgesagt, daß das Auto gewaschen worden war. Das stimmte – es war für die Beerdigung gewaschen worden. Dieser Umstand und die Tatsache, daß ein erfahrener Polizeioffizier wie Brantley das hätte anführen sollen, um das Fehlen von Beweisen zu erklären – wäre vielleicht alles gewesen, um die Zweifel der Geschworenen auszumerzen.

Es wurde nicht erklärt, warum es der Verteidigung nicht rechtzeitig eingefallen war, selber einen Experten der Spurensicherung als Zeugen aussagen zu lassen.

Cook schlug, so gut er konnte, auf Brantley ein.

»Wir sind seit zwei Wochen hier, und es hat nicht ein einziger Zeuge vom Staatslabor in Alabama ausgesagt.«

Brantley sagte nichts.

Cook brüllte ihn an: »Stimmt das?«

»Ja, Sir«, antwortete Brantley ruhig.

Ein junger Mann auf der Geschworenenbank schüttelte ärgerlich den Kopf, als Cook den Polizisten anbrüllte.

»Sie haben Mr. Whites Kleider ins Labor geschickt, stimmt das?«

»Ja, Sir.«

»Haben sie etwas gefunden?«

»Nein, Sir.«

»Haare?«

»Nein, Sir.«

»Irgend etwas?«

»Nein, Sir.«

Cook schüttelte den Kopf. Sein Ärger ebbte ab. Er setzte sich, und die Verteidigung lehnte sich zurück, um das Plädoyer der Staatsanwaltschaft zu hören.

Fry erhob sich und ging zur Jury. Er lehnte sich an die Barriere und sprach zu ihnen, als wäre sonst niemand im Raum.

»Heute geschieht etwas sehr, sehr Wichtiges in Tuscaloosa, Alabama. Der größte Teil der Beweisaufnahme, die Sie in diesem Verfahren gehört haben, stammt aus anderen Städten, aus Huntsville, Vincent, Talladega, Gadsden. Die Beweise stammen nicht aus Tuscaloosa. Aber wir alle sind Bürger des Staates Alabama.

Ich bin heute als Vertreter dieses Staates hier.«

Er breitete beide Arme aus und gab damit den Blick auf seinen enormen Bauch frei.

»Getrennte Geschichten«, sagte er. »Getrennte Gebiete. Getrennte Leben. Entfernt, aber zusammengebracht.«

Indem er sich langsam umwandte und zu Betty ging, sagte er: »Lassen Sie uns mit der Geschichte einer Frau anfangen, die alles hat, was eine Frau sich nur wünschen kann.«

Mit jedem Schritt, den er näher kam, wurde seine Stimme lauter und ärgerlicher, und er hob langsam den Arm, um auf sie zu zeigen.

»Eine Hilfe, die sogar für sie die Pelze zur Reinigung brachte. Einen Mercedes und einen BMW! Besitz für eine Million Dollar in Huntsville. Weltliche Güter so viele, daß sie in den Himmel reichen. Aber war das genug?«

Er fuhr herum und sah die Jury an.

»Nein. Mehr ist nie genug. Nein.«

Dann schrie er so laut, daß ein paar der Geschworenen zusammenzuckten: »Sie wollte alles!«

»Deswegen sind Sie heute hier. Sie wollte es nehmen und sich darin baden.«

Er drehte sich um und ging wieder zu Betty, sah sie aus kurzer Entfernung an, als untersuche er einen toten Hund am Straßenrand.

»Welche Art Person ist das?« fragte er.

»Daß sie einen Fremden, einen anderen Mann in das Haus ihres Mannes bringt? Ihre Freundin für sich lügen läßt? Welche Art Person ist das?«

Er wandte sich wieder an die Jury. »Sie hat ihren Mann jahrelang belogen. Ihr Leben war eine Lüge! Das geheime Leben der Betty Wilson!«

Er atmete langsam aus, drehte sich zum Fenster und sah traurig hinaus: »Am Ende hatte sie sich von Jack distanziert.«

Er kam wieder zur Barriere und sprach leise zu den Geschworenen.

»Wissen Sie, was Terroristen tun, ehe sie jemanden umbringen? Sie machen ihn zu einer Null.«

Fry drehte sich um, ging ein paar Schritte weg und drehte sich in sicherer Entfernung wieder zu ihnen um.

»Das ist die eine Geschichte. Hier ist noch eine Geschichte. Das ist die Geschichte von James Dennison White.«

Er sah weg. »James Dennison White. James Dennison White war einige Zeit ein Wrack.«

Er sah schnell zu den Geschworenen zurück. »Ein häßlicher Ausdruck. Er war gebrochen und auf dem Tiefpunkt. Mag sein, daß vieles, mag sein, daß das meiste davon seine Schuld war.«

Fry ging zur Barriere zurück und sprach weiter.

»Er ist ein kleiner Mann. Er ist die Art Mann, dessen Träume immer größer sein werden als die Realität. Der Mann, der etwas möchte, aber nie bekommt.«

»Im Herbst '91 war er nicht nur auf dem Tiefpunkt. Er war verletzlich.«

Fry zuckte die Achseln und schüttelte den Kopf, um den Punkt zu betonen. »Er ist nicht der fröhlichste Mann der Welt.«

Fry fuhr mit dem Finger durch die Luft, wandte sich halb von der Jury ab. »Und dann eine Hoffnung. Vielleicht mehr, als er je zu hoffen gewagt hatte.

Fragen Sie sich folgendes: Was haben Betty Wilson und James White gemein? Das einzige, was sie verbindet, ist Peggy Lowe. Peggy Lowe hat sich gestern bestens an Dinge erinnert, selbst an den Wortlaut, wenn ihr Anwalt sie fragte.«

Fry hob verwirrt die Handflächen. »Aber als ich sie fragte, lautete die Antwort: ›Das ist lange her, Mr. Fry.‹«

Fry ging zur Barriere, die den offiziellen Gerichtssaal von den Zuhörern trennte. Er blickte über die Köpfe der Menge, als schaue er in den Himmel.

»Endlich, um unsere Geschichte zu vollenden, ist da die eines Mannes, der seine Frau liebte und lange und hart arbeitete ...«

Während er sprach, drehte Fry sich langsam zu Betty um, wobei sich seine Stimme zu einem Brüllen hob:

»... ein Mann, der es nicht verdient hat, in seinem eigenen Blut zu sterben wegen der Lust dieser Frau, gnadenlos und mitleidslos erschlagen.«

Sie hatte hart gekämpft, um die Kontrolle zu bewahren, aber in diesem Moment leuchtete ihr der Haß auf

Fry aus den Augen, und die Geschworenen bemerkten es wohl.

Fry wandte sich dem Handel des Staates mit James zu.

»James White hat, wie jeder, der eines Verbrechens beschuldigt wird, nach der besten Möglichkeit gesucht, die er finden konnte. Der Handel verlangt von ihm, Beweise beizubringen, die durch unabhängige Fakten belegt werden können. Wenn er den Staat belog, war der Handel hinfällig.«

Fry ging durch eine lange Liste von Dingen, die James' Aussage bestätigt hatten: Er sagte, er sei nach Guntersville gefahren, um Geld zu bekommen; die Wachen dort hatten ausgesagt, daß er da war, als er dagewesen sein wollte; er sagte, er habe oft mit Peggy telefoniert; die Listen der Telefongesellschaft zeigten, daß es viele Anrufe von ihm bei ihr gegeben hatte; er sagte, er habe Betty im Chick-Fil-A getroffen, um Geld von ihr zu bekommen; der Manager des Lokals sagte aus, er habe früher eine Kellnerin beschäftigt, die ihn bedient haben sollte. Fry ging die ganze Liste durch, um zu zeigen, wo unabhängige Beweise seine Aussage bestätigten.

Fry ritt auf der Sache mit dem Geld in dem Buch herum. »Warum sollte man bei einem A. A.-Treffen Hunderte von Dollar an einen Alkoholiker zahlen? Und warum die Heimlichkeit? Warum nicht das Geld in einem weißen Umschlag an der Rezeption hinterlegen? Was ergibt das für einen Sinn?«

Fry ging zum Beweismitteltisch und hob das Buch hoch: Sleeping Beauty and the Firebird. »Es ist einfach unglaubwürdig!« sagte er zur Jury. »Dieses Buch ist einfach unglaubwürdig!«

»Der 16. Mai. Der Tag, an dem James nach Guntersville fuhr. Ein großer Tag in diesem Fall, weil es ein Tag war, der mit einem Märchenbuch endete. Sie gab ihm dieses Buch, meine Damen und Herren. Sie gab ihm dies Buch, und sie sagte ... sie sagte: ›Viel Spaß.‹«

Ein paar Geschworene schüttelten versonnen den Kopf.

Fry ging den gesamten Fall durch, betonte einzelne Punkte. »James White hat Ihnen von der Übergabe der Waffe erzählt. Wie sonst hätte er wissen können, daß diese Frau an dem Tag in Talladega war? Wie hätte er das wissen können?«

Fry nahm vorweg, was die Verteidigung sagen würde: »James White beschrieb sogar die Schuhe, die sie an dem Tag trug, als Jack getötet wurde. Woher sollte er das wissen? Ich weiß, was die Verteidigung Ihnen sagen wird. Er hat sie beobachtet. Das werden Sie hören.

Gut, warum? Warum sollte er sie beobachten? Glaubt man der Verteidigung, kannte er die Frau nicht einmal. Also warum sollte er sie beobachten?«

In einem seiner wenigen Fehler während des Prozesses bezog sich Fry auf etwas, was die Jury gar nicht gehört hatte – Bettys Angaben gegenüber der Polizei, warum sie zum Haus zurückgekehrt war.

»Ihre Begründung, warum sie nach Hause gefahren war, lautete, sie habe ›die Banktasche vergessen‹,« sagte Fry. »James hat Ihnen erzählt, daß sie eine Banktasche im Auto hatte.«

Als er damit fertig war, alles aufzuzählen, wo James' Aussage und die Beweislage zusammentrafen, ging Fry zur Barriere, lächelte die Geschworenen breit an und machte eine ausladende Geste.

»Leute, dafür muß man kein Sherlock Holmes sein. Auch kein Columbo. Und kein Quincy.«

Er drehte sich um und sah Bobby Lee Cook durchdringend an – jeder im Raum wartete darauf, daß er sagen würde: ›Man braucht auch kein Matlock zu sein‹, und Fry sah so aus, als ob er das am liebsten gesagt hätte, aber er riß sich zusammen und wandte sich wieder der Jury zu.

»Nachdem Sie gesehen haben, was hier letzte Woche los war, können Sie riechen, was hier vorgeht.«

Er duckte sich an die Reling, zog den Kopf zwischen die Schultern und sprach mit dumpfer, anzüglicher Stimme: »Sie können es riechen.«

»Sosehr James White auch ein, Verzeihung, Wrack ist, so hat er doch viel Wahres gesagt.«

Er richtete sich auf und zuckte die Schultern. »Ich bin erschöpft«, sagte er leise. »Ich weiß, daß Sie es auch sind. Ich hoffe, daß ich Sie bei dem Versuch, der Verteidigung entgegenzutreten, nicht beleidigt habe.

Sie werden immer einen besonderen Platz in meinem Herzen haben, und ich hoffe, ich werde einen kleinen in den Ihren haben.«

Die zwei älteren Damen in der Jury lächelten gerührt und nickten ihm zu.

Fry setzte sich, und Drake stand auf.

Drake ging eine Reihe verfahrenstechnischer und juristischer Fragen zur Zeugenvernehmung durch. Am Anfang war sein Plädoyer nachlässig und wenig eindringlich, insbesondere im Anschluß an Frys bemerkenswerte Vorstellung. Aber als Drake damit fertig war, legte er seine Notizen beiseite, trat dicht an die Jury heran und änderte sein Gebaren völlig. Die juristischen Ausdrücke verschwanden, und er sprach direkt, persönlich, dringlich, als hätte er plötzlich Angst, alles Gesetz und alle Rechtsprechung der Welt wären nicht ausreichend, um die Geschworenen erkennen zu lassen, wo die essentielle Wahrheit in diesem Prozeß lag.

»Sehen Sie. Wir beschäftigen uns hier mit einem Monster. Er ist sehr gut in der Lage, seinen Bruder anzurufen, damit er seine Kleider unter einen Stein legt. Sehen Sie sich die Waffe an. In seiner ersten Aussage hat er angegeben, daß er an seiner Geschichte gearbeitet hat. Er arbeitet an einer Geschichte, damit sie nicht nur glaubwürdig wird, sondern auch einen Touch von Hollywood erhält.«

Drake behielt die Geschworenen genau im Auge, um sicherzustellen, daß er ihre Aufmerksamkeit genoß.

»Bei seiner Geschichte brauchte er Hilfe. Verstehen Sie? Also nahm er sich einen Anwalt. Und das verschaffte ihm etwas, was er vorher nicht gehabt hatte: den Zugang zu Informationen.«

Drake lehnte sich an das Geländer, sprach leidenschaftlich zu der Jury und erzählte endlich, was geschehen war. Die Geschworenen hörten mit jedem Wort, das er sprach, aufmerksamer zu.

Bei Frys Geschichte, auch wenn die Geschworenen ihn in ihr Herz geschlossen hatten, war das Problem, daß es keinen roten Faden gab.

Wenn man Stück für Stück untersuchte, paßten die Einzelheiten nicht recht zusammen. Warum sollte Betty James eine Pistole geben, von der sie wußte, daß sie auf ihren Namen registriert war? Warum sollte Betty James Geld in einem Bibliotheksbuch geben, das auf ihren Namen ausgeliehen war?

Diese Stücke der Geschichte machten, jedes für sich gesehen, nur dann Sinn, wenn es keinen Mordauftrag gab. Sie gab ihm die Pistole nicht, er stahl sie. Sie legte das Geld in das Bibliotheksbuch, weil sie erwartet hatte, daß er in die Lodge käme, sich vorstellte, an einem Treffen teilnähme und das Buch zurückgab.

Aber wenn der Mordauftrag nicht existierte, wie hatte dann James White das detaillierte Gewebe von Informationen weben können, das er der Polizei im Austausch gegen sein eigenes Leben verkauft hatte? Jetzt, in den letzten Momenten des Prozesses und nach vielen wirkungslosen Auftritten der Verteidiger, löste sich einer der Verteidiger vom Textbuch und legte der Jury alles so dar, wie es sich wirklich abgespielt hatte.

Die Frage war, ob Jack Drake noch rechtzeitig damit kam.

»Der Anwalt fütterte James White mit Informationen«, sagte er. »Indem James White diese Informationen nutzte, machte er den besten Handel in der Kriminalgeschichte Alabamas«, sagte Drake.

Drake ging James' veränderte Aussagen zu einigen Schlüsselpunkten durch und zeigte deutlich, wie James die Daten verändert hatte, damit sie zu den neuen Informationen paßten, die die Untersuchungen der Polizei ergeben hatten.

»In jeder Aussage, bevor er hier vor Gericht erschien, blieb James White dabei, daß die Waffenübergabe am 19. Mai 1992 stattgefunden hätte. Es war das einzige Mal, daß alle drei zusammenkamen.

Meine Damen und Herren, wir sind hierhergekommen, vorbereitet, um dieses Datum zu widerlegen, und es wäre leicht gewesen. Wissen Sie, warum? Weil Betty, als sie angeblich in Talladega am Damm sein sollte, über hundert Meilen entfernt beim Abendbrot mit Jack und Trey in Huntsville saß und danach zu einem A. A.-Treffen ging.

Nun raten Sie, was passierte, als wir zum Prozeß erschienen? Zum ersten Mal, seit wir uns vorbereitet haben, erfuhren wir, daß Mr. White jetzt sagen würde, daß die Waffenübergabe am 20. Mai stattfand.

Woher wußte er, daß er das Datum ändern mußte? In letzter Minute? Ich werde es Ihnen sagen.«

Die Geschworenen hingen an seinen Lippen und beobachteten ihn genau.

»Sein Anwalt hat gesagt, er solle es tun.«

Drake zog sich langsam zurück und nickte ihnen zu.

»Das stimmt. Er hat es gesagt. Er sagte: ›James, Dienstag, 19. Mai, wird nicht durchkommen, Junge. Das mußt du ändern.‹

Und Sie alle wissen, was der alte James als nächstes tat. Sie wissen es. Er tat das, was er hier im Zeugenstand tat. Er schloß die Augen, seine Lippen bewegten sich, und er sagte: ›Ja, Sir, Sie wissen, das ist richtig. Ich erinnere mich jetzt. Es war der 20. Mai.‹

Wie erklären Sie sich das?« Drake zuckte die Achseln. »Sie können es nicht. Er ist ein teuflisches Monster. Er lügt. Er lügt bei allem. Warum? Er kann nicht anders. Er tut es einfach.

Woher wußte James nun, wohin Betty an diesem Tag ging? Was sie trug? Ich weiß es nicht. Wissen Sie, was ich denke? Ich denke, daß er ihr folgte. Vielleicht war er verrückt nach Betty, vielleicht war er eigentlich hinter ihr her, vielleicht wollte er eigentlich sie töten.«

Drake bat die Jury, an die zweitausendfünfhundert Dollar zu denken, die die Zwillinge James bar gegeben haben sollten. Zweitausendzweihundert Dollar davon in Zwanzig-Dollar-Noten. Wie sollten zwei so wenig gerissene Frauen – die James eine Waffe auf Bettys Namen und ein Bibliotheksbuch auf Bettys Namen gegeben hatten – wie sollten zwei sonst so schwerfällige Komplizinnen in der Lage sein, zweitausendzweihundert Dollar in bar zusammenzukratzen, die die Staatsanwaltschaft auf keine Weise mit ihnen hatte in Verbindung bringen können?

»Jimmy Fry ist mit einer Armee hierher gekommen«, sagte Drake. »Er hat alle Ermittler des Staates Alabama zu seiner Unterstützung. Warum kann man dann nicht die Herkunft der zweitausendzweihundert Dollar erklären? Woher stammen sie? Die Polizei hat die Macht, Aussagen zu erzwingen. Sie kann jede Bank Amerikas untersuchen.

Das sind einhundertzehn Zwanzig-Dollar-Scheine. Sie müssen zur Bank gehen, um so viel Bargeld zu bekommen. Aber als Beweis wird in diesem Prozeß kein Kontoauszug vorgelegt. Warum nicht?

Ich werde es Ihnen sagen. Weil es nicht passiert ist. Das

ist Geld, das James schon hatte. Bei sich hatte. Ich vermute, James ist nicht die Art Mensch, der sein Geld auf die Bank bringt. Jemand könnte es ihm wegnehmen. Ein Gläubiger vielleicht. James ist schließlich Drogenhändler.«

Drake sprach über Betty und ihre Affären.

»Wenn Sie glauben, was einige der Zeugen hier im Raum gesagt haben, wenn Sie glauben, daß Dr. Wilson nicht wußte, daß seine Frau Affären hatte, dann wäre er der einzige in Huntsville gewesen, der das nicht wußte.«

Die Geschworenen, insbesondere die Frauen, sahen ein bißchen gekränkt aus. Drake sagte, daß Betty Jack nicht nur Hörner aufgesetzt, sondern das auch noch in aller Öffentlichkeit getan hatte, sogar stolz darauf war.

Drake und Fry hatten einen heftigen Wortwechsel, als Drake die Frage nach Peggys Narben stellte – Narben, die ein Liebhaber wie James White hätte bemerken müssen.

»Wir waren darauf vorbereitet, die Narben in dem Moment zu zeigen, wo die Staatsanwaltschaft das gefordert hätte«, sagte Drake. »Aber das hat sie nicht, und wissen Sie, warum? Weil sie Angst hatte.«

Fry sprang mit rotem Gesicht auf.

»Ich habe vor gar nichts Angst!« brüllte er.

»Sie hatten Angst, die Frage zu stellen!« brüllte Drake zurück.

Richter Younger griff ein. »Meine Herren! Meine Herren! Lassen Sie uns weitermachen, bitte.«

Drake glättete seine Federn und machte noch ein paar Bemerkungen über Betty und Geld, wobei er ausführte, daß Betty, wenn sie eine verschwenderische Frau war, schon zu Lebzeiten des Doktors ein verschwenderisches Leben geführt hatte. Warum müßte sie ihn für noch mehr Geld töten?

An diesem Punkt überließ er den Fall Bobby Lee Cook.

Cook erhob sich langsam. Er sprach leise und sanft.

»Wir sind lange hier gewesen. Ich denke, es besteht keine Notwendigkeit, der Jury von ihren Pflichten und Verantwortlichkeiten zu erzählen. Mr. Fry sagte vor einem Moment zu meinem guten Freund Mr. Jack Drake, daß er vor nichts Angst habe.

Nun, hier sehen Sie jemanden, der Angst hat. Bei jedem meiner Fälle habe ich Angst, daß etwas übersehen wurde, versäumt wurde, daß jemand einen Fehler gemacht hat.«

Er sprach eine Weile über Schuld, über den Schutz der Bürger durch die Bill of Rights, die Geschichte der Verfassung. Als es gerade so aussah, als sei er vom Thema abgekommen, steuerte Bobby Lee Cook auf den Hauptpunkt in Mickey Brantleys Fall gegen die Zwillinge zurück:

»Immer, wenn eine polizeiliche Untersuchung das Resultat schon kennt, das sie belegen will, ist der Fall verdammt.«

Er zitierte achtundfünfzig Fälle aus dem Gerichtsprotokoll, wo James White zugegeben hatte, daß er gelogen hatte. Dann ging Cook zum Podium zurück, das für ihn vor die Jury gestellt worden war. Er umfaßte es wie ein Prediger und sah die Geschworenen streng an. »Der Fall befaßt sich nicht mit Mrs. Wilsons Affären. Es dreht sich auch nicht um Eitelkeit. Es ist kein Fall um Autos, Haushilfen, Kleider und Schmuck.

Es gibt ein altes Sprichwort: Wer von euch ohne Sünde ist, der werfe den ersten Stein.«

Die Augen einiger Geschworenen verengten sich, als sei das eine Herausforderung, der sie gerne nachkämen.

Fry beobachtete die Jury genau, während Cook sprach.

Cook legte eine lange Liste der Dinge vor, die die Staatsanwaltschaft nicht hatte beweisen können: Es gab keinen Beweis, daß Betty je im Chick-Fil-A gewesen war, daß sie je nach 17 Uhr 15 am Boulder Circle gewesen war, daß jemand James' Kleinlastwagen in den langen bierseligen

Stunden gesehen hatte, als er auf dem Parkplatz wartete, oder daß jemand jemals Betty und James zusammen gesehen hatte.

Er erinnerte die Jury daran, daß Brantley am Anfang des Falls eine Gegenüberstellung von James und Betty versäumt hatte, wo James hätte beweisen müssen, daß er wußte, wie Betty aussah.

Er ritt auf der Frage der Kleider in der Tüte herum. »Wenn das die Kleider wären, die Mr. White bei dem Mord angehabt hatte, wo er mehrmals zustach, sein Opfer mit einem Baseballschläger schlug, warum ist dann kein Blut an der Kleidung? Auch haben wir keinen einzigen Zeugen aus dem Kriminallabor von Alabama gehört.«

Cook kam hinter seinem Podium hervor, um näher an der Jury zu sein.

Er sprach ruhig, und als wolle er ein amüsantes Geheimnis mitteilen, sagte er: »Sie haben da ein Problem, wissen Sie.

Sie haben ihn in den Wald bekommen. Sie haben seine Kleider unter einem Felsen. Aber er hat nichts an. Er steht nackt im Wald!«

Das letzte Wort im Prozeß bekam Jimmy Fry, dem es zustand, auf Punkte der Verteidigung einzugehen. Er sprang auf und näherte sich der Jury mit Feuer in den Augen.

»Wo kamen die zweitausendzweihundert Dollar her?« fragte er. »Wo sie herkommen? Hier haben Sie eine Frau, die mit einem Millionär verheiratet ist, einen BMW fährt, Pelze trägt und Diamanten! Wo die zweitausendzweihundert Dollar herkommen? Ich sage es Ihnen. Aus ihrer Tasche. Zweitausendzweihundert Dollar sind für diese Frau Wechselgeld.«

Fry zog sich zurück, drehte sich um und ging ein Stück beiseite, dann kam er zurück. »Meine Damen und Herren, wenn Sie noch eine Frage haben, fragen Sie sich: ›Warum sollte die Angeklagte so etwas tun?‹

Lassen Sie mich Ihnen einen Grund nennen. Lassen Sie mich Ihnen Millionen Gründe nennen. Sechs Millionen dreihunderttausend Gründe. Das Geld!

Sie wollte nicht daran teilhaben. Sie wollte alles.«

Als er ›alles‹ sagte, ballte Fry seine Hände zu Fäusten und warf den Kopf vor wie ein Fernsehprediger. Die Geschworenen lauschten gebannt.

»Sie wollte ungestört ihrer Lust nach Männern nachgehen, ihrer Lust nach Dingen, und sie wollte … nicht … den … alten … SCHEISSBEUTEL … fragen … müssen!«

Die Geschworenen schraken vor der Wildheit seiner Rede zurück.

»… den alten Scheißbeutel nach noch einem Dollar fragen müssen. Sie wollte, daß ihre Schwester aus Talladega kam und ihr half, vom alten Jack wegzukommen.

Ich denke, es muß für diese beiden Frauen wie ein Spiel gewesen sein«, sagte er. »Laß uns den alten Jack töten … den alten … SCHEISSBEUTEL! … den kleinen Knilch. Er nützt uns nichts. Er bringt es nicht. Er ist nicht gut im Bett.

Für diese Frauen hatte Jack schon aufgehört zu existieren. Er hörte auf zu existieren, soweit es sie betraf, bis er am Ende nichts war. Ein Niemand.

Wie beweisen Sie ein Geheimnis? Wie beweisen Sie ein Geheimnis? Wollen Sie mich einen Moment entschuldigen, meine Damen und Herren? Ich muß den Saaldienern etwas sagen.«

Fry legte dem einen Saaldiener die Hand ans Ohr und flüsterte. Der Saaldiener nickte, ging zum Tisch der Staatsanwaltschaft und holte ein Glas Wasser. Fry dankte ihm und trank.

»Was habe ich dem Saaldiener gesagt?« sagte er. »Sie wissen es nicht. Es ist ein Geheimnis.

Aber Sie haben gesehen, was er getan hat! Also wissen Sie, daß ich gesagt habe: ›Sir, würden Sie mir bitte ein Glas Wasser bringen?‹

Wie beweist man ein Geheimnis? Sie beweisen es aus den Umständen.«

Fry ging weg, kam zurück, hob schließlich beide Arme und öffnete die Aufschläge seines Blazers weit: »Meine Damen und Herren, mit diesen Worten verlasse ich Sie.«

Mit dröhnender Stimme, voller Rechtschaffenheit und Urteilskraft, rief Fry: »Laßt die Gerechtigkeit ihren Weg nehmen wie die Wasser des Jordan!«

Weil Kapitalverbrechen in Alabama in verschiedene Phasen eingeteilt sind – die erste Phase, um über die Schuld zu entscheiden, die zweite für die Strafe –, hatte noch niemand den Geschworenen gegenüber den elektrischen Stuhl erwähnen dürfen, ehe die Jury sich zurückzog, um über Bettys Schuld zu entscheiden. Die Frage, ob sie ins Gefängnis oder auf den elektrischen Stuhl kam, stand dann an, wenn das Urteil schuldig lautete.

Die Jury zog sich am 2. März um 14 Uhr zur Beratung zurück. Als Deputy Wayne Johnson sie aus dem Gerichtssaal führte, sahen die Geschworenen erschöpft und benommen aus. Keiner von ihnen blickte auf dem Weg zur Tür zu Betty hin.

Peggy, Wayne und ihre Kinder warteten zu Hause, siebzig Meilen nördlich am Logan Martin-See in Talladega. Sie verfolgten die Nachrichten und rasten ans Telefon, sobald es klingelte.

Betty wartete in dem kleinen Vorraum des Gerichts, umringt von ihren Söhnen und Anwälten.

Jacks Sohn Stephen – eines der Familienmitglieder, das einen Handel mit den Filmemachern wegen der Rechte abgeschlossen hatte, und der nächste Erbe des Besitzes, wenn Betty schuldig gesprochen wurde – stand im Flur und unterhielt sich mit einem Reporter. Er wirkte ernst, aber ruhig.

Die Geschworenen sprachen zuerst über Peggy. Sie stimmten alle darin überein, daß sie unglaubwürdig sei.

Die Tränen waren wie auf Bestellung geflossen, ihre Rede war zu flüssig gewesen, ihr Auftritt zu perfekt. Sie sollte nach Hollywood gehen, waren sich alle einig. Sie stimmten ab und stimmten zehn für schuldig, einer enthielt sich, eine war für Freispruch.

Diejenige, die für Freispruch gestimmt hatte, etwa so alt wie die Zwillinge, war hartnäckig. Sie sagte, der Staat habe seine Version nicht beweisen können. Den Rest des Nachmittags trugen die anderen ihr Stück für Stück vor, wo der Staat Beweise hatte beibringen können, die die Geschichte von James White unterstützten. Was war mit den Kassenbelegen, die zeigten, daß er wirklich in dem und dem Geschäft gewesen war? Was war mit ihren Schuhen? Wie sollte er sonst von den Blümchenschuhen erfahren haben?

Keiner von ihnen glaubte, daß James Whites Geschichte auf einer Lüge beruhte. Wäre es eine Lüge, wäre die Polizei daran beteiligt. Und Mr. Fry. Und der Staat Alabama. Keiner von ihnen hielt das für möglich.

James Whites Auftritt war ein voller Erfolg gewesen. Er tat den Geschworenen leid, und sie glaubten, was er sagte.

Aber die eine Geschworene blieb dabei, daß der Staat in ihren Augen nicht genug bewiesen habe, um sie dazu zu bringen, so zu stimmen, daß Betty das Leben genommen würde.

Drake hatte den Reportern gesagt, daß er schon bald mit einem Freispruch rechne. Als die Geschworenen am Abend verkündeten, daß sie noch nicht zu einer Entscheidung gekommen seien, gab es konsternierte Gesichter bei den Verteidigern. Sie gaben vor den Medien nicht zu, daß sie besorgt waren. Aber das brauchten sie nicht, denn es wußte jeder, worum es ging.

Jimmy Fry hatte Betty Wilson angeklagt, weil sie moralisch angreifbar, reich, verschwenderisch, unverschämt, untreu und eine Hure war, die mit Männern einer anderen

Rasse geschlafen hatte. Die Verteidigung hatte dagegengehalten, indem sie bei all dem zugestimmt hatte und dann sagte: »Aber seht euch die Schwester an! Sie ist keine Hure! Sie hat kein schmutziges Mundwerk! Sie sind Zwillinge. Wenn ihr nicht glauben könnt, was James White über Peggy erzählt hat, könnt ihr nicht dafür stimmen, daß Betty verurteilt wird!«

Unter den Zuschauern überwog die Ansicht, daß die Beratungen kurz sein würden, wenn die Verteidigung ein Erfolg gewesen war. Wenn die Jury glaubte, daß James' Geschichte ein mühsam aufgebautes Geflecht um eine zentrale Lüge sei, dann gab es keinen Weg, auch nur daran zu denken, Betty Wilson auf den elektrischen Stuhl zu schicken oder ins Gefängnis.

Wenn die Beratungen auf der anderen Seite lange dauerten, war das ein Zeichen dafür, daß die Geschworenen den Kern von James' Geschichte glaubten und die Zeit damit verbrachten, die Beweise durchzugehen, um sich sicher zu sein, ehe sie Betty das Leben nahmen. Es ist leicht, jemanden nach Hause zu schicken, und schwer, jemanden zum elektrischen Stuhl oder Gefängnis zu verurteilen.

Je mehr die Geschworenen darüber nachdachten, desto mehr merkten sie, daß sie Betty haßten.

Es war während des Prozesses von ihren Gesichtern abzulesen gewesen. Wann immer Jimmy Fry über ihren Charakter herzog, rannte er bei den Geschworenen offene Türen ein, weckte ihre Zustimmung.

Fry, der das selber gesehen haben mußte, hatte diesen Teil seiner Botschaft verfolgt, bis die Jury praktisch die Antworten sang.

Betty war eine Schlampe. Betty war eine Hure.

Betty war eine Hexe.

Wenn sie ihr das Leben nähmen, bekäme Betty nur ihre gerechte Strafe, auf die eine Weise oder die andere.

Wenn die Botschaft Fuß gefaßt hatte, war Peggys positive Wirkung nichtig. Wenn sie glaubten, daß Betty eine Hexe war, dann war Peggy – ihr zweites Ich, ihr Zwilling – ihr öffentliches falsches Gesicht.

Richter Younger schickte die Jury für diese Nacht zurück ins Motel. Mittwoch früh trat sie wieder zusammen und machte da weiter, wo sie aufgehört hatte. Jetzt hatte die rebellische Geschworene sich entschieden. Sie wollte für schuldig stimmen.

Jedes Stück Beweis, das die anderen Geschworenen ihr präsentiert hatten, war ein Löffel Sand gewesen, bis es so viel wurde, daß sie zu ersticken drohte. Die Beweise bedeuteten ihr nichts, weil sie die Geschichte des Staates nicht glaubte. Irgend etwas dabei stimmte nicht.

Aber sie konnte nicht zeigen, was. Und der Rest der Jury konnte unentwegt Dinge anführen, die der Staat doch bewiesen hatte.

Am zweiten Tag der Beratung, kurz vor 14 Uhr, gab sie auf. Der Vormann ließ abstimmen. Zwölf zu Null für schuldig.

Betty Wilson hielt die Tränen zurück, als der Richter das Abstimmungsergebnis und das Urteil vorlas. Ihre Anwälte griffen nach ihr, um sie zu stützen, aber sie merkte es nicht.

Sie brach nicht zusammen. Etwas Zähes in ihr schaffte es, sie kurz unterhalb der Oberfläche des Bewußtseins zu halten – weit genug weg, daß sie sich nicht einmal wunderte.

So hört es also auf.

Sie hatte nichts verbrochen. Sie war unschuldig. Schlimmer – es gab keine Schurken. Das hätte es vielleicht einfacher gemacht. James White konnte man nicht zählen. Er war ein professioneller Schurke.

Konnte man sagen, daß Mickey Brantley der Schurke

war? Aber es war möglich, daß er nie an Bettys Unschuld geglaubt hatte. Oder Jimmy Fry? In der realen Welt, im Hier und Jetzt, lag es nicht wirklich im Interesse von Leuten wie Jimmy Fry oder Mickey Brantley, die Schuld eines Angeklagten zu schwer zu wiegen. In einem Fall wie diesem kommt an irgendeinem Punkt der Moment, wo die Schachfiguren bereitstehen und bewegt werden müssen. Die Anwälte beider Seiten, die Polizisten, die Experten, der Richter – sie waren da, um eine Rolle zu spielen. Es lag in ihrem Interesse, ihren Text gut zu sprechen und es der Jury zu überlassen, über Schuld oder Unschuld zu entscheiden.

In diesem Fall trafen die Geschworenen die falsche Entscheidung. Sie stimmten auf der Basis von Verachtung und Neid, Angst und Aberglauben ab – alte Mythen von Frauen, Hexen, Sex, Rasse. Sie stimmten auf der Basis eines falschen Menschenbildes ab, nicht aufgrund der Wahrheit. Sie verfehlten die Wahrheit. Sie stimmten dafür, eine unschuldige Person zu verurteilen. Bei alledem taten sie das, wozu sie vom Staat gedrängt worden waren.

Das passiert. Leute, die vor Gericht gehen und im Nachteil sind – Afroamerikaner vor einer weißen Jury oder Homosexuelle oder Angehörige religiöser Minderheiten, Diskriminierte – sie alle wissen nur zu gut, wie schwer es sein kann, die Vorurteile und Voreingenommenheiten einer Jury zu überwinden. Der einzige Unterschied in diesem Fall war, daß das Opfer eine weiße Frau war. Eine reiche weiße Frau.

Bettys Selbstbeherrschung war nicht so groß, daß sie den Gedanken an den Tod verdrängen konnte. Die Anwälte sagten ihr, daß sie in der Wartezeit eine geheime Konferenz mit Fry abgehalten hätten. Es gab eine Art Abkommen. Sie und Fry saßen jetzt beim Richter und sprachen darüber. Betty merkte, als sie alleine am Tisch saß und darauf wartete, ob sie sterben oder ins Gefängnis gehen sollte, daß ihre Hände zitterten und ihr Rücken naß vor Schweiß war.

Fry hatte zugestimmt, daß eine Verurteilung zum Tode unmöglich war, da Betty den Mord nicht ausgeführt hatte und da James relativ leicht davonkommen würde, weil Betty verurteilt worden war. Beide Seiten einigten sich auf folgendes: Sie baten den Richter, die Todesstrafe auszuschließen und lebenslänglich zu verhängen ohne die Möglichkeit zur Bewährung. Richter Younger stimmte zu.

In den Wochen nach dem Schuldspruch mußten Peggy und Wayne Lowe ihre Angst um Betty von der Ungewißheit trennen, was sie erwartete. Betty hatte die besten Verteidiger gehabt, die man für Geld bekommen konnte. Obwohl Betty sie nur hätte bezahlen können, wenn sie freigesprochen worden wäre und Jacks Besitz geerbt hätte, waren die Verteidiger bereit gewesen, all ihre Zeit zu investieren, weil sie sicher waren, daß sie gewinnen würden.

Sie hatten verloren. Sie würden nicht bezahlt werden. Das Geld würde jahrelang von Zivilrechtlern eingefroren werden und dann an Jacks Söhne gehen.

Peggy und Wayne verdienten zusammen fünfzigtausend Dollar im Jahr und hatten keine Ersparnisse. Alles, was sie verdienten, steckten sie ins Haus, ins Leben, in die Kinder. Das einzige, was sie den Anwälten anbieten konnten, war die übergroße Publicity, die der Fall ihnen bringen mochte, und auch das war eine zwiespältige Sache. Es war nicht gut für einen Anwalt, einen aufsehenerregenden Fall zu übernehmen und zu verlieren.

In Peggys Fall war es noch schlimmer, daß die Jury in Tuscaloosa James White geglaubt hatte. Wenn über sie verhandelt wurde, würden genau dieselben Beweise präsentiert werden wie in Bettys Verhandlung. Es gab keine anderen. Es würde praktisch der gleiche Prozeß stattfinden, nur daß ein anderer Zwilling am Tisch der Verteidigung saß. Da Betty verloren hatte, gab es allen Grund zu glauben, daß Peggy auch verlieren würde.

Wann immer Betty Gelegenheit hatte, im Julia-Tutwiler-Staatsgefängnis für Frauen in Wetumpka, Alabama, an einen Münzfernsprecher zu kommen, rief sie Peggy an, per R-Gespräch. Peggys Telefonrechnung stieg auf viele hundert Dollar im Monat. Die Unterhaltungen waren für Peggy eine Qual, weil sie so sehr mit ihrer Schwester litt und weil die Rufe und Geräusche, die sie im Hintergrund hörte, so erschreckend waren. Sie hörte die Hölle, und es war eine Hölle, in die sie vielleicht auch bald kommen würde.

An einem feuchten Herbstmorgen, bevor Peggy zur Arbeit ging, telefonierte sie mit Betty. Sie ging in der Küche auf und ab und hörte zu, während Betty aus einem hallenden Flur vom Wetumpka-Staatsgefängnis aus mit ihr sprach.

Alle paar Sekunden ertönte im Hintergrund ein elektrisches, klickendes Geräusch und dann das Reiben von Stahl an Stahl – Zellentüren, die sich öffneten und schlossen.

»Was machst du heute, Betty?«

»Die meiste Zeit sitze ich auf meiner Pritsche. Weißt du, daß ich jetzt im Ehrenblock bin?«

»Ja, Mutter hat es mir erzählt. Ist es da besser?«

»Ein bißchen. Er ist kleiner. Die Lesben lieben sich noch immer ganz öffentlich. Und überall sitzen die Frauen rauchend auf ihren Pritschen und überlegen, was sie bekämpfen können. Ich versuche, auf meiner Pritsche zu sitzen und nicht aufzufallen.«

Als Peggy ihren fleckenlosen roten Chrysler LeBaron die gewundene, staubige Straße hinunterlenkte, merkte sie, daß ihr Atem keuchend ging und ihre Hände schwitzten. Sie hielt einen Moment an der Seite und wartete, bis ihr Kopf wieder klar war. Als sie dort saß und in die Tiefe der Wälder von Alabama starrte, dachte sie darüber nach, daß es, wenn man um sein Leben fürchtete, so war, als litte man an einer chronischen Krankheit. Nach einiger Zeit konzentriert man sich darauf, mit den Symptomen zurechtzukommen.

Die Wochen und Monate, in denen sie sich auf ihren eigenen Prozeß vorbereiten mußte, nagten an ihr und veränderten alles auf eine Weise, die sie nicht mehr unter Kontrolle hatte.

In Peggys Leben hatte es immer Gefahr gegeben. Als sie noch ein kleines hilfloses Kind gewesen war, war jede Heimkehr ihres betrunkenen, brutalen Vaters ein schreckliches Erlebnis. Sie hatte gelernt, wie man Angst bekämpft, ehe sie lesen konnte.

Immer die Heldin. Der sanfte und beherrschte Zwilling. Diejenige, die wußte, was zu tun war.

Betty war diejenige, die Wutanfälle bekam und in Tränen ausbrach. Betty war geradeheraus. Sie hatte dafür gelitten.

Peggy war die, die gewußt hatte, wie man das Biest in ihrem Haus behandeln mußte, wie man ihn beobachten und in seinem Gesicht lesen mußte, wie man die beruhigenden Dinge sagte, die ihm zu einem gnädigen Alkohol-Schlaf im Schaukelstuhl verhalfen.

Sie war keine Heuchlerin. Sie hatte ihr Leben dem Aufbau einer Familie gewidmet, in der Frieden, Unterstützung und Liebe regierten. Sie lebte nach den Vorschriften ihrer Religion, ohne frömmlerisch oder asketisch zu sein, engherzig oder intolerant oder abweisend. Ihr Herz flog denen zu, denen es nicht gutging, wie es den Kindern von James White zugeflogen war.

Der Punkt war, daß Peggys Art zu leben immer funktioniert hatte. Selbst als Kind hatte sie in dem kleinen Haus in der Hoke Street Frieden verbreitet, wie brüchig er auch sein mochte, und das hatte der Familie Anerkennung und

Respekt eingebracht, zumal sie in der Stadt großen gesellschaftlichen und schulischen Erfolg gehabt hatte. Ihr und Wayne war es gelungen, ihr Leben und das ihrer Kinder schön zu gestalten.

Jetzt wurde ihr alles, wofür sie immer eingetreten war, als Anklage ins Gesicht geschleudert. Sie war nicht tugendhaft, wenn man nach dem Gericht von Tuscaloosa ging. Sie war eine Lügnerin. Eine heuchlerische Schlampe, deren einzige Stärke es war, angemessen aufzutreten. Sie wollten sie kriegen. Sie einsperren. Und sie töten.

ZWÖLF

In jedem hochkarätigen Mordprozeß gibt es einen Anklang an die Zeit der Hexenverfolgung. Das ist eine notwendige Zutat, die sich sogar positiv auswirken kann. Die Gesellschaft erkennt eine Bedrohung und reagiert, indem sie sich das Böse aus dem Fleisch reißt.

Die Menschen machen die Quelle des Bösen aus. Sie sprechen darüber. Sie halten zusammen, um es auszumerzen. Auf diese Weise besteht immer der große Druck, zur richtigen Seite zu gehören. Beim Gespräch auf der Straße fragen die Leute einander, wen sie für den Schuldigen halten und warum, und wenn sie eine Antwort bekommen, die ihnen nicht paßt, zeigen sie ihre Unzufriedenheit. Im Laufe der Zeit wird es immer schwieriger durchzuhalten. Was in Bettys Fall mit den Geschworenen geschah, war in komprimierter Form das, was in den zwei Jahren nach dem Mord in Huntsville in Talladega und in ganz Alabama vorging. Die Leute bezogen Stellung.

Wundersamerweise blieben die Leute aus Peggys Kirche während der sechs Monate zwischen Bettys Verurteilung und dem Beginn von Peggys Prozeß standhaft und unterstützten sie weiterhin. Einmal kamen sie herbeigelaufen und scheuchten eine Gruppe von Reportern weg, die für einen Bericht in die Stadt gekommen waren. Sie glaubten nicht, daß Peggy schuldig sein könnte, und sie wurden in ihrer Überzeugung nicht wankend. Obwohl die meisten Berichte sie entweder als leichtgläubige Wirrköpfe oder als echte Heuchler darstellten, rückten sie von ihrer Überzeugung nicht ab. Immer wenn Peggy dachte, die Angst und der psychische Druck würden sie zerstören, war es die stützende Hand ihrer Glaubensgemeinschaft, die sie aufrecht hielt.

Aber wenn sie spätabends in der Dunkelheit alleine am Rande des Sees stand und über die silbrigen Wellen starrte, konnte sie sich einer Erkenntnis nicht entziehen: Sie hatte in Tuscaloosa versagt. Sie war diejenige gewesen, die James White zu Betty geschickt hatte. Sie war diejenige gewesen, von der man erwartet hatte, sie würde den Prozeß für Betty gewinnen, und das hatte sie nicht. Jetzt war Betty in der Hölle, und Peggy, die Heldin der Familie, war ihr dicht auf den Fersen.

Peggy konnte sich einen so guten Anwalt wie Bobby Lee Cook nicht leisten; sie heuerte David Cromwell Johnson an, einen Verteidiger mittleren Alters aus Birmingham, der einen guten Ruf in seiner Heimat genoß. Dazu kam Herman ›Buck‹ Watson aus Huntsville.

Buck Watson war ein Gerichtsveteran mit silberner Mähne, der in den alten Tagen in Alabama die Dixie-Mafia vertreten hatte und kürzlich an einem größeren politischen Verfahren teilgenommen hatte. Er konnte einen Zeugen auf sehr höfliche Weise um seinen Finger wickeln, und das so schmerzlos, daß der Zeuge gar nicht merkte, was geschah, bis es ihm hinterher jemand erklärte. Daß er zum Team stieß, war ein großer Gewinn.

Die Frage, wer die Staatsanwaltschaft vertreten sollte, war komplizierter. Der Bezirksanwalt von Madison County, Tim Morgan aus Huntsville, war noch immer durch sein Wahlversprechen gebunden, dem Prozeß fernzubleiben. Er zeigte keinerlei Anzeichen, daß er seinen Entschluß bedauerte oder rückgängig machen wollte.

Jimmy Fry weigerte sich. Er war zwei Monate lang seinen Pflichten als Bezirksanwalt in Limestone County ferngeblieben. Er hatte gewonnen. Er hatte sein Teil beigesteuert. Er machte es der allgemeinen Anwaltschaft klar, daß er keinerlei Interesse daran hatte, in dem Verfahren gegen Peggy die Staatsanwaltschaft zu vertreten.

Der erste Funken Hoffnung, der Peggys Lager nach

dem Desaster von Tuscaloosa erreichte, kam indirekt von Jimmy Fry. In seiner öffentlichen Stellungnahme zum Fall betonte Fry immer, daß er die Staatsanwaltschaft ablehne, weil er andere drängende Pflichten in seinem Bezirk habe. Aber die Worte, gefiltert durch juristische Flüsterpropaganda, wurden so gedeutet, daß Jimmy Fry den Prozeß nicht übernehmen wollte, weil er ihn für aussichtslos hielt.

Die Staatsanwaltschaft hatte Bettys Fall aus zwei Gründen gewinnen können: wegen ihres negativen Ansehens und weil ein heterogenes Verteidigungsteam keine Attacke gegen die Handhabung des Falls durch die Polizei geführt hatte.

Eineinhalb Jahre Recherche hatten keinen einzigen Beweis dafür erbracht, daß Peggy je in ihrem Leben etwas Schlechtes getan hatte. Es würde schwierig, wenn nicht unmöglich werden, die Geschworenen davon zu überzeugen, daß eine Frau, die ein vollkommen ehrliches und tugendhaftes Leben geführt hatte, plötzlich in ein Mordkomplott verwickelt war und sich gleichzeitig in einen stotternden, stinkenden Säufer und Tunichtgut wie James Dennison White verliebt hatte.

Noch schlechter für den Staat, glaubte man der Gerüchteküche, war die Natur des Falls. Es war die Art Prozeß, dem das Altern nicht guttat. Die Zeit, die seit dem ersten Prozeß vergangen war, kam einem Verteidiger zugute, der das tun konnte, worin das erste Team versagt hatte – der Jury genau zu zeigen, wie die Polizei James Informationen hatte zukommen lassen, um seine Aussage zu stützen.

In Alabama hieß es, Jimmy Fry habe aus dem ersten Prozeß eine Trophäe mit nach Hause genommen und sei nicht gewillt, zurückzukommen und diesmal zu verlieren. So glaubwürdig war dieses Gerücht, daß Staatsanwalt Jimmy Evans nicht in der Lage war, jemanden aufzutreiben – nicht einen Anwalt im ganzen Staat –, der den Fall übernehmen wollte. Am Ende war er gezwungen, den Fall seinen eigenen Leuten zu übergeben, ein unüblicher Schritt, der Peggys Verteidiger glauben ließ, daß die Gerüchte nicht logen.

Vielleicht hatte Peggy trotz allem, was Betty passiert war, doch noch eine Chance.

Aber immer, wenn Peggy ein bißchen zu hoffen wagte, fiel ihr ein, daß Bettys Anwälte auch davon überzeugt gewesen waren zu gewinnen, und das bis zu dem Moment, wo das Urteil gesprochen wurde.

Der Prozeß wurde nach Montgomery verlegt und für den 13. September 1993 angesetzt.

Von Huntsville fällt das Land leicht ab, von den Gipfeln der Appalachen im Norden bis kurz vor Montgomery, wo es in den reichen fruchtbaren Ebenen von Süd-Alabama ausläuft. Fährt man über die I-65, kann man fast riechen, wo sich die Erde von rot zu braun verfärbt, die luftigen Pinien und die Fülle des Wassers sich im tiefgrünen Weideland verlieren.

Montgomery ist nicht nur die offizielle Hauptstadt Alabamas, sondern ihr Herz und ihre Seele, Sitz von sechs Universitäten und mit einer langen, emotionsgeladenen Geschichte. Große Tafeln draußen vor der Stadt verkünden stolz: MONTGOMERY! GEBURTSSTÄTTE DER KONFÖDERATION! GEBURTSSTÄTTE DER BÜRGERRECHTSBEWEGUNG!

Obwohl Mickey Brantley sich im ersten Prozeß durchgesetzt hatte, kam er hierher in wenig optimistischer Stimmung. In den vergangenen Monaten hatte der Richter von Madison County, William Page, der dem Fall vorsaß, bei mehreren Anhörungen deutlich gemacht, daß er James Dennison Whites Aussage für recht fragwürdig hielt, daß das Abkommen mit Mo Brooks aberwitzig sei und daß der Staat wesentlich mehr Beweise beibringen müsse als in Tuscaloosa, wenn er hoffen wollte, seinen Prozeß in Montgomery zu gewinnen.

Also zog Mickey Brantley aus diesem Grund und weil er ein guter Polizist war, los, um neue Beweise für James' Geschichte zu sammeln. Er kam mit leeren Händen zurück. Weder er noch sonst ein Untersuchungsbeamter in Alabama war je in der Lage gewesen, einen einzigen Zeugen, ein Stück Papier, ein Foto oder andere Beweise zu finden, die die Annahme stützten, daß Betty Wilson zweitausendzweihundert Dollar in Zwanzig-Dollar-Noten abgehoben hatte, um James White zu bezahlen.

Das war eine Schwäche in der Beweislage, weil es heutzutage schwierig ist, an zweitausendzweihundert Dollar zu kommen, ohne irgendwo Spuren zu hinterlassen. Woher kamen die Zwanzig-Dollar-Noten? Wenn sie von Bettys Konto gekommen wären, hätte es einen Abbuchungsbeleg gegeben und eventuell dazu noch einen Kontoauszug. Wenn sie einen Scheck ausgestellt hätte, gäbe es einen Beleg. Selbst wenn sie das Geld eingewechselt hätte, wäre das belegt. Wenn sie immer irgendwo ein Depot aus Zwanzig-Dollar-Scheinen im Haus gehabt hätte, wäre das jemandem wie Shirley Green sicher aufgefallen. Und wenn sie einen Zuträger gehabt hätte? An diesem Punkt der Entwicklung, bei der ungeheuren Publicity, hätte jemand, an den sie wegen der zweitausendzweihundert Dollar herangetreten wäre, sich längst gemeldet.

Monate fieberhafter Nachforschungen durch Mickey Brantley hatten auch nicht einen Beweis dafür zutage gefördert, daß Betty James in ihrem Wagen zum und vom Mordschauplatz gefahren hatte. Es war ihm nicht gelungen, einen neuen Augenzeugen zu finden.

Nach wie vor hing der Staat von Sheila Irby ab, um James und Betty zur gleichen Zeit in die Nähe des Mordschauplatzes zu rücken. Wenn Peggys Anwälte einen Weg fanden, Sheila Irbys Aussage zu erschüttern, mochte sich diese als wenig wertvoll herausstellen.

Richter Page hatte Brantley unmißverständlich klargemacht, daß er sich etwas Besseres einfallen lassen mußte als im letzten Prozeß, um James Dennison Whites Aussage zu stützen. Brantley hatte es versucht, aber nicht geschafft. Nur Mickey Brantley konnte wissen, was das für ihn bedeutete. War das genug, um auch in ihm Zweifel zu wecken? Nachdem einige Zeit vergangen war und der politische Druck nachgelassen hatte, der durch die Wahl des Bezirksanwalts entstanden war, hatte Mickey Brantley da je Gelegenheit gehabt, sich zu fragen, ob nicht ein furchtbarer Fehler gemacht worden war? Er blieb sein eigener Anwalt.

Der politische Druck rund um den Fall war ein weiterer Anlaß zur Sorge. Sicherlich wäre es für jeden, der irgendwie mit dem Madison County-Gericht zu tun hatte, ein Desaster, jetzt zugeben zu müssen, daß die Zwillinge womöglich nicht schuldig waren. Nachdem so viel in den Fall investiert worden war, würden der Mann oder die Frau, die es riskierten, das Wort ›unschuldig‹ in den Mund zu nehmen, das Gebäude des Falls zum Einstürzen bringen.

Das Problem war, daß das Richter Page nicht kümmerte. Er würde sich zur Ruhe setzen. Das sollte sein letzter großer Fall sein. Er ließ auch jeden wissen, daß ihn das nicht kümmerte. In den Voranhörungen und durch Flüsterpropaganda hatte er klargemacht: Seiner Ansicht nach stinke James Whites Aussage zum Himmel, und wenn der Staat nicht bessere Beweise vorlegen könne als in Tuscaloosa, dann wäre es Richter William Page völlig egal, welche Köpfe rollten. Er beabsichtige, einen sauberen, klaren Prozeß zu führen, dann seinen Schreibtisch aufzuräumen und nach Hause zu gehen. Richter Page, ein kleiner, massiger Mann mit breitem Lächeln, dünnen grauen Haaren und Augen, die auf Knopfdruck stahlhart werden konnten, war ein passionierter Großvater, der es haßte, nicht zu Hause zu sein.

Die Eröffnung des Prozesses in Montgomery unterschied sich erheblich von der in Tuscaloosa. Die Sheriffs des Montgomery County, die als Saaldiener und Sicherheitskräfte fungierten, hatten schon ein System parat, das sie vor einiger Zeit von anderen Prozessen gleichen Kalibers übernommen hatten, bei dem sie sicherstellten, daß die Medienvertreter Plätze bekamen und nicht die Öffentlichkeit belästigten. Es gab auch eine vernünftige Regelung, wie die Angehörigen und Zuschauer an dem Prozeß teilnehmen konnten.

Die Folge davon war, daß die Atmosphäre im Flur und im Gerichtssaal von der Eröffnung des Prozesses bis zu seinem Abschluß ruhig, würdig und nüchtern blieb, während die Stimmung in Tuscaloosa an den schlimmsten Tagen eine Kreuzung aus Picknick am 4. Juli und Hexenverfolgung gewesen war.

In diesem Fall war die Zahl der Reporter allerdings auch kleiner, und sie stammten aus der Gegend. Nachdem Betty erst einmal verurteilt worden war, hatte sich das Interesse der Medien an Peggys Fall abgekühlt, da sie davon ausgingen, daß er dagegen nur noch abfallen würde. Die Reporter und Journalisten, die nach Montgomery kamen, kannten einander, was dazu beitrug, die Stimmung weniger blutrünstig zu machen.

Die Auswahl der Jury war ein verwirrender, scheinbar formloser Vorgang, dem niemand aufgeregter begegnete als der Staatsanwalt Don Valeska. Schlank, Anfang Vierzig, mit Brille und einem Schopf welliger Haare, hatte Valeska eine jungenhafte, lässige Art, sich im Gerichtssaal zu bewegen. Als Chef der Kriminalabteilung der allgemeinen Anwaltschaft hatte er schon eine Reihe Krimineller erfolgreich angeklagt, trotzdem sie hochbezahlte Verteidiger dabeigehabt hatten. Valeska wußte viel über die Auswahl einer Jury und wollte unbedingt sehen, was Peggys Team den möglichen Geschworenen für Fragen stellte und welche Entscheidungen sie trafen, wenn sie an der Reihe waren, die Zusammensetzung der Jury nach ihrer Wahl zu bestimmen.

Aber es war nicht leicht, ein Muster zu erkennen. Die Verteidigung schien sich ein demographisches Mischmasch von sozialen Klassen und Abstammungen auszusuchen. Mehr noch, den Verteidigern war es erstaunlich egal, daß einige der möglichen Geschworenen wußten, daß die Zwillinge in demselben Fall schon einmal als Mörder verurteilt worden waren.

An diesem Punkt wußte die Verteidigung sicher, was die Staatsanwaltschaft in diesem Prozeß vorhatte. Da Brantley die neuen Beweise, die der Richter für James Whites Aussage gegen Peggy haben wollte, nicht bekommen hatte, würde Betty erneut der Prozeß gemacht werden. Hier, am Ende der Geschichte, im letzten Kapitel, lief noch einmal alles in dem zentralen Thema zusammen:

Zwillinge.

Betty war bereits für schuldig befunden worden. Eine zweite Jury zu finden, die sie ebenfalls schuldig sprach, wäre nichts Besonders. Natürlich könnte man den Geschworenen nicht vom ersten Urteilsspruch erzählen. Aber wenn Zeugenaussagen erneut vorgelesen würden, wenn man sich auf Früheres beziehen würde, wenn man die Einzelheiten des angenommenen Komplotts durchginge, wäre die Staatsanwaltschaft in der Lage, das richtige Bild zu zeichnen. Die Jury mußte nur einen einfachen logischen Schluß ziehen: Wenn der erste Zwilling als unschuldig freigesprochen worden wäre, gäbe es für den zweiten wahrscheinlich gar keinen Prozeß.

Wenn aber die Verteidiger Geschworene akzeptierten, die genau wußten, daß Betty verurteilt worden war, dann wäre die Aufgabe des Staates in der Tat einfach. Egal, was der Richter diesen Geschworenen sagte, die Neuigkeit von

Bettys Verurteilung würde die Runde machen. Der Rest wäre ein Kinderspiel.

Sie waren Zwillinge. Zwillinge teilen Geheimnisse. Zwillinge sind anders. Irgendwie teilen sie sich eine Seele. Keiner hat ein eigenes Gewissen.

Den Verteidigern konnte nicht entgangen sein, daß das der Plan des Staates war. Die Staatsanwaltschaft verfügte über keine neuen Erkenntnisse, also mußte sie das nehmen, was sie schon hatte – Bettys Verurteilung. Eigentlich hätte die Verteidigung sich hüten müssen, Geschworene zu berufen, die davon wußten. Aber entweder kümmerte es die Verteidiger nicht, oder sie achteten nicht darauf.

Valeska sah zu, kratzte sich am Kopf und schlenderte durch den Gerichtssaal, um einen Blick auf David Johnson und sein Team zu erhaschen – den silberhaarigen Buck Watson und Don Crowder, einen zähen Anwalt mit ergrauenden Haaren, der ein wenig einer Bulldogge ähnelte und den Johnson aus seiner Kanzlei in Birmingham mitgebracht hatte.

Aber die Verteidigung war unergründlich. Man konnte unmöglich sagen, ob sie nach Reichen oder Armen, Männern oder Frauen, jungen oder alten Geschworenen suchten.

Erst am Abend, als die Geschworenen ausgewählt waren und ihre Plätze einnahmen, um unterwiesen zu werden, zeigte sich ein gewisses, bemerkenswertes Muster.

Es gab vierzehn Geschworene – zwölf reguläre und zwei als Ersatz. Alle sechs Männer waren Afroamerikaner. Zwei von ihnen unter Dreißig, zwei unter Vierzig, einer Anfang Vierzig und einer über Sechzig. Fünf der acht Frauen waren weiß. Von denen waren vier in den Sechzigern und eine Anfang Zwanzig. Das Alter der drei schwarzen Frauen reichte von Anfang Dreißig bis Anfang Fünfzig.

Der Hauptunterschied zwischen dieser Jury und der, die Betty verurteilt hatte, betraf die Frage von Gesellschaft und Geschichte. Tuscaloosa und Montgomery sind Welten entfernt, was aus den Geschehnissen der Vergangenheit zu erklären ist.

In einer Prozeßpause hielt einmal ein Autor einen gutgekleideten Geschäftsmann auf der Straße an und fragte ihn nach dem nächsten Zeitungsstand. Der Geschäftsmann nahm den Autor auf einen Spaziergang mit.

Er wohnte schon sein ganzes Leben lang in Montgomery und stammte aus einer Familie, die seit Generationen dort ansässig war. Er war weiß.

Er führte den Besucher zu den Stufen des alten Kapitols und zeigte ihm die Stelle, wo Jeff Davis gestanden hatte, als er die Parade der Konföderierten Armee abnahm, als Montgomery Hauptstadt der Konföderierten war. Soweit erwies sich der Spaziergang als normal.

Aber dann führte der Geschäftsmann den Besucher den Hang hinab und zeigte ihm die Stufen der Dexter Avenue-Baptistenkirche, wo die Gemeinde ›We shall overcome‹ sang, nachdem Martin Luther King Jr. aufgebauschter Verbrechen beschuldigt worden war. Er kannte die Geschichte genausogut und erzählte sie genauso stolz wie die von Jefferson Davis auf der Treppe des Kapitols.

In Montgomery, Selma, Atlanta und den anderen Südstaatenstädten gab es in den fünfziger und sechziger Jahren organisierte Kämpfe und politische Veränderungen. Die heutige Rechtsprechung zeigt spürbar Reife und Offenheit zwischen Weißen und Schwarzen, die unmißverständlich anders ist als die Stimmung in den Städten, die die Bewegung ausgelassen hat, einschließlich der Städte im Norden.

Tuscaloosa gehört zu den Orten, wo die Bürgerrechtsfrage schwierig war und ungelöst blieb. Dort ist Rassentrennung noch immer eine Quelle des Argwohns, wie höflich er auch immer versteckt wird.

Faßt man alles zusammen, war es ein recht einfacher Eröffnungstag in einem Prozeß, von dem Richter Page befürchtet hatte, daß er zu einem Spektakel werden würde. Nachdem die Jury ausgewählt war, holte er Deputy Johnson zur Richterbank und flüsterte ihm etwas zu. Der Deputy lächelte, nickte und ging. Richter Page unterbrach bis zum nächsten Morgen, eilte zu seinem Büro im hinteren Teil des Gebäudes, zog die lange schwarze Robe aus und nahm die Hintertreppe zum Parkplatz, wo Deputy Johnson seinen Polizeiwagen schon startbereit stehen hatte. Mit aufgeregtem Grinsen fuhren die zwei Männer los zu Toys ›Я‹ Us.

Bei einem improvisierten Treffen in einem Flur hinter dem Gerichtssaal versuchte Valeska, die Verteidiger darüber auszuhorchen, ob sie irgendeinen Schachzug in bezug auf die Rassenfrage planten. Die Verteidigung erwiderte schnell, daß sie mit Begeisterung die Rassenfrage aus dem Prozeß heraushalten würde. Das hieß konkret: Die Verteidiger würden zustimmen, daß der Staatsanwalt die Aussage von Errol Fitzpatrick vorlas, ohne sie anzugreifen, wenn die Staatsanwaltschaft dafür darauf verzichtete, Fitzpatrick der Jury vorzuführen.

Valeska stürzte sich förmlich darauf. Denn ein Spiel mit Rassenzugehörigkeiten war etwas, womit ein Bezirksanwalt wie Jimmy Fry politisch wesentlich einfacher davonkam als die allgemeine Anwaltschaft des Staates Alabama. Zum anderen gab es sehr viele Schwarze in der Jury. Valeska war sichtlich entzückt über das Abkommen, die Rassenfrage strikt aus dem Prozeß herauszuhalten. Betty war auch ohne sie schuldig gesprochen.

Die Verteidiger nickten ernst, und man einigte sich – es würde keine Erwähnung der Rassenzugehörigkeit geben.

Valeska ging am nächsten Morgen gleich aufs Ganze und rief James Dennison White auf, wieder im weißen Gefängnis-Jogginganzug, geschniegelt und geschrubbt, so daß er fast noch gesünder aussah als in Tuscaloosa. James gab sich genauso bescheiden und wenig anmaßend wie dort, die Stimme leise und ruhig. Er schlug die Augen nieder und trat gelassen und offen auf. Wenn es eine Veränderung gegenüber seinem ersten Erscheinen vor Gericht gab, dann die, daß er diesmal noch mehr Einzelheiten bereit hielt.

Die Geschworenen verzogen keine Miene, während sie seiner Aussage lauschten. Ohne den Tumult und die offene Unterstützung im Zuschauerraum, die den ersten Prozeß begleitet hatten, waren die Geschworenen in Montgomery viel eher in der Lage, sich auf das zu konzentrieren, was vorne gesagt wurde.

David Johnson erhob sich für das Kreuzverhör und umkreiste James in sicherem Abstand, als habe er Angst. Dann ließ er James von seiner eigenen kriminellen Vergangenheit erzählen, als er Peggy Lowe noch gar nicht kannte. Was Jimmy Fry der Jury erfolgreich als jugendliche Unbesonnenheiten verkauft hatte, ergab bei der Befragung durch Johnson ein ganz anderes Bild.

Beispielsweise eine Begebenheit, die James im ersten Prozeß heruntergespielt hatte: Er war in Arkansas per Anhalter gefahren. Tatsächlich hatte ein Ehepaar, das mit einem Wohnwagen reiste, James und einen anderen Mann mitgenommen. James und sein Kumpan hatten den Mann im Wohnwagenanhänger eingeschlossen und wollten sich gerade mit der Frau vergnügen, als die Polizei den Wagen umstellte und sie sich ergeben mußten. James saß fünf Jahre, entkam, wurde wieder gefaßt und wegen Drogenhandels verurteilt, kam wieder ins Gefängnis und wurde dort wegen Sodomie gerichtlich verfolgt.

Während Johnson die Ereignisse durchging, verbesserte James ihn gereizt, daß die Sodomie sich nicht im Gefängnis, sondern im Talladega County Jail zugetragen habe, als er auf seinen Prozeß wegen Autodiebstahls wartete. Johnson gab den Irrtum zu, und James wirkte erfreut, der Jury zeigen zu können, daß der Staatsanwalt doch nicht so klug war.

Die Jury starrte James an, ohne auch nur eine Regung zu zeigen.

Als Johnson der Jury einen sehr abgekürzten Überblick über die Vergangenheit des Kronzeugen des Staatsanwaltes gegeben hatte, wandte er sich einer Reihe von Schlüsselaussagen zu, die James in den ersten Verhören mit Mickey Brantley gemacht hatte.

James kämpfte und sperrte sich, Johnson dahin zu folgen, wo der ihn hinhaben wollte, aber nach mehr als einer Stunde, in der Johnson Stück für Stück die Informationen aus ihm herausgewrungen hatte, war es dem Verteidiger gelungen, die erste Skizze dessen zu malen, was vielleicht ein klares Bild für die Jury werden würde:

James hatte Mickey Brantley zunächst die Wahrheit erzählt: daß er ohne den Vorsatz in das Haus am Boulder Circle gegangen war, jemanden zu töten. »Ich glaube nicht, daß ich den Mann wirklich töten wollte«, hatte James in der einen oder anderen Form wieder und wieder gesagt.

In seinen frühen Aussagen hatte James behauptet, sein Kampf mit Jack Wilson sei das Ergebnis einer überraschenden Begegnung gewesen und daß Jack noch lebte, als James weglief. Die Wildheit des Angriffs konnte mit James' Zustand nach der Drogeneinnahme erklärt werden. Er rannte aus dem Haus, ohne genau zu wissen, was passiert war, und floh durch den Wald.

Erst als Mo Brooks, Mickey Brantley, Harry Renfroe Jr. und die anderen sich öffentlich und politisch auf die Theorie der Verschwörung mit den Zwillingen einschossen, begannen die Veränderungen in James' Aussage.

Allmählich änderte er die ganze Geschichte: Es war ein Plan. Er war bezahlt worden. Er ging dorthin, um zu töten.

Er nahm ein Stück Schnur mit, um den Doktor damit zu erwürgen. Er raste, nachdem er den Auftrag ausgeführt hatte, aus dem Haus und sprang auf den Rücksitz von Bettys wartendem BMW.

Indem David Johnson sorgfältig und methodisch vorging, gelang es ihm, der Jury das Grundlegende klarzumachen: James hatte seine Geschichte von der Wahrheit zur Lüge verändert, um einen Handel mit der Polizei abschließen zu können.

Sobald White den Zeugenstand verlassen hatte, änderte Valeska seine Strategie. Statt jetzt Mickey Brantley aufzurufen, was Sinn gemacht hätte, um die Einzelheiten aus James' Aussage im Bewußtsein der Geschworenen zu verankern, ließ Valeska statt dessen die besten seiner Anti-Betty-Zeugen aussagen – die Damen, die im Zeugenstand saßen und sie eine Schlampe und eine Heuchlerin nannten, ein schlechtes A. A.-Mitglied, eine Hexe.

Der Staat verlas fast die gesamte Aussage von Errol Fitzpatrick – wann und wo er und Betty Sex gehabt hatten, wer das Zimmer bezahlte, ob sie je über Liebe gesprochen hatten. Die Jury blieb passiv – nicht gelangweilt, aber passiv, nicht gewillt, irgendwelche Gefühle angesichts der sexuellen Affären einer Frau zu zeigen, die weder anwesend war noch offiziell vor Gericht stand.

Am Ende der Prozeßwoche erschien wieder Shirley Green, die Haushälterin, und trug ihre schillernde Geschichte vor, inklusive vieler Anspielungen auf die Gegenwart von Errol Fitzpatrick und anderer Männer im Haus, beispielsweise von Nelson Hogg. Die häßlichste ihrer Geschichten über Bettys Grausamkeit löste emporgezogene Brauen bei einigen weiblichen Geschworenen aus – das erste Zeichen von Parteinahme. Die Männer setzten sich aufrecht hin und hörten genauer zu, als Valeska zu dem Teil kam, wo Errol Fitzpatrick ausgesagt hatte, daß er und Betty im Haus der Wilsons miteinander geschlafen hatten.

Als Buck Watson aufstand, um Shirley Green ins Kreuzverhör zu nehmen, behandelte er sie höflich und freundlich. Seine Stimme war ruhig und ganz leicht herablassend. Er ließ sie von dem Auftrag für Nelson Hogg berichten und wie Errol Fitzpatrick zu Bettys Haus gekommen war.

Dann, als er neben ihr stand, senkte er den Kopf, sah ihr fest in die Augen und sagte mit süßer Stimme: »Und, Miz Green, diese beiden Männer sind schwarz, nicht wahr?«

»Ja, Sir«, sagte sie schnell.

Valeska, der gerade einen Schluck Wasser getrunken hatte, verschluckte sich. Er sprang mit rotem Kopf auf die Beine, hustete, die Augen quollen ihm aus dem Kopf, und er wedelte mit den Armen durch die Luft.

»Einspruch, Euer Ehren! Wir hatten eine Vereinbarung. Das ist empörend! Die Verteidigung hat so darauf gedrungen, die Rasse nicht ins Spiel zu bringen, und jetzt ist sie es, die diesen Punkt anspricht!«

Watson stand dabei, die Hände in die Hüften gestützt, und sah zu, wie Valeska vor der Richterbank herumsprang und Einspruch dagegen erhob, daß Watson die Jury gerade über die Rassenzugehörigkeit der beiden Liebhaber von Betty informiert hatte.

Die Geschworenen waren hellwach. Alle sechs schwarzen Männer in der Jury wandten das erste Mal den Kopf, um einen Blick auf Peggy Lowe zu werfen, die am Verteidigertisch saß.

Richter Page konnte nichts dazu sagen. Die Absprache wegen der Rassenfrage bestand nur zwischen den Anwälten. Das hatte nichts mit der Beweisaufnahme zu tun, mit dem Gesetz oder den Fakten. Es ging das Gericht nichts an.

Schließlich beherrschte Valeska sich wieder und kehrte an seinen Tisch zurück. Aber der Rest des Tages schien an ihm vorbeizuziehen. Assistenten befragten die restlichen

Zeugen, während er am Tisch saß und darüber brütete, wie sehr man ihn betrogen hatte.

Es war eine meisterhafte, verheerende, brillante Taktik von Johnson und Watson. Indem sie die Staatsanwaltschaft dazu brachten, einer Nichterwähnung der Rassenfrage zuzustimmen, hatten sie sie in die Rolle dessen versetzt, der nicht wollte, daß die Rassenzugehörigkeit von Bettys Liebhabern bekannt würde. Während der Auswahl der Jury hatte Johnson Geschworene gesammelt, die über Bettys Verurteilung in Tuscaloosa Bescheid wußten, und so sichergestellt, daß ihr Urteil im Juryraum diskutiert werden würde. Womöglich hatte er die Jury mit Leuten besetzt, die genug gelesen hatten, um zu wissen, daß der Großteil der Jury in Tuscaloosa zur weißen Arbeiterklasse gehört hatte.

Mit einer einzigen, einfachen, klaren Frage an Shirley Green: »Diese beiden Männer sind Schwarze, nicht wahr?« hatte Watson das Bild groß und klar vollendet.

Für den Rest des Nachmittags war der Ausdruck der schwarzen Geschworenen ein anderer. Sie hörten zu und beobachteten mit neuer Aufmerksamkeit, was da vorne vorging, und so, wie es klar war, daß Valeska in Gedanken woanders weilte, so war es auch klar, daß die Geschworenen die Dinge neu zusammenzählten, vom Anfang bis zu einem neuen Ende.

Natürlich. Die angeklagten Zwillinge waren in Tuscaloosa verurteilt worden. Bislang hatten alle Zeugenaussagen die beiden Frauen als Schlangen gezeichnet, die sich um denselben blutigen Ast ringelten. Alle Zeugenaussagen hatten den anderen Zwilling als Schlampe und Hexe gezeigt. Shirley Greens Aussage, die Aussage über die reichen Damen von Huntsville – alles troff vor Niedertracht.

Wenn also dieser Zwilling – der, dem der Prozeß gemacht wurde – ein Muster an Tugend war, wie konnte dann der andere eine Hure und eine Mörderin sein?

Warum dachten die Leute das von der anderen? Wie konnte sie verurteilt werden? Bis jetzt war das ein Rätsel gewesen, bis der grauhaarige Anwalt gesagt hatte: »Diese beiden Männer sind schwarz, nicht wahr?«

Sicher, die Zeiten hatten sich geändert im Süden. Aber es gab Orte, wo sich nichts geändert hatte. Es kam darauf an, über welchen Bezirk im Süden man sprach. Weiße und Schwarze im Süden haben ein waches Gespür dafür, wo jede Stadt in der Entwicklung von 1865 bis zur Gegenwart stehengeblieben ist.

Montgomery war der große Anfang, der Ort, wo der Busboykott 1955 seinen Anfang genommen hatte. In gewisser Weise und mit gewisser Berechtigung konnte Montgomery für sich in Anspruch nehmen, daß es eine entwickeltere und reifere Einstellung zur Rassenproblematik hatte als die meisten anderen Städte im Land. Auf der Skala lag Montgomery genau auf 1993.

Tuscaloosa? Eher bei 1975. Sicher nach den Sechzigern. Aber nicht zu lange.

Wenn der Staat der Jury in Tuscaloosa gesagt hätte, daß diese reiche, weiße Dame aus Huntsville verwöhnt war, schlecht über ihren Mann sprach, trank und dann loszog und eine Reihe schwarzer Männer zu sich ins Haus holte, um mit ihnen zu schlafen, während ihr kranker Mann hart arbeitete, dann wäre das möglicherweise alles gewesen, was diese Jury hätte hören müssen. Man wäre überzeugt, daß sie den Tod verdient hätte, ehe sie den Mord überhaupt geplant hatte.

Für diese Jury hier in Montgomery, die überwiegend schwarz war, hatte die Staatsanwaltschaft sich ein Abkommen ausgedacht, um die Rasse von Betty Wilsons Liebhabern unerwähnt zu lassen. Und bislang hatte die Staatsanwaltschaft ihre Zeit damit verbracht zu beweisen, daß Peggy des Mordes schuldig war, weil ihre Zwillingsschwester verurteilt worden war.

Aber vielleicht hatte ihre Zwillingsschwester den Mord gar nicht in Auftrag gegeben. Vielleicht hatte sie sich nur dessen schuldig gemacht, den Werten der Gesellschaft ins Gesicht zu lachen, indem sie mit schwarzen Männern schlief und sich öffentlich schlecht benahm.

Von Buck Watsons Enthüllung an hörten die Geschworenen, schwarz und weiß, mit neuer Aufmerksamkeit zu. Buck Watson hatte ihnen schon angedeutet, was sie wissen mußten. Den Rest erledigte die Geschichte von Peggy.

Ehe es dazu kam, mußte die Staatsanwaltschaft noch die restlichen Zeugen vorführen. Valeska befragte Sheila Irby, und sie betrat den Zeugenstand fast noch besser gekleidet und zurechtgemacht als in Tuscaloosa.

Watson nahm sie ins Kreuzverhör. Wie bei Shirley Green trat er wieder ruhig, freundlich und wie ein Gentleman auf. Er machte immer eine Pause, damit sie ihre amüsanten Bemerkungen einstreuen konnte, und er lächelte geduldig darüber.

Ihre Wirkung auf die Jury war der in Tuscaloosa entgegengesetzt. Wo ihr Witz sich in Tuscaloosa vor dem Hintergrund von Jack Drakes Frustration entladen hatte, belacht und beklatscht von der Galerie, erlitt sie mit ihrem kecken Benehmen hier eine Niederlage.

Aus der Zuhörerschaft kam nicht ein Geräusch. Die Geschworenen blieben ernst. Ihre Gesichter – insbesondere die der Farbigen – zeigten deutliches Mißfallen. Es gefiel ihnen nicht, daß diese Angelegenheit wie eine Party behandelt oder als Gelegenheit zum Angeben genutzt wurde.

Dann ging Watson Sheila Irbys Aussage geduldig noch einmal in allen Einzelheiten durch. Er zeigte eine große Luftaufnahme des Gebietes, in dem sie White und Betty Wilson an dem Tag gesehen haben wollte. Er bat sie, ihm noch einmal über jede Erledigung zu berichten, die sie an diesem Nachmittag mit ihren Kindern gemacht hatte. Bei jeder neuen Richtung – die Schule, der Park, das Haus – steckte Buck Wilson eine Nadel in das Foto.

Was herauskam, war die übliche Zickzack-Tour, die die durchschnittliche amerikanische Hausfrau an einem durchschnittlichen Nachmittag durchstehen muß – Kinder abholen, nach Hause bringen, umziehen lassen, den einen zum einen Spiel, den anderen zu einem anderen Spiel fahren, einen abholen, den anderen wieder abholen, einen hierhin, einen dorthin bringen. Als die Nadeln immer mehr wurden, fragte Watson Sheila sehr geduldig, wie lang genau jede einzelne Fahrt gedauert hatte.

Buck Watson zeichnete unauffällig, ohne viel zu sagen, das Bild einer Frau, die das Auto voller Kinder hatte und mit neunzig Meilen in der Stunde so schnell wie möglich Straßen entlangfuhr, um Pflichten zu erledigen, wie sie es jeden Tag tat. Und dann, ein paar Wochen später, nachdem sie die Nachrichten im Fernsehen gesehen hatte, nachdem sie ihren Kollegen im Flur eine beeindruckende Geschichte erzählt hatte, nachdem Mickey Brantley sie darauf festgenagelt hatte, hatte sie sich plötzlich lebhaft und in allen Einzelheiten daran erinnert, wer an welcher Verbindungsstraße zu welcher Zeit und an welchem Tag gewesen war, wo doch der Tag wie alle anderen in den Wochen zuvor gewesen war.

Die Geschworenen begannen, leise zu lächeln. Als Buck Watson die Zeugin entließ, sahen die meisten der Geschworenen sie nicht einmal mehr an.

In den Monaten zwischen den Prozessen hatte David Johnson mit seinem Team aus der Chronologie der Beweise der Staatsanwaltschaft das gemacht, was die Verteidigung in Tuscaloosa versäumt hatte – sie hatten sie Stück für Stück auseinandergenommen und neu zusammengesetzt. Ergebnis war, daß Johnson Beweise und Aussagen der Staatsanwaltschaft für die Verteidigung nutzen konnte.

Pam Hide, die eine knappe Stunde vor Jacks Tod mit ihm telefoniert hatte, John Self, der Nachtportier des Ramada Inn, Verkäufer, A. A.-Mitglieder und andere Leute, die Betty an dem Tag gesehen hatten – als Johnson sie ins Kreuzverhör nahm, brachte er präzise aus ihnen heraus, was sie über den Zeitpunkt der Ereignisse am Mordtag zu sagen hatten.

Als er fertig war, hatte Johnson ein erfreuliches Ergebnis. Er war in der Lage, die Zeugen und Beweise der Staatsanwaltschaft zu nutzen, um zu zeigen, daß die Version der Staatsanwaltschaft unmöglich so geschehen sein konnte. Bettys Tätigkeiten waren Minute für Minute durch die Beweise belegt. Außer den paar Minuten, in denen sie gegen 17 Uhr nach Hause zurückgekehrt war, um die Banktasche zu holen, gab es keine Zeit, in der sie James zum Haus gefahren oder ihn zu seinem Wagen zurückgebracht haben konnte. Dr. Wilson telefonierte zu der Zeit, zu der er laut Staatsanwaltschaft ermordet wurde, so daß Betty daran keinen Anteil haben konnte.

Andere Zeugen, die in Tuscaloosa gegen Betty ausgesagt hatten, wurden auf andere Weise ausgeschaltet. Die Verteidiger hatten Euel Dean Cagle, dem Schwager der Zwillinge, erklärt, warum die Zwillinge an dem Morgen, an dem er ihnen von Whites Verhaftung erzählt hatte, nicht überrascht gewesen waren. Nachdem er einmal begriffen hatte, worum es ging, war er für die Staatsanwaltschaft nicht mehr zu gebrauchen. Statt dessen kam er nach Montgomery, stand draußen im Flur und zeigte demonstrativ seine Zuneigung zu Peggy.

Bettys schlechten Leumund konnte man nicht ausmerzen. Aber für jeden Zeugen, den Valeska beibrachte, um Betty als Schlampe zu diffamieren, präsentierte die Verteidigung zwei Zeugen, die von Peggys Tugend berichteten. Ein paar der Geschichten von Waynes und Peggys Großzügigkeit waren so bewegend, daß einigen Geschworenen die Tränen in die Augen stiegen. Einer nach dem anderen sagte aus, wie die Lowes, die selber nur über bescheidene Mittel verfügten, Leuten in Not Hilfe und Unterstützung angeboten hatten.

Ein besonderes Muster, das in der Aussage zum Vorschein kam – der Kern von Peggys Leben vielleicht –, war Peggys Unvermögen, sich von den Leiden eines Kindes abzuwenden, das in der Obhut alkoholabhängiger Eltern lebte.

Ledige Mütter sagten aus, wie die Lowes sie in ihr Haus aufgenommen hatten. Frauen, die Peggy jahrelang kannten, sprachen über ihre Freundlichkeit, Güte, Toleranz und Großzügigkeit.

Waynes und Peggys Kinder sagten überzeugend und bewegend aus, was für ein glückliches Familienleben sie führten. Wayne, der in beiden Prozessen als Narr und Hahnrei gezeichnet worden war, sprach offen und humorvoll und mutig, was einen völlig anderen Eindruck von ihm vermittelte. Er war ein starker, verantwortungsbewußter Mann, attraktiv und weltlich, ein Sieger, ein moralischer Mensch und sicher kein Narr – die Art Mann, für die eine Frau viel gibt.

Endlich aber war es an der Zeit für Peggy, ihre Aussage zu machen. Und plötzlich war die Verteidigung wieder da, wo sie vor ihrem Auftritt in Tuscaloosa gewesen war. Trotz Johnsons und Watsons brillanter Handhabung der Rassenfrage, trotz der gelungenen Befragung von Sheila Irby sah sich die Verteidigung immer noch dem schwierigen Thema von Peggys Persönlichkeit gegenüber. Ihre übertriebene, pathetische Art hatte sich in Tuscaloosa als Querschläger erwiesen und konnte auch hier alles zunichte machen.

Sie würde die letzte Zeugin sein, an die sich die Geschworenen in diesem Prozeß erinnerten. Und wenn sie wieder wie eine Hollywood-Schauspielerin auftrat, würde alles, was ihre Verteidiger bis dahin erreicht hatten, zerschlagen werden – die intelligente Verteidigung wäre bei den Geschworenen vergessen.

Die Geschworenen glaubten, daß Betty aus rassistischen Gründen absichtlich falsch beschuldigt und verurteilt worden war. Sie waren bereit zu glauben, daß James White ein Lügner war. Sie waren sogar bereit, der Annahme zu folgen, daß die Polizei irgendwie in die ganze Sache verwickelt war.

Aber alles hing davon ab, was sie von Peggy hielten. Sie war der Schlüssel.

Am Tag ihrer Aussage verspürte sie keine Angst. Sie hoffte auch nicht. Peggy Lowe hatte ihr Leben damit verbracht, der Dunkelheit zu entkommen, und jetzt hatte sie sie eingeholt, streckte ihre umarmenden Flügel über ihre Schultern, näherte ihre trockenen Lippen den ihrigen, und es gab anscheinend nichts, was sie tun konnte, um sie aufzuhalten.

Genauso wie Bill Wilson den kleinen Jack gelehrt hatte, mit der Dunkelheit umzugehen, so erzog Peggy jetzt sich selbst. Ihr ganzes Leben lang hatte sie sich mit der Dunkelheit beschäftigt, indem sie hineingriff und half, wo es ging, und dann zog sich die Dunkelheit zurück.

Jetzt klappte das nicht. Die Anwälte hatten ihr gesagt, daß ihr Auftritt in Tuscaloosa zu sehr an ein Märchen erinnert hatte, daß sie zu ernst, zu süß, zu verletzlich gewirkt hätte. Zu sehr.

Aber so war sie doch. Was sonst konnte sie tun?

Sie trug ein rosa Kleid und eine einzelne Perlenkette.

David Johnson befragte sie. Als sie sprach, war ihre

Stimme nicht mehr die aus Tuscaloosa – weich und zuversichtlich, flüssig und beherrscht. Statt dessen sprach sie in der breiteren, eher nasalen, rauhen Art eines Mädchens aus Hoke Bluff am falschen Ende von Gadsden. Sie klang deprimiert und resigniert. Sie sprach in kurzen, abgehackten Sätzen.

»Mein Vater war Polizist, und er war ein brutaler Alkoholiker«, sagte sie. »Er hat meine Mutter und meine beiden älteren Schwestern geschlagen. Einmal hat er meine Schwester Betty mißbraucht.

1964 habe ich geheiratet. Ich habe nie getrunken. Meine Schwester wurde Alkoholikerin. Ich bekam zwei Kinder, Angie und Blake. Ich ließ mich scheiden.«

Die Geschworenen beobachteten sie genau. Ihre Stimme, brüchig und flach, paßte nicht zu ihrer Erscheinung. Sie war eine schöne Frau mit sichtlich gutem Geschmack. Es wirkte seltsam, so eine Frau in der Art von jemandem sprechen zu hören, der aus anderen Verhältnissen stammte.

Sie erzählte von ihrer Wiederverheiratung, dem Besuch des College, daß sie Lehrerin geworden war. Über Jack sagte sie: »Jack Wilson war einer der nettesten, sympathischsten, freundlichsten Männer, die ich je kennengelernt habe.«

Dann erzählte sie, wie sie James White kennengelernt hatte. Sie erzählte, wie Stephanie, sie und Wayne in der Klasse zu Mittag gegessen hatten, als sie sie für den Schulanfang im Herbst vorbereiteten. »Er fing an, Stephie und Wayne und mir alles über seine kürzlich erfolgte Scheidung zu erzählen.«

Johnson stellte ihr eine Frage, und sie bat ihn, die Frage zu wiederholen. Sie atmete zu schnell und stolperte über ihre Worte. Sie war verlegen und unkonzentriert.

Johnson fragte: »Hatten Sie bei dieser oder einer anderen Gelegenheit sexuellen Kontakt mit James White?«

»Nein«, sagte sie, und sie sagte es mit ärgerlicher, bitterer, scharfer Stimme. »Das erste Mal, daß ich die Anschuldigung gehört habe, war bei Bettys Prozeß.«

Die Geschworenen, die sie bislang mit gespannter Aufmerksamkeit beobachtet hatten, begannen sich zu entspannen, lehnten sich zurück, falteten die Hände unter dem Kinn, die Männer schlugen die Beine übereinander, die Frauen glätteten den Stoff ihrer Kleider mit dem Handrücken.

Johnson fragte, warum sie ihrer Schwester James White empfohlen habe.

»Mr. White rief mich an. Er drohte mit Selbstmord. Er erwähnte einen Mann namens Alvin, der, glaube ich, die Person war, die ihm half, als er uns eine neue Auffahrt goß. Er sagte, er habe versucht, sich umzubringen, und Alvin sei vorbeigekommen und habe ihn aufgehalten.«

Sie erklärte alle Anrufe. Whites Fahrt nach Guntersville, jedes Detail der Geschichte der Staatsanwaltschaft. Je länger sie sprach, desto ruhiger und wohlwollender wurde die Jury. Einer nach dem anderen sahen sie, was bei ihr nicht stimmte – warum die Stimme nicht zu den Perlen paßte.

Sie stammte aus der Mittelklasse und war aus kleinen Verhältnissen hochgekommen, hatte ein gutes Leben geführt. Jetzt brach dieser Horror über sie herein. Ihre Schwester saß im Gefängnis, und sie war entsetzt.

Sie war nicht pathetisch. Sie war keine Märchenfigur. Sie war nicht die Heldin der Familie. Sie war bloßgestellt und geschlagen, und sie hatte Angst um ihr Leben.

Das konnte die Jury akzeptieren.

Abschließend stellte David Johnson ihr ein paar einfache Fragen. Die Geschworenen hörten jeder Antwort mit der nüchternen, respektvollen, offenen Miene dessen zu, der glaubt, was er hört.

»Haben Sie mit Ihrer Schwester den Plan gefaßt, Jack Wilson zu töten?«

»Nein.«

»Haben Sie James White zweitausendfünfhundert Dollar gegeben, damit er Jack Wilson tötet?«

»Nein.«

»Haben Sie mit James White geschlafen?«

»Nein.«

»Haben Sie ihm eine Waffe gegeben?«

»Nein.«

»Sind Sie dessen schuldig, dessen Sie angeklagt werden?«

»Nein.«

Die Jury beriet kaum zwei Stunden – lange genug, um einen Sprecher zu wählen, die Anweisungen an die Jury zu lesen, eine Weile zu reden und dann abzustimmen.

Peggy Joy Woods Lowe wurde in allen Punkten freigesprochen.

EPILOG

Das Julia-Tutwiler-Staatsgefängnis für Frauen in Wetumpka, Alabama, ist ein wenig beeindruckender Bau auf der Spitze eines Berges am Highway 231, eine halbe Stunde Fahrt von Montgomery entfernt. Hinter hohen Metallzäunen liegt ein einstöckiger Bau aus den dreißiger Jahren, im Stil eher einem belebten Rummelplatz als einer Strafkolonie ähnelnd.

Obwohl Betty und ich in einem Büro an der Vorderseite des Baus mit geschlossener Tür saßen, mußten wir laut sprechen, um einander bei dem Lärm der knallenden Zellentüren um uns herum verstehen zu können.

Ihre Augen waren klar, und in dem gutgeschnittenen Gefängnisanzug war sie fast attraktiv. Ihr Haar war gut frisiert. Ihr Gesicht hatte mehr Farbe als in Tuscaloosa, wo ich sie das letzte Mal gesehen hatte. Beide Verfahren waren abgeschlossen. Ich hatte fast zwei Jahre damit verbracht, zwischen meiner Heimat Dallas und Alabama hin- und herzufahren, um Leute für mein Buch zu befragen.

Ich habe schon mein ganzes Erwachsenenleben über Verbrechen berichtet, in dreißig Jahren als Reporter, Kolumnist und Schriftsteller. Aber diese Geschichte war eine neue persönliche Erfahrung für mich.

Diesmal war ich losgezogen, überzeugt davon, daß die Leute, über die ich schreiben wollte, schuldig waren, und dann war ich gezwungen gewesen zuzugeben, daß ich mich geirrt hatte. Ich hatte etwas in mir entdeckt, was ich an einem Mann mittleren Alters nicht mochte – daß ich Mühe damit hatte, einen Irrtum einzugestehen. Der Anruf in New York von einem Gerichtsflur in Montgomery aus, zwei Tage nach Peggys Prozeß, war schweißtreibend gewesen.

»Sie wird nicht verurteilt«, sagte ich meinem Verleger.

»Warum nicht?«

»Sie ist unschuldig. Beide sind es. Sie hatten nichts damit zu tun.«

»Wie kann das sein?«

»Fragen Sie mich nicht. So etwas kommt vor.«

Aber nach Peggys Freispruch machten die Medien so weiter, als seien beide schuldig. Auf der Meßlatte von Alabama war der Fall der Alabama-Zwillinge das, was der Prozeß um O. J. Simpson später für die Nation geworden war – er übte eine derart starke Faszination aus, daß er alle anderen Gesprächsthemen eine Weile verdrängte. Und doch las und hörte ich nach dem Freispruch nicht ein einziges Mal die Frage: »Was, wenn wir uns alle getäuscht haben?«

Es war, als hätte der zweite Prozeß nie stattgefunden.

Ein paar Wochen nach dem zweiten Prozeß lief ein Fernsehfilm, der Peggy und Betty als fette, nachlässige Schlampen darstellte. Die erste Szene zeigte einen Sumpf, in dem zwei getarnte Männer sich an eine Taube heranschlichen und sie erschossen, das Ganze vor dem Hintergrund quietschender Mundharmonikas. Es gab nicht mal den Versuch, die Szene mit der Geschichte zu verbinden, außer als Einstimmung mit der Botschaft: »Irgendwo in den verfaulten Sumpfgewässern der Zeit der *Befreiungskriege* im seltsamen, tiefen, faulknerischen Süden …«

Ich fürchte, ich habe einen ausgeprägten Sinn dafür, wie die Logik der Medien in Fällen wie diesem arbeitet. Gewisse Arten von Geschichten – Geschichten, die dazu neigen, die Mächtigen zu demütigen und die Stolzen zu erniedrigen – sind für Zeitungsverleger so unwiderstehlich, daß es fast keine Rolle spielt, wie sehr sie sich an die Wahrheit halten.

Andere Geschichten werden nicht gewählt, weil sie außerhalb des Genres liegen. Beispielsweise liest man einfach keine Artikel über den Mißbrauch reicher Leute.

Als ich aus Montgomery zurückkam und erzählte, daß ich ein Buch schreiben wolle, das die Alabama-Zwillinge als unschuldig beschreibt, stellten alle die Frage, die am nächsten liegt: Warum?

Wenn sich doch alle anderen offenbar einig waren, daß die Alabama-Zwillinge schuldig waren, warum sollte ich zeigen, daß sie es nicht waren? Um aufzufallen? Oder hatte ich einen besonderen Beweis anzubieten, etwas Neues und Schockierendes, das vorher noch nie publik geworden war?

Ich will diese Frage wie folgt beantworten:

1. Es waren sich nicht alle einig, daß die Alabama-Zwillinge schuldig sind. Die Medien waren sich einig. Das sind nicht alle.
2. In diesem Fall fanden zwei Prozesse statt, aber in der Frage des Beweismaterials des Staates waren sie identisch. Dieselben Beweise. Dieselben Argumente. Beide Male.
3. Im zweiten, viel sorgfältigeren, viel besonneneren Prozeß befand die Jury Peggy Lowe für unschuldig. Um dieses Urteil zu fällen, mußte die Jury davon ausgehen, daß Peggy Lowes Zwillingsschwester, Betty Wilson, auch unschuldig war.

Also stimmen mein Buch, meine Version der Ereignisse und was ich im Herzen glaube, mit dem Urteil der zweiten Jury überein. Deshalb widerspricht mein Buch nicht den Berichten. Es bestätigt sie. Es ist eine Darstellung der Geschichte der Alabama-Zwillinge, wie die zweite Jury sie für richtig hielt.

Ich sehe es so, daß die eigentliche Frage nicht lautet, warum ich das Buch so geschrieben habe, wie es ist. Die eigentliche Frage ist, warum die Medien in Alabama (und die nationalen Medien, die sich vorher so für den Fall interessiert haben) nicht darauf zurückkamen und versuchten, die Geschichte neu zu erzählen.

Die Medien schwiegen die Schlüsse aus dem zweiten Urteil praktisch tot und erweckten damit den Eindruck, es sei ein Fehler gewesen, daß Peggy durch kluge Verteidigung oder irgendwelche Tricks davonkam.

Die kluge Verteidigung *war* ein wichtiger Faktor. Aber haben Peggys Verteidiger darauf hingearbeitet, die Jury zu blenden und auszutricksen? Ich habe jede Sekunde von Peggy Lowes Prozeß miterlebt, und ich habe nicht gesehen, daß David Cromwell Johnson oder Buck Watson irgend etwas getan hätten, das dazu geeignet gewesen wäre, die Aufmerksamkeit der Jury von den Fakten abzulenken. Statt dessen haben sie den Fall genauestens rekonstruiert, so daß die Jury die Schwachstellen in der Argumentation der Staatsanwaltschaft genau erkennen konnte.

Selbst wenn man alle plötzlichen Einfälle von James White bedenkt, bewiesen die Fakten – vom Staat selber vorgelegt –, daß Betty mit dem, wie es der Staat sah, nichts zu tun haben konnte.

Die Zeugen der Staatsanwaltschaft waren es, die ihr ein Alibi gaben. Es konnte nicht geschehen sein, daß Betty James durch Huntsville gefahren hatte, wie der Staatsanwalt es behauptete, und daß sie gleichzeitig überall da gewesen war, wo die Zeugen sie gesehen hatten.

David Johnson hatte in Montgomery auch gezeigt – was die Verteidiger in Tuscaloosa nicht getan hatten –, wie James Whites Lügen über die Zeit verknüpft worden waren, um zu einem plausiblen Gewebe zu werden. Die Jury brauchte nur zu erkennen, wie schwer es war, James' Geschichte mit Sinn zu füllen, und wie leicht er sie änderte, und er wurde als Zeuge wertlos. Ein alter Aphorismus aus dem Süden lautet: Jeder Mann, der so viel lügt, braucht jemand anderen, um seinen Hund zu rufen.

Wenn das die Fakten in Montgomery waren, waren es auch die Fakten in Tuscaloosa. Warum glaubte dann die erste Jury, daß die Zwillinge schuldig wären?

Ein Grund war einfach das Timing. Bettys Fall war der erste. Im zweiten Fall hatten die Verteidiger den Vorteil des ersten Prozesses und sechs Monate mehr zur Vorbereitung und Prüfung der Argumente der Staatsanwaltschaft.

Aber der große Faktor war Betty selbst. Jimmy Frys wirkliche Anklage gegen sie basierte nicht auf den Fakten des Mordes an Jack Wilson, sondern auf ihrem Leben, ihrer persönlichen Moral.

Der Alkohol, die Gemeinheit, die Untreue und besonders der Umstand, daß sie regelmäßig mit schwarzen Männern geschlafen hatte – das waren die Verbrechen, für die die Jury von Tuscaloosa Betty Wilson lebenslänglich ins Gefängnis schickte.

War es schlecht von Jimmy Fry, die Rassenfrage auszuspielen und Bettys schwarzen Liebhaber aus Kalifornien herzuzwingen? In Prozessen geht es ums Gewinnen. Unser Justizsystem bei Geschworenenprozessen beruht auf einem harten Wettkampf zwischen fähigen Champions. Jimmy Fry ist ein sehr guter Anwalt, ein fähiger Champion für seinen Fall. Und ich denke, daß heutzutage jeder Anwalt, der die Rassenfrage ausspielen kann, das auch tut.

Sie ist zu nützlich. Zu mächtig. Die Chance, eine amerikanische Jury damit zu beeinflussen, ist zu hoch. Niemand, der wirklich gewinnen will, läßt dieses Argument aus.

Im Fall der Zwillinge sahen die Geschworenen die Rassenfrage kommen, weil sie gesehen hatten, wie sie im ersten Prozeß ausgespielt worden war. Sie waren bereit. Sie spielten sie direkt zurück ins Gesicht des Staatsanwaltes.

Aber sie spielten sie.

Zusätzlich zur Rassenfrage war ein weiteres kritisches Element in Bettys Verurteilung die Art, wie sie Jack behandelt hatte. Die Bilder ihres Sexuallebens, die erst in den Medien und dann im Prozeß auftauchten, waren so häßlich, wie sie nur sein konnten. Sie waren eine Art geballte Beleidigung für die moderne Vorstellung von Sex als halböffentlicher Tätigkeit, die auf schöne Art zwischen hübschen Leuten zu geeigneten Zeiten an idyllischen Orten stattzufinden hat.

Man bedenke: Wenn das große, glänzende, lidlose Auge der Öffentlichkeit sich auf andere Schlafzimmerfenster richtete, wessen Sexualleben würde dann schon perfekt aussehen?

Das Leben geht weiter. Es wird an der Oberfläche weniger hübsch. Aber was ist mit der Innenseite?

Als Betty und ich uns Monate nach ihrer Verurteilung im Büro der Aufseherin im Gefängnis von Wetumpka unterhielten, sprach sie von der Hoffnung, die sie kurz vor Jacks Ermordung gehegt hatte, daß sie wieder zusammenfinden könnten.

Darum war es in ihrer Beziehung von Anfang an gegangen – zwei Erwachsene, beide attraktive und wertvolle Menschen, jeder auf seine Weise zu kurz gekommen, beide mit Ängsten. Narben, Wunden und Sorgen, aber beide tapfer darum kämpfend, zusammenzubleiben und einander zu lieben. Wahre Liebe. Echte Liebe. Keine hübsche Liebe.

Wir haben uns fast sechs Stunden lang unterhalten. Es war nicht leicht für sie. Ihre Welt jetzt ist angsteinflößend und grausam. Sie verlangt von ihr, daß sie so zäh und abgebrüht ist wie möglich. Und ich war gekommen, um sie zu bitten, die Tiefen eines Schmerzes auszuloten, der älter und noch tiefer war als der wegen ihrer Gefangenschaft, bedeutungsvoller als der wegen Jacks schrecklichem Tod. Ich wollte, daß sie von ihrer Liebe zu ihrem Mann erzählte.

Zögernd und immer wieder Tränen wegwischend, erzählte sie mir, daß sie ihn sehr geliebt hatte. Sie erzählte mir, wie und warum. Als enge Partner in einem feindlichen Leben bedeuteten sie einander die Welt. Sie waren alles, was sie hatten.

Sie wurde dafür verurteilt, daß sie reich war. Daß sie unartig war. Aber mehr noch deswegen, weil sie häßlich war. Und doch kann ich mir kaum eine schönere Liebe vorstellen als die, die sie und ihr Mann füreinander empfanden.

Betty kann das Gefängnis nicht einfach verlassen, weil ihre Schwester vor demselben Hintergrund als unschuldig freigesprochen wurde. So arbeitet das Gesetz nicht. Ihre Anwälte müssen entweder neue Informationen oder Fehler im Verfahren finden, um sie freizubekommen.

Aber die Informationen, die sie entlasten würden, sind dieselben Beweise, die bei ihrem Prozeß vorgelegt wurden. Es gibt keine neuen Informationen. Und wenn der einzige Fehler bei der Jury lag – daß sie die richtigen Beweise ansahen und einfach zu der falschen Entscheidung kamen –, dann reicht das nicht.

Betty Wilson muß möglicherweise für den Rest ihres Lebens im Gefängnis bleiben. Verständlicherweise ist sie verbittert darüber, daß James White auf die harmlosere Anklage des ›einfachen‹ Mordes plädieren durfte und daß er vor dem Jahr 2000 als freier Mann das Gefängnis verlassen kann, obwohl er seine Schuld in diesem schrecklichen, brutalen Verbrechen eingestanden hat.

Das Salz in der Wunde ist das: Die Lügen, für die James das milde Urteil bekam, hat er schon widerrufen.

In einer beeideten und bezeugten Erklärung, am 1. Juni 1994 im Gefängnis unterschrieben, gesteht James White, daß die ganze Geschichte, die er vor Gericht erzählt hat, um die Zwillinge zu belasten, eine Lüge war.

In seinem Widerruf stellt James White dar, was wirklich geschah. Er sagt, Peggy Lowe habe ihm 1991 geholfen, Arbeit zu finden. Er habe begonnen, romantisch über sie zu denken. Er erinnert sich, sie dahingehend angesprochen zu haben, und sie habe ihn ausgelacht.

Aber er sagt auch, daß seine Erinnerung an diesen Abschnitt in einem Nebel aus Alkohol und Drogen verschwimmt, in dem Dinge einfach fehlen.

White behauptet in diesem Dokument, daß Mickey Brantley und andere Polizeioffiziere ihm seine Medizin vorenthielten und ihm mit dem elektrischen Stuhl drohten und ihn dazu brachten zu sagen, daß Peggy Lowe und Betty Wilson ihn angeheuert hätten.

»Als ich versucht habe, Leuten außerhalb des Gefängnisses klarzumachen, wozu ich gedrängt worden bin, drohte die Gefängnisleitung mit Strafe und sagte, daß ich meine Medikamente so lange nicht erhielte, bis ich gegen Mrs. Wilson und Mrs. Lowe ausgesagt hätte.«

James behauptet in diesem Dokument, ›meine Erlösung in Christus gefunden‹ zu haben. Er sagt, er wolle endlich die Wahrheit darüber sagen, was wirklich geschah.

Unglücklicherweise versucht James in demselben Dokument zu sagen, daß er wirklich nichts mit Jack Wilsons Tod zu tun hatte – eine wahnwitzige Behauptung. Seine Beschreibung der grausamen, mißbräuchlichen, drittklassigen Behandlung durch die Polizei von Huntsville ist fast sicher unwahr. (Bei den Recherchen für dieses Buch habe ich unter anderen Mickey Brantley kennengelernt, und ich glaube nicht eine Minute eine der Anschuldigungen gegen ihn.)

Der wahre Punkt ist das, was Jimmy Fry sagte, als Reporter ihn nach James' Widerruf fragten. Fry sagte, daß die Aussage wertlos sei, weil es unmöglich sei, irgend etwas zu glauben, was James Dennison White sage.

In der Tat. Läßt man die übrigen Faktoren weg – die Rassenfrage, das Klassenvorurteil, die Aufregung um Bettys Sexualleben –, dann war die Aussage von James Dennison White das Herzstück im Fall der Staatsanwaltschaft gegen die Zwillinge.

Es war ein einfacher Fall von Anklage. Es gab keine Beweise. Keine Augenzeugen. Nichts außer James Dennison Whites Geschichte. James Dennison White ist ein lebenslänglicher, medizinisch als solcher diagnostizierter, legal verurteilter, chronischer, geständiger und permanenter Lügner. Wie alles, was James White je in seinem Leben gesagt hat, enthielt die Aussage ein bißchen Wahrheit, verpackt in jede Menge Lügen.

Dies ist keine Geschichte über eine Verschwörung gegen die Alabama-Zwillinge. Das Gesetz selbst trägt in sich alle Arten von Logik, Präzedenzfällen und Rechtfertigungen für das, was bei diesem Prozeß herauskam.

Aber als ich den Berg nach Montgomery hinunterfuhr und im Rückspiegel beobachtete, wie das Julia Tutwiler-Staatsgefängnis zurückblieb, dachte ich dies: Das endgültige Urteil des Gesetzes ist es, daß Betty Wilson den Rest ihres Lebens im Gefängnis verbringen muß, denn das Gesetz ist ein Narr.

ENDE

Werbeagenten, bei dem die Schauspielerprominenz ein- und ausgeht. Sie verbringen mit ihm ein Wochenende auf dem Lande. Mitten in der Nacht werden Sie durch unheimliche Geräusche wach. Ihr Verlobter ist ermordet worden. Und der Mörder bedroht Sie. Später will er Ihr Liebhaber werden – und das Schlimmste von allem: Sie müssen sich eingestehen, daß er eine schreckliche Faszination auf Sie ausübt . . .
Ein Alptraum? Nur ein weiterer Kriminalroman? Leider nein. Es ist bittere Realität, was sich da abgespielt hat unter der Sonne Kaliforniens.

Shelley Sessions
Peter Meyer
Dunkle Begierde
Zwölf Millionen Frauen, so schätzt man, wurden allein in Amerika in ihrer Kindheit und Jugend von ihren Vätern sexuell belästigt und mißbraucht. Und auch in Deutschland liegt die Dunkelziffer gerade dieses Verbrechens alarmierend hoch. Denn nur wenige Töchter wagen es, das Schweigen über ihr Leiden zu brechen.

Die wahre Geschichte der Shelley Sessions ist für all diese Fälle ebenso exemplarisch wie ungewöhnlich. Aufgeweckt und allseits beliebt, lebt das texanische Mädchen eine scheinbar sorglose Kindheit. Ihr Stiefvater, ein steinreicher Unternehmer, hat Shelley seit jeher vergöttert. Doch seine Liebe schlägt um in sexuelle Forderungen, die immer gröber werden . . .

Ken Englade
Wo alles Mitleid endet
Werden manche Menschen als Mörder geboren? Darüber werden Sie lange nachdenken, wenn Sie den

eindringlichen Bericht über die Reise dieser beiden jungen Leute ins Böse gelesen haben.
Elizabeth Haysom und Jens Soering, Sohn eines deutschen Diplomaten, sind kein gewöhnliches Pärchen. Beide sind überdurchschnittlich intelligent, beide stammen sie aus bestem Haus, beide, besonders Jens, sind gefühlsmäßig stark gehemmt.
Was kann die beiden bewogen haben, den brutalen Mord an Elizabeths Eltern eiskalt vorzubereiten und durchzuführen? Das Verlangen, an das große Geld der Eltern heranzukommen? Dunkle Triebe? Blutrausch? Drogeneinfluß?

Barry Siegel
Die Stadt, die nicht vergessen konnte
Nach ihrer Heirat hatte Lois Jurgens nur noch einen Wunsch – Kinder in die Welt zu setzen und großzuziehen. Doch dieser Traum wurde ihr nicht erfüllt. Was lag näher, als ein Kind zu adoptieren? Und da Lois Wohlstand und gesicherte Verhältnisse bieten konnte, vertrauten die Sozialarbeiter ihr den kleinen Dennis an. Vier Jahre später war dieses Kind tot: eine schlimme Bauchfellentzündung, sagt der Leichenbeschauer. Aber es finden sich auch Spuren seltsamer Verletzungen an dem Jungen.
Dennoch durfte Lois Jurgens ein zweites Kind adoptieren. Erst fünfzehn Jahre später wird das Verfahren über den mysteriösen Tod des kleinen Dennis neu eröffnet. Und es kommen schreckliche Dinge ans Licht . . . über die neurotische Frau, die um jeden Preis Mutter sein wollte, über ihren teilnahmslos-passiven Ehemann, über leichtgläubige Verwandte, die die vielen dunklen Zeichen nicht sehen wollte . . .

Joe McGinniss
Quälende Zweifel
Bonnie von Stein ist eine Frau, die nie aufgibt. Nach dem Scheitern ihrer ersten Ehe zog sie ihre Kinder allein groß – bis sie in Lieth von Stein den idealen Ehemann fand: vermögend, fürsorglich und verläßlich. Aber ein brutaler Überfall ließ dieses späte Familienglück jäh zerschellen:

Bonnie kam mit schweren Verwundungen davon, ihr Ehemann jedoch erlag seinen Verletzungen.
Wer war der Eindringling? Oder stammte der Täter aus dem Haus? Zwei Jahre lang ermittelte die Polizei. Gegen Bonnie selbst, gegen Angela, ihre scheinbar gefühlskalte Tochter, und schließlich gegen Chris, den Sohn, der sich in eine Ersatzwelt geflüchtet hat – eine Ersatzwelt aus abenteuerlichen Horrorspielen und Drogen.
Als Bonnie von Stein niemandem mehr vertrauen konnte, weder der Polizei noch ihrer Familie, wandte sie sich an Joe McGinniss, Amerikas berühmtesten True-Crime-Autor *(Die Unschuld des Mörders)*.
Und sie bat ihn, Licht in das Dunkel ihrer Familientragödie zu bringen.

Ann Rule
Wenn du mich wirklich liebhast
Detective Fred McLean hatte schon eine ganze Reihe von Mördern verhaftet. Aber dieses junge Mädchen, das seit mehreren Stunden in kalter Dunkelheit in ihrem eigenen Erbrochenen gelegen

hatte, war die bemitleidenswerteste mutmaßliche Täterin, der er jemals begegnet war.
McLean entrollte den rosafarbenen Streifen aus Pappkarton, den Cinnamon in ihrer rechten Hand gehalten hatte. In dem schwachen Licht konnte er die Druckbuchstaben auf dem Karton entziffern: ›Lieber Gott, bitte verzeih mir, aber ich wollte sie nicht verletzen‹.

TRUE CRIME
Taschenbücher
gibt es überall
im Buchhandel

Jack Olsen
Wie unter einem stummen Zwang

Mac Smith ist ein Mann, der sich ganz von seinen sexuellen Fantasien beherrschen läßt. Seit seiner Pubertät schon träumt er von einer Frau, die er demütigen kann. Eines Tages liest er in einem Magazin, daß in den USA jede drei Minuten eine Frau vergewaltigt wird. Doch nur jeder zehnte Täter sieht je ein Gefängnis von innen. Mac Smith, der Geborgenheit nie gefunden hat, bereitet sich darauf vor, seine Vergewaltigungsträume auszuleben . . .
Jack Olsen, zweimaliger Preisträger des *Edgar-Award*, stellt mit diesem Buch auf beispielhafte Art die Entwicklungsgeschichte eines Sexualverbrechers dar.

Ken Englade
Schülerliebe

Die hübsche Pam Smart ist eine Frau mit vielen Gesichtern. An der Seite ihres karrierewilligen Mannes führt sie ein geselliges Leben, als ehrgeizige Pädagogin arbeitet sie in sozialen Brennpunkten. Gleichzeitig nennt sie sich

stolz eine ›Heavy-Metal-Braut‹ und ertränkt all ihre Sehnsüchte und Jugendträume in schrillen Hard-Rock-Klängen.
Als sie Billy Flynn, den von ihr betreuten fünfzehnjährigen Schüler, mit einem aufregenden Striptease verführt, tobt im Hintergrund die rauhe Musik von Van Halen, und über die Mattscheibe flimmern die erotischen ›9 1/2 Wochen‹.
Drei Monate nach dem Erwachen diese verbotenen Leidenschaft, es ist der 1. Mai 1990, wird Pams Ehemann von einer Kugel tödlich verwundet. Aber die Rolle der trauernden Witwe scheint Pam Smart nicht zu liegen.